KIYASH MONSEF

A GUARDIÃ DAS CRIATURAS MÍTICAS

KIYASH MONSEF

A GUARDIÃ DAS CRIATURAS MÍTICAS

São Paulo
2025

Grupo Editorial
UNIVERSO DOS LIVROS

Diretor-geral
Alessandro Gerardi

Gerente editorial
Marcia Batista

Produção editorial
Letícia Nakamura
Raquel F. Abranches
Victoria Viana

Tradução
Felipe CF Vieira

Preparação
Marina Constantino

Revisão
Cássio Yamamura
Bia Bernardi

Arte
Barbara Garoli
Renato Klisman

Ilustração de capa
Gustavo Dilarri

Dados Internacionais de Catalogação na Publicação (CIP)
Angélica Ilacqua CRB-8/7057

M76g
Monsef, Kiyash
A guardiã das criaturas míticas / Kiyash Monsef ; tradução de Felipe CF Vieira. -- São Paulo : Universo dos Livros, 2025.
352 p. : il. (Série Once there was ; vol. 1)

ISBN 978-65-5609-816-6
Título original: Once there was

1. Literatura infantojuvenil francesa 2. Literatura fantástica
I. Título II. Vieira, Felipe CF III. Série

25-1838 CDD 028.5

Universo dos Livros Editora Ltda.
Avenida Ordem e Progresso, 157 — 8º andar — Conj. 803
CEP 01141-030 — Barra Funda — São Paulo/SP
Telefone: (11) 3392-3336
www.universodoslivros.com.br
e-mail: editor@universodoslivros.com.br

Para Jane McGonigal

CAPÍTULO UM

A GAROTA QUE SALVOU UM UNICÓRNIO

Era uma vez, ou não era talvez.

Muito tempo atrás, na floresta que fica entre a cordilheira Elburz e o mar Cáspio, uma garota saiu à procura de cogumelos.

Chovera no dia anterior. O solo estava fofo e úmido, e o ar cheirava a lama e musgo. Era um bom dia para encontrar cogumelos, e a garota havia quase preenchido a cesta com juba-de-leão e maitake quando ouviu um ruído vindo do meio das árvores. Parecia um animal chorando de dor.

Havia leopardos na floresta, além de chacais e ursos-pardos. Mas essa garota não gostava de imaginar criatura alguma sofrendo. Então ela seguiu na direção do som pela floresta, para ver se poderia ajudar. Desviando um pouco do caminho, em uma clareira no meio do mato, ela encontrou a fonte do lamento.

O unicórnio, preso pela perna na armadilha de um caçador, estava sangrando e com medo. Era uma criatura enorme e bestial. A garota nunca vira um animal como aquele e soube imediatamente que era especial. Ela também sabia que, quando o caçador voltasse para verificar a armadilha, seria o fim do unicórnio. Então, ignorou o próprio medo e se aproximou da forma mais gentil e cuidadosa que podia. Para acalmá-lo, ofereceu alguns dos cogumelos que apanhara. E quando sentiu que era seguro chegar mais perto, curvou-se e abriu a armadilha.

As longas pernas e o chifre afiado e traiçoeiro do animal pareciam preencher a clareira. A garota congelou, impressionada e amedrontada demais para sair do lugar. O unicórnio encarou sua salvadora por um longo tempo. Então, com a perna ferida, deu um passo cauteloso em direção à garota, baixou a cabeça enorme e enfiou o chifre no peito dela, um pouco acima do coração.

A garota foi ao chão, e, na queda, um pedaço do chifre do unicórnio se partiu dentro dela. O unicórnio a observou por mais um instante, depois se virou e saiu galopando mata adentro, mancando pela perna ferida, e não voltou a ser visto por mais cem anos.

A garota, sangrando e em choque, conseguiu juntar forças para retornar à vila onde vivia, no limiar da floresta. Lá enfim desabou e foi carregada para a cama, onde permaneceu por muitos dias. A princípio, ninguém acreditava que fosse sobreviver. No período de um dia, porém, a hemorragia cessou. Depois de três dias, a dor começou a diminuir. Lentamente, o ferimento foi se curando, até restar apenas uma cicatriz em forma de lua crescente, bem acima do coração, e um fragmento de chifre de unicórnio, alojado entre as costelas.

O tempo passou e a garota se tornou adulta. Ela se casou e teve filhos, e alguns deles vieram ao mundo com marcas de nascença em forma de lua crescente sobre o coração. O mesmo aconteceu com alguns de seus próprios filhos, e também com os filhos dos filhos, e assim por diante. Dizem, embora ninguém tenha certeza disso, que alguns dos descendentes da garota estão vivos até hoje e que parte deles ainda leva a marca no lugar onde o unicórnio a tocou.

E sussurram por aí que talvez, vai saber, ainda carregam um pouco do unicórnio dentro de si.

CAPÍTULO DOIS

O TRABALHO

Eu não deveria ter ficado na recepção.

Uma clínica veterinária não é o lugar para alguém impaciente, e eu estava furiosa com Deus e o mundo. Mas o Dominic precisava almoçar, os técnicos estavam todos ocupados e, como diria meu pai, "o mundo não para de girar por conta de nossas emoções, Marjan". E assim fiquei ali, o próprio cartão de visitas da nossa clínica. Lá estava eu, rezando para que o telefone não tocasse e a recepção continuasse vazia pela próxima meia hora, para que eu pudesse ficar com raiva do mundo em paz.

Duas coisas me davam mais raiva do que tudo. A primeira era a clínica em si. Havia três semanas que a Clínica de Animais de West Berkeley se tornara minha. Nunca quis que isso acontecesse, e minha primeira semana no ensino médio não era bem o melhor momento para, de repente, me tornar dona de uma clínica veterinária endividada. Além da escola, dos deveres de casa e daquilo que eu chamava de vida social, agora eu tinha uma folha de pagamento, aluguel, suprimentos, seguro e um monte de outras responsabilidades indesejadas. Incluindo ficar na recepção para que o Dominic pudesse sair para almoçar.

E também teve o jeito como isso aconteceu.

Esta era a clínica do meu pai. Ele era veterinário e dono do lugar desde sempre. Normalmente pais não saem por aí entregando seus negócios para as filhas adolescentes. Mas meu pai não era normal. Enfim, ele não teve muita escolha.

A polícia não sabe exatamente como ele foi assassinado. Não havia arma do crime, mas ninguém soube dizer como uma pessoa poderia ter feito *aquilo* com as próprias mãos. Ouvi um dos socorristas dizendo que parecia que ele tinha sido atropelado por um caminhão. Mas nem isso explicava as queimaduras.

Não havia suspeitos. Não havia impressões digitais ou pegadas. Não havia DNA, cabelo ou pele ou qualquer outra coisa que se vê nas séries de televisão. Não havia câmera de segurança. Nem mesmo algum motivo aparente. Nada foi roubado da nossa casa. Tudo estava intocado, exceto o quarto onde meu pai morreu.

Então essa era a segunda coisa que dava raiva.

Já fazia uma semana que eu estava vindo para a clínica. Passava a maior parte do tempo no escritório antigo do meu pai, que era quieto e pequeno e parecia mais seguro do que qualquer outro lugar do mundo. Ou ficava na sala de cirurgia, onde era possível colocar uma máscara e desaparecer, e só precisava fazer carinho nos animais para acalmá-los. Na recepção, eu me sentia exposta. Eu me sentia como um cachorrinho na vitrine de um pet shop, só que em vez de um cachorrinho, eu era um cachorro-do-mato, espumando pela boca.

Mas não havia mais ninguém para fazer isso, então me sentei na cadeira do Dominic e finquei as unhas na palma das mãos para me distrair, dizendo a mim mesma que tudo ficaria — não bem, longe disso —, mas ok, desde que eu não tivesse que falar com ninguém.

Estava dizendo isso a mim mesma quando a porta se abriu.

Ela veio direto para a recepção, sem hesitar, um míssil guiado por calor com um rosto sorridente pintado na lataria. Ela me pareceu ter uns vinte anos. Cabelo castanho, óculos de aro delicado, olhos castanhos que não desviaram de mim assim que me avistaram. Um sorriso que me fazia sentir meio amiga, meio presa.

Ela não trazia um animal. Isso nunca é bom sinal em uma clínica veterinária.

— Você deve ser a Marjan — disse. — Sinto muito pelo seu pai.

E sabia meu nome. Pior ainda.

— Quem é você? — Meu tom saiu afiado como um cutelo, mas o sorriso dela continuou o mesmo.

— Ainda não fomos apresentadas — ela continuou.

— Ele devia dinheiro para você? — perguntei. — Porque, se for o caso, você vai precisar conversar com o contador, e posso lhe garantir que...

A moça dispensou minha preocupação com um abano, depois colocou a mão dentro de sua bolsa de lona, tirou um cartão de visitas e o deixou na minha frente sobre o balcão. Não havia nada escrito, apenas um símbolo estampado em bronze — uma chaleira que continha uma forma serpenteante. Esperei que me dissesse para o que eu estava olhando, até ficar claro que ela estava esperando que eu reconhecesse o símbolo.

— Não? — ela indagou por fim. Sacudi a cabeça. Ela sorriu de novo, um sorriso triste. — Ele não lhe contou. Podemos ir a algum lugar e conversar?

— Sobre o quê? — perguntei.

— Muitas coisas — ela disse. — Sobre o seu pai. O que aconteceu com ele. — Ela fez uma pausa. — O trabalho.

O trabalho.

A maneira como ela pronunciou aquelas palavras despertou algo caloroso e alienígena dentro do meu peito. Talvez fosse só mais raiva — uma bela raiva das antigas que eu vinha carregando havia muito tempo. Ou talvez fosse algo diferente. Talvez fosse curiosidade.

Talvez fosse esperança.

Às vezes eu atendia o celular dele. Meu pai odiava isso.

— Poderia falar com Jim Dastani? — diziam, o que sempre me soava esquisito. O nome do meu pai era Jamsheed. "Jim" soava como uma concessão cultural especialmente patética, porque, além de doer de tão ordinário, nem sequer funcionava. Ele obviamente não era um "Jim".

Eu fazia questão que quem estivesse no telefone me ouvisse gritando "PAAAAAI! É pra VOCÊÊÊÊ!" porque essa parecia ser a primeira impressão menos profissional que se podia causar em um cliente. Meu pai descia as escadas correndo, de dois em dois degraus. Sempre que ficava irritado, ele fazia uma cara que era tipo um sorriso, se sorrir doesse. A bem da verdade, porém, em se tratando do meu pai, um monte de coisas parecia causar dor — comer, rir, dormir. O que provavelmente é o motivo pelo qual ele não as fazia tanto quanto deveria.

Puxando o telefone da minha mão, ele me olhava feio, como se eu estivesse encrencada. Mas nunca estava. O que ele faria? Me colocaria de castigo? Não dá para colocar alguém de castigo se não estiver por perto para garantir que seja cumprido.

Ele atendia a chamada no quarto dele, sem dizer nada para mim. Fechava a porta, e, por mais que eu tentasse escutar, tudo que ouvia eram murmúrios.

As chamadas nunca duravam muito. Ele abria a porta assim que desligava e me devolvia o telefone, não mais irritado ou bravo. Em sua cabeça, ele já estava arrumando as malas, já estava saindo, já estava seguindo para o aeroporto, para a estação de trem ou seja lá para onde fosse.

— Então, para onde vai dessa vez? — eu perguntava quando estava mesmo a fim de encher sua paciência.

Com sorte, ele poderia dizer algo como "Um lugar quente" ou "É uma cidadezinha calma". Era só isso que ele me dizia. Se estava mesmo falando comigo ou apenas rememorando para arrumar a mala de acordo, nunca ficava muito claro. E ele era capaz de me ignorar por completo até a mala estar pronta.

Nosso ritual, nosso verdadeiro ritual, acontecia junto à porta. Ele parava na entrada, como se tivesse acabado de se lembrar de algo, e se virava. E, sempre, lá estava eu, esperando aquele momento.

— Marjan — ele dizia —, tudo de que possa precisar está na...

— Eu sei. — Não precisava repassar a lista: cartão de crédito na gaveta da cozinha, dinheiro no envelope perto da pia. Os telefones de emergências, os números que caíam de verdade na polícia local e nos bombeiros, em vez de na patrulha rodoviária, colados perto do cartão de um serviço de táxi local e o número da pizzaria que realizava entregas. Tudo de que eu precisava estava onde sempre esteve.

E, então, a promessa.

— Logo vou estar de volta.

"Logo" poderia ser um dia ou poderia ser uma semana. Eu só saberia quando meu pai estivesse de volta.

Então ele deixava a mala no chão e me abraçava. Acho que eu retribuía quando era criança. Difícil de lembrar. Ele me segurava daquele jeito por alguns segundos, depois vinha o pedido de desculpas.

— Desculpe. Um dia...

Certo. Um dia tudo faria sentido.

Quando eu era mais nova, achava que todos os veterinários tinham clientes assim. Depois que minha mãe morreu, comecei a entender o quanto aquilo era estranho. Ficava brava com ele por me deixar sozinha. Com o tempo, passei a ser malvada. Eu o acusava de tudo e mais um pouco. Traficante de drogas. Espião. Tinha outra família, secreta; alguém do outro lado do país. Ou talvez eu fosse a família secreta.

— São só pessoas que precisam da minha ajuda. — Esta era sempre a explicação. E porque nunca o vi se importar mais com algo do que se importava com seu trabalho, eu acreditava.

Então ele dizia:

— Eu te amo.

Nunca entendi exatamente o que ele queria dizer com isso. Sempre dizia isso quando já estava indo embora.

E, finalmente, a última olhada. Aquela que fazia eu me sentir como um animal na mesa da sala de operações, como se tentasse achar o tumor, ou a infecção, ou o verme no olho. E então o pequeno suspiro derrotado, como se consertar aquilo que via estivesse fora de seu alcance.

Era assim que ele me deixava, desde quando eu tinha dez anos — completamente sozinha, tentando entender o que havia de errado comigo.

E, no fim, foi assim que ele me deixou, para sempre.

Esse era o trabalho.

Convenci a dra. Paulson a emprestar seu técnico para cuidar da recepção por alguns minutos. Então levei a mulher ao escritório do meu pai, fechando a porta atrás de nós.

Aquele lugar não havia sido projetado para reuniões. As paredes eram muito próximas e a mesa era grande demais. Até cabiam bem duas pessoas, se uma delas se sentasse no chão, algo que eu costumava fazer quando meu pai estava vivo. Mas aquela não era uma reunião desse tipo, então nós duas nos apertamos ao redor da mesa, arrastando as cadeiras para podermos sentar e olhar uma para a outra sem ficarmos espremidas demais contra uma parede ou uma estante cheia de livros. Tinha a estranha sensação de que o meu pai estava ali no meio, ajeitando-se aqui e ali, dificultando ainda mais a situação. Obviamente, isso era impossível.

Enfim encontramos uma posição para que nossos joelhos não batessem. A mulher pousou a mão sobre a mesa, com a palma para o alto, e sorriu.

— Posso ver a sua mão? — pediu.

Não sei o que ela queria com isso, mas a confiança empregada no pedido foi suficiente para me fazer colocar a mão sobre a dela, com a palma para o alto. Antes que eu pudesse me pronunciar, ela furou meu dedo indicador com uma agulha e o apertou até espremer uma pequena pérola vermelha de sangue.

— Ai! — reclamei. — Você está louca?

Só senti a força com que ela me segurava quando tentei retirar a mão.

— Um minutinho só — ela disse calmamente. — Não se preocupe com nada.

Ela limpou o sangue com uma tira de papel que depois colocou sobre a mesa entre nós duas. Soltou minha mão conforme o sangue se espalhava pelo papel.

— Já ouviu falar da Linhagem Hircaniana? — perguntou.

— Hum, e você já ouviu falar em pedir autorização antes de furar alguém? O que foi isso?

— Uma agulha estéril — informou. — Prometo.

Pegou a tira de teste e a segurou contra a luz. Era difícil afirmar, mas parecia que algum tipo de padrão estava emergindo nos lugares manchados de sangue. A mulher sorriu consigo mesma, um sorriso de alívio e satisfação.

— Desculpa por isso — ela disse. — Não vai se repetir. Mas vejamos, sobre a Linhagem Hircaniana: já ouviu falar?

Eu não tinha ouvido falar da Linhagem Hircaniana.

— Então vou pressupor que você não sabe nada de nada — a mulher disse —, e você vai se surpreender com o que vou lhe contar.

Ela abriu a bolsa e tirou dela um envelope marrom, que deslizou para mim sobre a mesa.

— Preciso que você vá para a Inglaterra — avisou. — Ainda hoje.

— Como é? — indaguei.

— Já está tudo pago — prosseguiu. — Está tudo aí dentro. Só havia lugar na primeira classe. Imaginei que você não iria se importar.

— Está de brincadeira, né? — Ela não parecia estar brincando. — Quem é você? O que é a Linhagem Hircaniana?

Ela ignorou minhas perguntas.

— Um homem chamado Simon Stoddard vai buscá-la no aeroporto e levá-la até uma propriedade nas Midlands. Até agora faz sentido?

— Muito — respondi. — Vou pegar um avião até o outro lado do mundo, onde um cara que não conheço vai me levar para um lugar de que nunca ouvi falar. E depois?

— Depois você vai conhecer um grifo — explicou ela. — Está doente. E você vai ajudá-lo.

— Um grifo — eu disse. — Tipo um cachorro? Um griffon de Bruxelas? Você sabe que eu não sou veterinária, né? Você sabe que tenho quinze anos.

— Eu sei — ela confirmou. — E, não, não tem nada a ver com um cachorro.

Fiquei encarando-a em busca de um sinal de que aquilo era algum tipo de pegadinha, mas tudo que ela oferecia era um sorriso maldisfarçado que parecia esculpido na cara dela. Finalmente peguei o envelope e abri. Dentro havia uma passagem de avião — primeira classe, como prometido — e uma pilha de dinheiro colorido da Inglaterra. Tudo parecia legítimo.

— Um grifo — repeti. — E o que eu deveria fazer com um grifo?

— Encontre-se com ele, examine-o, faça uma recomendação — ela disse. — Só isso. E depois você volta para cá.

— Uma recomendação?

— Você vai entender — ela disse.

— Quem é você? — questionei. — O que é isso tudo?

Ela tirou os óculos, os fechou e os deixou sobre a mesa.

— Isso — disse — é o trabalho.

— Por que eu deveria acreditar em você? — insisti. — Por que deveria acreditar em qualquer coisa que me disse?

— Porque, se confiar em mim, talvez eu possa ajudá-la a encontrar quem matou o seu pai.

Seu rosto, que até um momento atrás se mostrava simpático, de repente ficou sério.

— Não sei quem foi — ela disse, respondendo à pergunta provavelmente estampada em minha cara. — Mas gostaria de descobrir. Eu gostaria de ajudar. Nós gostaríamos de ajudar.

— Quem seria "nós"?

Ela se aproximou, repousando as mãos sobre a mesa.

— Ele chegou a mencionar Ithaca alguma vez?

— Ithaca?

— Sei que é um momento difícil. E sei que você tem perguntas. Mas, por enquanto, é melhor que seja assim. Podemos conversar mais depois que você voltar.

— Quem disse que eu vou para lá? Eu tenho a clínica. Tenho escola.

— É claro que tem — ela concordou. Levantou-se para ir embora, um gesto que seria dramático não fosse a sala apertada. Assentiu na direção do envelope, o conteúdo espalhado à minha frente sobre a mesa. — Bom, pode ficar com o que tem aí, caso mude de ideia.

Então me deu as costas e saiu pela porta.

Tecnicamente eu *tinha* mesmo a clínica. Mas também tinha quase certeza de que ela iria falir dentro de alguns meses. Quando repassei as contas, não consegui entender de jeito nenhum como aquilo se sustentava. Até o Dominic, que pelos últimos dois anos gerenciava o consultório com uma confiança inabalável, estava começando a parecer um velho cachorro de abrigo que já tinha perdido as esperanças de ser adotado.

E a escola. Bom. Não aparecia por lá desde a morte do meu pai. Não estava nem um pouco a fim de voltar. Não queria a classe inteira me olhando e tentando pensar em algo para dizer.

De qualquer maneira, juntei as coisas que a mulher deixou comigo e coloquei tudo de volta no envelope. Ficava mais fácil ser razoável sem ficar olhando para uma pilha de dinheiro e uma passagem de primeira classe para bem longe. Eu me levantei e voltei para a recepção.

Havia uma foto do meu pai na parede. A dra. Paulson pendurou quando ele morreu, depois de me perguntar se podia fazer isso. Era a mesma foto que ele usava em tudo — o site, os panfletos que as empresas farmacêuticas imprimiam de graça para nós. Já havia visto essa foto milhões de vezes. Ele vestia um jaleco branco sobre uma camisa azul-clara abotoada. Tinha o rosto longo e magro e acastanhado. Sua expressão era séria, como uma pessoa de cem anos atrás que nunca tirara uma fotografia antes. As sobrancelhas unidas, a boca apertada, o cabelo preto espesso penteado para o lado, os olhos negros penetrantes suavizados por cílios longos e delicados. Jamsheed Dastani — um homem de boa educação e cheio de sabedoria, um homem compassivo, um homem em que as pessoas confiavam para cuidar de seus bichinhos de estimação.

Era uma ilusão convincente. Mas observando com atenção, os olhos dele a desmentiam. Eram pesados e assombrados, os olhos de uma alma perdida. O segredo da foto — aquele que só seria desvendado por quem a estudasse um milhão de vezes, como eu fiz — era que ele não estava de fato olhando para a câmera. O rosto estava voltado na direção certa, e a linha de visão era capaz de enganar a quase qualquer um. Mas seu olhar estava realmente fixo em algo distante e triste, como sempre estivera durante sua vida.

Olhei para a foto outra vez. Estava exigindo minha atenção, como se tivesse acabado de limpar a garganta, como se tivesse algo para dizer. Mas não disse nada. Os olhos do meu pai miravam além da moldura, além de mim e na direção de coisas longínquas, coisas que ele nunca mencionou.

É claro que seria incrivelmente imprudente pegar um avião rumo a um destino misterioso e administrar um cuidado no qual eu não tinha treinamento em uma criatura que não existia de verdade. Ninguém com dois neurônios faria algo tão estupidamente perigoso.

Olhei para a imagem do meu pai até não aguentar mais. Aquilo era culpa dele. Tudo aquilo. A clínica, aquele desperdício de tempo e dinheiro que agora era de minha responsabilidade: culpa dele. Aquela mulher estranha e seu pedido maluco: culpa dele. O fato de eu estar considerando aquela proposta: culpa dele.

Alguém o matou durante à tarde, em sua própria casa: culpa dele.

Voltei para a Sala de Exames Um, onde a dra. Paulson estava terminando um atendimento. Bati de leve na porta, depois abri um pouquinho.

— Algum problema? — a médica perguntou.

Sempre gostei da dra. Paulson. Ela era direta, mas de um jeito que demonstrava compaixão. Nossa especialista em aves adorava todos os animais, mas especialmente os pássaros. Tinha um par de periquitos chamados Tristão e Isolda e um papagaio-cinzento chamado Hemingway que recitava T. S. Eliot e Emily Dickinson com uma alegria meio insana sempre que ela o trazia para o consultório. Ela mantinha uma cópia de

O guia Sibley para pássaros em sua mesa e duas ilustrações de Audubon tiradas de *As aves da América do Norte* penduradas na parede. Às vezes ela mesma parecia ser um pássaro — do tipo capaz de ficar parado, paciente e preciso, quem sabe uma garça. Ela era alta, magra e séria, mas não era só isso. Era o jeito como ficava imóvel — igual a certos tipos de aves de caça que conseguem congelar no lugar e se mesclam com a paisagem. Era assim que ela me parecia naquele momento. Pronta e alerta, buscando informações.

— Acho que vou para casa, dra. P. — falei.

Era isso — iria para casa e pensaria direito sobre tudo e, depois disso, concluiria que seria imprudente e irresponsável embarcar em um avião para a Inglaterra sem ter ideia de quem ou do que me aguardava.

— Pode deixar que a gente cuida de tudo — disse a dra. P. — Está tudo bem?

— Sim — menti. — Tudo certo. Acho que só preciso descansar um pouco.

E parar de ter delírios sobre viajar para o outro lado do mundo.

— Você precisa se cuidar — disse a dra. Paulson.

— Ah, e talvez eu tire uns dias de folga.

Espera, como é? O que foi que eu acabara de dizer?

— É claro — ela concordou. — Faça o que achar melhor para você.

— Obrigada, dra. P. — respondi.

Muito provavelmente eu estava fazendo uma cara estranha. Parecia um esforço muito grande para ser uma cara normal.

— Marjan? Você está bem? — ela perguntou.

— Ótima — disse. — Estou bem. — Acho que eu não parecia bem.

— Se quiser conversar — reforçou —, estou aqui.

Ela parecia querer conversar, o que me fez ter ainda menos vontade de fazer isso. A última coisa que eu queria era ouvir como outra pessoa estava lidando com a morte do meu pai.

— Obrigada — respondi. — Não precisa.

Antes que ela pudesse dizer mais uma palavra, saí da sala e fechei a porta. Parei uma última vez à frente do retrato do meu pai e tentei me posicionar de um jeito que ele estivesse de fato olhando meus olhos. Por mais que eu inclinasse e virasse a cabeça, porém, ele ainda olhava para tudo, menos para mim.

— Se eu morrer — eu disse para o retrato —, a culpa é sua.

Fui mesmo para casa, isso não foi mentira.

Era uma casinha de estuque de uns cinquenta anos nas planícies do norte de Berkeley. Vista da rua, era uma simples parede cinza com duas janelas, uma varanda de cimento, uma porta sob a luz de um poste e uma árvore de bordo que crescia de um quadrado de terra na calçada. O Civic do meu pai estava estacionado na garagem, juntando folhas no para-brisa. Ninguém dera a partida nele desde que meu pai morrera.

Estava levando minha bicicleta escada acima até a varanda quando ouvi alguém me chamando.

— Marjan, minha querida, como você está? — perguntou uma voz doce, cheia de cuidado.

Minha vizinha de porta, uma mulher agitada chamada Francesca Wix, agora era minha guardiã legal. Ela morava em uma casinha antiga herdada de seu avô com vários cachorros que colocava para adoção, e dos quais meu pai cuidava de graça, um jardim de frutas e legumes e uma impressionante coleção de livros românticos. Ela era um pouco mais baixa que eu, mas sua voz, calejada por anos de protestos pacíficos, mais do que compensava a diferença. Vestia ponchos coloridos com padronagens africanas e grandes óculos redondos que faziam seus olhos parecerem prestes a saltar da sua cabeça como em um desenho animado. Quando não estava ligando para o banco ou fazendo cartazes de protesto, Francesca trabalhava em uma livraria anarquista. Nunca estive lá, mas sempre me perguntei se eles tinham uma seção de livros românticos.

Francesca se voluntariou para ser minha guardiã em parte porque se sentia em dívida com o meu pai depois de tantos anos de tratamento veterinário sem custo, e em parte porque ela era o tipo de pessoa que se voluntariava. No dia em que recebemos a aprovação do juiz, ela comprou empanadas e Coca-Cola mexicana para nós, e declarou suas regras.

— Ficar de luto é uma coisa esquisita — disse. — Faça o que você achar necessário. Não precisa me contar nem pedir permissão. Mas... — E aqui ela fez uma pausa, limpou migalhas do rosto e ficou séria: — Nada de drogas.

Ela passava a maior parte do tempo ocupada demais com os cachorros, as plantas e a anarquia para ser minha guardiã. Mas assinava todos os documentos que precisavam de assinatura e, de tempos em tempos, deixava comida à minha porta. Fora isso, não se metia muito na minha vida, exceto para ter certeza de que eu estava bem e longe das drogas sempre que me via.

— Estou bem — eu disse.

— Chegou cedo em casa — comentou, erguendo os óculos até o alto de seu cabelo afro bem curto.

— Estou cansada. — Sim, era só isso. Cansada. Definitivamente não prestes a fazer algo incrivelmente estúpido.

— Precisa de alguma coisa?

Dei de ombros e neguei com a cabeça. Eu precisava de muitas coisas, mas não seria Francesca Wix quem as conseguiria para mim. Com um aceno e um sorriso forçado, eu a deixei ao pé da escada e carreguei a bicicleta para dentro de casa.

Seu interior era tão desolador quanto o exterior. Uma cozinha pequena com um fogãozinho elétrico velho e uma geladeira barulhenta que provavelmente violava o Acordo de Paris; uma sala de estar na qual a última coisa que as pessoas faziam era "estar"; e um andar superior escuro com dois quartos, um banheiro e um cômodo extra cheio de tralhas encaixotadas que nunca eram usadas para nada.

Só uma garota voltando mais cedo para casa. O fato de eu estar esvaziando minha mochila e voltando a enchê-la — algumas roupas, itens de higiene pessoal, um passaporte (nunca usado) — não queria dizer nada. Nada digno de nota.

Meu pai foi encontrado em seu quarto. Alguém ligou para a emergência e depois desligou. A porta da frente estava aberta. No primeiro dia, a casa inteira ficou isolada com fita, e os detetives iam e vinham, juntando e catalogando evidências. Depois, juntaram suas coisas, entregaram um recibo para mim com as coisas que levaram, fecharam a porta do quarto e desapareceram. Não a tornei a abrir desde então.

Parei na frente do quarto. De repente, senti como se aquela porta fosse tudo que meu pai sempre fora. Fechado. Silencioso. Cheio de sombras e provavelmente de segredos desagradáveis que conseguira evitar até então.

Eu queria que ficasse fechada para sempre. E queria derrubá-la com um chute.

Meus ouvidos zumbiam e meu coração martelava. Meus pés queriam se mover. Senti meu corpo inteiro elétrico, com perguntas, faminto. Tinha a mochila em uma mão e a passagem de avião na outra. O que eu estava fazendo?

Nas horas que se seguiram, nada pareceu real.

Desde o trajeto de carro até o aeroporto — estava nos fundos de uma van sentindo uma descrença silenciosa de que havia chegado até ali — até o fato de que a companhia aérea estava disposta a honrar o pedaço de papel que entreguei como se realmente fosse uma passagem, e de primeira classe, eu me sentia adentrando cada vez mais um devaneio vagaroso, até entrar de verdade no avião, vendo as portas se fecharem e o mundo que eu pensava conhecer desaparecer pela janela.

Não tinha ideia de aonde estava indo e do que esperariam de mim quando chegasse. Não tinha ideia de como me preparar — ou mesmo se isso era possível. Repassando a conversa que tive com a mulher, desejei ter feito mais perguntas ou ter repetido as mesmas perguntas até que me respondesse. Um *grifo?* Ela dissera isso mesmo? Será que eu tinha ouvido errado? E, de qualquer maneira, por que eu? O que eu poderia fazer de bom para alguém, quanto mais para um grifo?

Para cada pergunta que eu gostaria de ter feito para ela, porém, havia mais um milhão que eu gostaria de ter feito para o meu pai. Essas perguntas zumbiam e sussurravam no meu ouvido e na minha cabeça e no meu coração, o tempo todo, todos os dias. Elas me enraiveciam, e a raiva me deixava exausta. E se eu nem ao menos tentasse encontrar as respostas, elas provavelmente continuariam zumbindo e sussurrando pelo resto da minha vida. Provavelmente ficaria raivosa para sempre.

Em algum lugar sobre a baía de Hudson, a exaustão ganhou da raiva e da estranheza, e adormeci e sonhei com uma história que meu pai me contara quando eu era muito pequena.

CAPÍTULO TRÊS

A PENA DO SHIRDAL

ERA UMA VEZ, OU NÃO ERA TALVEZ.

Nas grandes estepes da antiga Cítia, naquela época do ano em que a grama morre e o vento uiva sobre as planícies, um jovem nômade encontrou um estranho e frágil animal encolhido debaixo de algumas pedras.

A pequena criatura era diferente de tudo que o jovem já vira. Tinha o corpo de um gato malhado, mas o bico, a cauda e as asas de uma ave de rapina. Estava enfraquecida e tremia de frio. As costelas estavam visíveis sob a penugem. Se o jovem não a tivesse encontrado, certamente acabaria morrendo. Mas o rapaz a apanhou, envolveu-a em um cobertor e a carregou para o calor da fogueira de seu acampamento.

O tal nômade era de uma tribo pobre e errante. Eles mantinham um pequeno rebanho de ovelhas, e de sua lã teciam tapetes que levavam ao sul para serem vendidos pelas grandes caravanas de comerciantes. Viviam à mercê dos lobos e do clima, e nenhum deles era misericordioso. A vida era difícil e eles nunca tinham o suficiente. Mal podiam arcar com outra boca para alimentar; por isso, quando o jovem trouxe a criatura para diante da fogueira, os anciãos da tribo disseram que ele precisaria deixar o animal para trás.

Mas ele não quis dar ouvidos. Alimentou a criatura com sua própria porção de comida e preparou-lhe um lugar para dormir na tenda de sua família.

Naquela noite, a criatura, de barriga cheia, dormiu em um tapete de lã quente. No dia seguinte, os anciãos novamente ordenaram que o jovem se livrasse da criatura, e novamente a resposta foi oferecer sua própria comida ao animal e uma cama no tapete de sua tenda.

No terceiro dia, a criatura estava forte o bastante para abrir as asas e voar. O jovem, fraco de tanta fome, não conseguiu impedir que o animal ganhasse os céus e desaparecesse, deixando para trás uma única pena.

Todos os dias, ele observava o céu procurando algum sinal da criatura, e todos os dias ficava desapontado. A estação mudou e o solo congelou, e logo chegou a hora de a tribo partir para terras mais quentes ao sul. O jovem ficou triste porque nunca mais veria a pequena criatura de novo.

O inverno foi rigoroso naquele ano. As caravanas de comerciantes eram poucas e demoravam a aparecer, e a venda dos tapetes nunca era suficiente. Os rios e riachos mal corriam. Havia pouco pasto para as ovelhas e pouca comida para a tribo.

Um dia, porém, o rapaz viu um contorno familiar voando pelo céu, e então o seguiu. A figura o levou até uma fonte de água cercada por um oásis verdejante. E pelo resto da estação, o jovem e sua tribo tiveram bastante água, e as ovelhas tiveram muito pasto, e, embora o comércio estivesse fraco, eles passaram o tempo com conforto.

Quando a estação mudou de novo, a tribo seguiu para o norte até as estepes altas. O rebanho engordou com a grama fértil que cresceu naquele ano. Uma noite, os lobos atacaram e levaram dez ovelhas.

Na noite seguinte, os homens e os garotos da tribo vigiaram o rebanho, observando a vasta escuridão em busca de predadores. Mas nenhum lobo veio. Em vez disso, ouviram um terrível som vindo das profundezas da noite. Pela manhã, descobriram cinco lobos — em pedaços. Depois do ocorrido, nenhum outro lobo causou problemas ao rebanho.

Já estavam quase no fim daquela estação no norte quando a comida da tribo acabou. Como perderam tantas ovelhas para os lobos, não podiam abater mais nenhuma. E apesar de terem preparado armadilhas para coelhos e aves, elas acabaram vazias. Em desespero, a tribo enviou grupos de caça para as estepes, mas todos voltaram de mãos abanando.

Começaram a temer a viagem de volta para o sul. Sem comida, alguns deles certamente morreriam de fome. Mas onde estavam, o inverno não seria menos cruel. Não havia escolha, a não ser tentar chegar às terras ao sul.

Na véspera da viagem, foram surpreendidos pelo bater de asas enormes no céu noturno.

Não havia dúvida de que a criatura que desceu dos céus era um grifo — um shirdal, como eram chamados pelos persas de antigamente. Em cada garra havia um antílope recém-abatido. O grifo aterrissou no meio do acampamento nômade e deixou os presentes aos pés do jovem que o salvara.

Os nômades sobreviveram ao inverno seguinte, e a muitos outros que se seguiram. O rapaz acabou se tornando chefe da tribo, e embora a vida nunca tenha se mostrado fácil sob sua liderança, talvez tenha se tornado um pouco menos difícil. Muitas estações depois, quando passou o posto de líder adiante, ele também deu à sua sucessora a pena do shirdal. E ela, por sua vez, a passou ao líder seguinte, que fez o mesmo, até ninguém mais ter certeza se era a pena de uma águia, a pena de um abutre, ou talvez a pena de um shirdal, ou se a história do jovem era verdadeira ou apenas uma história para ser contada ao redor de uma fogueira quando as noites eram longas. Mas o povo da tribo entendeu que algumas coisas podem ser verdadeiras sem que sejam realidade, e que uma história é um fio que pode ser tecido no mundo até se tornar tão sólido quanto o tapete sob nossos pés. E então zelaram pela pena e pela história que a acompanhava, e as repassaram de geração em geração.

E em meio aos desenhos dos tapetes que teciam, o shirdal sempre podia ser visto, nas bordas, invisível para todos, exceto aos olhares mais aguçados.

CAPÍTULO QUATRO

KIPLING

Descemos no aeroporto Heathrow, em Londres, em uma manhã cinzenta, sob um teto de nuvens baixas. Puxei meu casaco para me proteger do frio de setembro e tremi por todo o processo de imigração, onde, apesar da minha patética explicação do motivo da viagem (amigos da família, cujo sobrenome era "Grifo"), o agente de fronteira carimbou e devolveu meu passaporte.

A área de desembarque estava cheia de pessoas, todas apressadas: correndo para encontrar familiares, correndo para pegar táxis, correndo para pegar trens e ônibus. Parecia um rio fluindo ao meu redor, e fui parar na parte mais funda. Meu coração começou a acelerar. O que eu estava fazendo ali? Parecia impossível que eu pudesse estar a um oceano e um continente de distância de tudo que conhecia. Qualquer coisa podia acontecer comigo, e ninguém ficaria sabendo. Eu poderia desaparecer para sempre e ninguém pensaria em procurar por mim aqui.

Olhei de volta para as portas da segurança se fechando e imaginei se havia um jeito de me esgueirar por ali, subir no avião e voltar para casa.

— Você deve ser a Marjan.

O homem parecia ter a idade do meu pai. Tinha feições pequenas, um corpo esguio, olhos de um azul vívido e uma pele que parecia passível de se queimar debaixo de qualquer luz mais forte que a de uma vela. Seu casaco de tweed e calças marrons pareceriam antiquados se não fossem tão bem-cortados.

Hesitei. Seria melhor mentir? *Não, definitivamente não sou eu. Você encontrou a garota completamente perdida errada.*

Mas apesar de me sentir atordoada e sozinha, e de não ter razão alguma para confiar naquele estranho parado à minha frente, enxerguei em seus olhos algo que eu reconhecia: preocupação, concentrando-se nas rugas de seu rosto esguio. O mesmo tipo de preocupação que via no rosto do meu pai, quando ele me olhava antes de se despedir. E, por algum motivo, senti que podia confiar nele. Aquele homem precisava de ajuda e, sabe-se lá por que, pensava que eu podia ajudá-lo.

De repente, os muros de silêncio que o meu pai construiu ao redor de sua vida pareceram um pouco menos espessos. Era quase capaz de ouvir os anos de segredos tentando ganhar a luz do dia. Eu tinha que saber. Tinha que saber o que significava tudo aquilo.

— Sou eu — falei.

— Meu nome é Simon Stoddard — disse o homem. — Estou feliz que tenha vindo.

Fomos recebidos na calçada por uma Mercedes preta. Um motorista saiu de dentro, abriu a porta para nós dois e esperou.

O instinto falou mais alto. Um carro estranho, homens estranhos, um país estranho, tudo por causa de uma mulher estranha e seu estranho envelope — então parei, tão de repente que Simon quase tropeçou em mim.

— Desculpe — disse a ele. — Eu não te conheço. E não conheço esse cara. Não sei para onde estamos indo. Eu só...

Simon parecia tão constrangido que comecei a sentir pena.

— Oh, minha nossa — disse. — Tudo isso parece muito errado, não é mesmo? Vou dispensar o motorista. Vamos chamar um táxi e pedir para ele esperar por você pelo tempo que for necessário. Acha melhor assim?

Ele mandou o motorista embora e fez sinal para um táxi preto. Simon fez um gesto para que eu entrasse primeiro, depois se sentou no banco à minha frente. Dentro do táxi, um botão controlava um interfone para falar com o motorista. Simon lhe informou o endereço e, quando o táxi se pôs a andar, educadamente desligou o interfone.

— Até onde sei, não lhe contaram muita coisa — disse com uma voz tranquilizadora. Nós entramos em uma rodovia reta e suave seguindo para o norte. Com os limites de Londres passando como um borrão pelas janelas, Simon começou a contar uma história.

O grifo estava com sua família há trezentos anos. O ancestral de Simon, um navegador comerciante chamado Aloysius Stoddard, havia resgatado o animal de um ninho abandonado perto da cidade de Alepo, na Síria Otomana, quando era apenas um filhote.

— Ele deve ter sido o mais fraco da ninhada — Simon comentou.

Daquele dia em diante, nenhum Stoddard cresceu sem a gentil presença do grifo. Aloysius, um homem de origem humilde, foi nomeado cavaleiro pelo próprio rei da Inglaterra. Seus descendentes foram abençoados com beleza, inteligência e compaixão.

Saímos da rodovia e entramos em uma estrada menor. Cercas verdes passavam rapidamente de ambos os lados. Ao longe, ovelhas salpicavam morros baixos. Muros de pedra, que provavelmente tinham centenas de anos, demarcavam as propriedades. Havia casarões e mansões afastadas da estrada. Cavalos trotavam por estábulos lamacentos.

Era isso que acontecia com o meu pai? Ele ficava no banco de trás de carros estranhos, observando paisagens estranhas passando pela janela? Por um momento, enquanto aquela região rural se revelava lá fora, eu me senti mais próxima dele. Se não tivesse morrido, seria ele quem estaria ali. A imagem do meu pai andando neste carro, em vez de mim, provocou uma inesperada onda de ressentimento. Se ele estivesse aqui, eu estaria em casa, sozinha, comendo sanduíches de manteiga de amendoim três vezes ao dia e fingindo estar bem para todo mundo.

Olhei para o Simon, que olhava pela janela.

— Como você me encontrou? — perguntei.

— É um método muito antigo — disse. — Quando Kipling fica doente, nós hasteamos uma bandeira sobre a casa.

— Kipling é o grifo? — Simon assentiu. — Então vocês hasteiam uma bandeira. E depois?

Ele me olhou como se fosse uma piada.

— Ora, então você aparece — afirmou. — Algumas mensagens são repassadas. Intermediários. Nada de nomes, é claro. Não sei quem cuida de tudo. Nem quero saber. Só quero cuidar do Kipling.

— Não sei o que você espera que eu faça — comentei.

— Kipling não está se sentindo bem — Simon disse. — Estou ciente da sua falta de experiência, mas, pelo pouco que sei, você ainda pode lhe ser útil. — Simon apertou o botão do interfone e orientou: — Vire à esquerda aqui.

Entramos em uma estrada ainda mais estreita que ficava sob a sombra da copa de vidoeiros curvados. Era capaz de sentir os pneus do carro esmagando o cascalho da estrada de terra.

— Aqui já é o começo da propriedade — Simon disse.

O caminho seguia uma curva, depois passava por uma ponte de madeira que cruzava um riacho ondulante. A floresta parecia ficar mais espessa ao longo do caminho. Um matagal de samambaias e amoras silvestres crescia às margens do riacho e continuava em ambos os lados debaixo das árvores esguias. O ar tinha cheiro de outono e chuva.

— Isso tudo é terra sua? — perguntei.

— Há cerca de quarenta hectares de floresta selvagem — respondeu Simon. — Costumava ser para a caça de raposas e perdizes. Mas não caçamos mais, exceto pelo Kipling, que só faz o que quer.

As árvores terminavam em uma abertura dramática, revelando uma mansão de tijolos marrons maior do que qualquer casa que eu já vira na vida, repleta de árvores e cercada por jardins bem cuidados de um lado e por um lago enorme salpicado por pequenos lírios-d'água do outro. O motorista nos levou até a entrada principal, uma porta gigante de carvalho envernizado com um enorme batedor de bronze no centro, e nos deixou sair.

— Você... mora aqui? — perguntei para Simon, tremendo um pouco por conta do frio da tarde cinzenta.

Simon riu sozinho.

— Às vezes eu também penso isso. Nós temos muita, muita sorte.

Subiu os degraus, apanhou a maçaneta com as duas mãos e a girou. Uma pesada tranca deslizou para fora com um baque surdo. Ele abriu a porta e fez um gesto para que eu entrasse.

Ao final de um longo corredor, o grande saguão da mansão Stoddard reluzia de acolhimento cavernoso. As paredes eram feitas de painéis de mogno com aconchegantes arandelas amarelas de vidro fosco. Um tapete de caxemira em tons de creme e vinho se estendia por toda a enorme sala. Várias janelas grandes listravam uma parede, deixando entrar a fraca luz do dia. Na parede oposta, uma lareira de pedra rústica estava rodeada de retratos das gerações passadas da família. Um fogo ardente sussurrava e estalava na lareira.

No centro do cômodo havia um grifo.

— Kipling? — disse Simon em meio à luz tremulante. — Venha dizer oi.

As enormes asas de Kipling estavam parcialmente dobradas sobre seu corpo. Seus membros traseiros, encolhidos contra as costelas, eram as patas de um leão, com o mesmo tom castanho-claro de pelugem. As patas dianteiras eram garras graciosas, dobradas para dentro na altura dos pulsos. Quando o homem se aproximou, a cabeça da criatura se ergueu um pouco do chão. Ele estalou o bico uma vez quando Simon chegou mais perto, depois gentilmente acariciou sua mão com a testa cheia de penas. Sua cauda felina bateu contra o chão acarpetado. Simon se ajoelhou ao lado do animal e sussurrou algo contra sua plumagem. Depois, fez carinho na cabeça do grifo e voltou a se levantar.

— Srta. Dastani — formalizou —, eu lhe apresento Kipling.

Por um segundo, meu cérebro se desligou completamente. Não fiquei com medo. Não fiquei pasma. Não fiquei nada. Tinha exatamente um único pensamento em mente, e era a única coisa em que conseguia pensar.

Grifos existem.

Lentamente, o mundo foi voltando a tomar forma em minha mente. Eu ainda era Marjan Dastani. Eu ainda estava no ensino médio. Minhas amigas ainda eram Carrie Finch e Grace Yee. Meu pai continuava morto e eu ainda estava na Inglaterra. Todo o resto era igual, só que agora havia grifos.

E, ao que parecia, eu deveria examinar aquele ali.

Kipling cerrou os olhos, desconfiado. Suas asas se abriram desajeitadamente, quase preenchendo a sala de ponta a ponta. Com grande esforço, ele ergueu o corpo até se levantar. Sua cabeça cheia de penas e com um bico que parecia o de uma águia, emoldurada por uma magnífica juba de leão, pendeu entre os ombros. Suas garras se fincaram no tapete, as unhas cortando os desenhos intrincados. *Talvez houvesse shirdals escondidos ali também.*

Aquelas garras podiam me destroçar com facilidade. Não havia para onde fugir. Eu estava à mercê de Kipling. Então, sem nem pensar, fiz o que meu pai fazia sempre que abordava um animal desconhecido. Estendi as mãos vazias para mostrar que não tinha nada a esconder e baixei os olhos para deixar Kipling afirmar seu domínio.

Um momento depois, Kipling bufou para mim através do bico, claramente nada impressionado. Depois, ele pareceu se encolher todo. Seus olhos se fecharam, o peito se expandiu, o pescoço se recolheu, as asas se fecharam. Tudo encolhido em uma bola apertada, até que repentinamente houve uma explosão em forma de tosse, chacoalhando suas costelas e ecoando fundo no pulmão. Suas asas se agitaram, batendo contra o teto e o chão. Puxava o ar para o peito com dificuldade. Seu corpo se contorceu e tremeu por inteiro.

Quando a tosse passou, as pernas de Kipling estavam trêmulas. Ele voltou a se abaixar, incapaz de suportar o próprio peso, e se deitou ali no chão, exausto.

De repente, não enxergava mais uma criatura cuja existência parecia impossível. O que vi foi um animal como qualquer outro que teríamos tratado na clínica. Um animal que precisava de ajuda.

Lentamente, um passo de cada vez, fui me aproximando. Kipling me olhava desconfiado, com um interesse maldisfarçado. O cheiro era parecido com o de um periquito, mas misturado ao aroma de seiva de árvores, de agulhas de pinheiro e de algo mais vigoroso e intenso que eu não conseguia distinguir exatamente.

Olhei para Simon, que parecia sério e preocupado. Eu reconhecia momentos como aquele. Era quando eu deveria começar a falar. Imaginei meu pai ali do lado, confiante e seguro, dizendo coisas sábias, ou mesmo apenas fazendo perguntas inteligentes.

Mas o que *eu* deveria dizer? Eu não fazia ideia do funcionamento de um grifo. Eu não era meu pai. Nem uma veterinária eu era. Eu não deveria ter vindo.

Kipling também parecia cético. Ele me olhava com uma resignação entediada ao mesmo tempo em que microespasmos de tosse percorriam-lhe o peito. Sua desconfiança era estranhamente reconfortante. Simon esperava por resultados, por respostas, mas Kipling não esperava nada de mim. Seria impossível desapontá-lo.

De perto, pude ver os pontos dos quais as penas haviam caído. A pelugem estava cheia de falhas, como um tapete velho. Seus olhos estavam embaçados e cheios de remelas. Estendi a mão e acariciei as penas do pescoço, seguindo a textura macia até as costas, onde se transformavam em pelo.

Primeiro, senti como se fosse um formigamento na ponta dos dedos. Era como estática de tevê, só que tátil. O formigamento se espalhou pelo braço como um relâmpago. Aumentou no peito e se irradiou pelo resto do corpo até ser tudo que eu conseguia sentir. A sensação se intensificou. Uma correnteza preencheu meus ouvidos. Fiquei congelada no lugar. Não conseguiria me mexer mesmo se tentasse.

Então, como uma bolha que se estourou, a sensação de formigamento passou. Em seu lugar apareceu todo um conjunto de outras sensações, todas ao mesmo tempo. Eu não conseguia entender o que eram.

Em primeiro lugar, havia uma vontade feroz e teimosa, como se eu estivesse enfrentando uma rajada de vento. Havia uma saudade melancólica que me fez procurar pela janela um vislumbre do céu. Havia uma frustração amarga e inquieta, como se o mundo inteiro tivesse cantos e quinas demais e tudo fosse sempre muito apertado.

Mas, mais do que tudo, havia dor.

Eu a sentia nos pulmões, no estômago, em cada batida do meu coração. Um estrangulamento espesso que se acumulava em minhas costelas e serpenteava minha coluna. Um gosto corrosivo queimava na boca. Sentia-me enjoada e fraca demais para lutar. Cada sensação, cada som, cada respiração, cada toque trazia consigo dor.

Recolhi a mão e as sensações se dissiparam. Por um momento, eu estava em uma sala iluminada e apertada — iluminada demais, apertada demais — e tudo parecia congelado, e tudo estava se partindo.

E então não sentia mais nada, e o mundo virou de cabeça para baixo.

Simon me apanhou antes que eu caísse e me baixou lentamente até o chão. Um momento depois, mãos gentis colocaram um copo de água nas minhas. Sob um emaranhado de cachos castanhos, um par de olhos azuis muito mais jovens que os de Simon me encarava com preocupação e zelo.

— Sebastian? — disse Simon, de algum lugar no espaço aéreo atrás de mim. — O que está fazendo aqui? — Os olhos relancearam sobre meus ombros por um segundo, depois voltaram a me olhar.

— A tia Chelsea disse que ele adoeceu — Sebastian explicou.

— Mas é claro que ela tinha que abrir a boca — Simon disse.

— Então é verdade?

— É isso que estamos tentando determinar.

— Você está bem?

Precisei de um instante para entender que a voz que era chamada de Sebastian agora estava falando comigo. Tentei responder, mas minha garganta estava seca. Bebi a água do copo rápido demais, como se tentasse preencher um novo buraco dentro de mim, e acabei engasgando.

— Calma — ele disse. Ia dizer algo mais, mas foi então que desmaiei.

Uma vez eu e meu pai brigamos. Ele tinha acabado de chegar de algum lugar e estava de mau humor. Acho que a viagem não acabou bem. Eu tinha treze anos.

Começou com waffles que ainda estavam frios, mesmo saindo da torradeira.

— Que nojo — falei, e os afastei.

— Então faça você mesma — ele disse, antes de tomar um grande gole da xícara de café. — Ou pode comer um pouco do meu café da manhã.

Ele estava comendo um prato de queijo feta, rabanetes e pão sírio, e acho que já sabia qual seria minha resposta.

— Credo — comentei. — Ninguém come rabanete no café da manhã. — Eu poderia ter deixado por isso mesmo, mas estava com raiva. — Por que você nunca faz comida de verdade?

— Isto é comida de verdade — ponderou. Fez uma pausa, depois acrescentou: — Isto é a sua cultura, Marjan.

Minha mãe, que era norte-americana, era mais entusiasmada com a cultura iraniana do que meu pai. Desde que ela morrera, ele quase nunca tocava no assunto. E quando falava sobre isso, nunca parecia que estava falando comigo. Havia outra conversa acontecendo na mente dele. Acho que essa conversa vinha se desenrolando desde o dia em que ela morreu. Acho que não parava nunca. Geralmente a mantinha para si, mas às vezes deixava escapar alguma coisa.

Quando acontecia, sua voz mudava um pouco, de um jeito que me causava um aperto no coração. Como se eu não devesse estar ali. Como se estivesse bisbilhotando uma conversa incômoda de adultos, mas fosse forçada a presenciá-la, sem ter escolha. E isso sempre me deixava com raiva.

— Minha cultura é waffles — eu disse. — Torrados. Não frios. E *isso* — gesticulei na direção do prato dele — mal chega a ser a *sua* cultura, *Jim*.

Meu pai não ficou exatamente bravo. Ele não gritou ou perdeu a paciência. Sua voz ficou aguda e fria e vazia, a ponta de uma agulha hipodérmica penetrando a pele, procurando uma veia para drenar. Doeu, ao mesmo tempo que me fez sentir pena dele. Quando ele ficava daquele jeito, conseguia enxergá-lo por inteiro, perceber como ele estava despedaçado por dentro.

— O mundo não para de girar por conta de nossas emoções, Marjan — ele disse. Seu inglês era perfeito, exceto pelo sotaque, que se mostrava nas sílabas arrastadas aqui e ali. — O mundo não lhe deve nada. Muito menos uma explicação.

Então voltou a tomar seu café e não falou mais nada. Eu mesma fui fazer os waffles e acabei deixando-os queimar. Ficou horrível e eu fiquei com raiva o dia todo.

Depois da escola, acelerei por todo o caminho de bicicleta até a clínica, que era para onde ia ao término das aulas, com raiva ou sem raiva. Mesmo se estivesse brava com meu pai, eu ainda gostava dos animais. Quando cheguei, a recepção estava cheia, as salas de exame estavam vazias e a sala de cirurgia estava frenética.

— Uma cachorra boxer comeu veneno de rato — disse uma das funcionárias quando passou por mim carregando uma pilha de toalhas limpas.

Eu me fechei no escritório do meu pai para começar a fazer o dever de casa. Ele apareceu depois de um tempo, usando seu jaleco branco. Seu cabelo estava um pouco mais bagunçado do que o de costume e ele parecia um pouco mais exausto do que o normal.

— Venha comigo — chamou.

Meu pai me levou até a Sala de Exame Três.

— Abra devagar — disse baixinho. — E feche depois que entrarmos.

Havia pouca luz lá dentro. Um latido fraco veio de cima da mesa. E depois outro. Sobre ela estava a boxer, de olhos fechados, a língua pendurada de um lado da boca. Estava conectada ao soro intravenoso.

Meu pai pegou uma cadeira e a posicionou junto à mesa, tomando cuidado para não fazer barulho. Sentou-se com delicadeza, depois indicou que eu pegasse outra cadeira e me juntasse a ele.

— Estricnina — sussurrou, depois de eu me sentar a seu lado. Ele me olhava para ter certeza de que eu estava prestando atenção. — Nós induzimos vômito. Demos carvão ativado. Nós a sedamos. Então... — Parou, os olhos agora sobre a cachorra que dormia. — O que fazemos a seguir?

Era um teste.

Pensei um pouco. Envenenamento por estricnina em cachorros causa convulsões violentas que levam à morte se não forem tratadas imediatamente. Meu pai fez tudo que podia — tudo que se faz com um cachorro envenenado. Agora estávamos...

— Estamos observando — disse. — De olho em espasmos.

— Bom — meu pai respondeu. — E se ela começar a ter convulsões?

Precisei pensar um pouco.

— Mais sedativo? — perguntei. Foi um chute.

— Muito bom — comentou. — E por que baixamos a luz e estamos sussurrando?

— Porque... — disse, esperando que a resposta me viesse à mente. O que não aconteceu, e meu pai completou o pensamento.

— Porque claridade e barulho podem ser gatilhos para as convulsões.

— Ela vai...? — indaguei.

— Nós chegamos a tempo — ele respondeu, e ouvi uma pitada de alívio em sua voz.

E então ficamos lá sentados, ouvindo a respiração do animal, observando o peito dela subir e descer.

Uof.

Uof.

Uof.

— O mundo não lhe deve uma explicação — ele disse. — Mas eu devo. Quando você estiver pronta, contarei tudo.

— Talvez isso seja só uma questão de prática.

Estávamos em uma sala do outro lado do corredor que levava ao saguão. Minha consciência, força e equilíbrio estavam voltando enquanto descansava em um sofá estreito. O garoto chamado Sebastian, que parecia ter por volta da minha idade, estava parado perto da janela, as mãos no bolso, olhando lá fora. Imaginei que ele ajudara a me levar até ali, mas fiquei constrangida demais para perguntar. Simon não estava em lugar nenhum.

— Posso até concordar com você — eu disse —, se soubesse o que quer dizer com "isso".

— Está se sentindo melhor?

— Um pouco. Onde está o Simon?

— Acho que ele está no telefone com o pessoal da minha escola. Espero que esteja corroborando minha história.

— O Simon é o seu...?

— Tio — respondeu. — Eu estudo em um colégio interno, mas quando fiquei sabendo que Kipling estava doente... bom, aqui estou.

Parecia ter se lembrado de algo, então atravessou a sala rapidamente até uma mesa com uma garrafa de água. Encheu um copo e me entregou. Bebi com calma daquela vez e, quando terminei, descobri que já tinha forças para me sentar.

Meus nervos ainda estavam abalados por conta da surpresa e do choque e da dor. As sensações em si haviam desaparecido, mas eu sentia um eco surdo em meus ossos. Quando dei por mim, percebi que estava respirando com cautela, aguardando a queimação que sentira.

Sebastian se sentou na minha frente. Ele era alto, um pouco grande demais para a poltrona escolhida. Suas pernas eram longas demais, então os joelhos ficavam altos o suficiente para roubar o espaço onde os braços naturalmente pousariam. Parecia um pretzel malformado com uma cara cheia de sardas e cabelos ruivos aparados num corte típico de internato. Ele provavelmente era um pouco desengonçado em tudo que fazia, mas de um jeito charmoso. Todo cotovelos e joelhos, e, apesar deles, um rosto tão perfeitamente intenso que capturava os olhos como um holofote. Esta foi de fato minha primeira impressão dele.

— O *que* exatamente aconteceu lá? — perguntou. — Se você não se importa em responder.

— Não tenho certeza — respondi. Aquilo parecia bobo para ser dito em voz alta.

Eu senti o Kipling.

Naquele momento, Simon entrou na sala.

— Ah, você já acordou — disse. — E já conheceu meu sobrinho fujão. — Olhou feio para Sebastian.

— E eu faria isso de novo — Sebastian avisou, levantando-se de modo desafiador. — Pelo Kipling.

— Tenho certeza que sim — disse Simon. — Mas vai precisar de uma desculpa melhor da próxima vez. Avós doentes suscitam perguntas demais. Precisamos ter cuidado para não atrair muita atenção.

— O que você disse a eles? — Sebastian perguntou.

— Só que você estava mentindo até a alma — Simon disse. — E que você é um garoto levado que amanhã vai voltar para a escola, e que a família inteira, incluindo a sua avó, que tem uma saúde de ferro, ficou horrorizada com o seu comportamento.

— Amanhã? — Sebastian questionou com consternação.

— Fique agradecido por não ser mandado de volta hoje mesmo. — Ele se virou para mim e sua expressão mudou de severa para esperançosa e suplicante. — Agora, a respeito do Kipling. Conte-me.

Respirei fundo, notando a ausência de dor nos pulmões. *Era isto que meu pai fazia? Este era* o trabalho*?*

— Ele está sofrendo — declarei.

O rosto de Simon anuviou-se. Tentei imaginar o que meu pai faria diante de toda aquela dor. Imaginei meu pai se aproximando do Kipling, com uma agulha em mãos, sussurrando para o grifo que não se preocupasse, que os próximos momentos seriam estranhos, mas depois disso, a agonia, a corrupção, tudo desapareceria para sempre.

E então...

Não, aquilo não parecia certo.

— Ele precisa de analgésicos — eu dizia. — Ele precisa de nutrientes. Providencie alimentação intravenosa se ele não comer. Tire radiografias, faça ressonâncias, exames de sangue e de fezes. Trate tudo que encontrar.

As palavras soaram vazias e escorregadias, como se fossem enguias em meu estômago e eu precisasse botá-las para fora o mais rápido possível antes que me mordessem. Nem sequer olhei para Simon ou Sebastian até terminar, até cuspir cada sílaba rastejante no tapete. Quando enfim os encarei, meio que esperava encontrar desgosto.

Quando vi alívio, também fiquei aliviada.

— Então é possível tratar — Simon disse. — Podemos ajudá-lo, afinal de contas.

— Ele pode melhorar — falei. *Enguias.*

— Você pode ajudar? — perguntou Simon. — Com... o que está sugerindo?

— Eu ainda estou no ensino médio — respondi.

Simon ficou em silêncio por um momento.

— É claro — concordou. — Então vou precisar encontrar outro médico. — Ele assentiu, satisfeito. — Cuidarei disso. — Virou-se e saiu da sala.

Sebastian, ainda de pé, ficou me olhando por mais um instante, depois saiu atrás do tio. Ouvi sussurros sendo trocados no corredor. Com grande esforço, eu me levantei e, com cuidado, me aproximei da porta para escutar.

— Pelo menos me deixe ficar mais uma noite — Sebastian pediu. — Para ficar com Kipling.

— Ele precisa descansar — Simon disse. — Pode passar todo o tempo que quiser com ele quando estiver melhor. Podemos juntar a família toda para celebrar.

— Mas...

— Nada de "mas" — retrucou o tio. — Você já levantou muitas suspeitas por suas ações. Uma avó doente... francamente.

Espiei o corredor. Sebastian estava de cabeça baixa. Parecia prestes a ir embora, mas algo o impedia.

— E se ela estiver errada? — perguntou. — E se ele não melhorar?

Enguias, enguias, enguias.

— Não podemos pensar assim — Simon disse, um pouco rápido demais. — Ele é forte. Ele vai melhorar. E, enquanto isso, temos que seguir com a vida. É o único jeito de mantê-lo a salvo.

— Poderíamos protegê-lo melhor se não precisássemos fazer isso escondido — Sebastian disse, sua voz cheia de frustração.

— Você está abalado — alertou Simon. — O Kipling é muito importante para todos nós. Vamos dar tudo que ele precisa.

Sebastian demorou-se um pouco mais, olhando feio para o tio, depois foi retornando a passos pesados para a sala onde eles me deixaram. Voltei para o sofá e tornei a me deitar. Quando ele retornou, ainda havia fúria em seus olhos, mas, depois de respirar fundo, ele se acalmou e se sentou na poltrona.

— Ele não é um bichinho de estimação, sabe? — Sebastian disse. — Kipling não nos *pertence*. Pode ir embora quando quiser, mas nos escolheu. Confiou em nós durante centenas de anos. Ele vai ficar bem? — perguntou.

Eu não queria outra rodada de enguias, então simplesmente assenti sem parar e torci para isso ser o suficiente para convencê-lo.

— E quanto a você? — indagou o rapaz, depois de um tempo. — Você está bem?

Quando olhei naqueles olhos azuis e enxerguei apenas compaixão, senti algo se partir dentro de mim.

Não chorei logo que meu pai morreu. Ou no velório, ou em qualquer dia. Simplesmente não chorei. Mas naquele instante, ali, naquele lugar estranho, soluços de contorcer o rosto surgiram do nada. Não havia como impedi-los, sem ter o que fazer além de sentar e chorar e me sentir estúpida, constrangida e minúscula. Não conseguia nem apontar o motivo do choro: meu pai, o animal estranho e lindo que estava na sala ao lado, toda aquela injustiça, o interminável eco perguntando *por quê, por quê, por quê.*

— Já estive melhor — respondi, enxugando o rosto depois que a pior onda passou. Sebastian ainda me olhava e, para minha surpresa, ele não parecia completamente enojado pelo caos diante de si.

— Talvez um pouco de ar fresco? — perguntou.

Havia trilhas ao redor de toda a mansão. Sebastian me conduziu por um roseiral e um campo gramado destinado para um jogo do qual eu nunca ouvira falar. Enquanto caminhávamos, ele contava pedaços da história do lugar — aquela ala foi inaugurada em 1836, a fonte foi um presente do rei Jorge, aqueles vitrais foram feitos em Flandres usando substâncias que enlouqueciam as pessoas.

— Por que você sabe tudo isso? — perguntei.

— Minha família leva nossa história muito a sério — disse. — Acho que, em parte, é porque um de nós vivenciou tudo isso.

— Eu escutei o que você falou — alertei. — No corredor.

Ele pareceu constrangido.

— Eu não queria…

— Está tudo bem — eu disse. — Não sei como tudo isso funciona. Vocês deveriam falar com outra pessoa.

— Meu tio não vai fazer isso — Sebastian disse. — Ele acredita em... algo. Acha que, para cuidar do Kipling, as coisas precisam ser feitas de uma certa maneira, ou a aliança será quebrada.

— Que aliança?

Sebastian riu.

— Algumas pessoas pensam que o Kipling nos deu tudo que temos, que ele nos escolheu porque éramos, de alguma forma, merecedores e que precisamos continuar vivendo como sempre fizemos, senão ele vai embora e leva consigo toda a boa sorte.

— Mas você não pensa assim.

— Para mim — Sebastian disse —, o Kipling faz parte da família. Nós o alimentamos e o protegemos porque ele é um de nós. Nada mais importa.

No limite do campo de jogo havia um velho muro de pedra igual àqueles que vira no trajeto de carro. Do outro lado, o terreno se abria para uma gentil encosta e, depois disso, uma floresta densa de árvores baixas. Descemos a encosta até um riacho. Em uma poça rasa, pequenos peixes apareciam e voltavam a sumir.

Pelas últimas três semanas, o tempo parecia mais pesado, como a gravidade em outro planeta muito, muito maior. Um minuto neste mundo alienígena onde eu agora vivia pesava tanto quanto dez minutos em tempo normal, e quando eu olhava para adiante, o peso de todo esse tempo superdenso fazia meus ossos doerem. Então eu mantinha os olhos para baixo, atenta ao próximo passo, sem me preocupar muito sobre o que viria depois.

Mas ali, na tarde fria e cinzenta nos arredores da mansão Stoddard, longe de tudo que fosse familiar, o tempo parecia mais leve. Eu podia enxergar mais longe, enxergar com mais clareza. E não doía tanto olhar para o futuro. Talvez devesse, eu percebi, voltar para escola. Eu deveria vender a clínica antes que falisse de vez. Talvez outra pessoa soubesse o que fazer com ela.

— Deve haver outros por aí — ele disse. — Como o Kipling. Imagino que não somos os seus únicos clientes.

— Eu não saberia dizer — respondi.

— Você provavelmente não poderia me contar, mesmo se soubesse — ele disse.

— Meu pai nunca me contou nada sobre isso.

— É claro que não — Sebastian disse. Fez uma pausa. — Desculpe. Eu não conhecia o seu pai. Conheço só a minha família. Todos os segredos, todas as mentiras, eu odeio isso tudo. Talvez ele estivesse poupando você disso.

— Me poupando?

— Nós, os Stoddard, aprendemos desde cedo a mentir, a manter segredos. Há dias em que simplesmente quero contar para todo mundo. O Kipling é tão maravilhoso... por que mantê-lo só para nós? Mas provavelmente não é tão simples assim, não é mesmo? — Sebastian suspirou. — Enfim, meu tio está certo. Eu deveria ter mais cuidado. Mas gostaria que ele tivesse me deixado ficar uns dias a mais.

Apanhou um seixo e o lançou na água. Os peixes fugiram para todas as direções em uma pequena explosão de cores cintilantes. O som tranquilizador do riacho preenchia o ar gelado.

— É a floresta do Kipling — Sebastian disse, indicando as árvores. Tentei imaginar o grifo vagando pela floresta. E Sebastian quando menino andando a seu lado. A imagem me fez sorrir.

— Como foi? — perguntei. — Como foi crescer com um grifo?

— Eu não sei como seria crescer de outro jeito — Sebastian disse. — Ele está sempre aqui. Sabemos que vamos vê-lo sempre que voltamos. É difícil manter um segredo desses, mas ele mantém nossa família unida.

— Meio que entendo isso — respondi.

— Imagino que sim.

Seja lá o que quisesse dizer com aquilo, seja lá o que pensasse, ele provavelmente estava errado. Mas não estava a fim de corrigi-lo. Porque mesmo se pensasse que o segredo que eu compartilhava com minha família de duas pessoas era o mesmo segredo incrível que a família dele mantinha por tanto tempo, e não o segredo pequeno, caótico, frustrante de um pai solteiro errático e pouco confiável que talvez me amasse, mas que também desaparecia durante dias sem nenhum contato e explicação — mesmo se Sebastian pensasse isso, ele ainda me entenderia melhor do que qualquer um dos meus amigos.

E talvez eu também o entendesse muito bem.

— Sebastian? — disse. Quando o pronunciei em voz alta pela primeira vez, seu nome pareceu um pequeno castelo em uma colina qualquer, seguro e protegido e acolhedor.

— O que foi? — Ele me olhava, o rosto iluminado e receptivo.

Diante de mim pairava uma sensação familiar e fragmentada e verdadeira, um rasgo brilhante no tecido do universo, implorando para ser visto, para ser apontado. Já o vira antes, quando senti o Kipling. Eu queria que Sebastian visse, que soubesse. Mas, seja lá o que fosse aquilo que eu estava tentando ver, estava perto demais, brilhante demais, fraturado demais. E seja lá o fosse aquilo que eu estava tentando dizer acabou se transformando em enguias no meu estômago.

Dei de ombros.

— Estou cansada.

Ele me olhou de um jeito estranho, tentando, com o olhar, me instigar a lhe contar o que não dissera. Ofereci um sorriso fraco e desviei os olhos. Depois de um longo instante, ele desistiu e voltou a olhar para as árvores.

— Você pode ficar aqui — ele disse. — Quarto é o que não falta.

Eu queria continuar conversando com Sebastian. Estava desesperada por isso. Alguém que entendesse, que não falasse de um jeito enigmático. Eu precisava disso.

Mas não queria ficar. A ideia de voltar para a mansão, de ver o Kipling outra vez, fez o mundo tremer como ondas em um lago. Eu queria estar bem longe. Queria estar em casa.

— Talvez um dia desses — comentei. — Isto tudo me parece muito estranho.

Sebastian sorriu um sorriso compreensivo, mas percebi que ficou um pouco decepcionado.

— Espero que você mantenha contato — ele disse. — Não é sempre que posso ser completamente honesto com alguém que não é da minha família.

— Até agora, você é a única pessoa que eu conheço com quem posso conversar sobre tudo isso — assumi. — Pode mandar ver na honestidade.

Ele sorriu para mim. Pareceu querer dizer mais coisas, mas não o fez.

Quando voltamos para a mansão, Simon me entregou um cheque com uma quantia que parecia maior do que o merecido. Ele insistiu que era o valor combinado, e por fim aceitei. Um carro me levou para um hotel junto ao aeroporto, onde passei a maior parte da noite andando de um lado para o outro no quarto enquanto a chuva batia contra a janela.

Sentira todo tipo de emoção desde aquele dia, havia três semanas, quando, ao chegar em casa, soube que meu pai estava morto. Choque, descrença, culpa, raiva — tanta raiva. Nada daquilo fora tão simples e puro quanto as lágrimas que explodiram de mim na mansão Stoddard. E, uma vez que secaram, eu me sentia vazia.

Havia algo faminto e quebrado dentro de mim. Era capaz de sentir isso no peito, sob as costelas, sob a marca de nascença em forma de lua crescente acima do meu coração. Parecia *correto* simplesmente ficar triste. Parecia natural e honesto e reconfortante, de um jeito que nada mais fora naquelas últimas três semanas. Mas não conseguia mais encontrar aquela sensação. Quando tentava, apenas me sentia com raiva e perdida.

CAPÍTULO CINCO

ZORRO

Na noite em que voltei para casa, fiquei um longo tempo parada à porta do quarto do meu pai, imaginando que segredos poderia conter. Será que existiam outros animais como o Kipling? Outras pessoas como os Stoddard? Quantos? Onde? Que animais? Será que eu conseguiria me conectar com eles da mesma maneira que aconteceu com o Kipling? Quando eu era criança, meu pai me enchia de histórias. Quantas eram verdadeiras? E a maior pergunta de todas — aquela que sempre fazia meu estômago congelar:

Por que ele não me contou?

Tremendo, levei a mão até a maçaneta, mas me contive antes que meus dedos tocassem o metal.

Ele pensou mesmo que eu não conseguiria guardar mais um segredo?

Lancei minhas perguntas raivosas sobre a porta, como se a porta fosse o fantasma do meu pai, como se ela pudesse se abrir por conta própria e me dar as respostas. Mas, é claro, não podia.

Que seja, pensei. *Você vai ver. Você vai ver como sou capaz de guardar segredos.*

Dois dias depois de voltar da Inglaterra, fui de bicicleta para a escola e entrei de fininho depois do primeiro sinal. Minha melhor amiga, Carrie, virou-se de seu lugar na primeira fila e me deu o olhar universal de "Mas que diabos, Marjan", que eu até merecia, já que basicamente me tornei um fantasma desde a morte do meu pai. Ofereci minha melhor versão de "Foi mal", e Carrie respondeu olhando feio, seguindo imediatamente com um sincero "Você está bem?". Com o polegar, fiz um joia que se transformou em um mais ou menos, e, via gestos, combinamos de nos encontramos mais tarde, depois da aula.

Carrie Finch foi a primeira amiga que fiz nos últimos anos do ensino fundamental. No primeiro dia do sexto ano, quando todos procuravam formar seus grupinhos, Carrie e eu acabamos lado a lado na aula da sra. Ascherman. A primeira impressão que tive foi que ela era organizada nos mínimos detalhes. Tudo, desde a trança apertada de fios loiros até a pele bronzeada com que voltara das férias de verão, passando pelo jeito como guardava a mochila debaixo da cadeira, parecia ser milimétrico. Ela começou a tomar nota assim que a aula começou. Sua letra era pequena e rápida e precisa, e ela encheu uma página inteira antes do primeiro intervalo. Eu nunca tinha tomado nota durante as aulas. Nunca tinha visto alguém da minha idade se dedicar tanto a simplesmente ouvir. E era apenas a *aula de apresentação*. Fiquei fascinada.

Seu pai era professor da Universidade da Califórnia em Berkeley; a mãe era administradora hospitalar; e seu irmão, Kyle, era um garoto desajeitado da turma do sexto ano da sra. Ascherman. A família morava em um casarão perto da universidade, viajava de férias para o Yosemite e para o Havaí e convidavam pessoas para jantar, coisas essas que me pareciam estranhíssimas.

Depois do fim da primeira aula, Carrie me deu um abraço apertado. Os braços dela eram estranhamente longos. Era uma das poucas coisas sobre ela que não era perfeita a ponto de irritar, mas ela tirava bastante proveito deles. Nadava na equipe da escola desde o primeiro ano. E seus abraços eram sempre apertados.

— Fiquei tão preocupada com você, Marjan — disse. — Pensei que seria despachada para algum outro lugar e nunca mais a veríamos de novo. — Carrie conseguia pensar nas situações mais horríveis com uma facilidade chocante.

— Desculpa, Ursinha — repliquei. — As últimas semanas foram bem esquisitas.

Logo depois, Grace Yee se juntou a nós, apressando-se pelo corredor e quase me derrubando.

Mesmo com o topete que estreara no primeiro dia de aula, Grace era a mais baixinha das três. Mas, por algum motivo, ela sempre era a primeira a ser notada. Tinha uma voz alta e rouca que se sobrepunha ao burburinho como um bisturi bem-afiado, e um jeito de andar — até mesmo de ficar parada — que parecia criar um tipo de campo magnético. E ela sempre usava cores fortes: na ocasião era uma blusa de capuz verde com All Star do mesmo tom.

— Nós sentimos sua falta, sua tonta — disse, socando-me no braço. — Por que você nunca responde?

— Eu só precisava de um tempo, G. — falei.

Grace é a razão pela qual nos tornamos amigas. Durante a sessão de avisos da escola naquele primeiro dia do sexto ano, ela deu um jeito de entrar no mesmo grupo de leitura em que eu e Carrie estávamos, principalmente porque, assim como eu, ficou muito curiosa sobre como e por que Carrie havia conseguido escrever tanto sobre nada. Mas, diferente de mim, não tinha medo de perguntar.

E quando Carrie explicou que não conseguia evitar, já que se sentia fisicamente mal se não tomasse notas detalhadas, Grace logo declarou que, a partir de então, éramos um trio de estudos.

— Você vai garantir que não vamos deixar passar nada — disse ela para Carrie. Naquele dia, nós aprendemos duas coisas. Primeiro, que, por dentro, a linda e perfeita Carrie era supernervosa. Segundo, que era impossível discutir com Grace Yee.

O sinal tocou anunciando a aula seguinte, e uma manada de garotos barulhentos do primeiro ano do ensino médio passou por nós.

— Espera aí — disse Grace antes que pudéssemos seguir em direções diferentes. — Para onde vocês estão indo?

— Química — respondeu Carrie.

Precisei pensar um pouco. Fazia três semanas desde a última vez que precisei me lembrar.

— Espanhol, acho.

Grace olhou ao redor. O pátio estava começando a esvaziar.

— Parabéns — falou. — Vocês duas estão erradas. A próxima aula é *bubble tea*. Vamos.

Carrie gemeu de preocupação. Tinha certeza que matar aula lhe causaria uma reação alérgica. E e ainda de que ela mesma faria isso, no caso.

— Não posso, G. — falei. — Hoje não. Preciso conversar com o pessoal da secretaria. Não posso ficar matando aula se quero convencê-los a não me fazer repetir de ano.

Carrie suspirou aliviada e Grace fez uma careta.

— Vocês duas não sabem se divertir — resmungou. Então girou nos calcanhares de um jeito dramático e foi embora, mas se virou e gritou: — Almoço, lá fora. — Não era uma sugestão.

No almoço, eu, Carrie e Grace nos sentamos no gramado da escola. Era um dia ensolarado e muitos alunos estavam do lado de fora, reunidos em grupos, rindo, gritando, olhando os celulares. Um grupinho do teatro se juntou em volta de uma garota que interpretava uma música da Halsey no uquelele. Alguns garotos, incluindo aquele pelo qual Grace tinha uma queda desde o primeiro ano do ensino médio, fazia embaixadinhas. Quase parecia um dia como outro qualquer.

Carrie trouxe peito de frango cortado em tiras grossas e um café gelado em lata. Grace trouxe uma salada de macarrão picante com vegetais que sua mãe preparara na véspera. O meu almoço era pão branco com manteiga de amendoim. Ao menos até Grace notar.

— De jeito nenhum — disse. E então o meu almoço foi salada de macarrão picante com vegetais que sua mãe preparara na véspera.

— Afinal de contas, por onde você andou? — Grace perguntou enquanto estudava meu sanduíche amassado com um desgosto fascinado.

— Em casa — respondi. — E depois na clínica. E, por sinal, ela agora é minha. Uhu. — Não foi uma resposta satisfatória, e eu podia sentir isso. — Estou tentando ajeitar as coisas. Não estava tentando me afastar de vocês. Eu só não estava pronta para isto. — Indiquei a escola e o gramado com um gesto. — Até agora.

— Não consigo acreditar — disse Carrie. Sacudiu a cabeça e olhou para a grama. Achei ter visto lágrimas escorrendo de seus olhos.

— É sério, gente — repeti —, estou bem de verdade.

— Eles sabem quem foi? — Grace perguntou. Tive a sensação de que ela continuaria repetindo a pergunta pelos próximos dias até eu poder dizer sim.

— Ainda não — falei. *Não estão nem perto de descobrir.*

Tentei lembrar se alguma das duas chegou a conhecer meu pai. Grace não fora uma ou duas vezes na clínica? Não foi ela quem me buscou em casa para um baile da escola? Eu sempre tentei mantê-lo à parte do resto da minha vida. Tinha medo de que ele fosse atrapalhar tudo por ser sério demais, ou triste demais, ou simplesmente estranho demais.

— Quer falar sobre ele? — Carrie perguntou, um pouco incerta. — Quer dizer, se for ajudar?

Eu queria falar sobre ele. Mas nunca poderia dizer o que eu precisava dizer, não para Carrie e Grace.

Lembrei de uma história em pensamento, mas não disse mais nada. Grace pousou uma mão bondosa em meu braço. Naquele momento, a bola de futebol veio quicando em nossa direção, e o crush de Grace chegou logo atrás, pedindo desculpas para todas nós, mas em particular para Grace, que ficou visivelmente corada. Nós rimos e mudamos de assunto, mas a história continuou de onde estava.

Era uma manhã de verão de quando eu tinha onze anos. Meu pai tinha acabado de voltar de uma viagem. Uma viagem curta, acho, mas eu me sentia igual com todas elas: furiosa, sozinha e com medo.

Tínhamos passado a noite anterior jogando baralho. Quando eu era pequena, meu pai me ensinou um jogo de cartas persa chamado Pasur. Não jogávamos muito, mas de vez em quando um de nós dois pegava o baralho para jogarmos algumas rodadas. Era um baralho comum, mas meu pai chamava as cartas pelos nomes em persa e contava os pontos em farsi, e isso era o suficiente para transformá-las.

Meu pai também se transformava. Tinha a cabeça em outro lugar quando jogávamos. Não sei se era no Irã, ou na minha época de criança, ou algum lugar sobre o qual nunca me contou. Fosse onde fosse, era mais feliz e mais esperançoso do que o lugar onde passou o resto de sua vida.

Naquela noite fui dormir me sentindo segura e protegida. Eu não estava mais sozinha. No dia seguinte, encontrei um bilhete na minha cadeira com a caligrafia precisa e afiada do meu pai:

Fui trabalhar mais cedo. Não quis te acordar.

— Pai

Senti um aperto no peito. Tudo que eu sentia quando ele estava longe voltou de repente, só que pior. Fiquei ainda mais furiosa, me sentindo mais sozinha e com ainda mais medo. Foi naquele dia que entendi que aquilo nunca teria fim. Sempre seria assim e nunca melhoraria.

Rasguei o bilhete, chutei a cadeira longe, bati a porta do meu quarto e desci as escadas.

Entrei na cozinha me sentindo uma agente do caos e do perigo e, por dentro, vazia, como se existisse um buraco negro faminto para ser preenchido bem no meio do meu coração. Faltava algo que o preenchesse — algo de que necessitava.

Foi então que comecei a fazer os sanduíches.

Usei um pacote de pão branco inteiro e o máximo de manteiga de amendoim que conseguia espalhar em cada fatia. Não sabia fazer nada além disso. Empilhei os sanduíches, espremi tudo de volta no saco e depois guardei na minha mochila, que foi para as minhas costas e eu saí. Não sabia para onde estava indo.

No dia seguinte, quando me encontraram, eu tinha percorrido trinta quilômetros. Minhas pernas estavam rígidas e doloridas. Tinha comido todos os sanduíches e estava me sentindo nauseada. Estava com frio e confusa e com medo, e não chegara nem perto daquilo que procurava.

Meu pai foi me buscar e me levou para casa.

— Que bom que você está bem — disse, e foi só isso.

Quando chegamos em casa, ele me deu o mesmo olhar de quando me deixava sozinha. Como se comigo houvesse algo de errado que médico algum no mundo conseguiria consertar. Acho que ele nem ficou bravo.

Acho que ficou com vergonha.

Ao final do dia, enquanto eu me dirigia à saída da escola, Grace veio até mim e passou o seu braço pelo meu.

— Nós vamos para a casa da Ursinha — disse. — E você vai junto.

A sala de estar da casa de Carrie era nosso ponto de encontro padrão. Era quentinha e limpa e tinha um monte de assentos aconchegantes. Dava para se jogar em qualquer lugar, abrir a mochila e plugar o notebook por toda parte e se conectar na rede EquipeFinch (senha: Fringilla216). Além do mais, havia salgadinhos e a geladeira estava sempre abastecida com latas de água com gás saborizada. E todo mundo era sempre bem-vindo no jantar. Era o exato oposto da minha casa.

— Não sei, G. — disse. — Estava indo para a clínica.

— Nem pensar — respondeu Gracie. — Você precisa conhecer a Baleia Azul.

Já vinha ouvindo falar da Baleia Azul durante semanas antes da morte do meu pai — uma velha perua Subaru com mais de trezentos mil quilômetros rodados que os pais de Grace haviam comprado para presenteá-la no seu aniversário de dezesseis anos, que seria...

— Ah, não! — queixou-se, parando de repente. — Eu perdi o seu aniversário!

— Você perdeu um jantarzinho — amenizou. — Não se preocupe. Mas agora vou usar isso para você se sentir culpada e vir com a gente porque, minha nossa, não acredito que você perdeu o meu aniversário!

A Baleia Azul conseguia ser simultaneamente redonda e quadrada, com faróis que pareciam olhos cerrados e uma grade frontal que parecia um rosto enrugado de preocupação. Era longa e baixa, como se estivesse tentando se esgueirar debaixo de um carro maior. Por dentro, o teto também parecia baixo, e o estofado cinza estava gasto e com fissuras. Mas era um carro, e Grace era a única das três com carteira de motorista.

Por via das dúvidas, liguei para a clínica. Dominic me assegurou que as coisas ficariam bem mesmo sem mim.

— Vá ficar com suas amigas — disse. — Os técnicos podem varrer a recepção e eu me encarrego de guardar os medicamentos e apagar as luzes. Você está liberada.

Havia espaço suficiente para a minha bicicleta na traseira da Baleia Azul. Carrie se voluntariou para ir no banco de trás, embora suas pernas fossem longas e o banco traseiro fosse mais apertado. Depois que colocamos o cinto, Grace saiu de ré — um pouco rápido demais, mas de um jeito divertido — e todas nós rimos. Depois, abrimos os vidros porque o interior da Baleia Azul tinha um cheiro estranho, e porque era legal andar de carro com as janelas abertas e só com as amigas. Chegamos à casa de Carrie em questão de minutos.

— Bem-vinda de volta, Marjan — disse o pai de Carrie ao pôr os olhos em mim. — É bom ver você de novo.

Esperei que ele me abordasse sobre o meu pai ou falasse que sentia muito pelo ocorrido. Fiquei aliviada, pois ele não falou nada. Apenas assentiu com a cabeça. Os pais de Carrie eram tranquilos e simpáticos e nunca faziam perguntas desconfortáveis.

Peguei uma lata de água com gás sabor framboesa na geladeira, me joguei em um pufe macio e fui conferir o dever de casa que ficara acumulado na minha ausência. Era bastante coisa. A escola alegou que não me puniria pelas faltas, mas agora eu estava começando a me perguntar se isso era mesmo verdade.

Carrie se sentou no lugar de sempre, numa grande almofada debaixo da janela, estudando sua gramática de suaíli. Ela estudou durante seis anos em uma escola de imersão chinesa antes de nos conhecermos e ainda gostava de praticar seu mandarim com a Grace de vez em quando. Levando em conta o francês que seus pais às vezes falavam em casa, minha amiga sabia falar quatro línguas.

Grace resolvia equações de química em um livro de exercícios com fones de ouvido e uma cara de determinação. Estava deitada no sofá, sem os sapatos, batendo os dedos do pé enquanto virava páginas de diagramas de moléculas. Chegou a tirar os fones uma vez para dizer "Isso aqui é química de mentirinha" antes de voltar a resolver os problemas ouvindo música.

Éramos capazes de ficar assim por horas, cada uma perdida em seus próprios projetos e deveres. E sentada ali, daquele jeito, o mundo quase parecia normal. Eu quase podia fingir que não estive do outro lado do planeta, cara a cara com um grifo doente, sentindo o que ele sentia.

Quase, mas não exatamente.

Naquela noite, depois que Grace me trouxe de volta para casa, fui para a cama e digitei o número do Sebastian no celular. Quando pensava no Kipling, doente e fraco naquela sala escura, sentia algo balançar dentro de mim. Mas enquanto Sebastian esteve comigo quando eu chorava de soluçar, quando caminhamos pelo jardim, quando ficamos observando a floresta, o mundo pareceu um pouco menos confuso. Um pouco mais caloroso.

Eu queria menos confusão. Queria mais calor. E, mais do que tudo, queria alguém com quem pudesse conversar de verdade.

Oi, escrevi. **É aquela garota dos Estados Unidos que ficou derrubando lágrimas sobre a sua mobília chique.**

Fiquei olhando para a frase que havia acabado de enviar para o outro lado do oceano e esperei.

O celular acendeu com uma notificação. Um balão de texto apareceu debaixo do meu.

Espero que tenha conseguido se recompor.

Sorri.

Continuo sendo uma bagunça ambulante, escrevi.

Agradeça por não ter que lavar duzentos pratos por noite durante uma semana.

?

A punição por ter fugido da escola. Eles não podem mais bater na gente, então tentam nos matar de lesão por esforço repetitivo.

Uma pausa. Então outra notificação. É possível que uma notificação pareça significativa? Essa pareceu.

Como você está?

Voltei faz dois dias e já estou exausta.

Com o tempo fica mais fácil, escreveu. **Você vai se acostumar.**

Não precisei explicar nada para Sebastian. Ele entendeu perfeitamente o que eu estava pensando.

Quanto tempo leva?, mandei.

Uns dezessete anos.

Não me ajuda em nada, valeu.

Mas você tem sorte, ele escreveu, **de agora ter uma linha direta com um especialista no assunto Manter Grandes Segredos.**

Eba, que sorte a minha.

Houve uma pausa longa, longa o bastante para ficar pensando se tinha sido sarcástica demais. Será que ele ficou bravo? Será que se ofendeu? Será que decidiu que não valia a pena perder tempo comigo? Será que era isso mesmo que eu queria, afinal de contas? Seria menos complicado, menos confuso, se conseguisse esquecer Kipling e todos que estavam conectados a ele.

Mais uma notificação.

É sério, ele escreveu. **Pode conversar comigo sempre que quiser. Pode me contar tudo.**

Comecei a digitar. Escrevi três palavras, fiquei olhando para elas, mas não as enviei. Elas ficaram lá na tela, a verdade mais verdadeira que já escrevera na vida.

Estou com medo.

Encarei as palavras por muito tempo, o polegar pairando sobre o botão de enviar. Será que eu podia contar isso a ele? Será que podia confiar nele?

Notificação. Do Sebastian.

Enfim, tenho que ir lavar a louça do café da manhã.

Apaguei o que tinha escrito.

Não quero ver uma mancha sequer, escrevi. **E obrigada.**

Depois de alguns dias, voltei ao ritmo da escola. As pessoas pararam de me notar no corredor. Acabei conseguindo entregar a maioria dos trabalhos que havia perdido. Alguns dias, ficava estudando com Grace e Carrie na sala da família Finch até escurecer. Em outros, ficava na clínica, lidando com responsabilidades chatas de adulto que nunca pedi para ter. Pagamentos de fornecedores e funcionários, aluguel, conta de luz, água e telefone. Uma máquina de radiografia estava nas últimas. Duas hipotecas. Sempre havia uma conta para pagar. Sempre havia uma conta atrasada. E ninguém se importava que eu só precisava me preocupar com tudo pelo simples motivo de que meu pai havia sido assassinado.

Às vezes, quando a clínica ficava vazia, eu pegava o cartão que aquela mulher estranha havia deixado comigo — a chaleira com a serpente enrolada — e o estudava em busca de pistas. Um número de telefone escondido, um e-mail que passara despercebido, alguma mensagem secreta codificada no desenho. Mas não havia nada, e quanto mais eu olhava, menos sentido fazia.

Às vezes parecia que nada daquilo havia de fato acontecido.

Uma vez por semana, Carrie e Grace iam comigo tomar *bubble tea* em um lugar perto da escola para conversar sobre qualquer coisa. Escola, música, garotos. O assunto da vez era o crush de Grace, um garoto do time de futebol chamado Howie.

— Ele ficou o tempo todo sorrindo para você hoje no anfiteatro — Carrie disse numa tarde em que saímos.

— Ele sorri assim para todo mundo — Grace desconversou. — Não significa nada! Marjan, diga para ela que um sorriso não significa nada.

Apenas sorri e tomei um gole de chá.

— Qual é a graça? — Grace quis saber.

A graça era assistir a Grace, que costumava ser tão calma e confiante, agir como Carrie antes de uma prova. Isso vinha acontecendo há algumas semanas, e eu estava começando a acreditar que, no fundo, Grace estava gostando do drama e da atenção.

Quase chegava a parecer que tudo voltara a ser como era antes da morte do meu pai. Mas havia coisas que eu não podia dizer. Havia histórias implorando para sair, mas não podia contá-las. Às vezes tinha vontade de simplesmente gritar: "*Grifos existem! Grifos de carne e osso!*" Sentia como se nós três fôssemos minúsculas, e só eu pudesse enxergar isso.

Felizmente, também havia o Sebastian.

Nós conversamos todos os dias. Às vezes por chamada de vídeo, às vezes só com piadinhas por mensagem. Era uma maluquice o quanto eu ficava esperando ver seu nome aparecer nas minhas notificações. Era uma maluquice o quanto era reconfortante não precisar tomar cuidado, não sentir como se estivesse escondendo metade da minha vida sempre que falava com ele.

— Fico brava com as pessoas por não saberem o que a gente sabe — eu disse. — Como se eu não pudesse falar nada por culpa delas. Você também sente isso?

— O tempo todo — ele confessou. — É preciso ser duas pessoas diferentes. A que sabe e a que não sabe.

— Eu meio que odeio a que não sabe — assumi.

— Também acontece comigo — Sebastian disse.

Estávamos numa chamada de vídeo. Eu estava no escritório dos fundos da clínica e ele estava em uma sala de estudos vazia em seu internato chique. Emoldurado pelo cabelo desarrumado, o rosto de Sebastian, um pouco esbranquiçado pela câmera, um pouco distorcido pela lente e um pouco sonolento em geral, ainda parecia tão intenso como me lembrava da primeira vez que o vi. Havia algo em suas feições e na maneira como se constituíam que eu não conseguia recriar mentalmente, que estava sempre tentando decifrar e assimilar, como se fosse algum tipo de mistério não resolvido. Por vídeo, eu podia estudar seu rosto com mais atenção sem ser esquisito, sem parecer que estava encarando. Vivia fazendo isso, mas não parecia mais perto de entender o motivo de não conseguir desviar os olhos dele.

— Então, o que você faz? — perguntei. — Quando sente raiva.

— Vou ficar com o Kipling — ele disse. — Eu me sento ao lado dele. E me lembro por que vale a pena passar por isso.

— E se eu não tiver um Kipling por perto?

— Você pode voltar sempre que quiser — Sebastian respondeu.

— Está me chamando para sair? — retruquei.

— Você está livre?

Ele sorriu. Estava brincando, é claro, e eu também.

— Sebastian? — chamei. — Você acha que eu tenho permissão para ficar fazendo isso?

— Fazendo o quê?

— Falando com você.

— Por que não teria?

— Sei lá. Parece que deveria existir alguma regra ou algo assim. Talvez não para você, mas para mim. Tipo, acho que meu pai nunca teve este tipo de conversa com os clientes.

— Você quer parar? — Sebastian disse. — É melhor que eu não te escreva mais?

— Não — respondi. — Acho que eu literalmente explodiria se não pudesse conversar com ninguém. Enfim, até que é legal. Não saber. Deixa isso ainda mais divertido.

Sebastian sorriu.

— O que foi? — indaguei. — Falei alguma coisa?

— Você disse que isso é divertido — ele disse. — Eu também acho.

Quando saí da clínica naquela noite, ainda era capaz de enxergar o rosto do Sebastian, aquele sorriso, aqueles olhos, aquela *coisa* que ele tinha que eu não conseguia descrever muito bem. Conseguia ouvir sua voz saindo pelo alto-falante. E me sentia bem. Eu me sentia esperançosa. Voltando de bicicleta para casa, um calor, pequeno e confuso, brotou no meu peito.

Havia uma pizza me esperando ao lado da porta quando cheguei, junto com o desenho de uma carinha feliz.

Gritei um "obrigada" na direção da casa de Francesca, provocando uma ladainha dos cachorros. Levei a pizza para dentro, com a intenção de comer no quarto.

Enquanto atravessava o corredor do segundo andar, tive a sensação de que o carpete parecia mais macio do que de costume. Senti como se estivesse saindo de um sono, voltando à vida. Então vi a porta do quarto do meu pai — fechada, como sempre — e uma raiva emergiu, abafando tudo que sentia de bom.

Semanas se passaram. Todos — minhas amigas, o orientador com quem falara algumas vezes, a dra. P. e os funcionários da clínica — pareciam pensar que eu venderia o negócio do meu pai. Ainda não fizera nenhuma tentativa.

Não conseguia explicar ao certo por que era tão difícil me desfazer da clínica. Eu não era veterinária. Além disso, os negócios iam mal. David Ginn, o contador do meu pai — que agora era o meu — um dia me confirmou isso.

— A situação não parece nada boa — David confidenciou pelo telefone.

— O que devo fazer? — perguntei.

— Livre-se da clínica na primeira chance que tiver — disse.

David havia começado a trabalhar com o meu pai durante os meses estranhos e catastróficos que se seguiram à morte da minha mãe. Poucas pessoas ficaram por vontade própria na bagunça que foi a nossa vida naquele ano. David foi o único que permaneceu.

Eu sabia que ele estava certo. Ele geralmente estava certo. Ao mesmo tempo, acho que também estava esperando, torcendo, para que o telefone tocasse, para que a mulher estranha que me levou até o Kipling batesse outra vez à porta da clínica. Eu queria ser útil. Queria outra chance.

Mas não foi ela que apareceu na vez seguinte.

— A primeira coisa que precisa saber sobre mim é que sou uma bruxa.

Essas foram as primeiras palavras que Malloryn Martell me disse, logo depois de se apresentar. A recepção estava vazia, não havia mais ninguém além de nós duas e Dominic, que tinha acabado de atender o telefone. Já haviam se passado três dias desde o Halloween e quase dois meses desde que conhecera Kipling, e, neste intervalo, nada de diferente acontecera. E então, um dia, ao chegar da escola, encontrei alguém esperando por mim na recepção da clínica, comendo os doces que sobraram do Halloween da tigela disponível para os clientes.

Malloryn Martell era como se alguém tivesse transformado um cachorrinho alegre em uma adolescente emo. Usava uma camiseta com estampa do Totoro, jaqueta jeans desbotada, legging preta e coturnos verdes da Doc Martens. Uma mochila velha coberta de bordados aplicados e símbolos mágicos desenhados com caneta pendia desleixadamente de um dos ombros. O cabelo loiro esfumado era encaracolado e cortado em uma franja volumosa, e ela tinha calorosos olhos castanhos que se recusavam, apesar da sombra pesada que usava, a fazer algo que não fosse brilhar.

Uma caixa de transporte de gatos feita de papelão descansava a seus pés, silenciosa e imóvel. Prendi a respiração. *Será agora? Será que é ela? Será que esta é minha chance?* Sem dizer mais nada, gesticulei para ela me seguir até o escritório.

Uma vez lá dentro, a garota deixou a caixa no chão. Vindo dela, ouvi um breve movimentar de algo peludo se ajeitando no espaço apertado, que depois passou. Mas não conseguia enxergar nada através dos furos de ventilação no papelão.

— Uma bruxa — repeti depois de fechar a porta.

— Mas não uma bruxa má — ela respondeu com uma risada. — Não se preocupe.

Tentei rir também, mas não sabia se tinha entendido a piada. Existiam bruxas más? Deveria me preocupar?

Eu estava falando com uma bruxa ou com uma pessoa maluca. Independentemente da resposta, continuaria havendo algo dentro daquela caixa de transporte. E eu ainda queria saber o que era.

— Então, hum, você trouxe um gato preto aí dentro? — perguntei.

Foi a pergunta errada.

O rosto se fechou. O sorriso desapareceu. Os olhos ficaram opacos de exaustão. Poderia até jurar que ela gemeu de decepção.

— Certo — disse —, porque *todas* as bruxas têm um gato preto.

— É. Não é?

— *Não.* — Ela me olhou feio. — Nem todas têm um gato preto. Nem todas voam em uma vassoura. E também não flutuamos na água. Isso esclarece as suas ideias preconcebidas?

Tive a sensação de que não era a primeira vez que ela estava tendo uma conversa como essa. Antes que eu pudesse dizer algo, sua expressão suavizou.

— Desculpe — disse. — Eu fui muito rude. Está sendo uma semana difícil. Para mim e para o Zorro.

— E o Zorro é...

— Meu familiar — completou. Devo ter parecido confusa, porque a garota me deu um aceno de cabeça compreensivo e continuou com um tom de voz paciente. — Não dá para fazer mágica sozinha. É muito poderoso. Precisamos de um espírito mediúnico para nos conectarmos com o éter.

— Um espírito mediúnico.

— Exato; e, para isso, conjuramos um familiar. É o primeiro grande feitiço que se aprende, e é tipo uma iniciação ou... um exame final. É tipo tudo ou nada. Faça ou fracasse. Você tem uma chance, e, se errar, está tudo acabado. Quem não consegue conjurar um familiar dá com a cara na porta e nunca vai poder praticar magia. Por outro lado, se o feitiço funcionar, então você sabe que é uma bruxa. Sabe que foi escolhida.

Enquanto falava, ela parecia dançar por inteiro. Suas mãos se moviam. Seus cachos loiros balançavam acima dos olhos brilhantes. Pequenas covinhas apareciam e desapareciam em seu rosto rosado.

— Escolhida — eu disse. — Escolhida por quem?

— Bom, pelo seu familiar, em primeiro lugar. Mas também pelos poderes superiores, os espíritos, aqueles que estão por trás do véu do mundo, no éter. É preciso ser aceita por eles, e se não for o caso, então nada de familiar e nada de magia.

— Mas você foi aceita.

— Eu fui — respondeu com orgulho. As mãos pousaram gentilmente sobre a caixa de transporte.

— Onde você aprendeu tudo isso? — perguntei.

Ela sorriu, tirou a mochila do ombro, abriu o zíper e despejou uma pilha de livros gastos e baratos com títulos como *O chamado das bruxas* e *A irmandade da meia-noite*, impressos em fontes curvilíneas e garrafais ao estilo dos anos 1970. As capas eram psicodélicas e continham fotografias New Age de cristais e contornos de corpos nus contra a lua. Folheei alguns deles e não fiquei convencida.

— Então você usa esses livros para conjurar...

— Algo que não é um gato — Malloryn disse.

Ela abriu a caixa. O interior estava escuro e cheio de cobertores, mas dava para ver algo peludo e macio se desdobrando. Orelhas pontudas se ergueram. Uma pata esguia se estendeu e tocou a parede da caixa de leve. Um focinho longo e elegante se levantou no ar.

Zorro era uma raposa-cinzenta.

— Ele é a raposa mais bem-treinada que você já viu — Malloryn disse. — É até domesticado. Aposto que não esperava por essa.

Eu a encarei.

A garota me olhava e não estava sorrindo.

— Eu não sou idiota, sabe? Sei quando alguém não acredita em mim.

Zorro piscou com a claridade repentina. Ele pousou duas patas na beira da caixa, depois jogou o peso sobre ela até que virasse. Ao sair, pareceu muito orgulhoso de seu truque, e subiu pela perna de Malloryn para se aninhar nos braços dela antes de descansar o focinho sobre seu ombro. Com uma mão, ela acariciou o tufo de pelo cinza-alaranjado entre as orelhas da raposa.

— Como você me encontrou? — perguntei.

— Rubashkin — ela disse.

— Hum, saúde? — falei.

— O *feitiço de seleção* de Rubashkin? — Falava como se estivesse me lembrando, como se eu devesse saber do que se tratava. Fiz que não com a cabeça e ela suspirou. — Coloquei o nome de todos os veterinários e veterinárias da cidade em uma sacola, e a sua clínica... bom, a clínica do seu pai, foi aquela que saiu. E já que ele não está mais entre nós, então entendi que deveria procurar você.

— E isso chama *feitiço de seleção* de Rubashkin?

Outro suspiro, uma pontada de agitação.

— Eu sei, eu sei, Rubashkin foi desmistificado nos anos 1980 — disse. — Não é *tecnicamente* um feitiço. Mas funcionou mesmo assim, não? — Ela abriu um sorriso brilhante, esperançoso.

De repente, um pensamento desesperado me ocorreu.

— Alguém sabe que o trouxe para cá?

— Nossa, eu tomei cuidado — Malloryn respondeu. — Não é como se fosse a primeira vez que precisei levá-lo comigo a algum lugar. Eu conheço a legislação. Sei que não deveria ter uma raposa.

— Os seus pais deixaram que ficasse com ele?

Ela ficou quieta por um momento.

— Eles não sabem — disse. — E não vão ficar sabendo.

Seus olhos me diziam que a história não parava por aí, e que eu não saberia do resto.

— Como é que você o pegou? Como o treinou? As raposas não são, tipo, impossíveis de domar?

— Se alguém precisar domar um familiar, está fazendo algo errado — Malloryn explicou. — E eu não o *peguei*. Eu o *conjurei*.

— Conjurou? Tipo, do nada?

— Eu não sei de onde ele veio — continuou. — Não é mesmo, Budgins? Um dia você apareceu na minha porta, não é? — Ela abraçou o bicho, que soltou um ronronar de raposa. — Eu o conjurei, e você veio, e eu te amo. Isso mesmo. — Ela já não falava mais comigo. Ninguém falaria com outro ser humano com aquele tipo de voz, a menos que fosse uma criança. — Ele não é uma raposa comum, sabe? — disse. — Ele é especial.

— Sem dúvida — respondi.

Malloryn franziu o nariz.

— Você não acredita em mim — ela disse. — Você vai ver. Pode acreditar no que quiser. Estamos acostumados.

Deu um abraço protetor em Zorro e me lançou um olhar que me desafiava a questionar sua devoção a ele.

— Então, o que há de errado com ele? — perguntei.

A expressão de Malloryn se suavizou. Olhou de modo amoroso para Zorro.

— Nós não sabemos, não é mesmo? — respondeu, acariciando-lhe as orelhas. Ela se inclinou para mim, como se estivesse prestes a me contar um segredo. — Mas tenho uma teoria.

— E qual é? — indaguei.

Ela baixou a voz.

— Acho que ele foi enfeitiçado.

— Enfeitiçado?

— Tipo, amaldiçoado — Malloryn disse.

— Quem faria isso?

— Demônios inferiores, espíritos exteriores, um feiticeiro invejoso — ela supôs. — Poderia ser qualquer um.

Zorro arregalou as narinas e começou a ofegar. É difícil ler a expressão facial de canídeos, mas, depois que já se viu muitos deles — como é o caso de quem cresceu em uma clínica veterinária —, dá para começar a notar como demonstram suas emoções. Eu podia ver como o canto dos olhos o faziam parecer cansado, quando na verdade deveriam se mostrar alertas, como seu cenho parecia fechado e exausto. Notava que ele não sorria, embora estivesse de boca aberta. Na verdade, sua boca pendia solta e fraca, uma expressão que podia indicar dor e desconforto.

Algo estava incomodando Zorro. E eu duvidava muito que fossem "demônios inferiores". Mas conhecia apenas um jeito de ter certeza.

— Posso fazer carinho? — perguntei.

Malloryn moveu os braços para que Zorro ficasse virado para mim. Quando estendi a mão, ele fechou os olhos e baixou o focinho. Passei o nó dos dedos sobre a ponte de seu nariz, entre as orelhas e, a princípio, não senti nada. Então, nos pelos mais espessos da base do crânio, comecei a sentir um formigamento nos dedos. Malloryn começou a dizer alguma coisa. Eu a mandei ficar em silêncio com a outra mão e fechei os olhos conforme a sensação se espalhava.

Sentia um aperto no peito, como se o ar não tivesse por onde seguir, por mais fundo que eu respirasse. Meu coração batia no tórax, lento e forte demais, causando uma sensação nauseante. Malloryn podia não ser nenhuma bruxa, mas estava certa ao menos em dois pontos. Zorro era mesmo especial. E havia algo muito errado com ele.

— Qual o problema? — Malloryn perguntou. — São demônios?

— Ele está doente — disse. — Pode ser sério.

— Então, o que podemos fazer?

Eu não sabia como traduzir a sensação que tive em algum tipo de diagnóstico. Até onde eu sabia, Zorro podia mesmo estar sofrendo com um feitiço demoníaco. Fosse o que fosse, tinha quase certeza de que estava violando alguns estatutos de preservação da fauna só por recebê-lo na clínica. Mas eu podia ver o medo nos olhos de Malloryn. Não era apenas pelo bem-estar de Zorro. Era medo de que eu fizesse uma denúncia. E também sabia que, se eu não a ajudasse, ninguém mais ajudaria.

— Não posso fazer nada ainda — informei. Eram quase quatro horas da tarde, e eu não arriscaria fazer nenhum exame detalhado até a clínica fechar. — Ele vai precisar dormir aqui hoje.

Fechávamos às cinco. Logo depois, ouvi a dra. Paulson passando com a bicicleta pelo corredor. Os funcionários ainda ficaram indo de lá para cá nos trinta minutos seguintes, limpando mesas, varrendo o chão, organizando arquivos e estocando os armários para o dia seguinte. Então, um por um, eles também foram embora, trancando a porta quando saíram.

Malloryn e eu decidimos que levantaríamos menos suspeitas se ela fosse embora com a caixa de transporte que todos a viram carregando, mesmo que isso significasse deixar Zorro livre para andar por aí. Então ela o abraçou e sussurrou um adeus, depois me assegurou que ele não faria nada estúpido. Felizmente, ela tinha razão. Zorro se encolheu no canto atrás da minha mesa e lá permaneceu sem fazer nenhum som.

Quanto tudo ficou quieto, dei uma olhada no corredor. Eu e Zorro estávamos sozinhos na clínica. Abri a porta e fiz um gesto para ele me seguir. Juntos, atravessamos depressa o corredor até a sala de cirurgia. O som das unhas da raposa batendo no piso de linóleo da clínica vazia era estranhamente reconfortante.

Eu sabia operar a nova máquina de radiografia porque acompanhara a explicação do representante comercial no mês anterior. Mas não sabia de fato como ler uma radiografia, nem pelo que procurar. Tudo que eu sabia era que algo estava dificultando a respiração de Zorro. E algo estava fazendo seu coração bater mais pesado no peito. Talvez uma radiografia me dissesse o que era.

A nova máquina era um sistema de um branco brilhante que consistia em um gerador de raios-x, uma chapa receptora sobre uma haste ajustável e um monitor para exibir as imagens. Zorro cooperava mais do que a maioria dos animais. Em apenas alguns minutos, eu tinha três ângulos de seu peito. Eu o tirei da mesa de procedimentos e o coloquei no chão com gentileza. Ele se sentou aos meus pés e me observou abrir as imagens na tela e clicar em cada uma enquanto tentava decifrar o que estava vendo.

Sob as faixas das costelas, seu coração era uma presença escura e translúcida suspensa em uma nuvem pálida e leitosa de órgãos. De outro ângulo, vasos sanguíneos e alvéolos se espalhavam pelo fundo angelical dos pulmões. Ao longo dos segmentos da coluna vertebral, eu podia tracejar o caminho dos nervos que subiam até o cérebro. Independentemente do que Malloryn pensava dele, por dentro Zorro era igual a qualquer mamífero pequeno.

Os olhos âmbar da raposa se encontraram com os meus. Ele não se importava que eu ainda não fizesse ideia de como administrar a clínica. Ele não se importava que eu sentisse raiva o tempo todo. Ele não se importava com dívidas e hipotecas. Ele não se importava com as coisas que eu escondia das pessoas de quem era mais próxima. Quando um animal observa alguém, não enxerga todas as complexidades da vida da pessoa. Animais enxergam apenas quem a pessoa está sendo naquele exato momento, e não sentem vergonha, e não sentem medo.

Eu não sabia muito sobre radiografias, mas algumas coisas se destacavam. Um ponto mais claro que provavelmente não deveria estar ali. Uma linha ondulante fina e escura que parecia suspeita. Um estado geral das coisas em sua cavidade peitoral que não parecia nos conformes. Eu tinha certeza de que eram relevantes. Mas não sabia nada além disso. Chegamos ao limite do meu conhecimento veterinário. Olhei para as radiografias, uma após a outra, repetidas vezes, esperando que algo passasse a fazer sentido. Mas não foi o caso.

— Desculpe, Zorro — disse. — Não sei o que é.

O animal me olhou, pedindo por absolutamente nada. E, naquele momento, eu soube que precisava cuidar dele.

Tirei fotos das radiografias e enviei para a dra. Paulson. Logo depois, meu telefone tocou, soando tão alto na sala vazia que fez meu coração disparar.

— O que são essas radiografias? — ela perguntou.

— Minha amiga trouxe, hum, o cachorro dela — disse. — Eu só queria ajudar. Você viu alguma coisa errada nelas?

A linha ficou em silêncio.

— Você ainda está na clínica? — a dra. P. perguntou.

— Sim — disse, tentando esconder a onda de pânico que tomava conta de mim. — Não é, hum, nada importante. Eu só... minha amiga apareceu, e eu...

Outro longo silêncio.

— Talvez seja melhor eu dar uma olhada pessoalmente — a dra. Paulson disse.

Congelei por um segundo. Senti as paredes prestes a me esmagarem. Ela voltaria para a clínica e me encontraria tirando radiografias de um animal selvagem. Chamaria o serviço de proteção à fauna, porque era o que devia ser feito por alguém responsável. Zorro seria recolhido e a pobre Malloryn Martell nunca me perdoaria.

— Não precisa — respondi. — É por isso que enviei as imagens. Para você não precisar vir até aqui. Viu alguma coisa nelas? Há algo de errado? Posso tirar mais se precisar. Eu...

O outro lado da linha continuava em silêncio.

— Tem fluido na cavidade torácica — a dra. Paulson falou por fim. — Dá para ver.

— Ah — disse, tentando conter o alívio. — O que isso significa?

— Que haverá dificuldade para respirar.

— Sim, é mesmo — afirmei, e logo corrigi a entonação. — Quer dizer, é mesmo?

— Marjan — ela disse —, seria realmente muito mais fácil se eu pudesse examinar o cachorro pessoalmente.

— Não é um cliente, dra. P. — expliquei. *Nem um cachorro.* — Apenas... oriente o que eu preciso fazer.

Ela deve ter percebido o desespero em minha voz. Quase podia ouvi-la se decidindo. Até Zorro prestava atenção agora, como se sentisse que algo importante estava em jogo. Finalmente, a dra. Paulson falou:

— Você sabe como tirar sangue? — perguntou.

Meu pai tinha me ensinado a tirar sangue de cães e gatos.

— E sabe onde ficam os testes de antígeno?

Eu mesma havia estocado mais, três dias antes.

— Certo — continuou. — Então vamos tirar um pouco de sangue e fazer um teste.

Um minuto depois, estava passando álcool na pata dianteira de Zorro e inserindo uma agulha em sua veia cefálica. Zorro estremeceu, depois relaxou. O sangue foi subindo pelo tubo, e quando chegou no bico, encaixei um frasco de coleta. Quando tinha suficiente, soltei o frasco com um torção e removi a agulha.

Uma gota de sangue caiu sobre o teste e se espalhou lentamente na direção da tira de antígeno. Na última vez que vira algo assim, a mulher que me enviou até Kipling estava me perguntando sobre a Linhagem Hircaniana.

— O teste demora dez minutos — a dra. P. disse.

Configurei um alarme, depois me sentei para esperar. Zorro andava preguiçosamente pela sala de cirurgia, sua cauda magnífica balançando de um lado para o outro. A dra. P. se mexia de leve do outro lado da linha, talvez fazendo o jantar ou arrumando um quarto, ou talvez só permanecendo sentada e respirando.

— Sabe — ela retomou, depois de alguns minutos —, isso é bem incomum: levar o cachorro de uma amiga para a clínica depois do expediente e realizar diagnósticos sozinha.

— Só achei que assim seria mais fácil — respondi.

— Talvez seja. — Percebi que ela tinha muito mais coisas para falar, mas manteve suas ideias consigo mesma e mudou de assunto. — Como você está, afinal de contas? Como está a escola?

— Está tudo bem — disse.

— Só bem? — a dra. P. perguntou. *Uma ave à espreita, paciente e precisa.*

— Acho que tudo está voltando ao normal — acrescentei. Eu precisava dizer alguma coisa, e também era verdade. — Quer dizer, um normal completamente diferente de antes, mas acho que estou começando a reconhecer como isso será daqui para a frente.

— Acho que todos nós estamos — concordou a dra. P. Ela ficou em silêncio por alguns minutos. Depois falou: — Nós sentimos muito a falta dele. Todos sentem.

— Eu também sinto — admiti, e queria que minhas emoções fossem assim tão simples.

Ficamos em silêncio até o alarme apitar. Apanhei o teste e estudei o resultado. O sangue havia sumido e, em seu lugar, havia dois pontos azuis.

— Como imaginei — a dra. P. disse quando contei o que estava vendo. — Verme do coração.

— Então você está dizendo que ele não foi enfeitiçado?

Nem o choque da notícia ou a qualidade ruim da ligação diminuiu a cadência musical da voz de Malloryn. Eu estava de volta ao escritório, preparando o tratamento que a dra. P. havia recomendado. Zorro estava deitado no canto.

— Nenhum envolvimento de demônios inferiores — eu concluí. — Apenas de um mosquito. E alguns vermes.

— Ah. — Ela quase soava decepcionada. — Então... o que vamos fazer?

Eu disse para Malloryn aquilo que a dra. P. me dissera: seriam necessários meses de medicação e descanso para as artérias de Zorro ficarem livres. Primeiro, uma rodada de antibióticos. Depois, uma injeção lombar de arsênico, um mês de descanso, depois mais duas injeções.

— Meses? Arsênico? Tem certeza que precisamos disso tudo?

Contei para Malloryn todas as maravilhas que eu sabia sobre vermes do coração — como eles podem chegar até quase trinta centímetros; como pode haver centenas deles vivendo nas artérias, pulmões e coração; e sobre como, depois que a medicação os mata, o corpo dos vermes em decomposição se parte em vários pedaços, e que se o animal estiver ativo demais esses pedaços podem bloquear veias e causar uma morte súbita.

— Você não pode deixá-lo morrer — Malloryn disse. — Ele é tudo que eu tenho. E ele é especial.

— Ninguém vai deixá-lo morrer — acalmei a garota. — Volte amanhã. Vamos criar um cronograma de tratamento.

A raposa olhou para mim quando desliguei o telefone, a cabeça virada de lado como se perguntasse algo.

— Você me ouviu, Zorro — eu disse. — Não vou deixar você morrer.

Fui até ele e fiz carinho. Ele roçou o pescoço na palma da minha mão e eu senti todas as sensações me atravessando — a respiração pesada; o lento e nauseante batimento do coração; e, em algum outro lugar, o brilho cintilante de sua pequena mente selvagem de raposa, correndo e pulando, farejando a grama baixa em busca de grilos e camundongos.

Ele se levantou e arqueou as costas. Seu pelo, uma mistura de vermelho e cinza que pendia mais ao cinza, brilhou sob a luz. Sua cauda balançava e se enrolava, para a direita, para a esquerda, erguendo-se sobre o corpo como uma onda, arrastando-se entre suas delicadas patas pretas. Parecia estar por todos os lados. Parecia ter vida própria, uma vontade própria e incansável. Era tão graciosa quanto uma nuvem de fumaça.

E então, como fumaça, começou a se dividir. Primeiro se dividiu em duas, depois em três, depois em quatro, cada tira desenrolando-se e libertando-se como uma espiral elegante. Elas se mexiam e fluíam de acordo com seus próprios ritmos — uma balançando tão suave quanto um rio, outra tremendo como corrente elétrica — até o entorno do pequeno corpo de Zorro ganhar uma vida de movimento e cores.

Dei um passo para trás e me sentei no chão.

Zorro tinha nove caudas.

CAPÍTULO SEIS

A RAPOSA DE NOVE CAUDAS

Era uma vez, ou não era talvez.

Há muito tempo, havia uma bruxa que vivia em uma cabana de bambu na encosta de uma montanha.

Ninguém ousava passar perto da cabana, por medo de que ela os enfeitiçasse, ou os transformasse em sapo, ou fizesse murchar seus arrozais, ou fosse cozinhá-los em um ensopado e comê-los. Não tinham com o que se preocupar — ela não pretendia maltratar as pessoas, nem suas plantações ou rebanhos. Mesmo assim, todos passavam longe.

Então essa bruxa nunca encontrou vivalma, exceto os animais que viviam ao pé da montanha — as corças, os coelhos e as raposas. O silêncio, porém, dava-lhe a paz que precisava para se concentrar em seu trabalho, por isso estava satisfeita. Passava os dias lendo os grandes livros antigos de magia e as noites inventando e aperfeiçoando feitiços novos e potentes. Por muitos anos, viveu assim, até se tornar uma velha senhora.

Certa manhã, ela sentiu uma sensação estranha. Embora o dia estivesse quente e ensolarado, uma escuridão foi tomando conta de sua visão. Um frio atingia-lhe os ossos. Ela instantaneamente reconheceu a sensação, como qualquer bruxa reconheceria.

Era a morte, chegando para buscá-la.

De súbito, uma grande tristeza preencheu seu coração. Ela havia dedicado sua vida a um propósito — a busca por magia poderosa. Inventara novos feitiços, encontrara novas maneiras de reunir magia. Sentia-se muito orgulhosa de tudo isso.

Porém, não havia ninguém com quem compartilhar o que sabia. Ela não tinha filhos, estudantes, amantes, aprendizes. Era completamente sozinha. Quando morresse, toda sua sabedoria desapareceria do mundo. Seu legado seria apagado da história. Seria como se nunca tivesse existido.

Com a morte se aproximando a galope, ela caminhou até um prado na encosta da montanha e lançou um chamado na linguagem dos animais. Uma jovem raposa macho que estava em um campo de crisântemos ouviu seu chamado e apareceu ao seu lado, e ela o apanhou do chão e o abraçou com força.

Então, sussurrou um feitiço em seu ouvido. Os sussurros da bruxa percorreram a coluna da raposa e se enrolaram em sua cauda. Ela sussurrou outro feitiço, e a cauda se dividiu em duas. Cada novo feitiço separava uma parte da cauda da raposa, até que havia nove caudas, para nove feitiços. Em seu último suspiro, a bruxa ordenou que a raposa carregasse sua sabedoria até os confins do mundo se necessário, até encontrar alguém digno de aprendê-los.

Isso foi há muitos anos, e ninguém sabe ao certo, mas dizem que o tal animal ainda continua nessa busca.

CAPÍTULO SETE

SORRISO SECRETO

Fiquei sentada em silêncio e maravilhada por um instante, enquanto as caudas de Zorro se moviam e dançavam. Ele também me olhava, seu olhar tão calmo e sereno como enquanto tirava as radiografias. Tomando cuidado para não o assustar, estendi a mão para que as caudas roçassem na ponta dos meus dedos. A cada toque, eu sentia a onda envolvente de algo poderoso me atravessando, ouvia o murmúrio abafado e indistinto de uma palavra sussurrada em meus ouvidos.

— Ela não sabe — declarei, como se Zorro pudesse responder. Ele não respondeu, é claro, mas nem precisava. Eu já entendera: Zorro era muito mais especial do que Malloryn Martell era capaz de imaginar. E o que eu mais queria era curá-lo.

O desejo era uma descarga elétrica correndo por meus ossos, estalando na ponta dos dedos, fazendo meu peito arder. Eu queria que ele se livrasse dos vermes que lhe estavam sufocando as artérias e enchendo os pulmões. O mundo todo ficaria um pouco melhor se eu pelo menos conseguisse fazer aquilo. Se pelo menos pudesse ajudar aquele animal.

Havia algumas caixas de transporte de cachorros na clínica. Peguei uma e levei até meu escritório, depois a forrei com cobertores limpos e adicionei uma tigela de água. Ao ver a caixa, Zorro pareceu entender a ideia e entrou sem reclamar. Então, se encolheu e fechou os olhos. Ele também estava cansado.

Eu me sentei no chão a seu lado e o fiquei observando dormir por um minuto. Sua respiração era fraca e leve; quando inspirava mais fundo, soltava um tipo de ronco estrangulado que não soava nem um pouco tranquilo ou relaxante.

— Não se preocupe, Zorro — sussurrei. — Eu vou curar você.

Ele não se mexeu. Eu me levantei, dei uma última olhada para ter certeza de que ele tinha tudo de que precisava para passar a noite. Depois saí do escritório e tranquei a porta.

Do lado de fora, a Clínica Veterinária de West Berkeley não tinha nada de especial. A fachada era pintada com um despretensioso tom de bege e identificada com uma placa de vinil iluminada por tubos de neon que piscavam de vez em quando. Havia teias de aranha debaixo das telhas e tufos de poeira nas reentrâncias da placa. De um lado ficava um restaurante indiano. Do outro, uma copiadora. Em um bom dia, a rua cheirava a vindalho e fornos tandur. Em um dia ruim, a toner.

Algo se mexeu nos arbustos perto da porta, tão subitamente que tive um sobressalto. Logo depois, uma sombra deslizante emergiu do meio das folhas e, de pernas trêmulas e esguias, ganhou a calçada. Assim que passou debaixo da luz de um poste, parou e se virou para mim.

Era selvagem — pelos cinzentos e cheios de falhas; patas brancas; costelas à mostra através da pele. Espreitava a vizinhança desde que eu era pequena, sempre faminto, sempre desconfiado de todos que tentassem chegar perto. Devia ter no mínimo uns dez anos — um ancião, em anos de gatos. Era incrível que ainda estivesse vivo. Eu não o via desde que meu pai morrera.

Nunca gostei de gatos, mas aquele sempre me pareceu diferente, e acho que é assim que as pessoas acabam na companhia de gatos. Às vezes deixava uma tigela de ração na frente dos degraus que levavam à clínica ao anoitecer. Se a calçada estivesse vazia, ele se aproximava e comia dando pequenas mordidas famintas, até alguém o assustar e o bichano sair correndo em busca de segurança. Mas nunca me deixava chegar perto o bastante para tocá-lo. Por outro lado, nunca tive a sensação de que tinha medo de mim, e ao longo do tempo passei a respeitar sua necessidade de espaço e liberdade. Tínhamos um entendimento silencioso. Podíamos nos observar à distância, sem medo e desconfiança. De vez em quando, o cadáver de um pardal aparecia à minha porta — um daqueles presentes incompreensíveis de gato que são ao mesmo tempo horríveis e comoventes.

— Oi — eu disse. — Como vai a vida?

O gato me olhou mais um pouco, depois voltou para as sombras. Assim era nossa relação, e eu não tinha certeza do que cada um tirava dela. Mas era reconfortante saber que ele ainda estava por aí.

Naquela noite, a casa me pareceu enorme e vazia. Andei de quarto em quarto, agitada demais para dormir. Havia uma versão antiga, mais simples, de mim ali, nas paredes, nos espelhos, no chão acarpetado. Dava para vê-la nas velhas fotografias nas paredes, naquelas em que minha mãe aparecia. Ela estava sempre sorrindo, aquela garota, sempre rindo.

Às vezes me perguntava se eu ainda seria daquele jeito, caso minha mãe não tivesse morrido, caso meu pai não tivesse se ensimesmado e se recolhido em seu trabalho. Em algum ponto, porém, eu me separara daquela garotinha e deixara algo insubstituível para trás. Às vezes eu sentia sua presença por perto. Podia quase sentir a pessoa que eu me tornaria. Podia quase sentir a forma daquilo que perdi.

Acabei voltando ao meu quarto, observando todos os detalhes ordinários e familiares: a mesa onde eu fazia o dever de casa. A cadeira de madeira e encosto reto que usava. A cômoda onde guardava minhas roupas e passava maquiagem quando tentava parecer mais chique. O banco onde meu pai se sentava, ao lado da cama, noite após noite, durante os primeiros anos de minha vida, contando histórias sobre criaturas fantásticas, histórias sobre cicatrizes deixadas por unicórnios, sobre raposas de nove caudas e grifos e uma centena de outros animais inacreditáveis. Histórias que sempre começavam com o antigo verso persa "*Yeki bud, yeki nabud*". Nunca aprendi muito farsi, mas sabia o que aquelas palavras significavam.

Era uma vez, ou não era talvez.

Quando meu pai dizia essas palavras, criava um lugar que, ao mesmo tempo, era e não era real. O mundo que se seguia a essas palavras era maior e mais antigo do que aquele em que eu vivia. Ali havia mais luz e mais sombras, e as coisas podiam ser estranhas e maravilhosas. E, de algum jeito, mesmo quando as histórias acabavam, o mundo nunca realmente sumia.

As histórias ainda me pareciam claras e vívidas, ainda ecoavam em meus ouvidos na voz do meu pai, aquela voz confiante e curiosa que sumira depois da morte de minha mãe. Sumiram tantas coisas que envolviam meus pais, mas as histórias ficaram. Eram pilares, os únicos pilares que eu tinha. Talvez ele estivesse tentando me contar a respeito de tudo isso. Talvez estivesse me preparando para entender.

Minha mãe cresceu em um rancho na área rural de Montana, sendo filha única de uma família de origem norueguesa. Seus pais morreram antes que completasse vinte anos. Depois que o pai dela morreu — aneurisma, do nada —, ela vendeu a fazenda e se mudou para Oakland, onde foi trabalhar como técnica de veterinária. Ela se inscreveu para uma vaga que surgiu no hospital veterinário da Universidade da Califórnia em Davis, pensando que, um dia, ela mesma poderia se tornar uma veterinária. Foi lá que conheceu meu pai.

Conhecia minha mãe mais pelas fotos. Ela tinha olhos escuros que pareciam sempre brilhar. Tinha um sorriso que abria mais de um lado do que do outro. Nas fotos, parecia existir um mistério por trás do sorriso, algo maravilhoso e sábio e um pouco malandro. Talvez ela soubesse sobre o trabalho, os grifos e as raposas e o que mais existisse. Talvez saber disso fosse diferente naquela época, quando meu pai era a pessoa que costumava ser.

Eu tinha o mesmo sorriso. Dava para ver nas fotos de quando eu era criança — uma lua preguiçosa no quarto crescente com uma covinha de um lado. Lembro que minha mãe tinha orgulho disso, orgulho de ter me passado seu sorriso. Ela dizia que era nosso sorriso secreto. Mas desde que ela morreu, passou a parecer mais um meio-sorriso. A mesma forma, mas sem alegria. Eu definitivamente não me sentia sábia ou maravilhosa.

Eu tinha sete anos quando eles encontraram o câncer nos ossos dela. Já tinha se espalhado até os pulmões, e ela morreu em questão de meses. Ainda me parecia difícil entender aquele período da minha vida. Sabia que as coisas aconteceram numa certa ordem — primeiro minha mãe estava sempre cansada, depois foi para o hospital, depois voltou para casa — e eu podia imaginar esses momentos em linhas gerais, mas não conseguia *lembrar* de verdade como aconteceram. Quando tentava visualizar, quando tentava enxergar a aparência de minha mãe quando ela já não conseguia se levantar da cama, acabava vendo rabiscos que não se pareciam com ninguém. Eu não conseguia nem me lembrar do dia em que ela morreu.

Nas semanas e meses posteriores, vi meu pai desmoronar, repetidamente. Vi sua dificuldade de se lembrar das palavras em inglês e então voltar a falar em farsi — não apenas comigo, mas no supermercado ou com os clientes. As pessoas o encaravam, sem entender e constrangidas. Vi meu pai ficando frustrado com coisas pequenas — uma porta emperrada, um carro andando muito devagar na estrada. Vi a tristeza atingindo-o como um raio, deixando-o incapaz de falar e soluçando à mesa da cozinha, em seu quarto, à porta de casa. Não sabia como confortá-lo. Sua tristeza era uma língua diferente. Uma língua que eu não falava.

Ele parou de contar as histórias nessa época. Estava cansado, sempre. E o mundo parecia pequeno e cruel demais para shirdals benevolentes e unicórnios selvagens. Não sei nem se me dei ao trabalho de parar de acreditar neles. Apenas parei de me importar. Eles não eram importantes.

Era uma vez, ou não era talvez.

CAPÍTULO OITO

TODOS ELES, AO MESMO TEMPO

Antes de ir para a escola, eu me encontrei com Malloryn na clínica e a levei até o escritório. Zorro, encolhido em sua caixa, ergueu a cabeça quando ela entrou. Suas caudas — agora firmemente entrelaçadas — batiam nas paredes da caixa. Malloryn se ajoelhou e acariciou o rosto da raposa, depois deu a volta na mesa e me deu um abraço apertado.

— Obrigada — falou.

Malloryn mexeu os pés e baixou a cabeça. Da caixa, Zorro apontava o focinho para Malloryn e para mim, alternadamente.

— Hum, preciso contar uma coisa — ela disse.

— Certo...

— Não posso pagar muito — assumiu. — Na verdade, não posso pagar nada. Desculpe. Eu deveria ter falado antes de deixá-lo aqui. Não sei quanto isso custa normalmente, mas... — Suas palavras morreram enquanto ela evitava me olhar nos olhos.

— Honestamente, também não sei o preço — falei. Malloryn parecia constrangida, e eu sentia pena dela. — Está tudo bem — acrescentei. Mas ela ainda não me olhava.

— Tem outra coisa — disse. — O motivo de tê-lo trazido para cá, o motivo de ter pensado em buscar ajuda, é que Zorro arranhou minha parede. Ele não costuma fazer isso, acho que estava tentando me dizer sobre sua doença. Enfim, meus pais... eles são muito religiosos e estão falando sobre uma escola, tipo, ameaçando me mandar para lá, por causa da minha bruxaria e... eles não sabem que eu tenho o Zorro. Enfim, essa escola fica no meio do deserto, e eles vêm nos pegar com uma van no meio da noite e... bem, eu sabia que quando meus pais vissem os arranhões... — Ela fez uma pausa, e, quando voltou a falar, sua voz soava baixa e frágil. — Podemos dormir em algum lugar por aqui? Só até as coisas melhorarem? Não tenho dinheiro para pagar agora, mas posso cozinhar e limpar, e não vou tomar muito espaço.

Eu não conhecia nenhum lugar que aceitaria uma adolescente fugitiva e sua raposa de estimação, ainda por cima de graça.

— Desculpe — respondi.

Ela assentiu como se não fosse grande coisa.

— Sem problema — disse. — Obrigada, de qualquer jeito.

Relutante, um sorriso orgulhoso e forçado se abriu em seu rosto. Ela apanhou Zorro da caixa e o colocou com cuidado na sua, que era de papelão. Depois, de cabeça erguida, saiu sem demora do escritório. Eu gostaria de poder fazer mais por ela.

Naquele momento, uma ideia me ocorreu.

Você não pode fazer isso, foi meu primeiro pensamento. *Seu pai não vai deixar*.

Foi um pensamento surpreendente, vindo do nada. Já fazia meses que não precisava da permissão do meu pai para nada, e de repente ele estava me dizendo o que eu podia ou não podia fazer. Uma raiva tomou conta de mim. Ele não tinha direito de mandar na minha vida.

De repente, senti uma sensação imensa de liberdade, como se um peso tivesse saído das minhas costas. Eu não precisava mais obedecê-lo. Não precisava fazer as coisas do jeito dele. Agora, podia criar minhas próprias regras. Corri atrás da Malloryn, que já estava no fim do corredor, e a puxei de volta para o escritório pelo braço.

Não tinha por que confiar nela. Não sabia quase nada sobre essa garota. Mas confiava em Zorro. E se *ele* escolhera Malloryn, então talvez ela não fosse tão ruim assim.

E, acima de tudo, eu não queria mais ficar em casa sozinha.

— Você pode ficar comigo — sugeri.

— Ah, não... — titubeou. — Eu não queria...

— Está tudo bem — insisti. — Desde que não se importe de ficar em uma casa onde uma pessoa morreu.

— Conheço alguns rituais para isso — ela sugeriu. — Se você quiser limpar a energia sombria.

— Certo — respondi. — Por que não?

— Tem certeza? — perguntou. — Quer dizer, sobre tudo isso? Não quero incomodar, principalmente depois do que você fez pelo Zorro. Tem mesmo certeza?

— Sim — falei. — Vai ser legal ter companhia. E limpar a energia sombria.

Seu rosto se tornou imediatamente mais alegre.

— Não vai se arrepender — exclamou. E, com a mesma rapidez, uma expressão pensativa tomou conta dela. — Tem uma coisa que eu queria fazer por você... como agradecimento. Quero remover o feitiço de hex sobre você. — Ela fez uma pausa. — Ou pelo menos tentar. Não posso garantir.

— Hum — eu disse. — Que feitiço de hex?

— *O* hex, sua boba — respondeu rindo. — Esse que você tem, tipo, dos pés à cabeça? Não me diga que não sabe?

Neguei com a cabeça.

Os olhos de Malloryn se arregalaram incrédulos.

— Nossa — ponderou. — Eu notei assim que botei os olhos em você, mas não quis dizer nada porque, bom, às vezes pode ser constrangedor. Se quiser, posso tentar desfazê-lo. Se funcionar, vai se sentir melhor, eu prometo. Se não funcionar, não vai perder nada. É um presente. Meu e do Zorro.

— Hum, obrigada? — eu respondi, incerta.

— Não, obrigada *você* — ela disse. — Você não tem ideia de quanto isso significa para mim.

Eu a acompanhei pelo corredor até à saída.

— O hex — ela falou. — Sem pressa. Você precisa estar pronta. Enquanto isso, deixe a cozinha por minha conta. E a limpeza energética.

Eu lhe dei o endereço e disse a que horas chegaria em casa, depois a fiquei observando colocar Zorro dentro de uma cesta grande na dianteira de uma velha bicicleta. Uma pena preta e uma linha cheia de contas estavam penduradas no guidão. Ela sorriu e acenou quando subiu na bicicleta. Então sussurrou algo dentro da cesta para Zorro e os dois foram embora. Fiquei pensando no que tinha acabado de deixar entrar em minha vida.

Naquela tarde, recebi um telefonema de David Ginn. Senti um frio na barriga quando vi seu número na tela. Quando David ligava, geralmente era para falar sobre dinheiro, ou sobre a falta dele.

— Não se preocupe — ele disse. — Você não está com problemas. Só achei que poderíamos nos encontrar. Ver como andam as coisas.

Seu escritório ficava em um prédio pequeno que sempre cheirava a tinta fresca. David ficava no terceiro andar, atrás de uma porta de vidro com uma antiga maçaneta de bronze e as letras *D. Ginn* impressas em dourado na altura dos olhos. Parecia um pouco como entrar no escritório de um detetive particular de uma história *noir*; uma vez lá dentro, porém, a ilusão desparecia.

O lugar era uma sala apertada, cheia de arquivos preenchendo todas as paredes e uma mesa que tomava a maior parte do espaço restante. o ventilador de teto pendia um pouco baixo demais. Tubos fluorescentes iluminavam a sala com uma luz forte e fria.

David me recebeu com um aceno desanimado. Tinha o rosto pálido, redondo e cansado. Suas roupas estavam levemente amassadas, as mangas dobradas. Assim que entrei na sala, ele alisou as rugas da camisa com a palma da mão e se levantou para me cumprimentar.

David nunca parecia exatamente feliz. Costumava parecer exausto. Sua barba era um pouco irregular, os olhos sempre um pouco sombrios e fundos. Até o escritório parecia cansado e desgastado. Tudo parecia amontoado — computador na mesa; pilhas de pastas de clientes; fotos da esposa, Elizabeth, e dos filhos, Cole e Ramsey; bugigangas de uma viagem ao Grand Canyon. Tudo parecia prestes a desabar a qualquer momento.

— Como vai você, Marjan? — ele perguntou, daquela maneira que as pessoas agora perguntavam.

— É sério, David — eu disse —, estou bem. Perfeitamente bem. Já faz quase três meses. Estou ótima.

Ele me olhou de um jeito esquisito por um longo tempo até que por fim aceitou minha resposta com um aceno da cabeça, depois fez um gesto para que eu sentasse. Acessou uma planilha e a analisou rapidamente.

— Então — começou. — Máquina de radiografia. Está funcionando bem?

Acabei de diagnosticar um caso de verme do coração em uma raposa de nove caudas, então...

— Sim, funcionou bem até agora — falei.

— Então vamos nos certificar de que vai poder ficar com ela — disse. Ele cerrou os olhos para a planilha. — Um pouco apertado este mês, mas você deve conseguir fechar.

— Bom, essa foi fácil — comentei.

David virou o monitor para o lado e cruzou as mãos sobre a mesa.

— Você deve andar muito ocupada — ele disse. — Tem a clínica. A escola. O que mais está acontecendo na sua vida?

— Hum... — Um grifo. Uma bruxa. Só coisas normais.

— Marjan... — ele insistiu. — Posso falar uma coisa? E você não vai me entender mal?

— Manda ver.

— Você não precisa fazer tudo isso.

— Como assim?

— Estou falando da clínica — ele disse. — Ela é coisa do... não me entenda mal, é sempre bom te ver, mas isso é coisa do seu pai. Ela era do seu pai. Não precisa ser sua.

— Eu sei — respondi. Tirando que, talvez, fosse coisa minha? Era difícil saber.

— Confie em mim — David pediu. — A vida passa muito rápido. Antes que possa se dar conta, três, cinco anos se passaram. — Ele fez uma pausa e olhou ao redor da sala. — Você ainda é uma criança, Marjan. Ainda não precisa ser adulta.

— Eu não me sinto como uma criança — afirmei.

— Você teve que enfrentar muita coisa — ele disse. — Mais do que uma criança deveria enfrentar. Mas, olha, é uma época preciosa. É quando o mundo é todo seu, então não deixe de prestar atenção. Não deixe o mundo passar batido. Um dia, quando acordar, vai se perceber como um contador que trabalha em uma salinha, fazendo o melhor que pode para cuidar da sua família, e é isso. Entende o que estou tentando dizer?

— O mundo não para de girar por conta de nossas emoções — falei.

— Agora você falou como o seu pai — David disse. — Eu entendo. É difícil superar as coisas. Mas só vai ficar pior quanto mais você esperar.

— Ele fez outra pausa, com uma cara melancólica. Então sorriu. — Vá com calma, se quiser. Mas não tão devagar, ou você vai perder toda a... opa!

Esticou o braço na direção do que eu perderia e bateu no monitor, quase derrubando-o da mesa. Ele se atrapalhou todo para apanhá-lo, e nós dois acabamos rindo.

— Viu o que quero dizer? — afirmou. — É isso o que acontece quando não se presta atenção. Enfim, não me dê ouvidos. Não sou ninguém importante.

— Ei, David — chamei. — Acha que eu pareço... sei lá... amaldiçoada?

Ele inclinou a cabeça para o lado.

— Você parece um pouco cansada — disse.

— Talvez seja só isso.

Então ele se levantou.

— Você deveria vir jantar com a gente algum dia desses, depois que as coisas se acalmarem — comentou. — A Elizabeth fica me lembrando toda hora para convidá-la, os meninos vão adorar te ver. Sentem saudade de sua babá favorita.

"Babá" era uma forma carinhosa de dizer. Depois que minha mãe morreu, às vezes eu passava as noites na casa deles quando meu pai viajava. David e Elizabeth jantavam com seus amigos adultos no andar de baixo enquanto eu ficava com Cole e Ramsay lá em cima. Eram crianças adoráveis e curiosas que adoravam criar coisas e construir mundos. Enquanto montava pistas de bolinha de gude e castelos de Lego com eles na tranquilidade noturna do lar dos Ginn, a estranheza da ausência do meu pai sempre parecia um pouco mais distante, um pouco menos real. Mas um dia David perguntou ao meu pai por que ele viajava tanto. Foi a última vez que fiquei lá.

— Jantar seria uma boa — afirmei. — E obrigada pelo conselho.

— Ah — ele disse, dispensando o agradecimento. — Vale só o quanto você me paga.

Eu também me levantei. Quando estava abrindo a porta, David voltou a falar:

— Alguma novidade sobre o que aconteceu com Jim? — perguntou — Alguma pista?

— Nada. — Fazia semanas que eu não tinha notícias da polícia.

— Não sei como você consegue, Marjan — ele disse. — Não sei como você consegue ser tão forte diante disso tudo.

Na verdade, eu também não sabia. E nem sabia se realmente estava sendo forte. Agora eu falava com as portas e deixava estranhos se mudarem para a minha casa porque confiava em seus bichinhos de estimação. Nenhuma dessas coisas parecia um sinal de força.

Encontrei Malloryn na frente de casa no momento em que Francesca retornava de uma caminhada com o novo cachorro de quem estava cuidando — um pit bull chamado Buster com patas curtas e um sorriso bobo.

— Quem é a sua amiga? — Francesca perguntou, agindo, para variar, como uma guardiã legal de verdade.

Malloryn mudou de posição para bloquear a caixa do Zorro, ainda na cesta da bicicleta.

— Esta aqui é a Francesca — disse para Malloryn. — Ela é a minha guardiã legal. Francesca, essa é a Malloryn. Ela vai ficar comigo por um tempo.

Francesca analisou Malloryn de cima a baixo com desconfiança.

— Você se meteu em encrenca? — perguntou. Buster farejou o ar, notou o cheiro do Zorro e soltou um ganido.

— Mais ou menos — Malloryn assumiu.

— Os seus pais sabem que você está aqui?

— É complicado — Malloryn respondeu.

Francesca cerrou os olhos.

— Você está usando drogas?

Malloryn fez uma careta.

— Não — disse. Seguido por: — Eca. — A vizinha ainda não parecia convencida, então acrescentou: — Eu sou uma bruxa.

— Ah — Francesca disse, claramente aliviada ao ouvir aquilo. — Bom, então tudo bem. — Virou-se para mim. — Empadinhas. Deixei um pouco para você. — Acenou na direção da porta. Depois se virou e começou a puxar Buster de volta para casa. Olhando para trás, gritou: — Nada de maldições!

Observar Malloryn Martell carregando a caixa de Zorro e um pacote com empadinhas pela porta da casa onde cresci era como assistir alguém pegar minha vida e dobrá-la ao meio como um pedaço de papel, fazendo com que as duas pontas mais distantes se tocassem de repente. Acho que nenhum paciente ou cliente, ou até mesmo algum colega veterinário, nunca entrou em nossa casa durante todos os anos em que meu pai atendeu.

Mas isso não era apenas com clientes. Eu nunca convidara ninguém para minha casa. Era incapaz de prever o que aconteceria e não queria que alguém presenciasse se, digamos, meu pai tivesse que desaparecer de repente, como de costume. Ou se houvesse apenas ketchup na geladeira. Muita explicação, muitas perguntas.

E eis que lá estava Malloryn, uma cliente, que deveria frequentar só a clínica, e Zorro, que, ao sair da caixa, me lembrou como ainda não sabia sobre a vida e o trabalho do meu pai. Eles estavam na minha casa, e cada aspecto importante da minha vida parecia compactado naquele momento, tão apertado que fiquei sem ar por um segundo.

— Não costumo receber visitas — avisei.

— Não tem nada como ter que explicar a dinâmica de sua família esquisita para pessoas de fora, não é mesmo? — Malloryn disse.

Ela riu, uma risada solta e compreensiva, depois acariciou Zorro na testa. Senti o aperto dentro de mim se desfazer um pouco. Talvez ela fosse mesmo uma bruxa.

Foi quando o telefone dela tocou. Olhando para a tela, sua expressão se tornou sombria. Ela respirou fundo, depois atendeu a chamada.

— Oi — falou. — Estou viva e estou bem. Não me ligue mais. Não me procure. Eu vou ligar quando estiver pronta. — Ela desligou e ficou olhando para o telefone por um longo tempo. — Minha família esquisita — disse por fim. Voltou a sorrir, guardou o telefone e se ajoelhou para acariciar a raposa de estimação. — Não posso voltar para casa agora. Provavelmente vai levar um tempo. Se você precisar que eu vá embora, por um dia ou para sempre, eu vou entender.

Agora que ela estava ali, porém, eu não queria que fosse embora. O simples fato de ouvir outra voz entre aquelas paredes, depois de semanas de silêncio, era reconfortante.

— Tenho certeza de que isso não vai acontecer — falei.

— Obrigada — Malloryn disse. Ela se empertigou, adotando uma postura orgulhosa, e seus olhos brilharam. — Eu tenho um plano, sabe? Tem uma loja de ocultismo em Oakland. Eles ainda não sabem, mas vão me contratar. Quando tiver dinheiro, vou começar a pagar aluguel, e também vou pagar pelo tratamento de Zorro. E vou voltar para a escola, para que os meus pais não tenham problemas. Provavelmente para a mesma escola que você vai. Vou dar um jeito. Não se preocupe, você não vai nem me notar. Sou boa em me tornar invisível. Enquanto isso, deixa que eu cuido do jantar.

E assim foi. Malloryn Martell se tornou minha colega de quarto.

O quarto extra no andar de cima sempre fora um lugar para guardar coisas que seriam esquecidas. Roupas que ninguém mais vestia. Caixas de papelada inútil. Tarefas escolares velhas. Fazia anos que eu não entrava naquele quarto. Nunca precisei de nada que estava guardado ali. Naquele instante, enquanto Malloryn e eu abríamos caminho em meio às caixas, eu sentia uma inquietude vaga, como se uma parte profunda de mim estivesse sendo revirada.

— Eu até lhe daria o outro quarto — eu disse. — Mas era o quarto do meu pai. E meio que ainda é.

— Eu entendo. Vamos ficar perfeitamente bem aqui — comentou. Zorro ronronou, parecendo concordar.

Preparamos um saco de dormir, e eu arranjei um travesseiro para Malloryn. Zorro se encolheu em um canto e enfiou a cauda enrolada debaixo do queixo, com olhos cansados e vigilantes.

— Agora — Malloryn informou —, jantar.

Mostrei a cozinha para ela, guardei as empadinhas na geladeira e subi até a porta do quarto do meu pai. Não parecia mais tão impenetrável. Era uma porta normal, igual a todas as outras da casa. Uma que qualquer pessoa poderia abrir ou fechar, sempre que quisesse.

Foi um alívio não sentir a gravidade sombria do quarto que ela fechava. A casa parecia um pouco maior. Mas em algum lugar daquela gravidade estaria o meu pai, e se ela já não era mais tão forte, então ele estava um pouco mais longe, e um pouco mais morto.

Um cheiro delicioso veio da cozinha. A última vez que a cozinha cheirou a comida de verdade foi na primavera logo depois da morte da minha mãe.

Naquele ano, fomos a uma festa do Noruz.

Não celebráramos o Ano-Novo persa no ano anterior. Acho que não recebemos nenhum convite. Nós costumávamos ir todos os anos antes de a minha mãe morrer. Ela gostava da festa — disso eu lembro.

Meu pai conhecia muitos persas que moram em East Bay, mas não era realmente próximo de ninguém. Acho que ele só gostava de poder falar em farsi, poder ser a pessoa que seria se não usasse tanta energia para lembrar das palavras em inglês o tempo todo. Enfim, naquele ano recebemos um convite e fomos.

Meu pai vestia um terno e, para mim, comprara um vestido novo. Eu me lembro que foi em uma casa grande, com muita música e barulho e risadas e cheiros de todos os tipos — açafrão, água de rosas, perfume, charutos. Os adultos vestiam ternos e vestidos chiques, dançando e bebendo coquetéis de vodca. Os mais velhos sentavam-se em sofás, fofocando, comendo doces e fumando cigarros. As crianças vestiam paletós e vestidos e assistiam a *Operação Big Hero* em uma televisão gigante e comiam pratos com arroz, kebab e um ensopado suculento e doce feito de nozes e romãs. Mais tarde, algumas das crianças mais velhas se esgueiraram para trás da piscina e soltaram fogos de artifício até receberem uma bronca. Todos pareciam se conhecer. As crianças falavam de outras crianças que todos conheciam, crianças das quais eu nunca tinha ouvido falar. Cantavam canções que eu não conhecia. Elas falavam em farsi sem ter que fazer esforço. Uma palavra aqui, uma piada ali. Naquela noite, percebi que eu não fazia ideia do que significava ser iraniana. Era metade de mim e eu não sabia absolutamente nada a respeito.

Quando fomos embora, eu me sentia atordoada e assoberbada. Enquanto meu pai dirigia de volta para casa, encostei a cabeça na janela do passageiro com a festa ainda ecoando em meus ouvidos.

— Você se divertiu? — ele me perguntou.

— Gostei da comida — eu disse.

Dois dias depois, ele estava cozinhando.

— Você precisa conhecer a sua cultura — explicou. Eu não tinha pedido para conhecer minha cultura. Mas, é claro, ele não estava realmente falando comigo. Eu só não sabia disso ainda.

Fez arroz com açafrão na manteiga. Forrou o fundo da panela com fatias de batata, para que ficassem crocantes e não deixassem o arroz queimar. Picou um punhado de ervas até suas mãos ficarem repletas de pontinhos verdes, e as misturou em um ensopado de feijão-vermelho. Naquele dia, a cozinha cheirava a feno-grego e limão seco e açafrão e sumagre. E, naquela noite, ele nos serviu um tradicional jantar persa.

Que estava horrível.

Ele soube que ficara ruim assim que experimentou. Muito sal e muita pimenta. As batatas queimaram, o arroz estava seco e o ensopado ficou amargo.

Meu pai jogou a comida fora e me levou a um restaurante persa. O garçom nos cumprimentou em farsi. Meu pai respondeu em inglês, e o garçom entendeu que deveria falar em inglês com a gente. A comida era melhor, mas meu pai resmungou que o sabor não era exatamente aquele.

Foi a última vez que meu pai preparou alguma coisa que não tivesse saído de uma lata ou do congelador.

Acho que ele estava tentando ser uma versão de si mesmo que não existia mais, uma versão que havia se encerrado quando minha mãe morreu. Acho que estava entendendo que agora era diferente, que seria diferente para sempre. Acho que ele nunca soube o que fazer com aquela parte que havia desaparecido.

Eu me virei para descer as escadas e, conforme as descia, vi Zorro me observando da escuridão no fim do corredor. Fiquei imaginando quem ele via — quem eu era naquele momento. Seria a garota confiante e corajosa que havia convidado uma bruxa para ficar em sua casa? Seria a garota com a cicatriz de unicórnio, noventa e nove por cento humana e um por cento mágica? Seria a criança perdida e confusa que conversava com as portas que tinha medo de abrir? Ou a garota num canto da festa de Noruz, atordoada e deslumbrada e incapaz de entender como ela poderia fazer parte daquele lugar, de qualquer lugar? Talvez fosse a garotinha que eu fora um dia, que ainda assombrava aquelas paredes, inteira e feliz. Eu me sentia como todas elas, tudo ao mesmo tempo, e também algo a mais. Algo que não conseguia nomear.

Talvez não tivesse nome.

CAPÍTULO NOVE

DOIS MUNDOS LADO A LADO

— Você parece diferente, Marjan.

Carrie inclinou a cabeça e cerrou os olhos. Grace estava com ela, tentando enxergar o que Carrie quis dizer. Era cedo e estávamos ao lado dos armários, nosso ponto de encontro antes das aulas. Não tinha nada de estranho, exceto que na noite anterior havia convidado uma bruxa e sua raposa de estimação para ficarem na minha casa.

As duas olhavam para mim. Fiquei imaginando o que poderiam estar vendo. Eu queria explicar tudo, mas não sabia por onde começar. Contar a verdade não parecia uma opção viável.

Então dei de ombros e, logo depois, Carrie fez o mesmo.

— Onde você estava ontem de noite? — Grace perguntou. — Achei que iríamos estudar.

— Fiquei presa no trabalho — expliquei. — Só coisa entediante.

— Quando vai vender aquele lugar, afinal de contas? — Grace disse.

— Em breve, talvez — falei.

— Pega logo esse dinheiro, garota — ela disse.

— Certo, certo.

As duas sabiam sobre a situação da clínica. De vez em quando me perguntavam sobre o trabalho, mas ficavam entediadas quando eu contava um pouco sobre ele. Passei a tentar não mencioná-lo muito mais.

— Sério, o que você está esperando?

Naquele momento, Howie passou com alguns de seus amigos do time de futebol. Ele sorriu para Grace, que retribuiu o sorriso.

— Oi, Grace. — Ele acenou.

— Oi, Howie.

A oportunidade perfeita para mudar de assunto.

— É sério isso? — disse quando ele se afastou. — Como vocês ainda não estão namorando?

— Cala a boca — ela retrucou, me empurrando de leve. — Estou indo devagar, tá?

— Vou contar para ele que você gosta dele — Carrie disse.

— Nem pense nisso — Grace a reprimiu. — Juro que deixo de ser sua amiga.

— Finch! Estamos indo para a primeira aula.

Três nadadoras passavam por nós em direção à sala de aula. Todas as garotas da equipe de natação se chamavam pelo sobrenome, o que sempre me pareceu meio estranho e falso. As nadadoras não eram nossas amigas. Eram amigas somente de Carrie.

— Estou indo — Carrie disse. Ela disse tchau e foi se juntar às companheiras de equipe.

Grace me encarou.

— Você realmente gosta daquele lugar, não é mesmo?

Eu poderia ter inventado alguma desculpa, mas enganar Grace não era fácil.

— Nunca entendi direito o meu pai — eu comecei —, mas agora sinto que deveria tentar. A clínica era uma parte muito importante da vida dele. E só agora as coisas estão começando a fazer sentido. Então não posso simplesmente abrir mão dela, G. Ainda não.

— Eu entendo — ela disse. — Só me prometa que não vai enlouquecer.

— Prometo — respondi.

— E se precisar de alguma ajuda … — Ela sorriu, deu um tchauzinho e apontou para si mesma.

Eu compartilhava com Grace algo que Carrie não tinha. Os pais de Grace eram de Taiwan. Ela falava mandarim em casa, frequentava a igreja chinesa aos domingos e desaparecia por uma semana durante o Ano-Novo lunar. Ela compartilhava um pouco de sua cultura com a gente — a comida incrível que sua mãe sempre preparava às pencas, um termo em mandarim ocasional com Carrie, coletâneas de músicas românticas taiwanesas que eu inexplicavelmente passava uma semana cantarolando —, mas havia partes dela que nós nunca víamos. Talvez não fôssemos bem-vindas, ou talvez ela simplesmente não soubesse como nos convidar. Se alguém podia entender como eu estava equilibrando dois mundos lado a lado, e tentando ser inteira nos dois, era Grace.

— Certo, G. — eu disse. — Você vai ser a primeira que vou chamar. Agora vá conversar com o seu jogador de futebol.

Ela me olhou feio. Seus olhos se apertaram.

— Certo — assentiu com um tom desafiador. — Vou mesmo. — Respirou fundo, ajeitou o cabelo com as mãos, girou nos calcanhares e foi atrás de Howie e seus colegas de time.

Fiquei parada ali por um momento, sentindo-me atordoada e exposta. Minhas duas amigas tinham outros amigos, outros lugares para frequentar. Talvez eu também tivesse.

Mais tarde, naquela mesma manhã, entrei de fininho em uma sala de estudos da biblioteca e peguei o celular. Enviei uma mensagem para Sebastian e, quando ele respondeu, abri uma chamada de vídeo. Ele estava em seu dormitório, um beliche visível atrás dele.

— Como você está? — perguntou.

— Me sentindo solitária — disse. — Incompreendida. E você? — Era verdade. Mas eu estava sorrindo. Era bom poder ser honesta.

— Bom, então somos dois — respondeu rindo.

— Tá fazendo o quê? — perguntei.

— Estudando álgebra — ele disse, girando o dedo.

— Ah, sim, o jeito chique de estudar.

— Tá bom, matemática — ele corrigiu com um sotaque americano forçado. — Soa mesmo mais fácil.

— Acabei de arrumar uma pessoa para morar comigo — contei. — E ela é uma *B-R-U-X-A*.

— Parece constrangedor — Sebastian disse. — Por quê?

— Ela precisava de um lugar para ficar — expliquei. — E acho que eu precisava de companhia. Enfim, acho que ela é tranquila, mas se de repente eu começar a me parecer com um sapo, você já sabe a razão.

Sebastian ficou em silêncio por um momento.

— Espera — ele questionou, quase sussurrando —, ela é mesmo capaz de fazer isso?

Esquecera com quem estava falando. Sebastian tinha mais motivos para acreditar em magia do que a maioria das pessoas.

— Foi uma piada, Sebastian — eu expliquei. — Acho que ela não conseguiria mesmo se tentasse. Acho que não é capaz de fazer nada.

— Bom, isso é um alívio — disse. — Porque eu não sei como fazer um sapo se transformar de volta em uma garota.

Aquilo era preocupação?

— Você acha que isso foi um erro?

— Sei lá — ele desabafou. — A sua vida agora é oficialmente mais estranha do que a minha, e isso já quer dizer muito.

— Que ótimo — falei rindo. — Muito obrigada. Exatamente o que eu queria com essa chamada: me sentir ainda mais estranha.

Era fácil brincar com Sebastian.

— Você sabe que pode me contar qualquer coisa, Marjan — ele disse. — Sempre vou acreditar em você.

O jeito como ele falou, o jeito como me olhava, mesmo através da tela... parecia que queria dizer algo mais. A sala me pareceu mais apertada, como se as palavras tomassem espaço. De repente, comecei a pensar em Kipling, com asas que preenchiam o grande saguão, a dor e o mal-estar devastando-lhe o corpo. Tive a sensação de que algo terrível me espreitava, algo que não conseguia distinguir porque era mais brilhante do que o sol, e queimava. Um buraco no universo, e, além dele, nada fazia sentido.

Isso é uma coisa que não posso te contar.

As enguias voltaram a nadar, como sempre faziam quando o assunto parecia se aproximar do Kipling. De esguelha, vi Grace andando pela biblioteca, procurando por um lugar.

— Preciso ir, Sebastian — avisei. — Nos falamos à noite?

— Sempre — ele disse, com um sorriso e um aceno. Acenei de volta e desliguei.

Um segundo depois, Grace entrava na sala de estudos, com um livro de História Mundial debaixo do braço, enquanto eu guardava o telefone no bolso.

— Com quem você estava falando, Mar? — ela perguntou.

— Com ninguém — respondi.

Ela me lançou um olhar cético.

— Hum, estou certa de que você estava falando com alguém.

— Ah — disse —, hum, pois é. Era o meu... — Fiquei sem saber o que dizer por um instante — ... meu contador.

— Sei. — Ela não acreditou em mim.

— É sério — afirmei.

— Marjan Dastani — Grace disse com um sorriso malandro. — Creio que está gostando de alguém.

— Eu juro que *não* estou gostando de ninguém — respondi. E então, porque é muito mais fácil mentir contando uma verdade a respeito de outra coisa, eu disse: — Muito menos do meu contador. Eca.

— Então quem é? — ela insistiu.

— Não é ninguém, tá? — eu disse, meu tom de voz subindo um pouco.

O sorriso de Grace desapareceu.

— Certo — concordou. — Deixa pra lá. Nossa. — Ela se sentou na minha frente e começou a pegar os livros da mochila. — Enfim, eu falei com ele — contou, um sorriso maroto se abrindo em seu rosto.

— O jogador de futebol?

Ela confirmou.

— E?

— Ele é legal — disse. — Veremos. — Ela deu de ombros, e eu fiquei orgulhosa dela.

— Eu nem sempre fui uma bruxa, sabe?

Estávamos terminando o jantar — o segundo que ela preparava em duas noites. Malloryn estava sempre disposta a conversar, e eu estava sempre disposta a preencher a casa com algo que não fosse silêncio, dúvida e raiva. Ela colocara fogo em um pouco de sálvia na noite anterior, para afastar a energia ruim. Não saberia dizer se a energia ruim havia desaparecido, mas a casa parecia mais acolhedora em sua presença.

— O que você era antes? — perguntei.

— Só uma garota — Malloryn disse. — Uma garota comum chamada Mallory.

Mallory Martell cresceu em uma pequena cidade deprimente no norte da Califórnia em que havia uma igreja enorme, o time de futebol da escola de ensino médio, uma serraria abandonada e um problema com metanfetamina que ninguém queria admitir.

— Existem dois tipos de pessoa nas igrejas — explicou. — As pessoas que querem chegar mais perto daquilo que amam e as que querem se esconder do que as amedronta. Na minha cidade, a maioria era do segundo tipo. Não foi um problema por um tempo, porque eu tinha minha própria igreja.

A velha floresta de sequoias que subia a encosta da cidade era a sua igreja. Podia se perder nela por horas, deitar no chão da mata, observar os fragmentos do céu visíveis por entre os galhos, escutar o vento passando através dos ramos antigos, o movimento de veados e coiotes, os sons suaves da vida ao redor. Lá, no meio da mata, sentiu pela primeira vez a agitação de uma força que veio a conhecer como magia.

— Mas quem é que sabe ao certo? — ela disse, dando de ombros. — Talvez eu também estivesse me escondendo.

Tirando a floresta, ela nunca se sentia à vontade em lugar algum. Sempre fazia as perguntas erradas ("Se Deus teve que descansar no sétimo dia, como sabemos que Ele ainda não tira uma folga de vez em quando, e como vamos saber se Ele não está de folga agora mesmo?"; "Os alienígenas acreditam em um Jesus alienígena, ou todos vão acabar no Inferno alienígena?"; "Se o Diabo pode tomar qualquer forma, então ele poderia tomar a forma de um pastor da juventude, então como sabemos que você não é o Diabo, pastor Chris?"), perguntas que faziam os pastores puxarem os pais dela de lado para uma conversa gentil, mas muito séria. Perguntas que faziam as outras crianças a olharem de um modo estranho. Perguntas que faziam os adultos sacudirem a cabeça, em desaprovação.

Quando Mallory era pequena, a floresta era suficiente como refúgio — um lugar onde se sentia livre e viva. Mas depois que completou catorze anos, até mesmo ela se tornou pequena demais, e demasiado próxima de tudo, para que se sentisse segura. A cidade, os pais, a escola, os pastores — todos tentavam moldá-la em uma pessoa que ela não queria ser, forçá-la a acreditar em coisas que ela não acreditava. Não parecia haver escapatória, e parecia inútil resistir, porque ninguém queria a existência da pessoa que ela estava tentando ser.

Então, um dia ela descobriu a feitiçaria nas páginas de um livro velho e usado, e de repente encontrou uma maneira de dar sentido à sua vida. Segundo o livro, uma bruxa podia controlar o poder oculto que fluía através de todas as coisas. Uma bruxa podia enxergar os fios que uniam o mundo, podia moldá-los em novas formas, desatando nós, formando novas conexões. Uma bruxa tinha poder. Uma bruxa tinha liberdade.

Passara um ano devorando cada livro em que conseguia colocar as mãos. Ela os guardava no fundo do guarda-roupa, onde torcia que seus pais não os fossem encontrar. À noite, quando o resto da casa dormia, ela os lia com ajuda de uma lanterna ou de uma vela, absorvendo cada detalhe. Quando não estava dormindo, estava estudando. Cada momento livre, ela dedicava à bruxaria.

Fazia cinco meses que, em uma noite sem luar, subira no topo de um morro e invocara os espíritos pela primeira vez. Ela se apresentou com seu nome de bruxa — semelhante ao nome com o qual nasceu, mas também transformado. Naquela noite, Mallory se tornou Malloryn, e seu primeiro ato foi apelar ao céu escuro por uma companhia ou uma conexão com o mundo além do véu.

Um dia se passou. Depois outro. Ela esperou por uma resposta, algum tipo de sinal de que o feitiço havia funcionado. E a cada dia que se passava, ficava cada vez menos esperançosa. Uma semana se passou. Mas ela nunca perdeu a fé. Fizera o feitiço corretamente, com a máxima precisão. Tinha que funcionar.

Era meia-noite, dez dias depois de lançar o feitiço, quando acordou com algo arranhando sua janela. Ao investigar, encontrou uma raposa, cansada e suja e faminta, mas aparentemente amigável. Ela a deixou entrar e fez uma cama secreta no canto do guarda-roupa, perto da coleção de livros proibidos.

Os espíritos a aceitaram e selaram a conexão entre eles enviando-lhe Zorrocious Budgins McCabeça-Oca. Malloryn Martell agora era uma bruxa.

— Quando Budgins apareceu, pensei que meus problemas tinham acabado — Malloryn disse. Então riu. — Acontece que bruxas têm os mesmos problemas que todo mundo.

Sua vida de bruxa não era muito diferente de sua vida antiga. De certas maneiras, era ainda mais difícil. Ainda estava presa em sua cidadezinha.

Ainda não se sentia parte do lugar. Todas as coisas que esperava mudar com magia continuaram exatamente iguais. Só que agora ela também tinha uma raposa de estimação para alimentar e esconder de seus pais.

— Então a magia não funciona? — perguntei.

— Ah, funciona — ela disse. — Está sempre funcionando. Só que é muito difícil fazê-la funcionar do jeito que se quer.

Ela e Zorro lançavam feitiços para sorte, amor e prosperidade. Realizavam rituais para os espíritos e para as estações do ano e para a Terra. Faziam amuletos para a saúde e talismãs contra doenças e maldades.

— Mas nós nunca amaldiçoamos ninguém — Malloryn disse, olhando-me com seriedade sobre o prato de lasanha de abobrinha e ricota. — Mas não posso dizer que não fiquei tentada.

E mesmo se tivessem tentado lançar uma maldição, provavelmente não faria diferença. Nenhum de seus feitiços funcionara. Nenhum deles. As medidas estavam sempre um pouco erradas, ou ela errava uma palavra do encantamento, ou seguia as instruções fora de ordem. Por mais que tentasse, por mais cuidadosa que fosse, os espíritos não se manifestavam.

Mas não importava. Não para Malloryn.

— A maioria das bruxas passa a vida inteira tentando acertar, pelo menos uma vez — desabafou. — Então já estou me saindo melhor do que a média.

Mesmo se nunca lançasse um feitiço de verdade durante a vida, ela já tinha convocado Zorro, e isso era suficiente.

É claro que ela não fazia ideia do quanto Zorro era de fato especial.

Um envelope grosso foi entregue por um mensageiro na clínica uma semana depois de Malloryn ter vindo morar comigo. Não tinha endereço, mas tinha o logotipo da serpente na chaleira. Recebi o envelope, depois fui com ele até o meu escritório. Assim que fechei a porta, o envelope começou a vibrar na minha mão. Abri e retirei a única coisa que havia ali: um celular. Tocando.

— Alô? — disse.

— Tem um carro indo te pegar — disse uma voz que soava alterada por aparelhos. — O motorista se chama Sam. Ele não sabe de nada. O seu cliente é Horatio Prendergast. Ele tem um gnomo doméstico. — Uma pausa. Talvez, apenas talvez, um suspiro alterado por aparelhos. — Ele tem incontinência.

— Quem está falando? — indaguei. — É a mulher que esteve aqui antes?

Silêncio.

— É assim que funciona? Você simplesmente me liga e eu obedeço? Simplesmente paro tudo o que estou fazendo?

Silêncio.

— O que devo fazer para ajudar? — perguntei.

Silêncio.

— Eu, tipo, faço alguma recomendação?

Silêncio.

— Alô?

— Ainda estou aqui — disse a voz.

— O que devo fazer? O que eu faço por um… — Baixei a voz até um sussurro: — … Gnomo incontinente?

O silêncio perdurou por um longo tempo. Estava prestes a repetir a pergunta quando a voz falou.

— O que conseguir fazer.

A ligação caiu.

Um carro buzinou diante da clínica.

CAPÍTULO DEZ

O HOMEM MAIS SOLITÁRIO DO MUNDO

Sam tinha um rosto amigável, bronzeado pelo sol, e olhos acolhedores. Dirigia com uma tranquilidade obediente, alternando entre uma conversa informal e um silêncio educado. Ele me disse que vinha de uma família mexicana e se mudara de San Diego um mês atrás por conta daquele emprego. O salário era bom e os motoristas da região eram menos agressivos. E Horatio Prendergast era um chefe decente, embora às vezes fosse um pouco distante.

— Mas quem é ele? — perguntei.

— Já ouviu falar na Ménagerie? — Sacudi a cabeça. — Não saberia mesmo de sua existência, a menos que precisasse, então definitivamente saberia. É uma empresa que faz um software criado para processar conjuntos de dados enormes. É útil para companhias petrolíferas, para o exército, instituições bancárias, laboratórios de pesquisa de alto nível, esse tipo de coisa. Enfim, foi criado pelo Horatio, que ganhou uma montanha de dinheiro com isso.

Depois de uma pesquisa rápida, encontrei seu nome no meio daquelas listas de pessoas mais ricas do mundo. As poucas fotos na internet mostravam um rosto marcante com ângulos proeminentes e famintos, cabelo grisalho despenteado, barba curta aparada e olhos que desapareciam debaixo de sobrancelhas poderosas.

— Esse é o Horatio — Sam disse quando lhe mostrei uma das fotos.

Por alguma razão, eu me sentia mais segura do que da primeira vez que estava indo encontrar um animal. Talvez porque não era tão longe. Talvez porque o cliente tivesse um nome e uma reputação a zelar. Ou talvez eu estivesse me acostumando ao trabalho.

Cruzamos o estreito de Carquinez e seguimos para leste, passando pelas refinarias até pegarmos a rodovia. Passamos pelas cidades de Fairfield, Vacaville e Davis, depois contornamos Sacramento, seguindo ainda mais a leste, até finalmente sairmos da rodovia em um subúrbio com casas baixas e jardins verdejantes. Um ótimo lugar para morar, sem dúvida, mas nem de longe território para um bilionário.

— Para onde estamos indo? — perguntei.

— Não falta muito — Sam disse.

As casas se tornaram mais desiguais, e o intervalo entre elas ficava cada vez maior. Havia carvalhos e algodoeiros, e grandes campos secos e vazios. Logo nos encontrávamos em uma estrada de terra rodeada por nada, salpicada por árvores escuras. Mais à frente, uma faixa não sinalizada de asfalto virava à direita, em direção a uma fileira de salgueiros. Sam diminuiu a velocidade, depois virou.

— Não tem nada aqui — constatei.

— Não dá para ver da estrada — Sam explicou.

Cruzamos uma pequena ponte de madeira. Do outro lado havia uma cerca alta, com um grande portão de metal que se abriu quando nos aproximamos. Atrás da cerca havia edifícios — prédios quadrados e entediantes que pareciam todos iguais. Havia pessoas ali, andando, sentadas sob as árvores e olhando para telas de notebooks, e grupos conversando. Sam acenou para um desses grupos quando passamos e eles sorriram, acenaram de volta e o cumprimentaram pelo nome. Todos tinham o rosto bronzeado e manchas de terra em suas calças jeans.

— Bem-vinda à Ménagerie — Sam disse com um sorriso orgulhoso.

Ao longe, em uma pequena colina, eu podia ver um prédio que se destacava dos outros. Não era quadrado e nem entediante. Era um cintilante palácio de vidro e aço, com paredes branquíssimas e um telhado triangular que se erguia do topo da colina como um grande navio levado por uma onda. Duas alas se estendiam de cada lado, como se estivesse envolvendo toda a colina em um grande abraço de metal e vidro.

— Que lugar é esse? — perguntei.

— Costumava ser uma base militar — Sam disse. — Mas ele reformou. Tem apartamentos, cafeteria, espaço de trabalho, tudo.

— Você mora aqui?

— Faz parte do trabalho — explicou. — Moradia, comida, tudo incluso. Tem uma academia, uma piscina. Os apartamentos não são chiques, mas são limpos, e a comida é boa. E é de graça.

— O que acontece aqui? — perguntei. — Quem são todas essas pessoas?

— Todos aqui trabalham para o Horatio — Sam disse. — Para a Ménagerie. O escritório fica aqui. Os servidores. Também há uma fazenda, um rebanho de gado, algumas ovelhas. Muitas coisas diferentes.

Eu nunca vira nada parecido. De certo modo, aquilo me lembrava da escola, do jeito como os grupos e panelinhas se formavam espontaneamente. Mas a escola era uma bagunça. Todos seguindo os próprios planos, mesmo em grupos pequenos. Amigos podiam sumir no meio de uma conversa para ir atrás de algo completamente diferente, e tudo que restava era observá-los indo embora. Mas a Ménagerie já parecia um lugar onde todos trabalhavam na mesma coisa. Os fazendeiros, os cozinheiros, os engenheiros, os motoristas, todos no mesmo barco, ou ao menos no mesmo oceano.

— O Horatio também mora aqui? — perguntei.

— Mora, trabalha, faz tudo — Sam respondeu.

Quando chegamos à entrada principal do palácio na colina, as dobradiças silenciosas da porta de metal se abriram, e uma mulher — de pele escura, alta, maçãs do rosto reluzentes e rosto de soldado — se aproximou para nos receber. Ela usava óculos e um terno austero, e carregava um tablet debaixo do braço. Indicou com um gesto rápido, quase frenético, que eu entrasse, que fez com que me sentisse ao mesmo tempo atrasada e importante.

Lá dentro, o pé-direito era alto, e cada superfície brilhava sob a luz do sol que invadia o recinto através de janelas enormes e claraboias. Não havia muita mobília — apenas sofás, bancos e mesas de linhas retas e sóbrias —, mas era difícil imaginar sentir conforto naquela sala. Cada ângulo parecia afiado o bastante para cortar. Corredores se abriam em cada direção, seguindo até perder de vista.

— Vamos lá — disse a mulher, entrando em um dos longos corredores. — Ele não tem o dia todo.

O escritório de Horatio era uma sala grande com janelas largas. Numa parede, um quadro enorme exibia um único respingo de tinta vermelha, como se uma artéria gigante tivesse sido rompida sobre a tela. No centro da sala havia uma longa mesa de reuniões negra. Quando entramos, uma poltrona de couro por detrás da mesa girou lentamente na minha direção. Era o rosto das fotos que vira.

Horatio Prendergast se levantou para me receber. Ele era alto e magro, e tão anguloso quanto a mobília que avistara na entrada. Seus cabelos grisalhos estavam penteados para trás, deixando a testa à mostra de um jeito vampiresco e terminando em um emaranhado de cachos na nuca. Sua barba tracejava seu maxilar poderoso. Ele vestia um terno cinza-claro, mas estava sem gravata e tinha os dois botões de cima da camisa abertos. Um par de óculos pretos e espessos refletiam a luz azul da tela dos computadores — o único resquício de cor ao redor. Sua boca larga desenhava um sorriso confortável. Ele olhou de relance para o quadro atrás de si.

— Tenha cuidado — instruiu. — É hipnótico. Obrigado, Ava. — A mulher se retirou da sala depois de um aceno de cabeça rápido, fechando a porta ao sair.

— Fiquei triste quando soube do seu pai — ele disse.

— Obrigada — respondi.

Ele apontou para uma cadeira diante da mesa, depois me observou atravessar a sala para me sentar.

— Também fiquei perturbado pela notícia — continuou. — A maneira como ele... Bom. Eu gostaria de ajudá-la. Nós chegaremos lá.

— Ela disse que você é muito ocupado — falei.

Ele riu.

— É um estado constante. O mundo não se conserta sozinho.

Havia uma piada perdida em meio ao que dizia. Eu vi a faísca que provocou em seus olhos escuros. Mas não entendi.

— Me disseram que tem um gnomo por aqui — eu disse.

Horatio riu de novo. Fez um movimento súbito e severo com a mão que terminou com a remoção de seus óculos, colocando-os gentilmente sobre a mesa.

— Tem sim — afirmou. — Mas você não está aqui por causa dele.

— Não estou entendendo — eu disse.

— Está familiarizada com o trabalho?

— Um pouco — admiti. — Estou aprendendo.

— Estamos todos aprendendo, acho — comentou Horatio.

Ele se recostou em sua cadeira e não disse nada por uma eternidade. Então me encarou nos olhos, com o próprio olhar arregalado e maravilhado.

— Nas selvas da Amazônia — disse —, existe uma criatura em cujo centro da testa cresce um rubi gigante. Eles chamam esse animal de carbúnculo. Você já ouviu falar do carbúnculo, Marjan?

— Carbúnculo? — Será que meu pai havia me contado uma história dessas? Eu não conseguia me lembrar.

— Não tem problema — Horatio retomou. — Poucas pessoas sabem a respeito. O carbúnculo é tímido e desconfiado. Não se sabe quase nada sobre seus hábitos na natureza. Tudo que sabemos é que, uma vez por ano, o carbúnculo troca de pele. E solta sua pedra preciosa antes que uma nova passe a crescer. Seria de se esperar que o chão da floresta estivesse repleto de pedras preciosas — continuou. — Mas algo trágico acontece com o rubi antigo durante o processo de troca. Ele é destruído. Uma joia inestimável se transforma em pó inútil logo depois se ser descartada. — Fez um gesto com a mão, um gentil abrir do punho, como se um súbito vento tivesse forçado seus dedos a se abrirem na minha direção. — Se a pedra for removida à força, ou se o carbúnculo morrer, o mesmo acontece. — Ele olhou para a palma da mão. — Dizem que o único jeito de conseguir o rubi de carbúnculo é se ele mesmo o entregar voluntariamente. E o carbúnculo apenas entrega seu rubi para uma alma honesta.

Pousou as duas mãos sobre a mesa e me olhou com intensidade.

— Então — disse — você quer que eu viaje para a América do Sul, encontre um carbúnculo e o convença a me dar um rubi? — A ideia de ser qualificada como uma "alma honesta" me fez sorrir.

Os olhos dele se arregalaram, achando graça.

— Bom — tornou a dizer. — Você está ansiosa por um desafio, não é mesmo? Estou quase tentado a concordar, só para ver o que você encontraria. — Deu uma leve risada. — Mas não. Não precisa ir tão longe.

Então ele se levantou e fez um gesto para que o seguisse.

Ele me conduziu para fora de seu escritório, por um longo corredor. No final, havia um elevador. Horatio apertou um botão e as portas se abriram. Pediu que eu entrasse e depois fez o mesmo. A porta se fechou. Com um dedo, ele apertou um botão. Começamos a descer.

— Para onde estamos indo? — perguntei.

— Você já se perguntou como eles nos escolhem? — Horatio disse. — As criaturas? Eu me pergunto isso o tempo todo. Tive o privilégio de conhecer outros como eu, que foram escolhidos. Ninguém sabe ao certo. Eles não são uma recompensa, embora sua presença possa ser recompensadora. E também não são uma punição, embora possam ser difíceis. Eles não dão explicações. Simplesmente entram em nossa vida e lá ficam, plenos, completos e inequívocos.

À medida que descíamos, o ar se tornava cada vez mais frio, seco e arenoso. Era como respirar pedra.

— Nós, o grupo seleto que os têm em nossas vidas, não somos as pessoas mais inteligentes do mundo — continuou. — Nem necessariamente somos os mais corajosos, ou bondosos, ou mesmo maldosos. Somos apenas pessoas. Mas esses animais nos transformam em algo mais. É difícil não enxergar algum componente de destino, sentir que foi selecionado para um propósito importante. Ou não se imaginar como sendo excepcional de algum jeito.

— Você é rico — eu disse. — Isso não o torna um pouco excepcional?

Horatio sorriu.

— Já me sugeriram — explicou — que o denominador comum é a solidão. — O elevador começou a perder velocidade, e os olhos de Horatio brilharam, demonstrando um divertimento malandro. — Se isso for verdade — ele prosseguiu —, devo ser o homem mais solitário do mundo. Talvez isso também seja uma qualidade excepcional.

O elevador enfim parou. Estávamos nas profundezas subterrâneas. A porta se abriu, revelando um longo e largo corredor. O teto de pedra era alto e arqueava. O chão era feito de mármore liso e frio.

A maior parte da iluminação parecia emanar das paredes e, quando desci do elevador, entendi o porquê. O corredor era forrado de ambos os lados com painéis de vidro do chão ao teto. Luzes — de todos os tipos — atravessavam o vidro, criando uma colcha de retalhos de cores suaves, laranja, azul, verde.

— Que lugar é esse? — perguntei, minha voz ecoando pela longa câmara.

— Em uma vida anterior, isso fazia parte de um silo de mísseis — disse. — Agora é... outra coisa.

Ele se virou e começou a percorrer o corredor.

Atrás dos painéis de vidro havia salas de diferentes tamanhos e formatos. Algumas eram pequenas e curtas, enquanto outras se estendiam até a escuridão. O lugar me lembrava as salas dedicadas à savana africana em museus de história natural — aquelas com leões e hienas empalhados no meio de um gramado sintético e um céu pintado ao fundo.

Enquanto andávamos, percebi figuras se movimentando, pairando e espreitando entre as rochas e árvores de seus recintos. A princípio eram tímidas e rápidas demais para que conseguisse distingui-las claramente. Nem tinha certeza se realmente estava vendo aquilo. Então, em um dos recintos, um pequeno brilho subiu dançando até o vidro e parou no ar ao nível dos meus olhos, sem medo algum. Eu parei. Parecia estar me chamando diretamente.

Cheguei mais perto. E então mais perto. E ainda mais perto, até encostar o rosto no vidro. Até não haver dúvida do que estava do outro lado.

Pairava no ar com asas de libélula que zumbiam delicadas através do vidro. Não tinha pelos da cabeça aos pés. De corpo, quase parecia um humano em miniatura, mas os braços e pernas eram mais longos do que deveriam ser, e os genitais — o que achei que fossem genitais — não me eram reconhecíveis. Seus membros pálidos, relaxados e soltos gentilmente balançavam no ar. Os olhos cintilavam como curiosos diamantes negros no rosto redondo e branco como um lírio.

— É uma fada — Horatio disse, e o mundo pareceu se desfazer ao meu redor.

Eu me afastei do vidro e senti o peso de estranhos olhos mágicos se juntando sobre mim.

Em um recinto, pássaros com asas de pura luz voavam dos galhos de uma árvore de gesso, piando animadamente uns para os outros.

— Pássaros alicanto — Horatio sussurrou —, do Chile.

Em outro, um veado com chifres de ouro ergueu os olhos do gramado.

— Chifres d'ouro, originalmente da Eslovênia — Horatio disse.

Mais à frente, uma criatura com escamas prateadas e uma juba escura deslizava sob a superfície de uma lagoa de águas cristalinas.

— Um makara, de um lago das montanhas de Annapurna — Horatio mencionou.

E assim por diante. Todas as histórias que meu pai havia me contado, vivas e respirando, olhando para mim.

— O que acha? — Horatio perguntou.

— Como... — eu disse.

— Levou anos — Horatio explicou. — Muita paciência, muita investigação. Mas isso faz parte da diversão. Analisando fotos de satélite, registros de vínculos empregatícios, atestados de óbito. Procurando por aquele detalhe que simplesmente não se encaixa. — Ele olhou para o longo corredor, para as fileiras de recintos cheios de criaturas estranhas e inimagináveis. — Todos ocupam algum lugar na vida das pessoas, se você souber como achá-los.

Cada recinto era uma caixa de pura maravilha. Uma salamandra, negra e escorregadia, serpenteava entre as brasas incandescentes de uma fogueira de pedra, sua pele cintilando com um brilho anfíbio. No canto de uma caverna escura, um par de enormes mãos de quatro dedos se fechou lentamente em punhos. ("Gigante de pedra", Horatio sussurrou. "Muito feroz".) Um grande felino que nos observava do alto de uma pedra bateu a cauda no chão e mostrou os dentes.

— O meu pai sabia? — perguntei.

— É claro — Horatio disse. — Jim cuidou de vários deles.

— Quantos são? — indaguei. — Quantos há aqui?

— Cento e quarenta e cinco — Horatio disse.

À minha esquerda, uma serpente esguia com olhos azul-safira se desenrolou de um galho de árvore e passou ao ar como se estivesse dentro d'água. Horatio observou a serpente planar graciosamente ao redor do tronco da árvore, sua língua causando lampejos prateados vindos de sua incrível mandíbula.

— Você sabe por que eles existem? — Horatio perguntou. Sacudi a cabeça. — Acho que ninguém sabe. Mas eu tenho uma teoria. Acho que eles são mais do que aparentam. Não são apenas de carne e osso, ainda que o trabalho da sua família prove que eles *são* de carne e osso. Mas tem algo mais. Eu acho que...

Tornou-se pensativo por um momento. Horatio observou a serpente ondular pelo recinto, a vários centímetros do chão cheio de folhas. Então se virou para mim.

— Bom — disse. — Eles me lembram de que tudo é possível, e isso é um tesouro maior do que qualquer riqueza. — Não era o que ele pretendia dizer um momento atrás.

Ele se virou e continuou andando até chegar a um recinto maior do que os outros, em completa escuridão. Então parou. Respirei fundo e senti o ar carregado e apodrecido em meu peito. Minhas pernas fraquejaram. Pensei que fosse desmaiar.

— Você sente, não é mesmo? — Horatio disse. — Você está pálida.

Eu me recompus. A escuridão do outro lado do vidro parecia pulsar de maldade. Eu queria ficar o mais longe possível daquilo. Mas não conseguia parar de olhar. As sombras estavam repletas de horrores invisíveis.

— O que diabos tem aí dentro? — perguntei.

— Esta — Horatio disse — é a mantícora.

Pensei ter visto algo se movendo, talvez o flanco de um predador, longo e sinuoso. Uma breve sugestão de um rosto, emergindo por apenas um instante no meio da escuridão. Mas se havia mesmo algo lá, sumiu antes que eu pudesse ver mais.

Horatio também se mostrava mudado. Ele pareceu se endireitar, como se a escuridão insinuante por trás do vidro tivesse alimentado algo que havia dentro dele.

— É horrível, não é mesmo? — disse. Mas não fez menção de sair dali. — Às vezes, quando estou me sentindo bastante corajoso, gosto de ficar aqui, para ver se ela se mostra para mim.

— Por que você faria uma coisa dessas?

— Nós precisamos encarar nossos medos, se quisermos amadurecer. Ela é a soma de muitos medos, um pesadelo do qual ninguém acorda. — Fez uma pausa, como se no momento estivesse encarando os próprios medos na escuridão.

O som de passos no chão de mármore ecoou pelo corredor. Duas pessoas se aproximavam — um homem baixo de pele oliva e uma mulher alta. O homem vestia um jaleco branco de médico e andava com uma cadência orgulhosa, como um reizinho visitando suas terras.

A mulher era severa, de olhar gélido e repleto de inteligência. Havia uma graça impiedosa em seu andar, em sua postura, em seu corte de cabelo. Vestia um casaco de couro de um tom púrpura que ficava no limiar do espectro visível. Tinha a pele de um branco ártico. Debaixo do braço, carregava um portfólio de capa de couro.

— Ah — Horatio disse. — Dr. Batiste, Ezra. Obrigado por se juntarem a nós. Esta é Marjan Dastani. Ela está aqui por conta do carbúnculo.

O homem, o dr. Batiste, parou ao lado de Horatio. Ele me olhou de cima a baixo com um desdém óbvio. A mulher — Ezra — ficou para trás, longe do recinto da mantícora. Assentiu na minha direção, e talvez tenha sorrido com o canto da boca, mas era difícil dizer com certeza por causa das sombras.

— O dr. Batiste é o chefe da nossa equipe médica — Horatio disse. — Ele cuida de todos os animais.

— Até mesmo desse aqui? — perguntei, apontando no escuro.

O dr. Batiste me lançou um olhar desdenhoso. Acho que estava prestes a fazer um comentário maldoso, mas antes que tivesse chance, algo apareceu voando dentro do recinto e bateu contra o vidro, com força, um pouco abaixo do meu rosto. Pulei de susto e gritei. O dr. Batiste também se assustou. Pensei ter ouvido Ezra rindo — de mim ou do doutor, não saberia dizer. Horatio permaneceu no lugar, imperturbável, quando a cauda negra de um escorpião atingiu o chão de areia, depois voltou para a escuridão.

— Nós removemos as glândulas de veneno — o doutor disse, recompondo-se. — Mas o ferrão ainda pode romper uma artéria.

Dei um passo na direção do vidro. Aquilo que achei que fosse escuridão na verdade tinha um tom alaranjado. Encostei o rosto no painel espesso e espiei o recinto de luz difusa. Um calor seco irradiava de lá. Não conseguia enxergar nada a princípio. Então algo mudou na escuridão e um rosto apareceu.

As lendas dizem que a mantícora tem a cauda de um escorpião, o corpo de um leão e o rosto de um humano. Eu diria que isso é quase verdade, exceto pelo rosto. Tem pele, dois olhos, um nariz, uma boca, mais ou menos onde tudo deveria estar. Mas não tem nada de humano.

Quem quer que posicionara os elementos não tinha ideia de para que serve um rosto, de como são usados pelas pessoas. A quantidade de movimentos de um rosto de um humano, e quanto da humanidade reside nesses pequenos tiques e espasmos, passa imperceptível até ver um rosto que não tem nada disso. As sobrancelhas da mantícora eram tão lisas quanto uma pedra de rio. As pálpebras não piscavam. As narinas não se mexiam, nem um pouco que fosse. Havia uma leve curva no canto dos lábios, mas fora isso o rosto dela era completamente inerte, uma máscara mortuária de pele pálida. E mesmo essa sombra de um sorriso estava congelada e imóvel. O rosto da mantícora não tinha nenhum sinal de emoção, nenhuma vida.

Exceto pelos olhos — vermelhos, felinos, dois pontos que grudaram em mim e seguiam meus movimentos. Por um longo momento, nós apenas nos olhamos, tentando entender uma à outra. Então, bem lentamente, a mantícora saiu da escuridão. Seu corpo de leão ganhou a luz pela primeira vez. Poderosos músculos ondulavam sob os pelos castanhos. Equilibrava o peso em grandes patas, os olhos nunca deixando os meus.

Um terror percorreu meu corpo. Eu não queria chegar perto daquele animal. Eu não queria sentir o que ela sentia, ou saber as coisas que ela sabia. Eu não a queria dentro da minha mente.

Ao pousar uma pata no chão, a mantícora soltou um murmúrio agudo e fraco. Os músculos de sua perna tremeram. Ela deu outro passo, e mais uma vez soltou um choramingo baixinho. O rosto não mostrou emoção.

— O que foi isso? — perguntei. — Esse som?

— Ela faz isso sempre que se move — o doutor disse.

Outra pata desceu até o chão. Outro gemido de dor.

— Quando anda — falei.

— Foi o que eu disse — o doutor respondeu.

— Não, você disse "quando se move". Ela faz isso quando anda.

Outra pata, cautelosamente. Outro gemido, bem quando a pata tocou o chão. Senti uma rápida onda de orgulho triunfal, quase forte o bastante para silenciar meu terror. Eu sabia exatamente o que havia de errado com ela. Virei-me para o doutor.

— As unhas dela foram retiradas, dr. Batiste?

O doutor pareceu incomodado.

— Espero que não esteja questionando nossa capacidade. Temos os equipamentos cirúrgicos mais avançados do mundo, as melhores instalações e a melhor equipe de qualquer instituição privada.

— Você tirou as unhas dela? — insisti.

— Nós realizamos um procedimento padrão e minimamente invasivo.

Eu poderia ter ficado quieta. Provavelmente seria melhor para todos nós. Mas não pude resistir.

— Você realizou uma tenotomia. — Horatio me lançou um olhar curioso. Expliquei. — Ele cortou os tendões que lhe permitiam estender as garras. Não é mesmo, doutor?

Olhando as patas da mantícora mais de perto, percebi pequenos triângulos de queratina preta saindo de cada dedo.

— Você deixou as garras onde podiam ser vistas, mas não podiam machucar, depois você cortou os tendões. Não é mesmo?

O doutor permaneceu em silêncio.

— As unhas estão crescendo para dentro da pele — concluí. Era óbvio. Não podia ser mais claro do que isso. Ao longo dos anos, nossa clínica tratou pelo menos uma dúzia de gatos domésticos com o mesmo problema, e isso sempre deixava meu pai bravo. — Elas podem estar crescendo na direção do músculo ou na direção do osso. Você precisa tratar disso, ou ela vai sentir dor para o resto da vida.

O doutor olhou para mim e depois para Horatio.

— Isso é ridículo — disse. — Essa garota tem o quê? Doze anos? Ela nem deveria estar aqui.

— Tenho quinze anos, seu cretino arrogante — falei. — E você sabe que estou certa.

Horatio não disse nada por um minuto. Olhou para a mantícora, que ainda nos encarava com um rancor plácido. Olhou para o doutor. Olhou para mim.

— Você tem certeza do que fala.

— Pode tirar uma radiografia e olhar por si mesmo — orientei. — Mas tenho certeza.

Horatio pensou um pouco, o dr. Batiste me olhou feio e Ezra, em algum lugar nas sombras, provavelmente assistia a tudo comendo pipoca.

— Interessante — Horatio disse por fim. — Mais tarde conversaremos sobre isso.

Então ele deu de ombros e nos conduziu adiante. Aquela sensação ruim permaneceu, muito depois de o recinto da mantícora ficar para trás.

Paramos diante de um painel de vidro com vista para uma densa floresta úmida. Trepadeiras se penduravam em galhos de grossas figueiras, e brotos menores se estendiam na direção das copas e da luz do sol artificial que vinha de cima. O vapor de umidade que se depositava sobre o vidro dava ao recinto uma aparência suave e opaca.

— O carbúnculo fêmea — Horatio anunciou. — Ela geralmente fica nos fundos.

— O que tenho que fazer? — perguntei.

— Convencê-la a entregar a pedra a você — ele disse. — Ela precisa dá-la voluntariamente, ou então não funciona.

— Por que pensa que ela faria isso? — indaguei.

— Porque você tem uma alma honesta — Horatio disse com um sorriso.

— Obviamente não me conhece muito bem — admiti.

— Bom, isso e o seu talento único. — Horatio estava prestes a dizer outra coisa, mas parou de repente. — Lá está ela — sussurrou.

Apontou para algumas samambaias se mexendo. Um contorno, do tamanho de um cachorro médio, revelou-se nas profundezas do recinto. Um raio de luz refletiu em algo redondo e vermelho, que brilhou tão forte quanto fogo. Então, a criatura entrou em outro arbusto e desapareceu.

— Você consegue fazer isso? — Horatio perguntou.

— Acho que posso tentar — respondi.

Uma pequena porta no vão entre dois aquários levava a um estreito corredor com portas de acesso aos recintos dos animais. O dr. Batiste me seguiu pelo corredor e destrancou a porta para a área do carbúnculo.

— Boa sorte — disse. Ele me entregou um par de luvas cirúrgicas. Então abriu a porta, e entrei em uma floresta tropical.

O ar era úmido, denso e cheiroso. Água pingava de largas folhas de plantas com aparência pré-histórica. Acima, faixas de luzes radiantes davam a ilusão de luz solar, e a cobertura da copa das árvores lançava sombras fragmentadas no chão. Meus sapatos afundaram na terra molhada.

Do outro lado, a joia vermelha reluziu outra vez. O carbúnculo disparou para trás da raiz de uma figueira, passou pelos galhos de um arbusto e finalmente ganhou uma pequena clareira, onde parou, sentou-se nas pernas traseiras e ficou me observando com desconfiança.

O carbúnculo parecia e se movia como uma grande lebre. Tinha pelos cinzentos, longas orelhas e grandes olhos negros como piche. Seu corpo era longo e esguio. No centro da cabeça, logo abaixo da base das orelhas, havia um caroço liso que parecia um machucado, até a luz bater, o que causava um lampejo vermelho. E, o melhor de tudo: ela não era uma mantícora.

— Oi, garota — eu disse.

O carbúnculo farejou o ar.

— Eu sou a Marjan — prossegui. — Marjan Dastani, caso isso signifique algo para você.

O carbúnculo permaneceu impassível.

— Não a culpo — falei. — Também não significa muito para mim. Não tanto quanto significa para eles, de qualquer maneira.

Fiz um gesto na direção da janela, e o carbúnculo se ergueu nas patas traseiras, alerta, pronta para fugir. Congelei, e nós duas ficamos ali por um longo momento, desconfiadas e alertas e completamente imóveis.

— Vou me mover agora — avisei. — Mas vou me mover bem devagar, e prometo que não vou machucá-la.

Dei um único passo — lateral, não na direção dela. O carbúnculo se mexeu, mas não saiu correndo. Tentei dissipar a tensão em meus músculos, relaxando-os. Não foi difícil de fazer isso no calor sufocante da floresta tropical — tudo parecia mais leve e solto.

Dei outro passo, dessa vez diminuindo um pouco a distância entre nós. Seus olhos negros me acompanhavam. A pedra em seu crânio cintilou outra vez.

— Eu não a culpo por não confiar em mim — eu disse. — Você provavelmente está acostumada a ser caçada.

O carbúnculo se manteve no lugar, então dei outro passo. Olhei para o vidro. Horatio parecia presenciar um tipo de esporte, as mãos nos bolsos, uma expressão de atenção extasiada no rosto. Quando nossos olhos se encontraram, ele me incentivou com um aceno da cabeça. A seu lado, o dr. Batiste estava de cara feia, pouco impressionado. Ezra também me observava, mas sua expressão era mais difícil de decifrar.

Outro passo. O carbúnculo inclinou a cabeça para o lado, observando-me atentamente com um olho negro. Outro passo. A distância entre nós estava diminuindo. Podia sentir meu coração se acelerando no peito. Falei com o carbúnculo com a voz mais tranquilizadora de que era capaz.

— Não quero machucar você — disse. — Se isso doer, eu não vou fazer. Eu prometo. Vou dizer a eles que não consegui. Mas se tiver um jeito de pegar a joia sem machucá-la, se tiver um jeito de você me deixar pegar, eu gostaria de ter a sua permissão.

Outro passo. O ar em meus pulmões parecia espesso. Suor ou condensação — eu não sabia qual das alternativas — se acumulava em minha testa, e eu a limpei com o dorso da mão.

De repente, o carbúnculo disparou. Em três grandes saltos, colocou três metros a mais entre nós e desapareceu no meio do mato. Um momento depois, apareceu de novo erguendo-se nas patas traseiras, o peito subindo e descendo, o rubi em sua testa brilhando.

Olhei de volta para o vidro a tempo de ver o dr. Batiste murmurando algo para Ezra. O doutor sacudiu a cabeça e se afastou, mas Ezra ficou exatamente onde estava. Pensei tê-la visto assentindo para mim, então assenti de volta.

O carbúnculo estava em alerta máximo, de orelhas tensas, o corpo pronto para disparar a qualquer momento. Eu não me movi. Nem sequer a olhei nos olhos. Algo que fiz a incomodou, e estava determinada a não repetir o erro. Repassei mentalmente os últimos segundos. Eu estava parada, entre passos. Não fiz nenhuma careta diferente. Estava falando com ela, mas meu tom de voz não mudou.

Reparei nas luvas em minhas mãos. Depois olhei para Horatio e para o dr. Batiste — que voltara a me observar de má vontade —, olhando pela primeira vez do ponto de vista daqueles animais: através do vidro espesso de seus recintos. Senti algo se revirar em meu estômago. O carbúnculo me olhava.

— Já entendi — disse. — Eu não sou como eles.

Tirei as luvas, depois as guardei no bolso. Então, muito lentamente, mostrei as mãos para o carbúnculo. Mostrei que estavam vazias. Mostrei que eram feitas de carne, não de látex azul. O carbúnculo observou, sem fugir.

Dei um passo à frente, depois outro, e como ela permaneceu parada, dei mais um passo. Eu me ajoelhei para ficarmos no mesmo nível e olhei na escuridão de seus olhos imaginando que tipo de pensamentos de lebre passavam em sua cabeça.

Ela ergueu o queixo e estufou o peito, e, se fosse um ser humano, seria fácil dizer que parecia orgulhosa e desafiadora. Mostrei as mãos outra vez, depois aos poucos estendi uma em sua direção. Seus olhos desceram até o limite, acompanhando meus pequenos movimentos até a palma da minha mão se abrir logo abaixo de seu nariz, e pude sentir sua respiração rápida em minha pele.

— Eu só quero se você quiser me dar — disse. — Eles me disseram que outra vai crescer depois.

Ela virou a cabeça para longe de mim, como se soubesse o que eu queria e estivesse me negando. Mesmo assim, continuava me observando de canto e esperando.

— Para dizer a verdade — continuei —, se você realmente está procurando uma alma honesta, eu provavelmente não me encaixo.

O carbúnculo continuou observando.

— Eu falo para minhas amigas que estou bem — falei —, mas não estou. Não contei para Malloryn sobre sua raposa esquisita. E acho que talvez eu esteja mentindo para Sebastian e sua família sobre o Kipling, mas não sei bem o motivo, e agora estou com medo de contar a eles. Você não faz ideia do que estou falando.

Ela deu um passo para trás, criando espaço entre nós. Mas não fugiu. Ela me olhou com os dois olhos e continuou observando.

— E não sei muito bem o que estou fazendo aqui, com você, e tudo mais — disse. — Acho que estou tentando provar algo para o meu pai. Acho que estou tentando provar que ele podia ter confiado em mim. Que ele deveria ter confiado. Mas o que ele pensa não importa, porque ele morreu.

O carbúnculo cerrou os olhos, mas não fugiu.

— E nem por isso estou triste — completei. — Sei que deveria, mas não estou. Estou com raiva, confusa, mas não triste. Então, além de não ser a pessoa mais honesta do mundo, eu provavelmente nem sou uma boa pessoa.

O carbúnculo cavou uma pequena trincheira no solo macio. Seu nariz tremeu. Ergueu as orelhas, depois as baixou. Uma luz ondulou sobre a superfície lisa e redonda do rubi. Seus olhos nunca saíram de cima de mim.

Olhei de volta para Horatio, para Ezra, para o dr. Batiste, que havia retornado ao vidro. Eu me senti tola, mas não sabia dizer por quê. Senti como se algo íntimo e privado estivesse acontecendo, como se o carbúnculo estivesse confessando algum segredo pessoal, simplesmente por me dar atenção. Mesmo se eles não pudessem ouvir o que eu falava, parecia errado estarem assistindo. Parecia injusto — para mim e para o carbúnculo —, mas eu não sabia dizer a razão. De repente, não queria mais o rubi.

— Fique com ele — disse para a criatura. — Fique com o rubi por mais um ano. Eu não mereço.

Eu me levantei, olhei para os rostos surpresos do outro lado do vidro e sacudi a cabeça. Horatio começou a fazer uma careta e o dr. Batiste sorriu com uma satisfação secreta, mas então os três pares de olhos se arregalaram.

Algo atingiu a terra ao meu lado com um suave baque.

Algo redondo e liso e quente rolou até meu pé, e ficou ali, e não se transformou em pó.

Olhei para a criatura. Ela me olhava com um olhar sereno. Onde a pedra esteve, havia uma cavidade pálida e, no centro dela, um pequeno calombo vermelho — a pedra seguinte começando a se formar.

O carbúnculo me observou por mais um momento, depois voltou para o mato e seguiu para o outro lado do recinto. Eu me virei para o vidro e mostrei o rubi. Horatio aplaudiu silenciosamente. O dr. Batiste me olhou feio. Ezra tinha uma expressão maravilhada no rosto.

CAPÍTULO ONZE

TRABALHO DE LOBO

O DR. BATISTE TIROU O RUBI DE MIM SEM DIZER UMA PALAVRA E O guardou em um saco plástico.

— Limpe, depois leve para o meu escritório — Horatio disse. O dr. Batiste assentiu, olhou feio de novo para mim, depois girou nos calcanhares e saiu pelo corredor pisando duro.

— Ele vai ficar bem — Horatio afirmou. — Venha, quero mostrar mais um para você. — Deu as costas para o recinto do carbúnculo e continuou pelo corredor. Ezra afastou o ombro do vidro quando passamos e começou a nos seguir, alguns passos atrás. Definitivamente sorrindo com o canto da boca.

— Não entendo por que você precisa de todos eles — disse.

— Porque cada um é único — ele comentou enquanto andávamos.

Parou na frente de um recinto que parecia conter um quarto um pouco antiquado de um garoto. Uma janela se abria para um céu falso. Havia um pôster gasto de um esquiador pendurado sobre a cama. Um globo de tons escuros ficava sobre um armário de madeira. Uma mesa com uma luminária ficava em um canto. Havia um livro de álgebra ali.

— O que é isso? — perguntei.

Horatio sorriu.

— Isso era o meu quarto — disse.

— Por que está aqui?

— Observe — avisou. E apontou para uma sombra, agachada e se escondendo debaixo da cama. Horatio bateu no vidro e sorriu como um garotinho. Então acenou para a figura. — Sturges! — ele chamou. — Sturges, saia daí e venha dizer oi.

A figura saiu de debaixo da cama. Parecia uma pessoa pequena e estranhamente formada. Suas pernas eram curtas e curvadas para frente e para trás, como as de um sapo. Os braços eram longos e magros. A pele tinha a cor e a textura de papel velho. O rosto era redondo, com grandes olhos redondos e tristes. Ele subiu até a janela e acenou com uma expressão cansada e derrotada no rosto.

— Este é o Sturges — Horatio disse —, e ele foi o meu primeiro. Descobri que estava morando debaixo da minha cama quando eu tinha doze anos.

— O gnomo doméstico.

Horatio sorriu.

— Ele está mesmo incontinente? — perguntei.

Horatio sacudiu a cabeça.

— Eu tinha que dizer alguma coisa para eles — disse.

— Quem são "eles", afinal de contas? — questionei.

— Você não sabe? — Horatio riu baixo. — Eles são chamados de Fell. Se dizem protetores desses incríveis animais. É mais um esquema de extorsão em troca de proteção, para dizer a verdade. Eles sabem do Sturges, é claro. Não posso fazer nada quanto a isso. E vigiam a sua família, disso tenho certeza. Então quando preciso da ajuda do seu pai, eu simplesmente digo que o Sturges está doente de novo. Ele tem sido minha cobertura para todos os outros, por todos esses anos. Minha pobre, querida cobertura incontinente.

De repente, entendi uma coisa.

— Eles não sabem — disse. — Eles não sabem da mantícora ou do carbúnculo. — Um sorriso orgulhoso cruzou o rosto de Horatio, e eu entendi. — Eles não sabem de nenhum deles.

— E por que saberiam? — Horatio admitiu. — Isso não é da conta deles.

Olhei para o Sturges. Ele estava perto do vidro, os ombros murchos, o rosto para baixo. Não ergueu os olhos para me olhar nem uma única vez.

— Ele não parece muito feliz por estar aqui — comentei.

— Ele sempre foi assim — Horatio explicou. — Por um longo tempo, ele foi meu único amigo. Eu nem sabia que outros existiam. Foi seu pai quem abriu meus olhos para esse mundo.

Horatio se virou e começou a longa caminhada de volta pelo corredor. Eu o segui, mas não pude deixar de olhar para trás, na direção de Sturges. Ele ainda estava de pé diante do vidro, observando irmos embora, os olhos esvaziados de qualquer esperança.

Horatio liderou o caminho até o elevador, onde Ezra enfim nos alcançou. Achei que ela fosse dizer alguma coisa. Mas simplesmente entrou no elevador sem dizer uma palavra e ficou no canto, as mãos nos bolsos do casaco, silenciosa, mas claramente observando e ouvindo.

— Conheci o seu pai doze anos atrás — Horatio disse quando o elevador começou a subir. — Na época, eu só tinha o Sturges, e ele estava com um problema de pele. Fiz algumas sondagens discretas e me recomendaram o Jim, o seu pai. Tenho certeza de que os Fell tiveram alguma influência. Eles estão por toda a parte, você vai ver. Enfim, eu gostava do Jim. Um pouco disperso, talvez, um pouco sobrecarregado, mas sempre receptivo. Imagino que você era só uma garotinha. Eu o convoquei várias vezes nos anos seguintes. Gostava de sua companhia e acho que ele também gostava da minha. — Fez uma pausa e, pela primeira vez, ele se virou para me encarar. — E então a sua mãe morreu.

O elevador parou de repente e as portas se abriram. Horatio saiu e segurou a porta para mim. Ele nos conduziu pelo corredor, passando por seu escritório e chegando em uma pequena sala de conferência com vista para os dormitórios na base da colina.

— Eu o vi logo depois — ele continuou. — Já não havia admiração e alegria. Ele estava confuso, perdido, com medo. Eu ofereci ajuda. Ele recusou, a princípio. E então, um dia veio me procurar.

— O que ele queria? — perguntei.

Horatio sorriu para mim.

— Fiquei tão surpreso quanto você — disse. Ezra entrou discretamente na sala e se encostou na parede. — Ele queria um empréstimo. Queria expandir, queria contratar outro médico para a clínica dele, queria poder fazer mais para ajudar as pessoas que realmente precisavam. E então me disse algo que mudaria o curso de toda a minha vida. Ele me contou que existiam outros animais como Sturges.

Ele ficou em silêncio por um momento, me deixando digerir aquilo.

— É claro, eu imaginava que Sturges não era o único no mundo — falou. — Mas nunca pensei que eu pudesse encontrar outro como ele. Eu ajudei seu pai em sua missão e, no processo, encontrei a minha.

— Qual é a sua missão? — perguntei.

— Eu quero que eles sejam livres — disse. — Esses animais merecem um mundo que os aceite e os honre. Eles merecem proteção, merecem caminhar à luz do dia sem medo de caçadores ou colecionadores ou cientistas que querem estudá-los.

— Eles não parecem muito livres.

— Ainda não — Horatio disse. — Ainda não é seguro. Mas logo será. De qualquer maneira, sou muito grato a seu pai. E é por isso que Ezra está aqui.

Quando ele olhou por cima de mim, Ezra deu um passo à frente e estendeu a mão.

— Estou com você — ela afirmou, olhando diretamente nos meus olhos. — O dr. Batiste é um cretino arrogante.

— Ezra Danzig, minha investigadora particular — Horatio disse. — Como dizemos nas reuniões do conselho, ela faz o trabalho de lobo.

— *Grr* — Ezra brincou sem muito entusiasmo.

— Bom — Horatio disse —, vou deixar vocês duas a sós. Jim era alguém que eu considerava um colega. O tempo da Ezra é meu presente para você, e para ele. — E, com um último aceno da cabeça, ele se retirou e fechou a porta ao sair, deixando-me sozinha com a mulher na sala, que parecia ainda menor do que antes.

À luz do dia, Ezra aparentava ser mais velha do que no subsolo. Velha o bastante para ser minha mãe, no mínimo. O rosto parecia cansado e vazio. A pele tinha um tom pálido de aparência pouco saudável. Mas uma eletricidade latente iluminava cada feição. Ela me olhava nos olhos com a intensidade de sinalizadores em uma rodovia, estalando por conta do calor.

— Então — ela disse. Sua voz tinha uma rouquidão faminta. — Vamos descobrir quem matou o seu pai.

Ela se sentou à minha frente, abriu o portfólio de couro e tirou um envelope marrom e fino de dentro. Ela o deslizou até o centro da mesa.

— O que é isso? — perguntei.

— O relatório da polícia — ela explicou. — Você pode olhar. Mas não tem nada aí.

— Como assim?

— Nenhuma impressão digital, nenhum DNA especificado, nenhuma pista. Eles não sabem de nada. E nunca saberão. Mas aí está. Caso você queira ver.

— Ótimo — disse. — Se não há pista nenhuma, então como vamos desvendar o crime?

— Primeiro, vamos esquecer que isso existe. — Ezra apanhou a pasta, olhou para ela por um instante, depois a jogou de lado. — Vamos começar de novo. — Inclinou-se sobre a mesa, e uma onda fraca de excitação foi subindo pelas minhas costas, como se eu e ela estivéssemos prestes a planejar um roubo de joias. — Estive investigando os antecedentes.

— Antecedentes?

— O único jeito de desvendarmos esse caso é entendendo o motivo. E começamos com o que sabemos. O que, neste caso, é a vítima. Então, antecedentes. — Ela parou por um momento. — Agora, Marjan, você gostaria de saber mais sobre seu pai?

Seus olhos me investigavam tal como se faz com uma borboleta em um insetário. Eu estava congelada no assento. Queria dar um soco nela, mas meu corpo não se movia. Então a encarei de volta, me sentindo mal e um pouco amedrontada.

Sem aviso, ela se levantou de repente e jogou o casaco sobre o ombro.

— Vamos dar uma volta — disse.

Nós saímos da mansão e descemos a colina. Era fim da tarde e o sol começava a baixar na direção dos salgueiros que marcavam os limites da propriedade de Horatio. Os dormitórios e os jardins estavam animados. O cheiro de comida e os sons de conversas e talheres vinham do que parecia ser um restaurante. Carrinhos elétricos de golfe cheios de ferramentas de jardinagem ou caixas de comida atravessavam as trilhas que saíam da estrada principal. Um rebanho de ovelhas pastava a grama protegida por uma cerca de arame. Passamos por algumas pessoas solitárias debruçadas sobre notebooks e com fones de ouvido, olhando para linhas de código coloridas. Programadores da Ménagerie. Sentavam-se em lajes de pedra sob o sol, ou na sombra de grandes carvalhos que se erguiam espaçados.

— Jamsheed Dastani. Pronunciei certo? — Ezra perguntou, quebrando um silêncio que parecia projetado para ser quebrado. Eu confirmei e ela sorriu de satisfação. — Nascido em Rasht, no Irã, alguns anos antes da revolução. O mais novo de quatro filhos. O pai era um engenheiro estrutural. A mãe cuidava dos filhos. Um irmão é professor, outro é arquiteto. A irmã é bibliotecária. Conseguiu evitar o serviço militar, graças a um tio no lugar certo, e viajou para os Estados Unidos com um visto de estudante para estudar medicina. E então, depois de seis meses, trocou o curso para medicina veterinária. — Ela parou e me olhou. — Tenho certeza de que a família adorou saber disso.

Passei a maior parte da minha vida apenas reconhecendo a família do meu pai como pessoas pixeladas acenando para mim no Skype algumas vezes por ano. A primeira vez em que me encontrei pessoalmente com um deles foi depois que ele morreu. Um de seus irmãos — Hamid, o professor — veio para cá. Ele parecia muito com o meu pai, mas um pouco mais baixo, com um olhar um pouco mais acolhedor. Ficou no hotel de um aeroporto por quatro dias. Foi bondoso comigo, mas também se atrapalhava o tempo todo — com o inglês, com o jet lag, com a tristeza. Tudo parecia um pouco mais difícil quando ele estava por perto. Quando foi embora, acho que nós dois estávamos um pouco mais confusos do que quando ele chegara.

— Eu nunca conversei com eles — disse.

Ezra sorriu. Um sorriso charmoso que por um segundo suavizou o fogo frio e vazio em seus olhos. Mas também havia uma aspereza. Era o sorriso de alguém que a desafiava a dizer a ela para não sorrir. Era o sorriso de alguém que a desafiava a dizer a ela para não fazer nada.

Eu não sabia muita coisa sobre a família do meu pai. Sabia que ele lhes enviava dinheiro. Tinha a sensação de que não era suficiente. Não era dinheiro do trabalho de médico. As chamadas do Skype sempre se tornavam sérias depois que eu saía da sala. Meu pai falava com um tom de voz sombrio e azedo, falando um farsi áspero e rancoroso. Ele sempre parecia tentar justificar algo para eles. Sempre parecia frustrado. Acho que queriam algo que meu pai não podia dar. Acho que ele se ressentia disso.

Ezra colocou as mãos de volta no bolso, e o sorriso sumiu de seu rosto. Ela voltou a ser pura fome.

— Enfim — disse —, tenho certeza de que podemos descartá-los como suspeitos.

— Você é paga para fazer essas deduções tão incríveis? — perguntei.

Ela me lançou um olhar gélido que se suavizou depois de um instante e se transformou em uma leve risada. Então se virou e continuou falando, como se eu não tivesse dito nada.

— Casou-se durante a faculdade de veterinária. Sophie. Técnica em veterinária. Trabalhadora. Engenhosa. Sabemos que os dois se amavam muito. Dois anos depois, uma criança. Filha, obviamente. Família feliz, imagino. — Ela me olhou de relance. Não deixei transparecer nada, e ela então deu de ombros.

— Como tudo isso vai ajudar a desvendar o assassinato?

— São os antecedentes — Ezra disse. Eu podia senti-la me encarando, mas continuei olhando para a frente.

— Jamsheed, que agora é conhecido como "Jim" — ela continuou —, passa alguns anos fazendo residência veterinária, depois abre a própria clínica. A filha tem por volta de três, quatro anos a essa altura. Sophie ajuda atendendo o telefone, cuidando da agenda, tudo. É um grande risco. Eles já estão endividados. Hipoteca, empréstimos estudantis. Agora ele assume ainda mais dívidas. Os negócios não vão muito bem. Mas a família está feliz. — Ela fez uma pausa, uma pausa respeitosa de verdade. — E então, três anos depois... Osteossarcoma. Sem tratamento. Declínio rápido. Sinto muito. Deve ter sido difícil.

Havia empatia em seus olhos, eu podia sentir. Mas também havia algo mais calculista e perspicaz. Ela estava me observando, me estudando. Talvez fosse curiosidade mórbida. Muitas pessoas se tornavam morbidamente curiosas ao descobrirem que a minha mãe morreu. É um único evento que parece mudar tudo a seu respeito, e tudo que você faz ou diz parece significar algo ligeiramente diferente. Às vezes sentia como se as pessoas falassem comigo em código, tentando destravar alguma sabedoria emocional secreta que pensavam que eu deveria ter conquistado. Tenho certeza de que existe um jeito de ser gracioso para lidar com esses momentos.

Mas graciosidade nunca foi o meu forte.

Não gosto de falar sobre esses meses. Não importa com quem seja. Perguntar sobre a minha mãe é como me espetar com uma agulha e tentar esvaziar todo o sangue das minhas veias com uma seringa.

— Acho que podemos descartá-la também — concluí.

Se eu a deixei abalada, Ezra não mostrou. Ela me olhou por mais um instante. Uma expressão pensativa tomou conta de sua face, e ela não disse nenhuma outra palavra por um longo tempo.

Eu também não falei nada. Senti que já tinha falado demais.

Ezra não voltou a mencionar meu pai por um tempo. Andava com passos rápidos e agressivos, mas sua expressão era calma e paciente. Depois de alguns minutos, falou.

— Você está com raiva — disse, e não foi uma pergunta. — E você tem todo o direito de estar com raiva.

Fiquei esperando algum conselho inútil depois de sua observação, para ter um motivo para começar a odiá-la.

Ninguém quer que você sinta raiva. Tristeza, sim, claro. Mas ninguém quer te ver com raiva. A raiva é feia e assustadora. Ela transforma as pessoas, as torna algo mais difícil de prever. A maioria das pessoas tenta dissuadir da raiva. Mas Ezra deixou as palavras pairando no ar, um nó frio de verdade que não podia ser desatado com simples frases feitas. Eu meio que gostei disso.

— Para onde estamos indo? — perguntei.

— Eu gosto de andar — Ezra comentou. — Andar me ajuda a pensar. Podemos parar a qualquer momento. — O jeito como ela disse aquilo pareceu um pedido de trégua.

Os dormitórios estavam cheios de movimento e vida. Uma família chamou a minha atenção — um garoto e uma garota, uma mãe e um pai, jogando futebol em um gramado na frente dos prédios. Enquanto passávamos, fiquei observando as crianças brincando e me perguntei: *Será que elas sabem o que tem lá embaixo?* Será que sabiam sobre a mantícora, espreitando em sua caixa escura com patas feridas? Será que sabiam sobre o carbúnculo, ou sobre qualquer um dos outros?

Ezra seguiu meu olhar e riu de leve.

— A Ménagerie é uma empresa engraçada — ela disse. — As pessoas que vêm trabalhar aqui geralmente não saem. Ele nunca demitiu ninguém.

A maioria desse pessoal provavelmente está aqui há muito tempo. Eles sabem. Mesmo que não os tenham visto. — Ela gesticulou para o chão e as criaturas inacreditáveis que havia lá embaixo. — Eles sabem que este lugar tem algo de especial.

Olhei para todos os rostos ao redor. Rindo, sorrindo ou profundamente concentrados. Eles não pareciam diferentes de alguém que se encontra na rua. Não havia brilho especial em seus olhos ou curva secreta em seus sorrisos.

— Demora um pouco para se acostumar — Ezra disse. — É o jeito do Horatio de fazer as coisas.

— O que exatamente ele está tentando fazer? — perguntei.

— Ele quer tornar o mundo um lugar melhor.

— Como aquela *coisa* lá embaixo torna o mundo melhor?

— Você quer dizer a Cara-morta? — Ezra perguntou. — Vai precisar perguntar isso para o Horatio. Eu também não gosto dela.

Parei de andar.

— Por que você está aqui?

Ela parou alguns passos adiante e considerou minha pergunta, de costas para mim.

— Porque — ela disse — gosto de encontrar coisas que foram escondidas. — Ela se virou para me encarar e, por um segundo, enxerguei algo que não era fome em seus olhos. Eu vi esperança. — E o mundo está mesmo precisando se tornar um lugar melhor.

Ela ficou em silêncio até completarmos a volta e retornarmos ao restaurante. Estava um pouco cheio, uma mistura de programadores trabalhando em silêncio, vendedores tentando fechar vendas fazendo generosos elogios ao telefone e famílias em vários estados de normalidade caótica. Alguns minutos depois, nós nos sentamos ao lado de uma janela com vista para as colinas douradas das terras de Horatio, cada uma tendo diante de si uma tigela de chili vegetariano e um pão de milho fumegante.

— Bom — Ezra falou —, podemos voltar à nossa história?

Ela me olhou em busca de aprovação ou desaprovação. Eu estava determinada a não dar nenhuma das duas opções, a não dar absolutamente nada do passado que ela vasculhava. Ela continuou.

— Acho que Jamsheed nunca se recuperou totalmente da morte da esposa. Mas ele volta ao trabalho. Consegue manter a clínica aberta.

Ezra fez outra pausa, tomou um gole de Coca-Cola com o canudo.

— A vida familiar, eu diria, se deteriora — disse.

Um grupo de lavradores brindou com garrafas de cerveja em uma mesa próxima, rindo de uma piada que eu não consegui ouvir. Um menino passou correndo perto de nós, de uns nove ou dez anos, perseguido, aparentemente, por ser seu irmão mais velho.

— A garota, a filha de Sophie e Jamsheed — neste momento Ezra me lançou um sorriso conspiratório —, tem alguns problemas. Esperta, muito esperta, todos concordam quanto a isso, mas ela enfrenta dificuldades. Aos onze anos, foge de casa apenas com uma mochila cheia de sanduíches de manteiga de amendoim. É encontrada no dia seguinte, dormindo sozinha em um parque a trinta quilômetros de distância. Nunca diz o motivo de ter fugido, tampouco como chegou até ali ou aonde estava indo. O juizado de menores é chamado, mas decide não intervir. É uma situação triste, mas não houve nenhum crime.

Ezra parou de falar e ficou me olhando, esperando para ver se eu diria alguma coisa.

Mas dizer o quê? Como explicar? Eu estava procurando por algo. Sentia a *ausência* de algo que tinha que encontrar. Precisava tanto encontrar que estava disposta a sair pela porta e continuar andando até que o que estivesse errado parecesse certo outra vez. Achei que podia correr até despistar a fome em minhas entranhas.

— Voltando ao nosso herói — Ezra continuou. — Ele não sai em encontros. Viaja a trabalho, mas não tira férias. Ele se afasta dos poucos amigos que tinha. Parece viver para o trabalho e nada mais. Não parece ir a lugar algum, exceto sua casa e a clínica. E, é claro, visitar os clientes de outras cidades. Deve ser difícil ter um pai assim. Talvez às vezes você se sentisse invisível? — Outra pausa, outro olhar penetrante. — Ele contrata outra veterinária, mas os negócios continuam devagar. De algum jeito, porém, ele consegue fechar as contas, por pouco, ano após ano.

Ela parou e me lançou um olhar frio e severo. Não lhe ofereci nenhuma reação. Depois de um tempo, ela desistiu.

— Exceto que, no fim — concluiu —, as contas não fecham, e ele está morto, e nós estamos sentadas aqui conversando sobre isso.

— Ótima história — comentei.

— E esta é a parte onde pergunto se você sabe de alguma coisa sobre o que aconteceu com ele. Qualquer coisa que possa não estar no relatório policial. Qualquer coisa que possa ter passado batida.

Eu ainda não sabia se gostava ou não da Ezra, tampouco tinha certeza se podia confiar nela. Mas ela fez o dever de casa e era a primeira pessoa com quem falava que parecia ao mesmo tempo interessada em desvendar o assassinato do meu pai e possivelmente apta para a tarefa.

— Ithaca — eu disse. — A mulher dos Fell, ela me perguntou sobre isso. É tudo que sei.

— Mais alguma coisa?

Sacudi a cabeça.

— Ithaca — Ezra repetiu, ponderando a palavra. — Isso é novidade.

Ela se virou para a janela e não disse mais nada.

— Então, é só isso? — perguntei.

— Por enquanto. — Ezra se levantou, carregando sua bandeja.

— Aonde você está indo? — indaguei.

— Tenho uma pista para seguir — ela respondeu, e por um segundo parecia haver plasma fervendo debaixo de sua pele.

Por mais aterrorizante que fosse, o entusiasmo dela era contagiante. E, de repente, desejei o que ela tinha, mais do que tudo. Senti como uma febre: eu também queria seguir as pistas, até que todas as perguntas fossem respondidas, todos os segredos fossem revelados, todas as coisas escondidas fossem encontradas.

— Posso ajudar? — perguntei.

Minha voz saiu nua e fraca, como se eu tivesse contado tudo sobre mim apenas com aquelas duas palavras.

Ezra sorriu com tristeza.

— Você já ajudou — disse.

— Mas...

— Isso é trabalho de lobo — Ezra interrompeu. — Não acho que você seja um.

Depois disso, ela se virou e foi embora, me deixando com uma fome que nenhuma comida saciaria e uma vista de gentis colinas gramadas e cheias de segredos.

Foi exatamente assim que Ava me encontrou, alguns minutos mais tarde.

— Horatio quer falar com você — disse.

Quando chegamos em seu escritório, o sr. Prendergast segurava o rubi entre dois dedos. A luz do sol refletia através da joia, projetando uma esfera vermelha sobre o olho que semicerrava.

— Magnífico — sussurrou.

Deixou o rubi sobre a mesa.

— É raro — ele comentou —, mesmo na minha vida, deparar-se com a perfeição verdadeira. Quando ter qualquer coisa que quiser é uma possibilidade, fica evidente que tudo tem falhas. Mas isto... — Afagou os contornos imaculados. — Nem um único arranhão.

Ele se recostou em sua cadeira.

— Você estava hesitante quando entrou no recinto — disse. — Mas sabia exatamente o que fazer. Talvez eles a entendam melhor do que conseguem entender as outras pessoas.

— Não tenho certeza — falei. — Simplesmente aconteceu.

Horatio assentiu.

— O seu pai uma vez sugeriu que a sua família possuía uma conexão com eles. Acho que ele também não entendia direito. Mas sabia como usá-la, e aparentemente você também sabe.

— Acho que sim — assumi.

— Há um trabalho para você aqui, Marjan, se você quiser. Seria bom para nós, e acho que seria bom para você também. Você tem uma conexão com esses animais que nenhum conhecimento de veterinária é capaz de igualar. Venha trabalhar com a gente, nos ajude a cuidar deles, e nós a ajudaremos a aperfeiçoar suas habilidades. Tenho certeza de que o dr. Batiste ficaria honrado em ser o seu mentor.

— Rá — eu disse.

— Ele é orgulhoso, mas, no fim das contas, também é justo. Temos moradia aqui na propriedade, de graça. Alimentação inclusa. Todos os benefícios. E, não quero ser deselegante, mas... — ele sorriu — ... eu pago muito bem.

Ele bateu no rubi com um dedo e a joia girou gentilmente sobre o eixo. No canto mais faminto do meu coração, uma fagulha se acendeu.

— Agora eu tenho a clínica — disse. — Tenho a escola. Não posso simplesmente largar tudo.

— As pessoas fazem isso o tempo todo — Horatio disse.

Ele apanhou um talão de cheques e uma caneta, e preencheu uma folha. Depois, a arrancou do talão e deslizou a folha sobre a mesa para mim. Quando olhei, senti minha boca ficar seca. Era a maior quantia que já tinha visto na vida. Era mais dinheiro do que eu merecia.

— Por quê? — sussurrei.

— Porque quero que venha para cá — ele concluiu. — Porque desde que conheci o seu pai, anos atrás, sempre o admirei. Porque sempre quis fazer mais por ele, e por sua família, do que eu podia. Ele era um bom homem, mas era teimoso, e sempre senti que ele acabava sofrendo por causa disso.

— Eu... eu preciso pensar um pouco — gaguejei.

— Leve o tempo que precisar — disse Horatio Prendergast.

CAPÍTULO DOZE

CARA-MORTA, COM AS GARRAS

Já era noite quando Sam me deixou em casa. Malloryn tinha saído — como prometido, dois dias antes adentrara a loja de ocultismo para pedir um emprego. Aquele era seu primeiro dia de treinamento. Ela já tinha enviado uma mensagem dizendo que ficaria até tarde na loja.

Zorro estava encolhido ao lado da porta da frente e, quando entrei, ergueu a cabeça ansiosamente. Quando viu que era eu, soltou um gemido desapontado e voltou a deitar a cabeça.

— Ela já vai voltar, Zorro — eu disse. A raposa bufou parecendo cética, mas deixou que eu a acariciasse no alto da cabeça uma vez antes de se afastar. Meus dedos formigaram ao encostar em sua pele. Impaciência, frustração e tédio formavam espirais ansiosas na minha mão. Mas ele estava melhorando — dava para sentir. Eu sentia sua vontade de correr, de perseguir presas e se esgueirar entre ramos escuros. Eu me perguntei se ele conseguiria ser feliz algum dia vivendo em uma das jaulas de Horatio.

Peguei o cheque do Horatio e o coloquei em cima da mesa da cozinha. Parecia pesado e, sob a luz da velha lâmpada pendurada ali por toda a minha vida, tão estranho e improvável quanto o rubi do carbúnculo, e igualmente imerecido. Eu não queria aquilo, assim como não queria aquela joia.

Leve o tempo que precisar, ele dissera, com a confiança de alguém que podia enxergar o mundo como uma série de equações; que podia, com os devidos cálculos, transformar qualquer não em um sim.

Ezra tinha razão. Eu estava com raiva. Com raiva do Horatio por colocar aquele terrível tesouro em minhas mãos, por pensar que eu fosse querer ficar com ele, por tentar me fazer querer ficar com ele, por me fazer sentir como uma idiota por não querer ficar com ele. Estava com raiva do cheque, dos números no cheque, pelo simples fato de existir. Com raiva do meu pai, por morrer antes de me explicar tudo isso. Estava até com raiva de Zorro, por olhar na minha direção. Por me ver daquele jeito.

— Me deixe em paz — eu disse para a raposa. Amassei o cheque e subi a escada correndo.

Parei à porta do quarto do meu pai. Por apenas um segundo, hesitei. Então, a abri com tanta força que ela bateu na parede.

O silêncio dentro do quarto me fez parar. Detrás daquela porta, a ausência do meu pai mantinha-se presa, preservada. A raiva se dissolveu em algo silencioso e pequeno, algo que eu não saberia descrever. Tirei os sapatos e entrei pela primeira vez no quarto onde ele morreu.

O quarto tinha uma quietude que parecia mais espessa do que o resto da casa, como se tivesse ganhado massa nesses últimos meses atrás da porta fechada. Sentei-me ao pé da cama e dobrei os dedos dos pés sobre o carpete, do jeito que fazia quando era criança.

Estava no sétimo ano, e meu pai estava se vestindo para o trabalho... Era o primeiro dia de aula, e ele estava arrumando as malas, preparando-se para desaparecer de novo... Eu era uma garotinha, e minha mãe — uma noção desfocada e dispersa da minha mãe — estava sentada no lado da cama que costumava ser o dela, erguendo os olhos de um livro, sorrindo em meio à claridade de um abajur na cabeceira da cama que de repente ficara brilhante demais.

Fechei os olhos para afastar as memórias.

— O que devo fazer? — perguntei.

No armário, dez versões invisíveis do meu pai, uma em cada camisa pendurada, faziam fila como soldados. Uma parte de mim pensava — desejava, torcia — que uma delas estivesse observando, que tivesse uma presença significativa o bastante para ver a filha naquele quarto, ser capaz de enviar algum tipo de mensagem, algum tipo de resposta.

Mas a única reposta foi um silêncio absoluto, o que me deixou com ainda mais raiva do que o cheque amassado que levava na mão em punho. Eu me levantei, atirei a proposta de emprego do Horatio na parede e agarrei os lençóis da cama, puxando-os até sobrar apenas o colchão. Agarrei o colchão e tentei puxá-lo para o chão, mas só consegui até a metade, o que só me deixou borbulhando ainda mais de raiva. Fui até o armário e tirei suas camisas de lá, jogando todas no chão e pisoteando-as.

Sons indistintos e ofegantes saíram de mim. Agarrei um sapato e joguei com força contra a parede. O impacto fez um barulho alto, e eu respondi com um grito ainda mais alto, seguido de mais sapatos, mais impactos, mais gritos. Agarrei a mesa de cabeceira e a inclinei até ela cair, as gavetas se abrindo e seu conteúdo se espalhando. Segurei com força a lateral da prateleira de livros estreita que ficava no canto do quarto e puxei. A madeira compensada se partiu. Livros caíram por toda parte. Encontrei um cinto e comecei a açoitar as paredes. Quando a fivela atingiu o espelho, o vidro se quebrou, e vi meu reflexo nele, fraturado, olhos arregalados, o rosto vermelho.

Por um longo tempo fiquei ali parada, ofegante, o cinto pendendo da minha mão. Então olhei ao redor. Metade do colchão para fora. A cama torta. Lençóis, travesseiros, roupas e sapatos por toda parte. A cabeceira caída de lado, as gavetas abertas. Uma última onda de raiva tomou conta de mim, e joguei o cinto sobre a pilha de roupas como se fosse uma cobra venenosa, depois saí correndo do quarto, odiando tudo sobre mim e sobre o mundo.

Saí correndo, depois voltei correndo.

Porque o mínimo, o mínimo do mínimo que eu podia fazer era limpar a bagunça que fizera.

Comecei arrastando o colchão de volta na cama, então percebi que Zorro estava me observando da porta com olhos curiosos.

Eu não estava mais com raiva dele.

— Desculpa por ter descontado em você — disse.

Voltando-me outra vez para o colchão, me ocorreu que Malloryn podia preferir uma cama a um saco de dormir no chão, e que talvez eu pudesse transformar meu ato de selvageria em algo produtivo. Com grande esforço, arrastei o colchão pelo corredor, depois encontrei um jogo de lençóis e travesseiro limpos.

Quando terminei de arrumar a cama de Malloryn, comecei a me sentir como um ser humano de novo. Voltei para o quarto do meu pai e empurrei a cabeceira de volta à parede, depois peguei uma das gavetas e comecei a guardar as coisas nela. Protetores de ouvido, um carregador de celular, uma pequena luz de leitura, um par de óculos de sol, canetas, um bloco de notas em branco de uma cadeia de hotéis.

E algo mais. Um envelope. Parecia ter ficado preso atrás das gavetas da mesa de cabeceira. Quando o apanhei, senti a fome de uma pequena descarga elétrica na ponta dos dedos e entendi o que Ezra queria dizer sobre encontrar coisas escondidas.

O envelope estava novo em folha. Guardava alguns papéis dobrados, mas não estava selado, o que parecia quase casual — algo que meu pai usou por conveniência. Tirei os papéis de dentro do envelope e os abri.

Eram passagens de avião. De Oakland para Ithaca, Nova York, com escala em St. Louis. Estavam marcados para dois dias depois da morte do meu pai. Uma delas era para o meu pai, o que eu já esperava. A outra fez meu coração parar de bater.

A outra era para mim.

Algo importante havia acontecido em Ithaca. Algo importante o bastante para os Fell me perguntarem a respeito. Algo importante o bastante para o meu pai, que planejava me levar junto.

Talvez algo importante o bastante para assassinarem o meu pai.

Por que você não falou nada, pai? Por que não me contou?

Eu não podia contar isso para a polícia. Eles só fariam as perguntas erradas. Não enxergariam as pistas. Outra coisa sobre a qual Ezra estava certa — eles não me ajudariam em nada. Mesmo assim, pela primeira vez desde o ocorrido, eu me senti mais perto de entender o motivo de meu pai estar morto. E queria que as pessoas soubessem disso.

Sebastian entenderia. E eu nem teria que contar muita coisa. Mas já era tarde da noite na Inglaterra. Ele provavelmente estaria dormindo. Qualquer pessoa sã estaria dormindo.

Mas...

Enviei uma mensagem mesmo assim: ei.

Então esperei. Grilos cantavam lá fora. Fui para o meu quarto e me sentei na cama. A tela do celular continuava imóvel, minha pequena palavra congelada ao final da nossa conversa, um pontinho pendurado na beira de um precipício.

Sem resposta.

Suspirei e baixei o celular. Assim que o fiz, uma notificação chegou.

Ei

Diante de uma única palavra de um garoto com quem estivera uma única vez, meu coração disparou.

Tá acordado?, escrevi.

Sim. Não consigo dormir. E você?

Aqui ainda não é tarde, disse. **Então, sim. Acordada.**

Como estão as coisas?

Bom, deixe-me contar, Sebastian, sobre o meu pai e os segredos dele. Deixe-me contar sobre a raiva que sinto, agora e sempre. Deixe-me contar sobre uma coisa que eu descobri e sobre as pessoas que conheci hoje.

Não me pareceu certo. Nem mesmo com ele. Não parecia seguro contar as coisas que vira.

Fale comigo, eu disse, **sobre alguma coisa normal.**

Um momento depois, ele iniciou uma chamada de vídeo. Chequei minha aparência rapidamente, posicionei a câmera de um jeito que meu quarto não parecesse uma vergonha total e aceitei a chamada.

Ele não me perguntou nada. Só ficou falando sobre o melhor curry de Londres e eu falei sobre o melhor burrito de Berkeley e o jeito certo de tomar *bubble tea* (sempre mastigue as bolinhas de tapioca, ou vai acabar com dor de barriga), e por um tempo quase me senti como uma garota comum falando com o crush, até que ouvi Malloryn chegando em casa e me lembrei de que havia uma bruxa morando comigo e um bilionário tentando me contratar. Então fui tomada por uma gratidão calorosa e humilde por saber da existência de alguém com quem eu podia ser normal e que entendia da mesma forma que eu o quanto ser normal era estranho.

— Preciso ir — disse. — Obrigada por falar comigo.

— Pode sempre me chamar — ele respondeu. Nós dois sorrimos e acenamos, e a ligação se encerrou.

— Oi, Budgins — Malloryn disse no andar de baixo. — Que bom ver você, bom mesmo.

Eu a ouvi subindo as escadas, seguida pelos passos delicados de Zorro. Ela pareceu hesitar na frente do quarto do meu pai, como se pudesse sentir alguma mudança na energia lá de dentro. Então continuou e, quando chegou ao meu quarto, parou à porta, espiou com a cabeça e acenou.

— Como foi o primeiro dia na loja de magias? — perguntei.

Ela se demorou, juntando as palavras sem conseguir conter o brilho nos olhos.

— Descobri que existem... — ela disse com uma voz solene e espantada — ... *outras bruxas.*

— Bom, é uma loja para bruxas, não é mesmo? — comentei.

— Você não entendeu — Malloryn continuou. — Eu nunca *encontrei* outras bruxas. E hoje conheci, tipo, dez. E elas foram *legais* comigo.

— Parabéns?

— Obrigada — Malloryn respondeu.

— Então, e agora? — perguntei. — Vocês, tipo, formam um grupo ou...

— Um *grupo*? — Malloryn disse com um sorriso paciente no rosto. — Você quer dizer um coven?

— Eu não sei nada sobre bruxas, Malloryn. Desculpa.

— Uma assembleia de bruxas que pratica rituais é chamada de coven — explicou. — E não. Não é possível simplesmente *formar* um coven. E também não se pode se juntar a um. Não é como se inscrever na equipe de robótica. Aliás, achei o máximo nossa escola ter uma equipe de robótica. — Pelo visto Malloryn também tinha se matriculado na minha escola e já estava frequentando as aulas, apesar de eu não a ter visto no colégio ainda. Invisível, como prometido.

— Então, como é que é? — perguntei.

— Um coven é uma força poderosa — ela disse. — Se é para acontecer, acontece por si só. Sem planejamento. Sem organização. Se precisa acontecer, então acontece. Um verdadeiro coven encontra a si mesmo. É daí que vem o poder.

Seu rosto foi tomado por uma expressão de confusão, como se tivesse acabado de notar algo.

— A sua aura parece diferente — disse. — Está nublada. Você está confusa com alguma coisa?

Eu ri alto.

— Estou confusa com tudo.

— Pode ser o seu hex — ela comentou.

Eu duvidava muito que fosse o hex. Tinha certeza de que uma garota desenfeitiçada na minha situação também estaria confusa. Por outro lado, talvez uma sem hex não se encontrasse na minha situação. Era difícil julgar a interpretação de Malloryn sobre magia. Era sempre vaga o suficiente até para poder ser verdade.

Ela fez menção de ir para o quarto dela.

— Malloryn — chamei, e ela parou. — Tenho uma pergunta para você.

— Manda — ela disse.

— Como você é tão confiante quanto a tudo? — eu perguntei. — Como consegue?

Ela pensou um pouco.

— Talvez seja a magia. — Sorriu e deu de ombros, depois saiu pelo corredor, com Zorro a seguindo. Um momento depois, ela gritou: — Uau, bela cama!

Eu sorri, depois coloquei as passagens de avião sobre a minha cama.

O que elas significavam? Será que ele realmente planejava me levar junto? Por quê? Será que estive mesmo tão perto de saber todas as respostas?

E o que havia em Ithaca?

Por um momento, fiquei tentando escutar, de olhos fechados, em meio ao silêncio, tudo que eu podia. A grama balançando na brisa noturna. Um avião passando. Ouvi o murmúrio abafado da humanidade, o trânsito mal-humorado da noite. Pensei em Zorro, em Kipling e nas centenas de criaturas presas atrás de um vidro e debaixo da terra. Pensei no meu pai, me levando para casa depois de me buscar no parque onde eu tinha finalmente desistido de fugir, ele me olhando em silêncio como se não me reconhecesse. Será que me olharia daquele jeito no avião para Ithaca? Será que eu ainda era a mesma garota? Será que ele ainda tinha medo do que viu? Tentei pensar na minha mãe, mas as imagens não retinham as formas, e seu rosto sempre acabava se transformando no rosto frio e vazio da mantícora.

Faltava algo.

Foi o dr. Batiste quem me ligou, no começo da semana seguinte, no intervalo entre as aulas. Eu entrei na sala de música, que estava vazia e silenciosa.

— Você estava certa — ele disse. Seu tom de voz soava áspero. — Sobre a... Não podemos dizer os nomes pelo telefone. Mas você sabe qual.

— A Cara-morta — eu disse. — Com as garras.

— Quando ela chegou, tomei uma decisão pensando na segurança da minha equipe — ele assumiu. — Vamos realizar um procedimento corretivo, e quero que você esteja presente. — Ele fez uma pausa. — Bom, o Horatio quer que você esteja presente.

— Não posso em dia de aulas — avisei.

— Foi exatamente o que eu falei para o Horatio — o dr. Batiste disse. — Vamos realizá-lo no sábado. O Sam vai buscá-la na sexta à noite.

Eu não queria chegar perto da mantícora — não na sexta-feira, não no sábado, nem nunca. Minha vida ficaria melhor se eu nunca mais visse aqueles olhos ou aquela cara de novo. Mas antes de me dar conta do que estava fazendo, concordei em ficar na sala enquanto o dr. Batiste e sua equipe realizavam a operação.

Pelo menos ela vai estar dormindo, pensei. Mas eu não conseguia imaginar aquele monstro dormindo. Não conseguia a imaginar fazendo qualquer coisa que não fosse caçar ou comer, duas coisas que eu realmente não queria imaginar.

Eu provavelmente parecia abalada ao retornar da sala de música, porque Carrie estava passando por ali e parou quando me viu.

— Você está se sentindo bem? — perguntou. — Está parecendo um fantasma.

— Estou só estressada — eu disse.

— Tire uma noite de folga — sugeriu. — Você já sabe de sexta-feira, não é?

— O que tem na sexta-feira? — perguntei, torcendo para a resposta ser algo que eu podia recusar com facilidade.

— Festa — avisou. — Um dos amigos do Howie. A Grace vai. Nós temos que ir também.

Eu não conhecia os amigos do Howie. Eu não conhecia o próprio Howie. Mas o mundo dele, fosse o que fosse — esportes, sorrisos, um gosto musical razoável — invadiu a nossa vida de fininho à medida que ele e Grace se aproximavam.

Uma boa amiga provavelmente iria na festa do amigo do Howie, só para cuidar das amigas.

— Não posso — disse. — Preciso fazer uma coisa. — Carrie me olhou esquisito, então acrescentei: — É para o meu pai.

Era um jeito de me livrar de qualquer coisa, e me senti horrível por mentir. Mas sabia que funcionaria.

Carrie assentiu de um jeito compreensivo.

— Eu vou com a Carrie — ela assentiu. Seus olhos me ofereceram todo o apoio do mundo.

Grace não se mostraria tão disposta a ajudar se soubesse o que eu estava prestes a encarar.

CAPÍTULO TREZE

O APETITE DA MANTÍCORA

Era uma vez, ou não era talvez.

Um jovem rapaz morava com o pai, a mãe e vários irmãos e irmãs em uma vila no limiar do deserto que atravessa a província de Quermã. Eles eram pobres, e a vida era difícil, mas todos trabalhavam juntos, e as pessoas da vila cuidavam uma das outras, e assim sobreviviam e viviam felizes, ano após ano.

Em um dia fatídico, um grupo de saqueadores vindo do deserto atacou a vila. Eles incendiaram casas e roubaram todo o gado e comida. Massacraram todos que se colocaram em seu caminho, e também massacraram muitos que não fizeram isso. E então foram embora, deixando a vila em ruínas.

De toda a sua família, apenas o jovem rapaz sobreviveu. O pai, a mãe e todos os irmãos e irmãs dele foram mortos. Sua casa virou um monte de cinzas fumegante. Não havia comida. O poço de onde os aldeões tiravam a água foi contaminado pelos cadáveres.

Os poucos sobreviventes choravam e lamentavam e sofriam por sua sina. Mas o jovem rapaz não conseguia sentir tristeza. Sentia apenas uma raiva o queimando por dentro, e fez um juramento sombrio de que os saqueadores pagariam pelas atrocidades cometidas. Ele deixou a vila naquele mesmo dia e se aventurou sozinho deserto adentro em busca de vingança.

Por todo o dia, ele seguiu a trilha dos saqueadores pelas dunas, e embora o sol queimasse e a areia e as rochas irradiassem calor, ele não sentia fome nem sede. Sua raiva o alimentava e abastecia. E quando o sol se pôs e o deserto esfriou, ele continuou andando por horas, e sua raiva queimava como uma fornalha e o mantinha aquecido. Finalmente, com a lua alta no profundo céu estrelado, ele foi tomado pelo sono e desabou entre as dunas ondulantes.

Pela manhã, quando acordou, havia uma mantícora diante dele, observando-o.

O jovem rapaz conhecia as histórias sobre as mantícoras que espreitavam o deserto. Ouvira dizer que eram criaturas de apetite insaciável, que devoravam homens e mulheres e até crianças inteiras, que se deleitavam com o terror que causavam nas vítimas. Até aquele momento, o próprio rapaz sentia medo delas. Mas naquele instante não sentia nada, nada além de sua raiva, então encarou a mantícora sem medo e lhe estendeu a mão.

A mantícora se aproximou. Ela baixou sua grande cabeça careca e cheirou a mão espalmada do rapaz. Quando olhou nos olhos da mantícora, o rapaz enxergou uma fome mais antiga do que o próprio mundo e soube que era a mesma fome que sentia em seu próprio coração.

— Eu e você somos parecidos — disse o jovem rapaz, ainda de mão estendida para o monstro. — Una-se a mim, e juntos vamos derramar o sangue dos assassinos.

A mantícora analisou o jovem raivoso e destemido por um longo tempo. Depois de muita consideração, a criatura por fim abriu a boca. Acreditando que aquele seria seu fim, o jovem rapaz rugiu para a mantícora com toda a raiva e a fúria que sentia, recusando-se a fugir. Mas a mantícora não o devorou. Com mordidas delicadíssimas, removeu apenas o menor dos dedos da mão estendida do jovem, e o comeu. Então, se abaixou e permitiu que ele lhe montasse as costas, e juntos cavalgaram em busca dos saqueadores.

Com a mantícora como sua montaria, o rapaz ia muito mais rápido do que qualquer um a cavalo, e assim eles encontraram um pequeno acampamento de homens assando uma das ovelhas da vila. Entre eles, o jovem viu o assassino de seus irmãos. Ele gritou para a mantícora atacar. A mantícora se lançou sobre os homens, estraçalhando-os um por um, e os comeu.

Naquela noite, o rapaz dormiu entre os ossos de seus inimigos; pela manhã, quando acordou, a mantícora estava de pé diante dele.

— Vamos — o jovem disse. — Temos ainda muito trabalho a fazer. — Ele estendeu a mão, faltando um dedo, e a mantícora prontamente a arrancou. Então se abaixou, e juntos cavalgaram em busca do resto dos saqueadores.

E, assim, encontraram outro acampamento. Ali os homens vestiam as roupas levadas da vila do jovem rapaz. Entre eles, o jovem viu o assassino de suas irmãs. Ele gritou para a mantícora atacar. Mais uma vez, a mantícora se lançou sobre eles, estraçalhando-os um por um, e os comeu.

Naquela noite, o rapaz enrolou o toco de sua mão arrancada com trapos e se deitou entre os ossos de seus inimigos. O ferimento latejava e doía. Ele ficou acordado por muitas horas até enfim embarcar em um sonho.

Pela manhã, a mantícora estava de pé diante dele.

— Vamos — sussurrou o jovem rapaz. — Ainda temos mais a fazer.

Ele lhe estendeu o toco da mão, e a mantícora arrancou-lhe o braço por inteiro. Então se abaixou, e, com grande dificuldade, o rapaz montou em suas costas. Juntos cavalgaram em busca dos saqueadores.

E, assim, encontraram outro acampamento. Ali os homens se adornaram com as joias dos aldeões. O jovem viu entre eles o assassino de sua mãe. Ele gritou para a mantícora atacar. A mantícora se lançou sobre os homens do acampamento, estraçalhando-os um por um, e os comeu.

Naquela noite, o jovem rapaz se deitou entre os ossos de seus inimigos e, agarrado ao toco de seu braço, tentou dormir. Mas a dor era muito forte e ele ficou acordado a noite toda. Quando o sol se ergueu no céu, a mantícora também se levantou, e foi se posicionar à frente do jovem.

O rapaz se levantou com dificuldade.

— Vamos — disse, com uma voz fraca e hesitante. — Ainda temos muito a fazer.

Ele estendeu o braço que restava, e a mantícora o arrancou na altura do ombro, e o comeu. Então se ajoelhou diante dele, para que pudesse montar em suas costas, e quando o jovem encontrou um jeito de se posicionar sem os braços, a mantícora se levantou de novo. Juntos cavalgaram em busca dos saqueadores.

E, assim, encontraram outro acampamento. Aquele era mais rico do que os outros. As tendas eram grandiosas, os homens mais bem nutridos e elegantes. Entre eles, o jovem viu o chefe que liderara os saqueadores no massacre e que, com as próprias mãos, matara seu pai e ateara fogo em sua casa. O jovem uivou de raiva, e gritou para a mantícora atacar.

Mais uma vez, a mantícora se lançou sobre o acampamento. Ela destroçou os homens um por um, e os comeu, até sobrar apenas o chefe dos saqueadores, ferido e incapaz de se defender. O jovem rapaz se aproximou e se sentou a seu lado, onde ficou ouvindo o homem ferido choramingando de dor e pavor, implorando por sua vida.

Mas a mantícora também o atacou, e o jovem observou tudo. Cada grito de dor e cada osso quebrado alimentava sua raiva.

Quando o chefe estava morto e devorado, o jovem rapaz se deitou entre os ossos de seus inimigos, e não se sentiu satisfeito. Ele desejava poder matá-los de novo e de novo, cem vezes, mil vezes mais. Mas já estavam mortos, e não morreriam de novo, e, de todo modo, o jovem estava fraco e cansado demais para se mover.

Ele se virou e viu a mantícora de pé diante dele. Em seus olhos, o rapaz viu uma fome mais antiga do que o próprio mundo, e sabia que era a fome que ainda ardia em seu coração.

— Você e eu somos muito parecidos — disse o jovem rapaz.

Mas, se a mantícora o entendeu, ela não se importou. Ela também o devorou, o que restava dele. Então, deixou o acampamento silencioso e as ossadas solitárias para secarem ao sol, e voltou ao deserto em busca de outras presas, pois ainda estava faminta.

CAPÍTULO CATORZE

O PROCEDIMENTO

Sam me apanhou na sexta-feira à tarde. Quando cheguei ao complexo do Horatio, o lugar estava cheio de funcionários da Ménagerie. O jantar estava sendo servido no restaurante, mas eu não estava com fome.

Encontrei Ava no saguão da casa principal.

Com alguns rápidos cliques em seu tablet, ela encontrou um lugar onde eu poderia dormir e me direcionou para um dos dormitórios ao pé da colina.

— Amanhã, às oito — ela disse. — É o horário da preparação.

Olhei para o corredor em busca de Horatio.

— Você tem um horário marcado com ele — Ava informou, sem tirar os olhos da tela. — Depois do procedimento.

— Marjan. — A voz veio de trás, perto o bastante para me assustar. Ezra. Ela apareceu do nada, tão silenciosa que nem cheguei a ouvir a aproximação.

A mulher me levou para uma sala de reuniões com vista para as vastas instalações da Ménagerie.

— Encontrei algo em Ithaca — ela disse. — É o tipo de coisa a que deveríamos nos atentar.

Ela abriu uma maleta e me passou uma pasta.

— Um funcionário do parque tirou essas fotos — continuou. — Nos arredores de Ithaca.

— O que é isso?

— Isso era — ela fez uma pausa — um bando de coiotes. — Abri a pasta. Havia várias fotos dentro dela. — Oficialmente, isso foi trabalho de um urso-pardo ou de humanos. Mas ali não vivem ursos-pardos.

— Quando essas fotos foram tiradas? — perguntei.

— Em junho — ela respondeu.

Não muito antes da viagem em que, aparentemente, meu pai havia planejado me levar junto de surpresa — um fato que eu não estava a fim de compartilhar com Ezra.

— Existe outra mantícora à solta? — perguntei.

— Não teria sobrado tanta coisa — Ezra disse. — Provavelmente não é nada. Vamos ficar de olho, só por precaução. Mas tem outro detalhe. — Ela pegou as fotos de volta e me entregou outra pasta. — O nome Vance Cogland lhe parece familiar?

— Não — respondi, depois abri a pasta. Um rosto raivoso e careca me olhava feio na frente de uma parede de tijolos beges. Tatuagens debaixo dos olhos maldosos e pequenos. Um sorrisinho nos lábios.

— Considere-se com sorte — Ezra disse. — Ele era um problema. Drogas, roubos, agressões. Curiosamente, nunca condenado. Morreu faz muitos anos. Foi encontrado nos fundos da loja de penhores em Lubbock, no Texas, onde vendia as coisas que roubava. Estava... bom, como quer que chame o que aconteceu com o seu pai, é assim que ele estava.

— Você acha que ele tem alguma coisa a ver com o meu pai? — perguntei.

— Talvez.

— Então, quem matou esse tal de Cogland?

— Cogland era um cretino sem família. — Ezra abriu um sorriso seco. — Não houve muito incentivo para seguir com uma investigação séria. Não sei quem o matou. Mas gostaria de descobrir. Então, se você se deparar com esse nome em algum lugar, ou se encontrar alguma conexão com Lubbock, temos que conversar.

Eu não conseguia ignorar a sensação de que Ezra ainda estava me analisando com cada palavra que eu dizia.

— Eu... hum, sim. Eu aviso.

— E Ithaca — ela disse. Por um segundo, parecia ser capaz de enxergar, no fundo dos meus olhos, o meu quarto e as passagens de avião não utilizadas que escondi debaixo do colchão. — Qualquer coisa que descobrir sobre Ithaca.

Ela sorriu, um sorriso frio e cruel. O sorriso de um animal à caça. Então, em um instante, o sorriso sumiu e ela se levantou.

— Amanhã — falou —, espero que tudo dê certo. — Fez uma pausa. — E, se não der, espero que ela seja a única vítima.

A noite estava caindo quando segui na direção do dormitório. Luzes pálidas no chão marcavam as trilhas que cruzavam o campus. As pessoas que encontrei pelo caminho me cumprimentavam com sorrisos fáceis. Tentei retribuir os sorrisos, mas por dentro eu me sentia pesada.

No dormitório, uma mulher amigável e maternal me conduziu para um quarto simples e limpo no segundo andar. Horatio queria que todos se sentissem em casa, ela explicou. Depois de mostrar o meu quarto, ela me deu uma chave.

— Você é a convidada do Horatio, não é mesmo? — perguntou.

— Hum, sim — confirmei.

Ela sorriu, os olhos brilhando e revelando um prazer ansioso.

— Ele mostrou todos eles para você?

— Eles?

Ela olhou para o chão.

— Lá embaixo?

— Ah — disse. — Hum, sim. Vocês têm permissão de...?

— Falar sobre eles? — ela completou. — Não. Mas eu sabia. É sempre fácil de perceber quando alguém os viu. O que achou?

— Não tenho certeza — falei. — Não sei o que pensar.

— Eu fui convidada a descer três vezes. Nunca deixa de ser incrível. — Ela se empinou um pouco, cheia de orgulho.

— O que você... — Eu não sabia o que perguntar. — O que acha deles?

— Eu acho que eles são a maior glória do mundo, é claro — ela disse, como se não houvesse outra resposta possível. — As sementes do futuro, não é mesmo? — Ela riu, um riso leve que iluminou seu rosto. — Minhas favoritas são as fadas. Você sabia que elas cantam umas para as outras todas as noites? É verdade. Às vezes, se escutar atentamente, dá para ouvi-las cantando mesmo aqui em cima.

Seus olhos se desviaram para a direita, como se as estivesse ouvindo, ou tentando. Depois de um momento, ela voltou a me olhar, sorriu educadamente e disse:

— Bom, espero que você tenha uma boa noite.

Fechou a porta gentilmente e me deixou sozinha. O silêncio foi repentino e profundo.

No dia seguinte, nós iríamos cortar os dedos de uma mantícora na altura dos nós. Meu estômago se embrulhou diante da ideia de que podia dar errado. Eu me sentia como se tivesse perdido o controle de algo importante, como se não devesse estar aqui.

Mesmo assim, eu me deitei na cama, fechei os olhos e tentei ouvir a canção das fadas. Se estavam cantando, porém, não era uma música para ouvidos humanos.

Eles levaram a mantícora para a sala de operações em uma maca do tamanho de uma mesa de jantar. Ela estava sedada, as pernas presas à maca com tiras de couro, todos os dedos expostos e raspados. A cauda estava enrolada ao redor do corpo e presa em vários pontos. O ferrão ficou perto do rosto plácido e imóvel.

A sala era um grande saguão branco, iluminado por um halo de halogêneo no alto. Um amontoado de lâmpadas cirúrgicas pendia do aparato de iluminação em braços articulados, uma aranha gigante feita de aço e luz. A maca foi levada até o centro da sala, debaixo da luz, e travada no lugar.

O dr. Batiste comandava a sala com uma calma mal-humorada. Vestia um uniforme cirúrgico, máscara e touca verdes, e ficou na cabeceira da mesa enquanto vários outros homens e mulheres uniformizados se agitavam ao redor, movendo o maquinário, preparando instrumentos cirúrgicos, respondendo às ordens sucintas do doutor em tons baixos. O dr. Batiste era tão baixinho que quase chegava a ser cômico em comparação com seus assistentes, mas o constante movimento do pessoal somado à impassividade confiante do doutor os deixava quase invisíveis, enquanto ele parecia quase tão poderoso e imponente quanto o que havia na mesa.

Do outro lado da sala de operações, Horatio Prendergast usava uma máscara cirúrgica. Junto dele, havia vários homens grandes com olhares vazios e atentos, e fuzis de vários tamanhos. Atrás deles estava Ezra. Horatio observava os procedimentos com um silêncio respeitoso. Os homens que o acompanhavam também estavam calados, mas era um tipo de quietude diferente.

Eu sabia que não pertencia àquele grupo, mas não havia lugar para mim no turbilhão ao redor da maca da mantícora. Então me encontrei de pé em um canto, espremida entre uma prateleira de suprimentos cirúrgicos e um respirador desligado. Ninguém pediu que eu fizesse nada. Com exceção de um breve olhar severo do dr. Batiste e um aceno de cabeça do Horatio, ninguém nem reconheceu minha presença.

O que achei ótimo. Eu não tinha ideia do que estava fazendo ali.

A movimentação ao redor da mesa chegou ao ápice, depois se acalmou.

— Senhoras e senhores — o dr. Batiste disse, sua voz baixa e estranhamente formal. Estava se dirigindo apenas à sua equipe, não a Horatio, e certamente não a mim. — Hoje vamos realizar a amputação da primeira à quinta falange distal em cada uma das patas da paciente. Depois da incisão inicial, vamos cauterizar o corte, remover o osso, depois suturar o corte. A paciente vai permanecer completamente sedada durante todo o procedimento. Falem apenas o necessário, digam o mínimo possível. Obrigado a todos e boa sorte.

Então, com um rápido aceno de cabeça para sua equipe, ele apanhou um bisturi da bandeja a seu lado, e a operação começou.

Eles trabalhavam em silêncio quase total. Instrumentos eram passados de um para outro e devolvidos. A respiração da mantícora se mantinha uniforme, e logo o dr. Batiste e sua equipe se moviam em sua cadência.

Eles murmuravam uns para os outros, uma palavra aqui, uma palavra ali, às vezes uma pergunta, raramente uma frase completa. Os pés se moviam no chão. Um oxímetro de pulso emitia bipes. Um a um, os ossos distais da mantícora caíram em um coletor de metal. Peguei um deles e o examinei, limpando o sangue. Fui mostrar para Horatio, apontando em silêncio o local da unha encravada, torta e retorcida, no osso. Ele assentiu, entendendo e talvez um pouco impressionado. O dr. Batiste nos ignorou.

Dormindo, a mantícora não parecia tão terrível. Ela era apenas massa, um amontoado de pelos, quitina e pele espalhado pela mesa. Não havia o horror indigesto que irradiava de sua clausura na primeira vez em que nos encontramos. O ar a seu redor estava tão inexpressivo e vazio quanto seu rosto.

Na primeira vez que se moveu, nem chegou a ser uma contração. Uma pata se fechou, levemente, depois abriu, e ela voltou a ficar imóvel. O dr. Batiste e sua equipe congelaram, devagar baixaram os instrumentos e se afastaram da mesa. O doutor olhou para a anestesista, que apontou na direção do oxímetro — que ainda emitia bipes regulares —, sacudiu a cabeça e deu de ombros.

— Espasmo muscular — o dr. Batiste disse depois de a mantícora permanecer parada por mais um minuto. Ele não parecia totalmente convencido, mas continuou assentindo para si mesmo e se reaproximou da mesa. Sua equipe fez o mesmo e eles retomaram o procedimento.

Ela contraiu de novo um momento depois. Dessa vez, o movimento foi mais feroz, mais poderoso. Balançou a mesa toda e fez um dos assistentes pular de susto. Outra vez, o dr. Batiste parou o que estava fazendo e deu um passo para trás, nunca tirando os olhos da paciente.

— Dra. Laghari? — disse. — Devemos nos preocupar?

A anestesista sacudiu a cabeça.

— Os sinais vitais estão estáveis — explicou. — Eles não se alteraram. Ela está inconsciente.

O dr. Batiste lhe lançou um olhar severo, fazendo uma centena de perguntas com os olhos. Ela apontou mais uma vez para as ondas senoidais na tela, que vinham em pulsos regulares, uma após a outra. Nenhuma perturbação, nenhuma flutuação.

Mas *eu* senti uma perturbação, apenas por um segundo, de asas negras e faminta, debatendo-se no interior das minhas costelas.

— Ela não está inconsciente — disse. Todos os olhos se voltaram para mim. Horatio. Ezra. O dr. Batiste olhou da dra. Laghari para mim, e depois de mim para ela.

— Conte mais — ele disse.

— Eu senti… — comecei a dizer.

E, naquele momento, perdi toda a minha confiança. Sim, sentira *algo*. Mas o quê? O que significava? Talvez fosse apenas o café da manhã se acomodando dentro de mim.

— Sim? — o dr. Batiste indagou.

— Eu... — Não tinha certeza. — Talvez não tenha sido nada.

O dr. Batiste olhou para Horatio com uma microexpressão de satisfação triunfal que fez meu estômago se revirar. Então voltou-se para sua equipe.

— Marjan — disse uma voz na escuridão. Horatio. — Talvez você pudesse colocar a mão sobre ela. Só por precaução.

— Isso é mesmo necessário? — o dr. Batiste perguntou.

— É apenas uma sugestão — Horatio disse. Mas ficou claro que era mais do que uma sugestão.

Eu me aproximei da mesa. A mantícora cheirava a açougue, a gordura e sangue e músculo exposto e frio. A atmosfera ao redor parecia vazia e sufocante. Jamais desejaria estar tão perto dela, mas, na condição em que estava, não transmitia horror. Parecia estéril, indefesa, inanimada, morta. Nem mesmo sua respiração profunda e ronronante lhe dava a ilusão de vida. Eu me preparei para a inundação de pesadelos que imaginei estarem fervilhando por trás de seu rosto plácido, descalcei a luva de vinil e, hesitante, encostei na cabeça lisa e fria da criatura.

E não senti nada.

— Fique fora do nosso caminho — o dr. Batiste disse rispidamente, baixo o bastante para que apenas eu ouvisse. Então falou para os assistentes. — Deem um pouco de espaço para ela.

O trabalho continuou. A mantícora se mexeu mais duas vezes. Em cada vez, senti aquela agitação, fraca, mas insistente. Em cada vez, o trabalho parava, a equipe baixava os instrumentos e recuava, tensa e silenciosa.

A dra. Laghari se tornou minha aliada silenciosa. Eu podia sentir a agitação momentos antes dos espasmos, tempo suficiente para avisá-la com um aceno de cabeça, para que ela observasse os sinais do animal em busca de alguma alteração. Mas não havia alteração. Os sinais vitais da mantícora estavam tão puros e uniformes quanto um metrônomo.

O dr. Batiste havia removido o último dos nós externos dos dedos da mantícora. Um de seus assistentes suturava as camadas de pele que envolviam o toco. Uma onda de alívio havia tomado conta da sala. Conseguia vê-la em todos os olhares. Ombros tensos agora relaxavam. Respirações nervosas e superficiais agora podiam se aprofundar com cautela. O trabalho estava feito. O assistente fechou o último ponto, deu o nó com habilidade e se ergueu, tirando as luvas, praticamente exibindo um sorriso brilhante através das fibras de sua máscara cirúrgica.

E então a agitação de novo, mas, em vez de desaparecer, ela se desenrolou dentro de mim como vômito, se espalhou em cada nervo, mais rápido do que eu poderia vocalizar. O som de ossos se partindo ecoou em meu crânio. Senti o gosto de sangue cru e tutano molhado na boca. Senti carne se partindo e cartilagem sendo amassada entre os dentes. A fome, pura e interminável, me devorou.

Ela estava acordada.

As tiras de couro se partiram. A cauda atingiu o aparato de iluminação. Os braços articulados balançaram com violência. Vidro se quebrou. Fagulhas choveram por toda parte. O dr. Batiste e sua equipe se espalharam em busca de cobertura, enquanto Horatio e Ezra e os guarda-costas se abaixaram atrás de uma porta. Tropeçando, nauseada, cambaleei até um canto da sala, saindo de sua linha de visão imediata.

Ela se agachou em cima da mesa, os músculos parecendo tensos e ondulantes debaixo da pele, os olhos vasculhando a sala cujas luzes penduradas piscavam, o rosto ainda inexpressivo, plácido, indecifrável. Mas eu sabia o que havia em seu coração, porque havia sentido.

O que aconteceu em seguida vi apenas em lampejos na escuridão. A mantícora se levantou, livrando-se de suas amarras. O dr. Batiste se encolhia atrás de uma bandeja de instrumentos prateada. A cauda disparou. A bandeja caiu no chão e o doutor gritou de terror. O ferrão recuou lenta e deliberadamente, deslizando de leve sobre o ombro do doutor, passando a centímetros de seu pescoço na altura da garganta.

Enquanto se preparava para atacar de novo, a boca da mantícora começou a se abrir, parecendo um corte terrível que dividia sua cara em duas. O rosto inexpressivo se ergueu e a mandíbula se abriu largamente, expondo três fileiras concêntricas de dentes afiados. Uma língua gigante se enrolava ao céu rosado de sua boca cavernosa. Quase como um sorriso. O dr. Batiste soluçava e implorava.

— Atirem! — alguém gritou. — Alguém atire nela! — Houve um som de armas procurando um alvo. A mantícora se levantou. Uma criatura ancestral e sem medo. Seus olhos queimavam no escuro, desafiando os homens a arriscarem dar um tiro.

— ESPEREM!

A voz era alta e penetrante. Ecoou pelas paredes e congelou os gritos e agitação da sala toda de repente.

Em meio ao silêncio que se seguiu, me surpreendi ao descobrir que fora a minha própria voz, e que eu realmente não queria que aquela criatura horrível morresse. Não ali, não daquele jeito.

Muito devagar, eu me levantei bem quando as luzes de emergência pintaram a sala de um tom lúgubre de verde. A mantícora deixou o dr. Batiste de lado e agora se concentrava em mim. O sorriso terrível sumiu. Seus dentes desapareceram atrás da cobertura lisa de sua máscara. Ela me olhou com um olhar trôpego. A cauda, ainda pronta para atacar, balançava e tremia no ar. Minha boca secou.

— Oi — eu disse.

A mantícora não respondeu, mas também não me empalou, então eu continuei.

— Ninguém aqui quer te machucar, mas se você tentar machucar o doutor ou alguma outra pessoa, algo ruim vai acontecer.

Os olhos vermelhos se arregalaram. A cauda fez um movimento, quase assumindo a forma de um ponto de interrogação no ar. Será que estava me ouvindo, eu me perguntei, ou calculando o ataque? O ferrão pendia da ponta da cauda, balançando preguiçosamente entre a vida e a morte, a dela e a minha. Sentia a mesma sensação nauseante tomando conta de mim. Cerrei os dentes por conta da onda de enjoo e senti meu corpo balançando.

Eu me perguntei se mãos humanas seriam velozes o suficiente para abater a mantícora antes que ela pudesse me matar. Cheguei à conclusão de que provavelmente não. Fechei os olhos, prendi o fôlego e esperei.

Nada aconteceu.

A sensação de náusea passou. Abri os olhos e a mantícora ainda me olhava, seu rosto perfeitamente indecifrável. Então ela encolheu os ombros, dobrou as pernas e baixou a cauda, um segmento por vez, até o chão.

— Isso — falei. Sobre o ombro da mantícora, vi a dra. Laghari preparando uma seringa. — Vamos levar você de volta para o seu quarto.

Mas precisamos que você durma mais um pouco mais, para que não machuque ninguém. Pode ser?

Nada.

A dra. Laghari deu um passo na direção dela. Os olhos da mantícora dispararam para o lado, e a doutora congelou.

— Está tudo bem — eu disse. — Você vai dormir só mais uma vez, e então vai se sentir melhor.

A mantícora se virou para mim de novo. Assenti para a dra. Laghari e dei um passo na direção da mantícora, ao mesmo tempo em que a doutora estendia a mão e injetava a agulha.

Coloquei a mão sobre a pata mais próxima da mantícora no momento em que ela se contorcia de surpresa. Por um momento, senti sua fome novamente, clara e definida, vislumbrei a devastação de banquetes passados em uma sequência de ossos e sangue. Então, à medida que o sedativo se espalhava, tudo se tornou desfocado, pegajoso, como banha escorrendo por um ralo, até eu sentir que nadava em um vazio cinzento. A respiração da mantícora vinha em bufadas lentas e quentes que reverberavam em minha caixa craniana. Eu não sentia meus dedos. Meus olhos não viam nada.

Quando acordei, vi a luz do sol brilhando através das minhas pálpebras. Minha cabeça martelava e meus membros pareciam pesados. Abri os olhos.

Estava deitada em um sofá perto de uma janela, em um lugar que parecia ser uma sala de estar na mansão de Horatio. Era o início da tarde. Sentei-me lentamente e olhei ao redor.

— Bem-vinda de volta — Horatio disse. Ele estava sentado em uma poltrona na frente do sofá. Segurava um copo de água, que me ofereceu. Eu aceitei e bebi tudo. Havia um gosto horrível na minha boca e senti uma gratidão imensa ao engolir a água.

— Quanto tempo…? — perguntei.

— Só um pouco — Horatio disse. — Não sei exatamente como isso funciona, isso entre você e eles. Meu palpite é que você recebeu uma dose de quetamina.

— Hum — murmurei. Ainda estava confusa.

— A mantícora está em segurança, caso esteja se perguntando. Não feliz, mas em segurança. Graças a você. Na verdade, eu diria que algumas pessoas lhe devem muito pelo que fez hoje. Principalmente eu. — Ele riu. — Eu diria que você ganhou o respeito do dr. Batiste, se algum dia precisar fazer uso dele.

Olhei ao redor, meio que esperando encontrar o veterinário me olhando feio. Mas estávamos sozinhos, eu e Horatio.

— Você ainda não aceitou minha oferta — Horatio disse. — Penso que foi uma proposta generosa. Talvez esteja esperando para receber uma proposta melhor?

— Acho que não quero trabalhar aqui — respondi.

— Não? — perguntou. — O seu pai também nunca aceitou minha oferta. Ele também era teimoso. Mas com o tempo chegamos a um meio-termo. Acho que nós dois também podemos chegar a um acordo, mesmo que não seja formal.

— Por que você tem aquela coisa? Ela nem deveria existir. Nenhum deles deveria.

— Mas existem — disse com um sorriso sombrio. — No entanto, eles não são perfeitos, Marjan. Mas são muito *reais*. E cada um deles nos diz uma verdade.

— Então talvez não valha a pena revelar certas verdades — ponderei. — Talvez certas verdades não ajudem ninguém em nada.

— Eu diria que essas verdades em particular são as mais importantes — Horatio disse. — O mundo está repleto de escuridão, e a escuridão é assustadora. Mas se você lhe atribuir um rosto, então talvez consiga dialogar com ela. E se conseguir fazer isso, então talvez você consiga controlá-la. E, afinal de contas, não é para isso que nós inventamos monstros?

— E nós os inventamos? — perguntei.

— É um grande enigma, não é mesmo? — Horatio disse com um sorriso.

— Isto não está certo — contestei. — Aquele lugar, lá embaixo. Aquilo não é certo.

— Não — Horatio disse. — Não é.

— Então, por quê?

— Porque — ele explicou — eles não estão a salvo. Aqui em cima, lá fora. — Gesticulou para as janelas. — O mundo não está pronto para eles. Esteve, uma vez, eu acho. Há muito tempo. Mas não é mais seguro. Eles correm perigo, a cada segundo. E são preciosos demais para serem perdidos. Sei que você consegue sentir isso.

— Então você vai só mantê-los no seu porão para sempre?

Horatio riu.

— Quando você fala assim, parece que *eu* sou o monstro — disse. — Não planejo mantê-los para sempre. Quando chegar a hora... eu estava pensando no Wyoming.

— Tipo um rancho?

Horatio sorriu.

— Não — falou. — Quero dizer o estado inteiro do Wyoming. Você ficou surpresa? Parece uma ideia maluca, eu sei. Mas não podemos sonhar com limitações. Você sabe como eu me tornei quem sou hoje?

— Ménagerie? — perguntei.

Ele riu.

— Essa é uma das respostas — ele disse. — Mas vou contar outra: ordem.

— Ordem?

— O mundo é um lugar caótico — explicou. — Guerra: caos. Transmissão de doenças: caos. Distribuição desigual de recursos... Temos comida suficiente para encher cada barriga neste planeta, mas... — Ele sacudiu a cabeça. — E isso é apenas o caos humano. Há furacões girando pelo Atlântico, tufões no Pacífico. Há placas tectônicas deslizando umas sobre as outras. Há reservas de gás metano debaixo de camadas de gelo ártico, vulcões acumulando pressão. Tudo imprevisível, incontrolável. Qualquer uma dessas coisas poderia desfazer os laços frágeis que unem a sociedade. Qualquer uma dessas coisas poderia nos destruir, a qualquer momento.

"Sempre detestei o caos, desde criança. Um quarto desarrumado, uma classe cheia de estudantes bagunceiros. Na melhor das hipóteses, essas coisas me deixavam desconfortável. Na pior, me aterrorizavam. Talvez, para alguns de nós, seja uma questão de instinto a necessidade de ordenar o ambiente em que estamos. Computadores me fascinam. Um sistema que faz apenas aquilo para o qual foi programado! Não existe nada mais sedutor para uma mente que anseia por ordem no universo.

"Criei a Ménagerie pela mesma razão. Que melhor contribuição do que juntar a desordem, quantificá-la, controlá-la? Pensei que teríamos um mundo melhor, se tivéssemos ferramentas melhores para entender o caos ao nosso redor. Eu era jovem e idealista. Achava que todos queriam o mesmo que eu. Pensei que estava criando uma ferramenta que ajudaria cientistas a melhorarem o mundo. Era isso que a Ménagerie deveria ser. Você sabe quem a comprou?"

Ele fez uma pausa, um sorriso amargo e triste em seu rosto. Eu sacudi a cabeça.

— Petrolíferas e mineradoras — ele disse. — Procurando por novas reservas, novos campos para perfurar e minerar. Bancos e empresas de comércio exterior procurando melhorar seus algoritmos do mercado. Empresas que prestam serviços ao exército. — Ele parou de novo e sua expressão ficou mais sombria. — Todas me asseguraram de que compartilhavam minha visão. Eu acreditei, porque queria que fosse verdade. Mas essas empresas usaram minha tecnologia para construir sistemas de navegação para mísseis. Eu criei algo para tentar nos salvar da destruição, e elas usaram isso como arma. Eu enriqueci. Construí — gesticulou ao redor — isto. Mas também aprendi uma lição valiosa. É tolice não tirar vantagem das oportunidades que se apresentam. Mas nunca se deve confiar que os outros compartilharão dos seus sonhos.

Ava entrou na sala, pegou meu copo de água vazio e me entregou outro cheio. Bebi em um único longo gole. Por um segundo, senti o gosto de sangue. Comecei a me sentir tonta de novo.

— Você pode ficar aqui pelo tempo quiser — Horatio disse.

— Eu preciso ir. — Eu me levantei e retornei à entrada, ainda cambaleante. Ava assentiu enquanto eu saía para o sol de uma tarde de sábado. Minha cabeça ainda doía, mas naquele momento senti que não queria ficar um minuto a mais no complexo de Horatio.

Sam me levou para casa. Tentei jogar conversa fora, mas não consegui. Mentalmente, eu continuava repassando o frenesi do súbito despertar da mantícora. Às vezes parecia que aquilo estava se repetindo, no carro, sua cauda subitamente preenchendo o banco traseiro, seus olhos brilhando em cada sombra e canto escuro, seu corpo se erguendo diante do para-brisa.

Quando cheguei em casa, Malloryn estava posicionando pequenas pedras lisas no chão para compor um diagrama de um de seus livros de feitiçaria.

— Não é nada ruim, não se preocupe — disse. — É um feitiço de clarividência. Estou só praticando. É preciso... — Ela parou de falar quando viu meu rosto, depois apanhou as pedras e as guardou em uma bolsa de couro. — Você não parece bem — comentou. — Vou fazer um chá para você.

— Estou bem — eu disse, mas não era verdade, e me deixei ser levada por ela até uma poltrona sem resistir.

Ela deixou uma chaleira esquentando no fogão.

— Aconteceu algo ruim?

— Não... — eu disse. — Sim? Não sei. Ninguém se feriu. Todos estão bem. Acho que não aconteceu nada de ruim. Acho que salvei uma vida hoje.

— Isso parece uma coisa boa — Malloryn afirmou. — Você deveria começar a conversa por aí da próxima vez.

Eu não disse nada por um tempo, e Malloryn também não. A chaleira começou a chiar e ela serviu a água quente em uma xícara com um sachê de folhas soltas. Ficou olhando a infusão por alguns minutos, depois me entregou a xícara.

— É chá *oolong* — ela explicou. — Tem propriedades restauradoras.

Tomei um gole. O chá aqueceu o interior do meu crânio. Não sei se era alguma propriedade restauradora, mas me senti melhor.

— No momento, estou fazendo umas coisas — eu comentei — que não me fazem bem. Não sei se são certas ou não, e não tenho ninguém para perguntar. Algumas pessoas querem minha ajuda, e não sei se elas merecem. Mas não sei se tenho escolha. E, se tiver, não sei como decidir.

Malloryn também se serviu de uma xícara e, enquanto eu falava, veio se sentar à minha frente.

— E vi umas coisas que gostaria de não ter visto — continuei. — Quero que elas desapareçam. Quero que muitas coisas desapareçam.

O rosto da Malloryn se mostrava gentil, sua expressão suave e toda preocupada.

— Você tem algo de especial, Marjan — ela disse. — Não sei o que é ou como funciona, mas é algo poderoso. E você nem está se esforçando. Tenho inveja disso. Isso não vai fazer você se sentir melhor, mas é verdade.

— Eu não quero ser especial — falei. — Não pedi nada disso.

— O seu dom, a razão por que o tem e o que ele significa, é algo muito além da minha compreensão — Malloryn disse. — Então entenda como quiser: se existe uma voz em sua mente dizendo que algo não parece certo, você deveria ouvi-la. É o que seu coração está dizendo. E quando não existe código, é o seu coração que o determina. Quando não existem regras, o seu coração sabe as regras.

— Meu coração é uma grande bagunça — assumi.

Ela estendeu o braço sobre a mesa e pegou na minha mão.

— Eu sei — disse.

E então ela estava me abraçando, um abraço forte, brilhante, que cheirava a capim-limão, e, por apenas um segundo, me senti como se tivesse cinco anos.

— Eu sei — ela disse de novo e de novo. — Eu sei, eu sei.

Malloryn podia estar errada sobre a magia, mas estava certa sobre todo o resto.

— Malloryn — falei em seu ombro —, não sei se acredito em maldições.

— Está tudo bem — Malloryn assentiu.

— E não sei se acredito em bruxaria.

— Você não precisa acreditar — ela disse.

Eu me afastei para que ela pudesse me olhar no rosto e soubesse que eu estava falando sério.

— Mesmo assim você pode tentar remover o feitiço? — perguntei.

Os olhos dela brilharam.

— Com toda a certeza — assentiu.

CAPÍTULO QUINZE

DESEMBARAÇO

Passei a maior parte do domingo dormindo. O terror dos meus pesadelos era de ordem industrial. Eu me deparava com os olhos da mantícora por toda parte. Estava incerta sobre o meu papel em manter aquele monstro vivo.

Quando contei a Sebastian sobre a remoção do hex, ele se mostrou ainda mais cético do que eu.

— Então, é tipo remover uma tatuagem? — ele perguntou, não muito sério. — Porque é o que parece.

— Acho que é um pouco menos dolorido do que isso.

Mas eu não tinha certeza, e Malloryn não me contou muita coisa — disse apenas para me preparar para sexta-feira à noite.

Durante a semana, almocei todos os dias com Carrie e Grace, mas as coisas pareciam diferentes. Nós três estávamos em mundos diferentes. Carrie havia acabado de começar um regime de dois treinos por dia com a equipe de natação. Grace só tinha olhos para o Howie, com quem estava oficialmente namorando — parecia que eu perdera uma festa movimentada. No meio disso tudo, seguia vendo olhos de mantícora em cada esquina.

Na sexta-feira, depois da escola e do trabalho na clínica, Malloryn me encontrou na porta de casa e me levou até o sofá.

Ela trouxe uma caneca fumegante de algo que tinha um sabor agradável de licor. Também se serviu de uma caneca, tomou um gole e depois se sentou à minha frente.

— Então — disse —, você quer saber mais sobre o seu hex.

— O que é isso exatamente?

— Um hex é um feitiço de ligação — explicou. — Ele mantém as coisas do lado de dentro ou do lado de fora. Esse tipo de feitiço pode ser positivo, mas também pode ser cruel. Lancei alguns no quarto que tinha na minha casa, para manter os espíritos ruins mais comuns do lado de fora, mas tive que ser bem discreta para que meus pais não notassem. Eu nunca nem sonharia em lançar algo assim sobre uma pessoa. É perigoso demais. — Ela riu quando disse "demais" e acabou arrastando algumas sílabas. Depois se recompôs. — Desculpe — disse timidamente.

— Então, o que o meu faz? — perguntei,

— Você realmente não sabe? — Malloryn perguntou.

— Não faço ideia — admiti. — Não sei quem poderia lançar um hex sobre mim e não sei o que isso faz. E, honestamente, nem sei se esses feitiços existem de verdade.

— Confie em mim, esse é de verdade — Malloryn afirmou. — E não a está ajudando em nada. Tem muita energia pesada a seu redor. Isso não pode ser bom.

— Então, o que é?

Malloryn respirou fundo, como se estivesse se preparando para contar uma história, então parou de repente.

— Não faço ideia — ela disse secamente. — Mas sei que há um feitiço.

Ao menos sua confiança até que era contagiante. Estava começando a me perguntar se eu *realmente* tinha sido enfeitiçada.

— O cenário mais comum é algum ex maldoso — ela supôs.

— É impossível ter um ex se você nunca namorou.

— Isso é um alívio — Malloryn disse. — Um hex e um ex podem ser uma combinação terrível. Felizmente, mesmo não sabendo quem realizou o trabalho, ainda podemos desfazê-lo.

— E como, exatamente, podemos fazer isso? — perguntei.

— Eu estava pensando no Desembaraço de Gelsin — Malloryn propôs.

— O quê de quem?

Malloryn riu alto.

— Em algum momento do começo do século xx — ela explicou —, um jovem bruxo da Armênia fugiu do Império Otomano e se estabeleceu em Londres com seu familiar, uma lebre chamada Oslo. — Ela começou a pegar algumas coisas na cozinha enquanto falava. — Ele se chamava Armand Gelsin, e aprendeu inglês suficiente para ganhar a vida como mágico. Ele se afogou enquanto trabalhava em um feitiço para respirar debaixo d'água, então ainda há dúvidas se o Desembaraço de Gelsin realmente funciona.

Zorro se sentou em sua cama prestando atenção, observando Malloryn com uma ansiedade visível.

— Você não vai participar hoje, Budgins — ela disse. — Desculpe. Ordens da doutora. — Olhou para mim e piscou.

— É seguro?

— Provavelmente — Malloryn avisou. — De qualquer maneira, Gelsin podia não ser muito bom com água, mas era bom com nós. Tipo, muito bom. Dizem que ele conseguia atar e desatar cinquenta tipos diferentes de nós, sem precisar olhar. Mesmo vendado, ele saberia exatamente o que fazer se alguém lhe entregasse qualquer nó.

Eu a observava trabalhar. Uma pilha de ervas, pesadas em uma balança, depois colocadas em sachê de cânhamo. Um pedaço de cristal, que ela ergueu perto da janela para pegar os últimos raios de sol, depois enrolou rapidamente em veludo. Uma chaleira chiando, depois sendo servida. O aroma de lavanda queimada.

— O que nós têm a ver com o feitiço? — perguntei.

— Um hex é como uma amarra. Amarras precisam de nós, ou então se soltam. Obviamente, o nó que prende um hex é muito mais esquisito do que um nó comum. Mas Gelsin também sabia desatá-los. Pelo menos, é o que dizem. Enfim, existem ao menos dois casos de sucesso razoavelmente verificados do uso do Desembaraço de Gelsin nos últimos cinquenta anos.

— Isso é bastante?

— Sim — Malloryn disse —, é bastante.

— O que aconteceu com o Oslo? — perguntei.

— Virou ensopado — Malloryn comentou. — E talvez também protetor de orelha. Nada confirmado. O mundo é um lugar hostil para as criaturinhas.

Depois de arranjar mais algumas coisas, Malloryn bateu três palmas sobre uma pilha de suprimentos que guardara numa cesta de piquenique que achou em um armário da cozinha. Agarrou a alça com as duas mãos, virou-se e, passando por mim, rumou na direção da porta de entrada.

Celulares eram proibidos. De acordo com Malloryn, as ondas de rádio interferiam com a energia mágica, o que era uma das razões por ser tão mais difícil realizar magia nos dias de hoje. Acabei pegando uma lanterna e um canivete. Eu não tinha ideia do que esperar e queria me prevenir.

Nosso destino era um pequeno lago artificial no meio da intersecção de duas rodovias. Minha mãe me levara ali algumas vezes quando eu era criança. Nós nos sentávamos na pequena praia e construíamos castelos com a areia trazida pelos caminhões. Fazia anos desde a última vez que estivera ali. Nunca foi uma grande maravilha. Geralmente havia pessoas suspeitas por lá e, na maioria das vezes, nem dava para entrar na água por causa de alguma proliferação de algas.

Daquela vez, porém, nós éramos as pessoas suspeitas, deixando nossas bicicletas no meio do mato, contornando o parque. Isso me fez pensar se as pessoas que lembrava ter visto ali estavam apenas tentando desatar nós complicados em suas próprias vidas.

Andamos até a beira da água. Estava começando a escurecer. Malloryn foi na frente, seguindo uma trilha até o deque de pesca. Gentilmente, baixou a cesta coberta sobre as tábuas de madeira, depois se sentou a seu lado de pernas cruzadas.

— E agora? — perguntei.

— Agora nós esperamos — Malloryn disse.

Eu também me sentei. Senti vontade de tirar os sapatos e as meias e deixar os pés dependurados sobre a água. Mas não queria que o feitiço desse errado, então fiquei sentada exatamente como Malloryn.

O crepúsculo se tornou noite. Entre as luzes dos postes espalhados pelo parque, as sombras se estendiam profundas. Fiquei contente por ter levado minha lanterna.

— O que estamos esperando? — perguntei para Malloryn.

— O perigeu — ela respondeu, mostrando a lua subindo no céu detrás das colinas.

De vez em quando, Malloryn consultava as horas. Meus joelhos já estavam doendo, mas Malloryn não havia se movido, então também fiquei onde estava. O som dos carros na rodovia diminuiu até se transformar num sussurro. Em seu lugar, veio o gentil bater das ondas contra o deque, o canto dos grilos, o rastejar de camundongos, os chamados de um pássaro noturno solitário.

Malloryn enfim se mexeu. Ela relaxou as suas pernas e abriu a cesta.

— Gelsin queria viver para sempre — Malloryn disse —, então conjurou um feitiço que continha a si mesmo. Bom, seu espírito. Desse jeito, uma parte dele nunca morreria. Essa era sua teoria.

Ela retirou da cesta um porta-retratos com uma velha fotografia. Era de um jovem de olhos escuros com um bigode espesso e o cabelo penteado para trás dramaticamente. Malloryn o deixou sobre a plataforma. Por alguma razão, eu havia imaginado Gelsin como um senhor, mas ele não parecia muito mais velho do que nós duas.

— Não sei o que o espírito dele pensa sobre desatar nós por toda a eternidade, mas isso não é problema meu, não é mesmo? — comentou Malloryn. Ela pegou o sachê de ervas que havia preparado antes e o deixou na frente da foto. Ao lado, deixou o pedaço de cristal ainda envolvido no veludo, uma garrafa térmica e um brinquedo de cachorro que provavelmente era de Zorro. Então, pegou um bule de chá de porcelana e três xícaras e pires. Posicionou uma xícara diante de cada uma, deixando a terceira bem no meio do espaço que havia entre nós.

Ela abriu o bule e deixou a tampa de lado. Então, pegou a garrafa térmica, despejou seu conteúdo fumegante no recipiente e acrescentou o sachê.

— Armand Gelsin — anunciou, em um tom alto e estranhamente formal —, temos chá para beber. Venha se sentar conosco.

Virou-se para um lado, depois para o outro, como se esperasse encontrar alguém ali. Mas nada aconteceu. Ela olhou de novo para a fotografia, murmurou algo consigo mesma, depois traçou uma cruz com um dedo sobre a face severa de Armand Gelsin.

— Chá doce — ela disse. Pegou o cristal e o soltou no chá, onde se pôs a derreter. Era feito de açúcar.

Um avião passou sobre nós, piscando as luzes que havia nas asas.

— Armand Gelsin, nós o invocamos — Malloryn disse de novo. — Nós invocamos o seu espírito a se sentar conosco e tomar chá, e abençoar estas mãos com as suas habilidades.

A superfície do lago estava calma e escura. A lua cheia brilhava. Uma brisa passou por nós. Podia ter sido apenas um vento noturno, mas Malloryn interpretou aquilo como um sinal, então pegou o bule pela sua alça delicada e serviu três xícaras de chá.

E então voltou a falar com a noite.

— Armand Gelsin — anunciou. — O seu caminho está iluminado. Pelas suas próprias promessas, seladas com seu próprio sangue, convoco seu espírito a se juntar a nós.

Pode ter sido apenas o vapor subindo do meu chá que me fez ficar arrepiada, ou pode ter sido o ar que esfriava, espremendo o calor do meu corpo. O aroma esfumaçado de chá preto concentrado atingiu meu nariz.

— Se estiver por perto — Malloryn o invocou —, então mostre-se e beba conosco, para que possamos lhe pedir nosso favor.

Ela esperou. Sem dúvida esfriara. Era difícil dizer se era apenas o frio normal da noite ou algo além. Mas era fácil, fácil demais, imaginar todo tipo de forma se movendo na escuridão ao nosso redor.

Malloryn ergueu a fotografia como se estivesse tentando chamar a atenção de alguém, depois a colocou ao lado da terceira xícara.

— Armand Gelsin, se estiver perto, nos dê um sinal.

Ficou encarando a xícara com intensidade. Uma brisa deve ter passado por nós, porque a superfície ondulou por apenas um segundo.

— Ele está próximo — ela disse.

Havia indícios de um grande deleite em sua voz. Eu também senti — a sensação de que o mundo se partia como uma casca de ovo, revelando em seu interior um tesouro precioso.

No mato, algo se mexeu. Um guaxinim, talvez. Quem sabe uma corça. Ou talvez um espírito do além. Por que não? Nós duas nos assustamos. Olhei ao redor, mas não vi nada.

— Está tudo bem — Malloryn disse. — Você pode se revelar.

Fiz menção de pegar minha lanterna, mas Malloryn me impediu com um gentil toque no braço.

— Não — sussurrou. — Ele tem toda a luz de que precisa. — Ela apontou a cabeça na direção da lua.

Armand Gelsin nos encarava de seu retrato. Lembrava um pouco meu pai — os dois eram imigrantes, os dois levaram seus segredos até o outro lado do mundo. Os dois morreram de forma absurda.

O fotógrafo capturara uma fúria em seus olhos, no arco das sobrancelhas, na perfeição raivosa de seu penteado. Por um momento, consegui enxergá-lo sem seu contexto histórico, como se ainda estivesse vivo, ainda com aquela idade, ainda hoje. Ele era jovem e orgulhoso e impetuoso e misterioso e estava mais perto de sua morte do que imaginava.

O mesmo som na escuridão, mais perto.

Passos na trilha. Uma sombra se moveu entre outras sombras. Uma figura sombria se destacou do resto da escuridão, veio em nossa direção. Ouvi Malloryn segurando o ar.

— Aqui estamos — ela disse para a sombra com uma expressão de triunfo nos olhos. — Aqui é o seu lugar.

A presença sombria se aproximava. Tinha forma humana. Tomou a nossa direção seguindo pela trilha. Malloryn tremia de excitação e ansiedade. Mas à medida que a coisa chegava mais perto, algo em meu estômago se revirou.

— Malloryn... — sussurrei.

— Psiu — ela disse. — Ele está aqui. É ele.

O contorno agora estava na ponta do deque, bloqueando nossa saída. Estávamos encurraladas entre a água fria e cheia de algas e aquela coisa no meio da escuridão. A coisa deu um passo adiante. Depois outro. Eu me lembrei do canivete na mochila e torci para que não precisasse usá-lo.

— Isso mesmo — Malloryn afirmou. — Você pode se juntar a nós.

As tábuas rangiam sob seus pés. O deque balançou.

— Malloryn, eu não acho que seja ele — falei.

— É sim — ela disse. — Tem que ser.

Mas eu sabia que não era. Eu podia sentir a estranheza de sua energia, e era uma estranheza humana e confusa. Era alguém se aventurando a ir aonde não tinha sido convidado, um lugar a que não pertencia.

— Malloryn, isso vai acabar mal — avisei quando a sombra deu outro passo.

— Você vai arruinar o feitiço.

A sombra deu outro passo.

— Dane-se o feitiço — eu disse. Apanhei a lanterna e tirei o canivete da mochila.

Malloryn gritou, um grito angustiado de frustração e desgosto. Abri o canivete e apontei a luz sobre a coisa. Não era Armand Gelsin.

Era um garoto tonto da minha escola chamado Eli Hatch.

Havia algumas coisas que todos sabiam sobre Eli Hatch. Ele estava no segundo ano do ensino médio. Andava de Land Rover e morava em uma mansão. A mãe dele era herdeira de uma fortuna do petróleo e o pai dele era um lobista. Suas notas não eram nada de mais, mas provavelmente, através da mágica do nepotismo e do dinheiro, ele acabaria em alguma das melhores faculdades do país. E, claro, ele era um babaca.

E, naquele momento, apertava os olhos por conta da luz da minha lanterna.

— Mas o quê? — ele murmurou.

— Você não é o Gelsin — Malloryn disse, horrorizada.

Três outras pessoas emergiram da escuridão — um garoto e duas garotas. Não reconheci nenhum deles.

— Quem é Gelsin? — Eli Hatch perguntou.

— Quem são essas nerds? — perguntou uma das garotas.

— Quem é você? — retruquei.

— Espera — Eli disse. — Eu conheço você. Você é aquela garota cujo pai foi assassinado.

— Ah, eu sei, ouvi falar disso — falou a outra garota. — Ouvi dizer que encontraram ele todo…

— Todo o quê? — eu perguntei.

As garotas riram.

— Vamos embora — Malloryn disse, de cabeça baixa, juntando suas coisas.

— O que vocês estão fazendo aqui, afinal de contas? — questionou a primeira garota. — Isso aí é chá? Estavam fazendo uma festinha de chá?

Tarde demais, Malloryn apanhou o brinquedo de cachorro e jogou na cesta.

— Ah, olha só — a outra garota disse. — Estão brincando de boneca.

— Está tudo bem — Malloryn sussurrou, para mim ou para si mesma, eu não sabia dizer. — Vai ficar tudo bem.

As garotas estavam rindo e os garotos observavam com sorrisos estúpidos. Eu odiava todos eles. Não conseguiam enxergar o quanto Malloryn havia se esforçado, o quanto aquilo significava para ela. Não conseguiam ver o cuidado, a paciência, o amor. Viam apenas uma piada boba.

Senti a mesma eletricidade da noite em que examinei Zorro na clínica e soube dentro de mim que precisava ajudá-lo. Só que agora era uma onda sombria e violenta de raiva.

— Deixem-na em paz — ordenei, levantando para ficar cara a cara com a primeira garota. Ela cheirava a vape de maçã verde.

— Você não precisa... — Malloryn falou.

— Cala a boca — eu retruquei.

A garota riu de novo, mas foi um riso diferente. A raiva dentro de mim não tinha medo dela. Não tinha medo de nada, e acho que ela percebeu. Eu estava falando sério, a garota não estava. Nenhum deles falava sério sobre nada.

— Esquisitona — ela disse. Sua voz parecia oca, esvaziada de sentido. Malloryn apanhou o resto das nossas coisas e as guardou na cesta.

— Vamos — chamou. — Vamos embora.

Voltamos para casa em um silêncio lúgubre. Malloryn estava visivelmente constrangida. E eu sentia uma escuridão fervilhante dentro de mim que não queria ir embora.

Quando chegamos, Malloryn desfez a cesta e guardou tudo no lugar. Ofereci ajuda, mas ela recusou. Zorro ficou observando, preocupado.

— Desculpe, Malloryn — eu disse. Não sabia exatamente pelo que estava pedindo desculpas. Porque algumas pessoas eram horríveis. Pelo feitiço não ter funcionado. Por Malloryn ter visto a raiva que eu tentava conter diariamente. Eu sentia muito por tudo aquilo.

Ela parou de guardar as coisas.

— Ninguém nunca me defendeu daquele jeito — desabafou. — Obrigada. — Ela jogou na pia o resto do chá de Armand Gelsin. — Caso você esteja se perguntando, não teria funcionado.

— O feitiço?

Malloryn sacudiu a cabeça em afirmação.

— Por que não? — perguntei.

— Eu estava errada — ela disse.

— Sobre o Gelsin?

— Sobre você. — Ela me olhou. — Não é um hex.

— Não? — indaguei. — Então o que é?

— Não sei — ela assumiu. — Não há nada a prendendo. Apenas... — Ela fez uma pausa, procurando as palavras certas.

— O quê?

Parecia perplexa e derrotada.

— Falta algo — disse por fim.

CAPÍTULO DEZESSEIS

UM ESTRANHO CORAÇÃOZINHO

Ao voltar para a escola na segunda-feira, havia o novo rumor de que eu estava sacrificando cachorrinhos à meia-noite.

— É claro que não é verdade — Grace disse. Estávamos na quadra. Grace estava sentada no colo de Howie, e Carrie olhava ao redor parecendo nervosa.

— Obviamente — Carrie afirmou, mas não parecia tão óbvio ao olhá-la.

— Mas, falando sério — Howie insistiu, um sorriso sem noção no rosto —, o que aconteceu?

— Bom, em primeiro lugar — expliquei —, não havia nenhum cachorro. — Carrie se mostrou desapontada. O sorriso do Howie parecia congelado no rosto. Decidi ali mesmo que não gostava dele.

— Não aconteceu nada. É só um rumor idiota, e Eli Hatch é um babaca — Grace resumiu. — Nós vamos te defender, amiga. Não se preocupe. — Ela lançou um olhar severo para Howie e ele fez um daqueles movimentos tontos do ombro como quem diz "o que foi?".

Pelo resto do dia, senti como se houvesse uma bolha ao meu redor, feita com os olhares curiosos e julgadores de pessoas que eu nem conhecia. Dentro dessa bolha, era difícil pensar. Os sons chegavam abafados. Talvez fosse assim que Malloryn se sentia antes de fugir de casa. Talvez fosse assim que meu pai se sentiu por toda a vida.

Carrie e Grace vieram me encontrar sempre que podiam. Grace fazia questão de olhar feio para qualquer um que ficasse nos olhando, o que reduziu bastante o número de encaradas. Carrie estava visivelmente desconfortável. Mesmo assim, ela ficou por perto e não fez nenhuma pergunta. É para isso que servem as amigas.

Quando o último sinal tocou, eu me encontrei com elas na quadra.

— Preciso ir nadar — Carrie disse. — Mas vamos estudar mais tarde. Vou pedir para o meu pai comprar macarrão dandan.

Com todo o seu conforto, a sala de estar da família de Carrie era convidativa, e o restaurante chinês na esquina preparava a própria massa de macarrão dandan, mas, quando estivéssemos só nós três, haveria perguntas para responder. Tipo: *Por que Eli Hatch está espalhando rumores estranhos? O que aconteceu de verdade?* Eu não queria ter que explicar. Não queria mentir e definitivamente não queria ter que contar a verdade.

— Estou cansada, Ursinha — eu disse. — Acho que vou para casa.

Mas não fui para casa. E não estava cansada. Subi na bicicleta e fui pedalando até a clínica. Os pedais eram um lugar para colocar minha raiva. Afundei o pé até o vento bater no meu rosto e o pesadelo dos olhares e sussurros da escola parecer distante.

Quando cheguei ao estacionamento nos fundos da clínica, vi uma graciosa sombra se mover pelo canto do olho. O velho gato cinzento estava se esgueirando pela beira do telhado da clínica, imponente e imperturbável. Ele parou no batente acima da porta e se sentou. Sua cauda balançou preguiçosamente no ar enquanto me olhou brevemente, depois seguiu pela calha até dobrar a esquina do telhado e desaparecer de vista.

— Chegou um pacote para você — Dominic disse, segurando um envelope no alto quando entrei. Nem precisei olhar. Eu sabia o que era.

Levei o envelope até o escritório do meu pai, abri e despejei o celular sobre a mesa, então esperei. Um minuto depois, o aparelho começou a vibrar.

— Ele está bem? — a voz perguntou. — O incontinente?

— Ele, hum, sim. Está bem.

— Ótimo — a voz disse. — Em breve você receberá uma visita. Outro cliente.

— E se eu disser não?

Silêncio.

— Então tá, tudo bem. Eu digo não. Não dessa vez. — Silêncio. Esperei.

A voz do outro lado enfim respondeu.

— Por que não?

— Alguém precisa me explicar tudo isso — eu disse. — Quero saber quem são vocês. Quero saber o que vocês sabem sobre o meu pai.

Um pesado silêncio sufocante preencheu a linha, o barulho inaudível de opções sendo consideradas.

— Receba nosso visitante. — Antes que eu pudesse protestar, a voz continuou: — Cuide do paciente.

— E depois? — perguntei. — Eu disse que não vou fazer isso.

Mais silêncio. Um longo, longo silêncio. Pensei que a ligação tinha caído.

— E depois — a voz disse —, vou tentar ajudar você.

A ligação se encerrou. Guardei o celular na gaveta e voltei à recepção.

— E aqui está ela — Dominic disse para um estranho diante do balcão de recepção com um estojo de violino na mão e uma gaiola coberta por uma toalha na outra. Quando Dominic assentiu na minha direção, um rosto pálido e jovem com cabelos pretos despenteados se virou sobre ombros estreitos. Um par de olhos tristes e desconfiados me encarou.

Era um garoto da minha idade, com feições frágeis, braços finos, ossos de passarinho e pele tão pálida e fina quanto vidro fosco. Um vento forte provavelmente o carregaria, mas os olhos eram a exceção. Tinham o peso de uma tristeza — e de algo mais que reconheci instantaneamente.

Raiva.

— Oi — eu disse. — Posso ajudá-lo?

Ele mostrou o estojo do violino e depois a gaiola, como se aquilo fosse uma resposta lógica para minha pergunta. Atrás dele, Dominic sacudiu a cabeça e deu de ombros.

— Certo — falei. — Venha comigo.

Quando estávamos no escritório com a porta fechada, o garoto colocou o estojo do violino e a gaiola sobre a minha mesa, lado a lado. Então destravou o estojo e o abriu. Não sei o que eu estava esperando, mas não chutaria de primeira que haveria um violino de verdade acomodado no veludo azul.

A gaiola ele deixou coberta. Notei que estava silenciosa.

— Meu nome é Kent Hayashi — ele disse.

— Você toca? — perguntei.

— Desde que eu tinha três anos — falou, sem olhar para mim.

O violino parecia bem-acabado e bem cuidado. Suas linhas eram simples e sinuosas. A cor era de um mogno exuberante. Uma leve textura salpicava a superfície de madeira. As cordas afinadas brilhavam e a espiral de madeira na ponta do instrumento se curvava com uma precisão elegante.

Kent tocou uma das cordas. Mesmo abafado pelo estojo, o som era vívido e encorpado. A nota ecoou nos meus ouvidos por um longo tempo, mais tempo do que parecia possível, como se o som tivesse ficado preso ali. Não foi desagradável, mas foi estranho.

Enquanto a nota lentamente silenciava, Kent ficou olhando para a gaiola. Parecia que estava esperando por algo. Mas não houve som.

— O Vivaldi é... — Ele parou e se corrigiu. — Era o mais doce e gentil... — Parou de novo.

— Vivaldi? — perguntei.

Ele suspirou e tirou a toalha da gaiola. Estava vazia.

— Ele conseguia cantar Schubert — ele disse. — Parecia orgulhoso de si mesmo.

— Ele escapou?

O garoto negou com a cabeça.

Havia uma camada de penas amarelas sobre um amontoado de cascas de alpiste e fezes no chão da gaiola. Penas demais, e novas demais.

— Sinto muito — eu disse.

Os olhos de Kent ficaram frios e severos, e seu rosto se contraiu de raiva e tristeza.

— Seja lá o que for — ele avisou —, eu não quero. Quero que você se livre disso.

— Não estou entendendo.

Ele bateu na lateral do estojo do violino com o nó dos dedos. Por um instante, nada aconteceu.

Então, o violino respirou fundo e olhou para mim.

Os olhos dela — não tive dúvidas de que era fêmea — ficavam cada um de um lado da espiral na ponta do violino. Eram coisas curiosas, redondas e largas que brilhavam com intensidade. A parte branca era amarelada e com as veias à mostra. As pálpebras não tinham cílios. Quando se fechavam, os olhos desapareciam em meio aos contornos naturais do instrumento. Se fechasse os olhos e prendesse a respiração, seria impossível enxergar vida ali.

Mas agora ela estava me olhando, e estava respirando, inalando e exalando, o corpo se expandindo e contraindo como uma caixa torácica, as aberturas em forma de efe dos dois lados das cordas funcionando como guelras. Depois de um tempo, ela esticou o pescoço, revelando tendões e veias escuras por trás da escala, descendo até um tipo de clavícula que se conectava com o corpo.

— Isso acordou alguns dias atrás — Kent disse. — Do nada.

— Ela — corrigi. — É fêmea.

— Como sabe disso?

— Sabendo. De onde ela veio?

— Ganhei isso de presente — Kent disse. — Eu tenho um mecenas. Anônimo.

— Ela — eu repeti. — Não "isso".

Ele fechou o rosto.

— É só um violino — falou. — Até uns dias atrás, era só isso.

O violino piscou com o olho de cada face. Será que sabia que estávamos falando dela?

Uma memória distante me veio à tona. Meu pai não havia contado uma história, há muito tempo? Eu não me lembrava dos detalhes. Objetos do cotidiano — chaleiras, vassouras, cadeiras — abrindo os olhos, ganhando vida depois de centenas de anos de existência inanimada, cheios de perspicácia e vontade e malandragem. Como se chamavam mesmo?

Yokai.

— Leve isso embora — Kent disse. — Venda. Quebre. Queime. Não quero saber. Eu não quero ficar com isso.

Quase corrigi o pronome de novo.

O violino olhou para mim, inocente, sem entender nada.

— Eu deveria ter percebido — Kent falou, quase que consigo mesmo. — Deveria ter notado a maneira como isso, como ela, olhava para ele. Eu poderia ter feito algo. Eu poderia ter...

Ele ficou em silêncio e baixou a cabeça. Achei que fosse começar a chorar.

— O que aconteceu? — perguntei.

— Essa coisa... — Olhei feio para ele, e Kent suspirou. — Ela. Ela o comeu. Ela comeu o Vivaldi.

Ele lançou um olhar suplicante ao violino, como se ainda tentasse desfazer o crime. E, naquele exato momento, o violino soluçou. Uma única pena amarela foi expelida de uma das delicadas aberturas em sua barriga.

Ficamos olhando a pena flutuar lenta e graciosamente até o chão. Meus dois convidados olharam para mim, primeiro Kent, depois a yokai. Os olhos de Kent eram dois pedaços de carvão em brasa. Os olhos da yokai estavam arregalados e se mostravam inocentes. Naquele momento, ambos pareciam tanto uma velha dupla cômica que por pouco achei que começariam um número de ventriloquismo. Mas não disseram nada.

— O Vivaldi era... — Comecei a frase.

— Um canário — Kent disse. — Ele comia na minha mão. Ficava no meu ombro enquanto eu praticava. Ele sabia cantar dez músicas diferentes. Ele confiava em mim. E eu deixei aquela... coisa...

O garoto soltou um grito de puro desespero e avançou sobre o violino. Por um momento, pensei que fosse destruí-lo, ou esganá-lo, ou despedaçá-lo. A yokai estremeceu. As cordas se afrouxaram. Uma delas se soltou e ficou pairando em espiral na frente de sua cabeça, um tentáculo fino fazendo movimentos defensivos de serpente no ar.

Kent hesitou, então desistiu. A yokai relaxou logo depois. A corda deslizou para a tarraxa e se enrolou — ainda meio solta, mas de volta ao lugar.

— Preciso de ajuda — Kent pediu. Deixou-se cair no chão, apoiando as costas na lateral da mesa. Eu me aproximei e me sentei a seu lado. Depois de alguns segundos, a yokai se juntou a nós, saindo do estojo e descendo da mesa usando as cordas, até conseguir acomodar o pescoço contra a lateral do móvel. E, por um momento, nós três ficamos ali sentados, sem que ninguém dissesse nada.

— Meus pais são concertistas — Kent disse de modo distante. — Eles queriam que eu seguisse seus passos. Cresci treinando escalas até meus dedos sangrarem. Eles diziam que eu precisava me esforçar mais do que todo mundo. Diziam que era o único jeito. — Ele sacudiu a cabeça. — Diziam que um dia eu os agradeceria. — Praticamente cuspia as palavras.

— Você deve ser muito bom — eu falei.

— Sou melhor do que a maioria das pessoas jamais será em qualquer coisa na vida.

— É uma afirmação ousada — comentei.

— Eu ganhei concursos nacionais — ele disse. — Bolsas de estudo em vários lugares. Fui convidado a tocar em Londres, Moscou e Pequim. Eu tenho mecenas. Eu tenho fãs. — Kent fez uma pausa. Quando falou de novo, sua voz saiu grave e amarga. — Odeio tocar.

— E por que continua tocando?

— Venho me perguntando isso há anos — desabafou. — Nunca consegui encontrar uma resposta. Então eu parei.

— Parou de se perguntar?

— Parei de tocar — ele disse. — Seis meses atrás. Não toco uma única nota desde então. Pensei que eu fosse me sentir melhor. Sinto como se tivesse arrancado um braço.

Ele ficou silêncio. Enquanto isso, o violino havia começado a explorar o escritório. Ela se movia como um polvo: as quatro cordas, agindo quase como chicotes, a impulsionavam com uma graça aquática. O corpo ainda meio que lembrava um violino, mas havia uma suavidade, um peso que sugeria a presença de entranhas debaixo da pele macia e escura. Quando não estava examinando os livros de veterinária do meu pai ou mexendo em um pedaço do carpete, ela esticava o pescoço para nos olhar com seus grandes olhos.

— Eu também nunca pedi por nada disso — falei. — Foi algo que recaiu sobre mim, sem ninguém se dar ao trabalho de verificar se eu queria.

— Como você sabe o que precisa fazer? — ele perguntou.

— Eu não sei — confessei. — Tenho que descobrir sozinha a cada vez. Desculpe se você estava esperando por algum conselho médico competente.

Kent riu. Uma risada genuína.

— Eu amo, sim, a música — ele disse. — Costumava pensar que, quando eu me tornasse bom o bastante, não me sentiria enjoado sempre que pegasse o violino. — Seus olhos estavam cheios de raiva e angústia. — Mas nunca se é bom o bastante.

Os dedos delicados se fecharam em punhos, depois ele relaxou.

— Meus pais sabiam que eu estava deprimido — ele continuou. — Disseram que era normal, e então me deram o Vivaldi, para me animar. Funcionou. Ele se sentava no meu ombro enquanto eu tocava. Cantava junto. E me fez gostar de tocar, pela primeira vez desde que me lembro.

A yokai voltou ao lado de Kent e se deitou. Ela piscou de mim para ele, atenta e curiosa.

— Não posso trazer o Vivaldi de volta, se é isso que estava esperando.

O garoto sacudiu a cabeça em negativa, mas percebi que seus ombros murcharam um pouco.

— Vou fazer o que sou capaz de fazer — falei. — Pode não ajudar você, mas vai me ajudar a entender melhor o seu violino. Pode ser?

Kent concordou sem mal erguer os olhos.

Estendi a mão para tocar o corpo do instrumento. Se a yokai tinha algum medo ou hesitação, ela não mostrou. Ficou me observando com grande curiosidade. As raras vezes em que piscava produziam um suave clique, como o obturador de uma câmera.

Ela tinha um sombrio e delicioso esplendor que me aqueceu os dedos quando a toquei. Contornei seu corpo com a mão, deslizando pela linha que unia ambas as partes com maestria. Não era madeira, embora parecesse. Era seco e firme, mas era um tipo de pele. Afundava se eu apalpasse. Ela não parecia incomodada com o toque. Apenas alternava os olhares entre nós, observando-nos com olhos tão redondos e brilhantes quanto bolas de gude.

Ela estava confusa. Assoberbada. Inquieta. Faminta e impaciente, desejosa. *O que um violino poderia desejar?*, eu me perguntei. *Por que comeria um canário?*

E o que deveria fazer para ajudá-la?

Eu tinha certeza de que Horatio ficaria feliz em adicionar um violino com vida à sua coleção. E tinha certeza de que o garoto ficaria aliviado por se livrar dela, pelo menos a princípio. Mas não parecia certo separá-los.

Aqueles dois pertenciam um ao outro. Mesmo se Kent não conseguisse enxergar ainda, a yokai sabia. Sentia em meu âmago como estavam unidos.

— Ela está onde deveria estar — eu disse. Kent se mostrou decepcionado.

— Então é isso? — indagou. — Estou preso a ela?

— E ela está presa a você — concluí.

Tirei a mão da lateral da yokai, e nós duas nos olhamos por mais um momento antes de ela tombar contra a mesa soltando um suspiro dramático e estranhamente melódico. O calor nos meus dedos começou a dissipar. Logo desapareceu.

Mas a fome… essa ficou.

Falta algo.

Um pensamento me ocorreu.

— Você deveria dar um nome a ela.

— Não vou dar um nome para essa *coisa* — Kent disse.

— Ela vai ficar com você por um tempo. Deveria ter um nome.

Kent fechou a cara. Depois de um momento, entretanto, ficou pensativo.

— Que seja — falou por fim. — Vou dar o nome da minha avó. A única pessoa na minha família que me deixava ser criança. Omi. — Ele se voltou para o violino. — Ei — ele o chamou. — O seu nome é Omi.

O instrumento, Omi, piscou, digerindo o novo nome com os olhos. Parecia ser aceitável.

Era um bom nome. Mas não era suficiente. Kent ainda estava ressentido com Omi. E Omi ainda estava com fome. Eu podia sentir sua fome, um poço carente e vazio no meio do estômago.

Como aquele violino despertara para aquele garoto, naquele momento em particular? *Tinha* quer ter um propósito — do contrário, por que meu pai teria me contado todas aquelas histórias quando eu era criança? Por que desaparecia tanto? Por que ele morreu? *Tinha* que significar algo. Se não significasse, então o que eu estava fazendo entrando em carros de estranhos e arriscando minha vida para salvar mantícoras?

Tudo aquilo tinha que significar alguma coisa, incluindo o garoto amargurado e sua yokai faminta. Mas o quê?

Um eco da nota que ele havia tocado quando abriu o estojo ainda ressoava em minha mente, como uma palavra na ponta da língua.

— Qual foi a última vez que você a tocou? — perguntei.

Ele olhou para mim como se *eu* tivesse comido seu canário.

E então voltou a ficar pensativo.

— Eu tenho outros violinos. Esse aqui, eu não... não toquei muito. É bom demais para praticar nele. Mas também é temperamental demais para apresentações.

— Temperamental?

— Ela perde afinação às vezes, sem motivo aparente. — Ele parou. — Bom, acho que agora sabemos por quê.

Nós dois olhamos para Omi. Ela havia soltado uma de suas cordas e estava coçando a frente de sua cabeça em espiral como quem não quer nada. Ficou vesga olhando para a corda.

— Você deveria tocar algo — eu disse.

Kent olhou para o violino. Omi parou de se coçar. Os olhos dela encontraram os dele, fixaram-se ali, e piscaram.

— Por quê? — Kent indagou. — Por que eu?

— Ela o encontrou — eu disse. — Essa é a razão. Talvez seja apenas sorte.

Ou talvez ela o fure no peito quando você tentar ajudá-la e enfie uma farpa entre as suas costelas, disse uma vozinha lá no fundo. Sob a camisa, senti minha marca de nascença esquentando e ficando sensível.

O arco do violino estava preso por duas tiras de veludo púrpura na parte interna da tampa do estojo. Kent as abriu e tirou o arco, segurando-o de leve. Quase imediatamente algo nele suavizou. As sobrancelhas relaxaram. O braço que segurava o arco se tornou lânguido, gracioso.

Ele pegou Omi pelo pescoço com a mão livre, hesitando a princípio. A yokai fechou os olhos, respirou fundo e desapareceu. Ela era um violino outra vez, agora rígida nas mãos de Kent. Ele a posicionou debaixo do queixo. Então o arco se ergueu e pairou por um momento no vazio, antes de deslizar nas cordas sobre a barriga de mogno da yokai.

A primeira nota queimou como se tivesse sido amplificada, eletrificada. Soou no ar por muito tempo depois de o fio do arco deixar a corda. Kent parou enquanto o som lentamente desaparecia. Então, ele atacou as cordas novamente, mergulhando em um movimento, depois outro. A música preencheu a sala. Os dedos de Kent subiam e desciam pela escala do violino. Sua postura mudou. Seu corpo, repentinamente orgulhoso e empertigado, contornou sua rigidez para acompanhar o ritmo da música.

Foi um curto fragmento energético que se desintegrou após alguns compassos, mas o som reverberou na pequena sala do escritório. Tive a impressão de que o ruído de fora diminuiu. As pessoas estavam ouvindo.

Kent tirou o violino de seu queixo e riu sozinho mostrando um deleite espantado. Seus olhos recaíram sobre a gaiola, e sua expressão ficou séria. Uma confusão sombria tomou conta dele, que baixou o violino e se afastou.

— Não parece certo — ele disse, quase sussurrando. — Só que também não parece errado. Não sei o que parece.

A música ainda ecoava em meus ouvidos. Um tom brilhante, fantasmagórico acentuava cada nota. Lembrava o canto de pássaro, como os pios alegres de um canário ao entardecer.

Por um momento pensei na Ménagerie de Horatio, nas fadas e suas canções, e por alguma razão um arrepio me percorreu as costas.

— Quem mais sabe que Omi existe? — perguntei.

— Meu mecenas — ele falou. — Foi assim que encontrei você. Ninguém mais.

Tive a sensação de que sabia quem era o mecenas.

— Guarde-a — eu disse. — Não deixe que ninguém a veja. Nunca conte a ninguém o que ela é. Nunca.

Eu o conduzi de volta para perto do estojo e o ajudei a acomodar Omi de volta no veludo macio. Quando meus dedos tocaram a textura amadeirada de sua pele, senti algo como sangue correndo sob a superfície, um pequeno estômago saciado, um estranho coraçãozinho cheio de empolgação.

— Ela é para você — eu alertei. — Mais ninguém. Toque-a apenas quando ninguém mais estiver ouvindo.

Ele não disse nada. Depois de um momento, colocou o estojo debaixo do braço e o segurou com força. Ele a manteria segura.

Kent olhou para a gaiola.

— Se você não quiser mais isso... — eu disse.

Ele assentiu. Cerrou os olhos com determinação. Virando-se para a porta, falou. Sua voz saiu diferente: acolhedora, ferida e cheia de emoção.

— Eu nunca pensei... — comentou. Kent olhou para o chão e sacudiu a cabeça. — Nunca pensei.

Enquanto ele se afastava do escritório pelo corredor, debaixo dos olhares curiosos das pessoas na sala de espera e dos funcionários da recepção, um espaço curioso foi se abrindo em meu peito a cada respiração. Era algo luminoso e corajoso e forte e, à medida que crescia, eu me sentia mais imponente, enxergando o mundo com contornos mais claros e definidos. Faltava algo. E eu o encontraria.

Dentro da gaveta, um celular começou a tocar.

CAPÍTULO DEZESSETE

A MERCADORIA

O SHOPPING CENTER ERA UMA VELHA FORTALEZA DE CONCRETO E VIDRO, cercada por dois andares de vagas de estacionamento praticamente vazios. Desci do ônibus e pisei em um mar de cimento aquecido pelo sol. Não havia vivalma por perto. O que fazia sentido — havia shoppings mais novos e bonitos subindo a rua. Esse em que eu me encontrava era uma relíquia.

O endereço que a voz no telefone me dera guiara-me até ali, mas não houve nenhuma outra instrução. Olhei ao redor do estacionamento, meio que esperando uma van suspeita aparecer. Mas nada se movia.

— Olá? — chamei, só para o caso de a pessoa misteriosa ter dormido em algum carro por perto.

Depois de esperar por alguns minutos — tempo suficiente para ver uma única pessoa sair do shopping, entrar em um carro e sair com ele —, decidi que deveria procurar lá dentro.

Uma claraboia percorria o teto do lugar de fora a fora, deixando entrar um facho de luz encardida do sol. Plantas de plástico juntavam poeira em ilhas malcuidadas. Tubos de neon distantes e frios zumbiam e estalavam em luminárias cheias de insetos mortos. Mais da metade das lojas estavam fechadas. As que restavam eram deprimentes: outlets de roupas e joias sem marca, uma perfumaria que cheirava a rosas e sabonete, uma loja de celulares de uma operadora da qual nunca ouvira falar. Tudo parecia desgastado e barato.

Consumidores andavam para cima e para baixo como almas perdidas. Lojistas saíam de suas lojas sem se preocupar. Alguém me perguntou se eu gostaria de experimentar uma amostra de um novo creme para a pele. A pessoa já sabia a resposta.

Fiquei imaginando se havia deixado passar alguma pista crucial. Comecei a prestar mais atenção às pessoas que passavam por mim, tentando ver se alguém me olhava nos olhos ou me dava algum sinal. Ninguém fez nada disso, e logo me juntei àquela marcha fúnebre indo de loja em loja.

Só reparei no símbolo da chaleira depois de passar três vezes por ele. Estava espremido no canto de uma estreita vitrine da loja de celulares. Quem não o conhecesse, poderia pensar que se tratava de algum tipo de credenciamento do lojista, ou talvez um adesivo usado pela empresa de alarmes.

Meu coração saltou no peito. Respirei fundo e entrei na loja.

O sujeito que trabalhava ali tinha o cabelo curto e grisalho, um cavanhaque cuidadosamente cortado, e olhos escuros e fundos. Ele era mais baixo do que eu e vestia calças folgadas e uma camisa barata, com uma gravata também barata. Usava uma etiqueta marrom retangular com o nome "Glenn" impresso. Parecia estar jogando algo em seu celular, que, notei, não era da marca barata que a loja vendia. Reconheceu minha presença com um aceno cansado da cabeça.

— Posso ajudar a encontrar alguma coisa? — ofereceu, depois voltou para seu jogo.

— Para falar a verdade — eu disse —, isso é exatamente o que eu queria que você fizesse.

Seus olhos dispararam de volta sobre mim, curiosos.

— Que tipo de celular você estaria procurando? — ele perguntou.

— Não estou procurando um celular — respondi.

Ele baixou o telefone e olhou por cima do meu ombro.

— Você veio sozinha? — indagou.

Confirmei. Ele saiu de trás do balcão até a entrada da loja e puxou a porta para baixo, que se fechou fazendo um barulho alto. Não importava o que estivesse prestes a acontecer, agora estava presa ali.

— Quem é você? — perguntei.

Ele abriu um sorriso fraco que durou apenas um segundo antes de desaparecer.

— Glenn — disse, apontando para a etiqueta em seu peito. Ele me olhou de um jeito a deixar claro que eu não receberia um sobrenome. — Ela disse que você estava a caminho. Disse para eu enviar uma mensagem quando chegasse.

Glenn parecia ter entre quarenta e infinitos anos. Era redondo em todos os ângulos, um homem feito de círculos frouxos. Sofria de tédio assim como cachorros velhos sofrem de artrite. Suas juntas estalavam enquanto ele voltava para atrás do balcão.

— Que lugar é este? — perguntei.

— Rá — Glenn disse sem rir.

— É sério — eu disse.

— Você realmente não sabe de nada? — ele indagou.

Sacudi a cabeça afirmativamente. Ele soltou um longo suspiro.

— Certo — falou, puxando um banco de trás do balcão. — Sente-se.

Eu me sentei, e Glenn se apoiou no balcão à minha frente.

— Aqui é uma sala de lances, como em um leilão — ele disse, abrindo o braço para mostrar a loja vazia. — Existem salas de lance em todo o mundo. São iguais a esta. Lugarzinhos suspeitos onde ninguém normalmente entraria. Agentes de salas de lance sabem o que está sendo vendido, e nós anotamos os lances. Alguns são enormes. Outros... nem tanto. Nós anotamos tudo.

— Espera — eu pedi —, vocês os *vendem?*

— Temos agentes de campo — ele continuou, ignorando minha pergunta. — Eles cuidam da mercadoria.

— Mercadoria — eu repeti. — Você quer dizer os animais, imagino.

Ele revirou os olhos.

— Não, os celulares — ele disse. — É claro que são os animais. Não mantemos um inventário. É perigoso demais. Deixamos o vendedor assumir os riscos. Mas mantemos registros de tudo que vendemos para ter certeza de que podemos encontrá-los quando a venda é finalizada. Depois disso, os agentes de campo arranjam a transferência da mercadoria.

— Então vocês leiloam os animais? — perguntei.

— Não eu — Glenn corrigiu. — Faço apenas o registro dos lances. Anoto tudo, mantenho atualizado. Os lances vão para um lugar chamado Loja de Chá, e alguém vence. — Ele deu de ombros. — Não me pergunte como. Não pergunte onde fica a Loja de Chá. Eu nunca vi. Nem sei se o lugar existe mesmo.

— Quem administra a Loja de Chá?

— O pessoal dos fundos-da-casa — Glenn disse. — Não sei quem são. Mas são eles que decidem tudo. Oferecem um contrato, e este fica sendo o seu trabalho. No meu caso, eles me deram este lugar. Trinta anos atrás.

— Uma loja de celulares?

Glenn riu.

— Não era uma loja de celulares na época. Vendíamos jogos de computador. Mas, você sabe, não os jogos bons. A gente nunca tinha os jogos bons. — Sacudiu a cabeça com uma triste decepção.

— Isso parece... — Dei uma olhada pela loja, para os cartazes de propaganda desbotados, os produtos baratos que vendiam sem muito entusiasmo.

— Deprimente? — Glenn disse. — Pois é mesmo.

— E por que ainda está aqui?

— Você já tentou deixar sua família? — ele perguntou.

— Uma vez — respondi.

— Até onde conseguiu ir? — perguntou.

— Não muito longe.

— Exatamente. — Glenn assentiu, como se tivesse provado um argumento.

— Espera um pouco, então vocês são todos parentes?

— Se você voltar muito atrás na árvore genealógica... — Glenn disse. — Eu sou o que eles chamam de baixo-conteúdo. Significa que sou um parente distante. Pessoas de baixo-conteúdo recebem salas de lance. Os de médio-conteúdo são agentes de campo. Fundos-da-casa são os de alto-conteúdo, pelo menos é o que dizem.

— Isso não parece justo — eu comentei.

— Não é — Glenn confirmou. — Mas é assim que funciona. Na verdade, não é tão ruim. No geral, recebemos para ficar sem fazer nada o dia inteiro. De vez em quando, anotamos um ou dois lances. Podia ser bem pior. Enfim, a gente se acostuma.

Ele fez um som que parecia indicar que já não se importava mais. Ele me parecia o tipo de pessoa que conhecia apenas uma maneira de viver, e, se algum dia conhecera outra, a memória já tinha sido completamente apagada anos atrás.

— Você não disse que mandaria uma mensagem para alguém quando eu chegasse? — perguntei.

Uma expressão malandra e faminta atravessou o rosto de Glenn.

— Cinquenta pratas — disse.

— O quê?

— Você me ouviu. Cinquenta pratas.

— Sério?

Ele deu de ombros.

— O porteiro precisa de gorjeta.

— Ninguém me falou nada disso.

— É uma pena — Glenn retrucou. — Então acho que ela nunca vai saber que esteve aqui.

Nunca me pediram suborno antes. Foi chocante e patético. Glenn não tinha vergonha alguma, nenhum sentimento de culpa. Tinha o rosto presunçoso e triste ao mesmo tempo, e eu não sabia se deveria me sentir intimidada ou constrangida por isso.

Por um momento, ficamos nos encarando, até que acabei tirando a carteira do bolso e abri.

— Só tenho quarenta — disse.

Glenn ficou desapontado e fez uma careta, e senti uma leve alegria vitoriosa. Ele pegou as notas da minha mão, embolsou o dinheiro e digitou uma breve mensagem em seu celular. Depois voltou a olhar para mim e, sem entender, sacudiu a cabeça de novo. Baixou o celular no balcão e o telefone começou a vibrar quase imediatamente.

— Alguém vai chegar logo — ele avisou.

Fui roubada, e isso era muito irritante. Mas também não conseguia deixar de sentir um pouco de pena dele. Glenn passara trinta anos naquela lojinha. Eu estava ali há quinze minutos e já parecia tempo demais.

— Posso perguntar uma coisa? — eu disse. Ele olhou para mim, um pouco ansioso demais a princípio. — Como eles o acham?

— Quem? — perguntou.

— As pessoas — expliquei. — As pessoas que fazem os lances. Como sabem onde o encontrar?

— Algumas pessoas são convidadas — ele começou. — Geralmente, gente muito rica. Eles são os piores. Nem olham direito para você. Como se você nem fosse humano. — Glenn rosnou quando lembrou das pessoas ricas. Então ficou quieto e pensativo. — Por outro lado, os outros — disse —, os de verdade, eles simplesmente sabem.

— Sabem o quê?

Um meio-sorriso cansado apareceu em seu rosto.

— Entram como se estivessem perdidos. Como se tivessem chegado aqui por acidente. E então querem conversar. Sobre qualquer coisa. Sobre carros. Sobre relacionamentos. Sobre os pais. Eu converso com eles até o momento certo. Até que comento sobre seus bichinhos de estimação. Seus olhos se iluminam. — Os olhos de Glenn também se iluminaram, imitando os clientes. — É como se algo ocorresse no cérebro. *É isso*, pensam. Não preciso fazer nenhum discurso de vendedor. É desnecessário. Aqueles que sabem, sabem.

— Quantos lances desse tipo você já tomou? — perguntei.

— Talvez uma dúzia — ele disse. — Em trinta anos, talvez só isso. Mas eu sei quem são assim que entram na loja. Eles têm um certo olhar. — Apertou os lábios e cerrou os olhos, orgulhoso pela primeira vez.

O celular de Glenn vibrou alguns minutos depois. Sem dizer nada, ele ergueu a tela, mostrando a mensagem que me instruía a seguir para o estacionamento. Enquanto eu lia, ele abriu a porta e me deu um aceno pouco entusiasmado. Então sentou-se de novo no banco e voltou a se debruçar sobre seu jogo, os olhos vidrados na tela.

O carro estava parado na frente com o motor ligado — um velho Buick quadradão com janelas escurecidas. Assim que saí do prédio, um motorista saiu do veículo e abriu a porta de trás. Tinha um rosto rígido, um corte de cabelo militar e ombros que pareciam curiosamente pesados. Quando me viu, abriu mais ainda a porta e indicou que eu entrasse. O interior do carro era todo estofado com couro escuro. Mentalmente, uma voz muito racional e razoável gritava a plenos pulmões para que eu não chegasse perto daquele carro, para fugir a toda velocidade na direção oposta.

Eu não dei ouvidos.

Em vez disso, segui a outra voz, aquela que muito calmamente me tranquilizava dizendo que tudo ficaria bem, que o único lugar em que deveria estar naquele momento era dentro daquele carro e seja lá aonde me levaria. Assim que entrei e me sentei no banco de trás, notei que as mãos do motorista eram cobertas de tatuagens. A porta foi fechada e depois trancada. O homem se sentou na frente e fechou sua porta. Havia tatuagens em sua nuca. Esqueletos, fogo, demônios. Só coisa feliz.

— Abra o descanso de braço — ele disse.

Seguindo sua orientação, descobri um compartimento. Dentro, havia um saco de veludo preto. Eu o tirei de lá de dentro.

— Só tem um saco vazio aqui — falei. — Deveria ter alguma coisa dentro?

— Não — o motorista respondeu. — Também preciso do seu celular.

Ele me olhou pelo retrovisor. Suas mãos estavam no volante, mas não fazia menção de engatar a marcha. Com um frio na barriga, eu entendi.

— Eu não vou colocar um saco na cabeça — falei.

— Há outras maneiras — ele disse. — Mas essa é a mais fácil.

O motorista agora me observava. As mãos saíram do volante. Eu não conseguia mais ver onde estavam. Tentei escapar pela porta, mas é claro que ela não abriu.

— Certo — decidi. — Vou colocar.

O estranho assentiu em aprovação. Entreguei meu celular.

— Você vai recebê-lo de volta — ele garantiu, desligando-o e colocando-o numa caixa de metal no lado do passageiro.

Então, eu abri o saco e encarei suas profundezas escuras. Respirei fundo e murmurei algo como uma prece, depois o coloquei na cabeça.

No escuro, era difícil saber quanto tempo se passara. Andamos de carro talvez por dez minutos. Ou trinta. Finalmente, paramos.

— Não tire o saco — o motorista disse, e eram as primeiras palavras desde que saímos.

Eu não tinha muita escolha.

A porta do carro se abriu e saí apalpando o caminho. Uma mão pousou gentilmente sobre meu ombro e me guiou por vários degraus. Senti que estava dentro de algum lugar, andando sobre um chão de madeira. Ouvi uma porta se fechar atrás de mim. A mão no meu ombro me deu um último direcionamento, depois sumiu. Parei e fiquei onde estava.

Levou mais um tempo. Então ouvi uma voz familiar.

— Pode tirar isso agora — ela falou.

Eu estava na sala de jantar do que parecia ser uma casa bem mobiliada. Do outro lado da longa mesa de jantar, um par de mãos se apoiava nas costas de uma cadeira de um jeito que me lembrou de um papagaio em um galho. Um pequeno lustre — uma tigela de vidro ornamentada em cores vivas — se pendurava entre nós. Então, a mulher de rosto iluminado que havia me enviado para Londres desviou o olhar do lustre para me observar, ergueu a mão em cumprimento e sorriu. Parecia que estávamos sozinhas na sala.

Vestia uma blusa branca simples e calças jeans claras. Seu cabelo estava jogado de lado. Seu sorriso tinha uma doçura tranquilizadora, mas, detrás de um par de óculos vermelhos, seus olhos pareciam frios e metódicos ao me olharem.

— Oi — eu disse. — Onde estou?

Havia janelas por toda parte, mas todas as persianas estavam fechadas. Eu não conseguia ver nada lá fora.

— Não se preocupe — ela respondeu. — Você está segura. Quando terminarmos, será levada de volta para casa e o seu pagamento será depositado na sua conta bancária.

— Pagamento?

— Não fique muito animada — a mulher falou. — Nem todos podem sustentar um velho grifo. A maioria das pessoas não pode.

— Aqui é a Loja de Chá? — perguntei.

Ela riu.

— Não. Aqui é só uma casa.

— Quem é você? — questionei.

— Você pode me chamar de Jane Glass — ela disse.

Ela se sentou na cabeceira da mesa. À sua frente, havia uma pequena mala de viagem de plástico rígido. Ela pousou os braços dos dois lados da maleta e os dedos sobre as bordas. Eu também me sentei, na cadeira oposta.

Jane sorriu, o mesmo sorriso tranquilizador, mas algo em sua postura se alterou. Suas costas se endireitaram, os ombros se alargaram. Um leve tique de inquietude e desconfiança atravessou-lhe o rosto agradável.

— Você está aqui porque eu quero te ajudar — explicou. — Mas preciso de algo em troca.

— Eu já te dei algo — eu disse. — Recebi o seu amigo músico.

— Este é o seu trabalho — ela falou.

— E precisei dar quarenta pratas só para o seu primo Glenn lhe enviar uma mensagem.

Jane fez uma careta, mas não pareceu surpresa.

— Desculpe. Isso não deveria ter acontecido. Vamos dar um jeito nele e você receberá seu dinheiro de volta. Como está o nosso amigo músico?

— Não muito feliz — respondi. — Mas acho que ele vai ficar bem. O violino está saudável.

— Ótimo — Jane disse.

— Tenho certeza de que isso vai aumentar o valor de revenda — declarei.

Jane riu.

— Você entendeu errado — ela começou. — Aquele violino está feliz ali. Ninguém vai comprá-lo tão cedo. Mas digamos que nosso amigo músico, daqui a muitos anos, morra pacificamente enquanto dorme. Então, talvez, uma liquidante de bens possa aparecer. Ela pode, digamos, estar especialmente interessada em deixar o violino com um bom dono. Com um dono *merecedor*. Isto é em grande parte o que fazemos, Marjan.

— E o que faz de alguém merecedor? — perguntei. — Dinheiro?

— Dinheiro nunca foi um problema para nós.

— Diga isso para Glenn — eu disse.

Jane ignorou meu comentário.

— Temos maneiras de verificar os compradores — informou.

— Por exemplo?

— Outra hora, talvez — falou. — Temos coisas mais importantes a tratar hoje.

Ela batucou na maleta à sua frente, considerou algo por um momento, depois pareceu mudar de ideia.

— Não sabemos de onde vêm os animais — comentou. — Eles vêm e vão, e ainda não entendemos de onde e como. Mas sabemos quando chegam.

— Como?

— Há sinais — ela disse. — Sabendo observar o mundo, é possível avistar um ponto aqui e ali. Isto é outra coisa que fazemos. Quando uma criatura nova aparece no mundo, é um evento significativo. Quando aparece alguma especialmente poderosa, nós nos certificamos de que encontre o lar adequado.

Ela fez uma pausa.

— Oito anos atrás — ela disse — um sinal surgiu. Um sinal muito forte. Algo apareceu, depois desapareceu do nada. Não sabemos o que era. Mas achamos que era muito poderoso. E achamos que o seu pai podia estar envolvido.

— O que isso tem a ver com hoje?

— Talvez nada — Jane respondeu. — Mas temos razões para acreditar que o evento e a morte de Jim podem estar conectados.

— Você vai me contar quais são?

— Esta não é uma reunião oficial. Há coisas que eu não posso falar. Mas espero que possamos ser amigas. — Seu rosto estava agradável, mas sério. — Acho que nós duas estamos precisando de uma amiga agora, Marjan.

— Por quê, exatamente?

— Porque algo ruim está acontecendo — Jane respondeu. Ela tirou os óculos e os deixou sobre a mesa, ao lado da maleta. — Estamos perdendo os animais.

— Perdendo?

— Eles estão desaparecendo. Um aqui, outro ali. Estão sendo vendidos, sem nosso conhecimento. Às vezes, são roubados. Perdemos de vista mais de cem.

Percebi com um frio na barriga que sabia exatamente para onde eles foram.

— Então vocês perderam alguns — eu disse. — Eles não são seus, de qualquer maneira. Por que se importam?

— Eu já disse que dinheiro nunca foi problema — ela repetiu. — Mas porque nós investimos bem. Muito bem. E para fazer isso, investir tão bem quanto nós, é preciso ter informação. Informação especial. Tem que ser precisa e tem que ser completa.

— Informações sobre eles — completei. — Sobre os animais.

— Eles são parte de tudo — Jane disse. — E tudo é parte deles. Quando estão bem, coisas boas acontecem. Quando estão doentes, feridos, coisas ruins acontecem. Podemos ganhar dinheiro de um jeito ou de outro, mas só se tivermos informações precisas.

— Então é mesmo questão de dinheiro, afinal de contas — falei. Estava começando a achar que Horatio estava certo sobre os Fell. Eles não eram confiáveis, mesmo se uma delas queria ser minha amiga.

— Você tem ideia de quanto custa financiar uma operação como a nossa? — ela perguntou. — Sim, o dinheiro é importante. Mas o dinheiro é uma ferramenta para fazer o bem. Quando a população deles diminui, o mundo se torna um lugar menos bonito. Um pequeno declínio e a criminalidade aumenta. Casamentos acabam. Mais suicídios. Mais homicídios. Uma queda grande e estoura uma guerra. A fome se espalha. A civilização tropeça. Pessoas sofrem por toda parte. O caos reina. Nós não simplesmente os compramos e vendemos. Nós os vigiamos. E quando começamos a enxergar sinais de problemas, nós agimos. — Ela parou e me olhou do outro lado da mesa. — Às vezes precisamos da sua ajuda, da ajuda da sua família. Então, veja bem, Marjan, isso aqui não é apenas um negócio. O que fazemos, o que *você* faz, afeta vidas por toda parte.

— O que tenho de tão especial? — perguntei.

— Você não sabe?

— Eu não entendo — disse.

— Você e o seu pai são integrantes da Linhagem Hircaniana.

— Que diabos é a Linhagem Hircaniana?

— Em termos científicos — explicou —, a Linhagem Hircaniana é uma mutação genética única.

— Eu sou uma aberração.

— Você não é uma aberração — Jane disse. — Você é um tesouro.

— E isso me fez muito bem — falei. — Meu pai morreu e minha vida é uma bagunça.

— A morte do seu pai foi uma tragédia — confessou. — Mas isso não se resume apenas a ele. — Fez uma pausa severa. — A sua família é a portadora da Linhagem Hircaniana há mais de mil anos.

A sala de repente pareceu muito maior. Ou talvez eu que estava me sentindo menor.

— Mil anos?

— Acho que preciso lhe contar uma história — Jane disse.

— Era uma vez — respondi —, ou não era talvez.

CAPÍTULO DEZOITO

O FALCOEIRO E O XÁ

O rei Isdigerdes, o Injusto, Xainxá do velho império persa de Eranxar, uma vez recebeu uma visita real de um emissário do imperador regente da China. Acompanhando o emissário, vieram dois majestosos e ferozes cachorros-leões — feras de cabeça enorme e corpo poderoso, bigodes que se curvavam como ondas, e jubas que lembravam chamas. Eles eram diferentes de tudo que o rei já vira antes, e ele ficou cativado.

Durante a visita, um dos cachorros-leões adoeceu. O xá, sempre um bom anfitrião, ordenou que sua corte fizesse o possível para tratar o animal. Um dos vizires havia ouvido rumores sobre um certo falcoeiro das florestas da Hircânia, que fica entre as cordilheiras Elburz e o mar Cáspio. Diziam que esse falcoeiro tratava animais de origem misteriosa. Então, o vizir mandou buscar esse homem e o trouxe para a corte.

Fiel aos rumores, o falcoeiro curou o cachorro-leão. O emissário concluiu os negócios e retornou ao Oriente, grato ao xá pelos cuidados. O falcoeiro, tendo feito seu trabalho, também se preparou para retornar para casa. Mas o xá tinha perguntas a fazer.

— Existem outras criaturas assim no mundo? — perguntou.

— Sim, Vossa Excelência — o falcoeiro respondeu. É melhor não mentir para um rei.

— E você as cura?

— Eu tento, Vossa Excelência.

— De onde elas vêm?

— Algumas nascem aqui, Vossa Excelência. Algumas chegam junto às caravanas de comerciantes de seda da China. Algumas vieram com os romanos, outras com os bizantinos, com os negociantes de ouro de Axum e os mercadores de chá do Hindustão. Elas vêm de todo lugar onde pode haver pessoas, Vossa Excelência, então certamente elas se encontram em toda parte. Mas muitas acabam chegando aqui, assim como muitas pessoas de todo o mundo.

— Logo, é uma sorte que você esteja aqui, e não em algum outro lugar.

— É uma sorte que nosso reinado seja abençoado com tanta riqueza vinda das caravanas e comércio — o falcoeiro disse. — É uma sorte que nossas fronteiras toquem tantos outros países. É uma sorte que as mais importantes vias do mundo corram no seio de nossa terra. E é uma sorte que eu esteja aqui, Vossa Excelência, onde posso ser útil àqueles que precisam de mim.

Um rei sempre sabe apreciar uma bajulação bem-elaborada.

— Como passou a possuir esse poder?

— Minha avó o tinha. E o pai dela tinha. Dizem que o poder nos foi deixado por algo mais antigo do que a humanidade, em um tempo e lugar que era e que não era; mas é apenas uma história.

O xá não estava interessado em histórias. Ele lidava com coisas materiais: ouro, safiras, seda. E pensou: *Se os grandes imperadores da China podem ter criaturas assim, e se os comerciantes do Hindustão e o canato da Mongólia podem ter criaturas assim, então certamente o xá dos xás deveria ter a maior criatura de todas.*

Assim enviou uma expedição para o monte Damavand para capturar o simurgue, o grande pássaro cujas penas supostamente curavam ferimentos, e que poderia contar a um rei os segredos de seus inimigos. E quando a expedição retornou bem-sucedida, o rei Isdigerdes ordenou que construíssem um jardim secreto para o pássaro em seu palácio em Ctesifonte. Lá ele o manteve, e era fonte de grande orgulho para o rei.

Mas o simurgue não revelou segredos para o rei, e não curou ferimentos. Na verdade, logo o simurgue começou a enfraquecer, e então o xá mandou chamar outra vez o falcoeiro. Dessa vez, ordenou que o homem levasse todos os bens que quisesse manter consigo, pois dali em diante ele viveria no palácio, para cuidar do grande tesouro do xá.

O falcoeiro não podia discutir com o rei. Ele e sua filha — toda sua família — se tornaram convidados do xá e receberam quartos no palácio. Ele saiu para examinar o simurgue. Quando terminou o exame, falou com o rei.

— Deixe-me com o simurgue, Vossa Excelência — disse o falcoeiro — por sete dias e sete noites; na manhã do oitavo dia, a fera estará curada.

O rei concordou, e ordenou que o jardim fosse deixado em paz por sete dias e sete noites enquanto o homem realizava seu trabalho.

Na sétima noite, a filha do falcoeiro encontrou o pai sentado diante de sua cama. Ele lhe disse que se vestisse com roupas de camponesa, que esperasse os portões do palácio se abrirem e então fugisse da cidade de Ctesifonte para sempre. A menina obedeceu e seguiu as instruções.

Naquela manhã, o rei foi até o jardim, e lá encontrou o falcoeiro, sozinho. Seu querido simurgue havia sumido.

— Onde está o animal? — o monarca exigiu saber.

— Eu o libertei — o falcoeiro disse. — Sua única doença era o cativeiro.

O homem foi prontamente executado. O rei também mandou buscar a filha do falcoeiro, pois cuidado nunca é demais quando se trata de execuções sumárias. Mas ela havia escapado.

O xá colocou sua cabeça a prêmio e ordenou que seus homens procurassem por todo o reino até que a encontrassem, mas a busca não durou muito. Logo depois do ocorrido, o rei viajou para o nordeste de Ctesifonte rumo a Hircânia para tratar de assuntos da realeza e, enquanto visitava um lago perto da cidade de Tus, um cavalo branco saiu galopando da água, chutou o monarca até a morte e desapareceu de volta nas profundezas azuis.

Seguiu-se uma disputa pelo trono. A busca foi abandonada, e a filha do falcoeiro foi esquecida. E, nos anos que se seguiram, se pessoas do mundo inteiro buscavam as habilidades particulares de uma certa mulher da terra de Hircânia, elas o faziam discretamente.

CAPÍTULO DEZENOVE

O FRAGMENTO

— SER UM FALCOEIRO É PÉSSIMO — EU DISSE.

— Às vezes — Jane respondeu.

— Se é genético, então por que eu? Por que não qualquer outra pessoa na família do meu pai?

— O gene nem sempre se expressa — Jane explicou. — Você foi a sortuda.

— E se eu não gostar de falcões? — perguntei. — E se eu não quiser nada disso?

— Pode ser difícil de acreditar — Jane falou —, mas sei como está se sentindo neste momento. Decidiram as coisas por você há muito tempo, Marjan. Isso não é justo. Mas não é algo que possa ser negado. Está aí dentro, e sempre estará. Então, no mínimo, deveria tentar entender.

— O que é isso, exatamente? — questionei. — Qual é a mutação?

— Algo em seu sangue a conecta com as criaturas — Jane disse. — Você é capaz de ajudá-las de um jeito que ninguém mais consegue.

— Foi por isso que você enfiou aquela agulha em mim sem pedir permissão — concluí.

— Eu tinha que ter certeza.

— E quanto a você? — questionei. — Também pertence à Linhagem Hircaniana?

— Eu sou outra coisa — ela disse. — Mas não é tão diferente.

— Por que tudo tem que ser segredo? — indaguei. — Se esse trabalho é tão importante, por que não buscar mais ajuda?

— Porque o mundo não está pronto para ajudar — Jane explicou. — O que acha que aconteceria se amanhã, ao acordar, todos descobrissem que dragões existem? Não importa que apenas algumas pessoas os caçariam, porque só isso seria suficiente para que fossem exterminados. Temos que ter muito cuidado. Você já viu o que acontece quando alguém os vê pela primeira vez? Certas pessoas não lidam muito bem com a situação. Pode ser perigoso. Os animais sabem disso. Escolhem quem está pronto para eles. Nós os ajudamos: os animais e as pessoas. Mas, na maior parte do tempo, vigiamos o equilíbrio. — Ela parou, parecendo triste. — Ou pelo menos costumávamos fazer isso.

— O que você faria se encontrasse os animais que perdeu?

— Nós os colocaríamos em circulação — ela disse. — Voltaríamos a acrescentá-los em nossos modelos. Removeríamos qualquer ameaça para sua segurança.

— Removeriam?

— Somos pessoas sérias, Marjan — afirmou. — Não vou negar.

— Isso tudo... os animais desaparecidos... Isso tem relação com o meu pai?

— Talvez — Jane respondeu.

— E Ithaca?

— Sim — confirmou. — Ithaca.

Pousou a mão sobre a maleta. E então a empurrou na minha direção.

— Abra — disse.

Peguei a tampa e a abri usando as duas mãos. Dentro, sobre uma cama de espuma macia cinza, havia um pequeno fragmento de um material rígido e brilhante que lembrava uma pedra obsidiana. Jane havia recolocado seus óculos e agora me observava com grande interesse.

— O que é isto? — perguntei.

O fragmento tinha uns dois centímetros de comprimento e talvez um de largura, e era afiado de todos os lados. Capturava a luz de um jeito estranho, um tipo de iridescência oleosa que parecia vir de baixo da superfície de faces ásperas e quebradiças. Causava uma sensação estranha, um peso vibrante no meio do meu peito.

— Pode não ser nada — Jane disse.

Não gostei daquilo. Não gostei de como se assentava na espuma, parecendo pesado demais para a maleta. Não gostei de como sugava a luz da sala, e de como essa luz roubada nadava em seu pequeno núcleo escuro como um mergulhador preso debaixo do gelo. Não gostei de como me encarava. Fechei a maleta, e imediatamente me senti melhor. Eu a empurrei para longe, o mais longe que meus braços alcançavam.

— O que você quer de mim? — perguntei.

— Eu quero saber o que é isso — Jane disse.

— E como eu saberia? — indaguei. — É um pedaço de rocha. Um pedaço de resina.

— Ou de osso — Jane disse com um sorriso. Olhou para a maleta antes de se voltar novamente para mim. — Ou de chifre. — Ergueu as sobrancelhas e esperou.

Eu não queria voltar a abrir a maleta. Eu não queria chegar perto da coisa que estava lá dentro.

— Por que isso é tão importante para você? — perguntei.

— O mundo está sempre tentando nos dizer algo — ela falou. — Ithaca é um sinal. Estamos tentando decifrá-lo.

O poder do fragmento irradiava para fora da maleta. Eu quase era capaz de senti-lo propagando-se em ondas através da própria mesa. Talvez até houvesse um som — o tipo de frequência subsônica muito grave que faz as pessoas terem alucinações com anjos. Meus pensamentos pareciam confusos.

— Leve o tempo que precisar — Jane disse.

A energia da maleta vibrava em meus ouvidos, como que me desafiando a me afastar, me desafiando a abrir a caixa. Eu queria poder apertar um botão que pulverizasse o fragmento sem que eu precisasse pôr os olhos nele de novo. Seja lá o que fosse, era algo terrível. Eu queria poder simplesmente sair correndo dali.

Mas tinha chegado longe demais para fugir.

— Certo — assenti. — Vou tentar.

Estendi os braços e peguei a maleta com as duas mãos. Ao meu toque, ela pareceu tremer levemente. Eu a puxei para perto e abri a tampa de novo. Dentro, o fragmento fazia peso sobre a espuma macia. Olhei para ele, obrigando-me a olhar em suas profundezas, pois quem sabe conseguisse enxergar a resposta que procurava ali. Comecei a me sentir enjoada, mas não obtive nenhuma resposta. Cerrei os dentes por conta da onda de náusea. Quando passou, eu me preparei para o que sabia que precisava fazer. Ao me sentir pronta, do melhor jeito que podia, toquei a superfície do fragmento com a palma da mão.

Correndo.

Cascos amassam a terra. A noite canta flechas. Espuma escorre pelos lados. Gritos voam como pássaros, preenchendo o ar. Curva para a esquerda, para a direita.

Pulmões queimam. Vozes perto. A floresta me recebe, me esconde. Outra curva. Flechas sussurram promessas frias. Pele se parte, sangue flui. Continuo correndo.

Continuo correndo.

Tirei a mão do fragmento e fechei a tampa com força. Da cicatriz em meu peito irradiava uma súbita pontada de dor que me deixou ofegante. Do outro lado da mesa, Jane Glass se endireitou, perdendo a compostura e, por um único instante, revelando a avidez que tentava esconder. Olhei feio para ela.

— O que é? — perguntou.

Eu não sabia nada além do que vira ou sentira. Não houve nenhum indício sobre a raça do animal que deixara aquele fragmento. Estive em seu corpo por um momento, mas não fora o bastante para entender sua forma. Nem sequer vira sua aparência.

Mas eu sabia. A resposta estava em meu sangue, e parecia ter sempre estado ali. Parte de mim sabia, da mesma maneira que se sabe, antes que o médico diga, quando o prognóstico não é nada bom.

Jane Glass pegou a maleta e a puxou para si.

— Eu nasci no meio disso tudo — disse com um tom baixo. — Cresci neste meio. Já vi muita coisa, Marjan. Nunca pensei que veria isso.

Por apenas um segundo, vi algo nela que me lembrou de mim mesma — uma sombra minha, há muito perdida, de quando o mundo ainda estava inteiro e eu ainda era capaz de me encantar com a galáxia de estrelas fluorescentes que minha mãe colara no teto do meu quarto. Eu tinha seis anos, e meu pai estava sentado ao pé da cama, seu rosto iluminado pela lamparina. Ele me contava sobre o animal que veio primeiro. Aquele que sempre existiu, mesmo antes de as pessoas existirem. Aquele que estava completamente sozinho no mundo. Aquele que sempre foi perseguido, em todo lugar aonde ia, mas que nunca foi capturado ou domesticado.

Aquele que me havia dado minha marca de nascença.

— O unicórnio — eu disse.

— O unicórnio. O unicórnio está em Ithaca.

— Meu pai sabia? — perguntei. — Ele chegou a ver isso? — Apontei para o fragmento.

Jane me olhou parecendo triste.

— Eu gostaria de poder dar essa resposta — disse. Ela se levantou e pegou a maleta. — Preciso ir. — Dirigiu-se para a porta do outro lado da sala.

— Espera — pedi. — Espera um pouco. — Ela parou. — Isso significa que alguém está com o unicórnio? Tipo, ele foi capturado? É isso que significa? Ele está vivo? Ele está bem?

A mulher me olhou, impassível, e minhas perguntas ricochetearam nela como grãos de arroz.

Por fim, e muito lentamente, perguntei:

— Vocês vão vender o unicórnio?

— Talvez precisemos da sua ajuda de novo, muito em breve — ela disse.

E então se retirou, e alguém colocou um saco na minha cabeça.

Sentada no escuro do banco de trás do carro, todas as pequenas incertezas da minha vida de repente pareciam insignificantes. Senti por um instante a presença de algo enorme além da compreensão, como se todo o oceano tivesse se erguido e desabado sobre mim em uma única onda interminável.

O unicórnio.

Por alguns segundos, estive em sua pele. Senti o peso e a sabedoria de milhões de anos. Era mais velho do que tudo. Seus pensamentos eram carregados de memórias, uma floresta que se estendia ininterrupta até o início dos tempos. Era puro, primitivo, selvagem, e não pertencia a ninguém. Na verdade, pertencia à terra, ao luar e às centenas de eras glaciais às quais ele sobrevivera.

Na verdade, pertencia a si próprio.

Era o original. Tudo mais era uma sombra.

Na escuridão do saco, tive uma visão. Mãos entrelaçadas voltando através dos séculos. Pais, filhos, filhas, mães. Falcoeiros e veterinários e quem sabe o que mais. A Linhagem Hircaniana, retornando até uma garota em uma clareira, uma cesta de cogumelos caída a seu lado, um pedaço de chifre queimando em um buraco em seu peito, tornando-se parte dela, parte de todos nós. Uma cadeia humana de histórias e luta e sabedoria, tecendo a trama da história, e na outra ponta de tanta vida, perdida e vagando pela escuridão do tempo ainda a ser escrito: eu.

Podia sentir todas essas vidas que vieram antes de mim, da mesma maneira que sentira o próprio unicórnio. Era a mesma sensação, só que não era externa. E, por um segundo, eu me senti pronta para o que viria em seguida.

E então, tão subitamente quanto chegaram, aquelas vidas sumiram. Minha mão não segurava nada. O passado era tão distante quanto a estrela mais fria no céu. Eu estava ali e, em algum lugar muito remoto, estava o unicórnio.

Era uma vez, ou não era talvez.

Oito anos atrás, algo acordara.

Oito anos atrás, Horatio começara a juntar sua *ménagerie*, sua coleção de animais exóticos.

Naquele momento, o unicórnio estava em Ithaca.

E talvez fosse por isso que meu pai estava morto.

O motorista me deixou em casa. Já era noite. Fiquei lá fora observando o carro se afastar, perguntando-me o que deveria fazer com as informações que descobri.

De repente, no meio do ar silencioso e frio, eu me senti pequena e tola. Uma claridade e uma náusea me atingiram ao mesmo tempo. Antes de tocar o fragmento, ele não era nada além de uma pista. Agora era uma prova — prova de que a criatura mais rara e preciosa que já andou na face da terra estava em algum lugar no norte do estado de Nova York. E eu acabara de dar essa prova para a família que controlava um mercado global de animais lendários.

Cometera um erro terrível.

Zorro me lançou um olhar questionador quando passei correndo por ele e subi até meu quarto, com o celular na mão.

— Já é bem tarde — Sebastian disse depois de quatro toques agonizantemente lentos.

— Preciso viajar para Ithaca — falei. — Não posso explicar o motivo, mas tenho que ir para lá agora. Você pode me ajudar?

CAPÍTULO VINTE

UMA TEMPESTADE SOBRE ITHACA

Na manhã seguinte, embarquei em um jatinho com destino a Ithaca.

— Francamente, minha mesada é constrangedora — Sebastian disse enquanto completava a reserva. Ele comprara a passagem sem fazer perguntas e sem hesitar, durante a madrugada, estando do outro lado do mundo. Deve ter custado muitos milhares de dólares. Torci para que valesse a pena.

Eu não sabia o que faria quando chegasse lá, não tinha ideia de onde o unicórnio estaria. Talvez já tivesse sumido há muito tempo. Junho fora meses atrás. Eu estava faltando na escola e no trabalho. Não tinha um plano, apenas uma missão: manter o unicórnio longe das mãos dos Fell. Desfazer o que acabara de fazer. Exatamente como conseguiria, eu não sabia.

A raiva me deixava inquieta no assento. Estava com raiva dos Fell e de Horatio Prendergast e do meu pai. Estava com raiva de mim mesma; afinal de contas, eu é que contara aos Fell onde encontrar o unicórnio. Agora eu estava correndo rumo ao desconhecido, sem ideia do que poderia estar me esperando e do que eu poderia fazer.

Mas, acima de tudo, estava com raiva de ter que fazer tudo sozinha.

Para piorar as coisas, recebi uma ligação de David Ginn logo após decolar.

— Venha ao escritório — pediu. — Nós temos um problema.

— Que problema? — falei rispidamente. Agora também estava com raiva de David.

— A folha de pagamento — ele disse. — Você não vai conseguir fechar as contas.

Para David, a folha de pagamento era sagrada. Tudo mais poderia passar, mas não a folha de pagamento. E quando acontecia, a catástrofe se seguia.

— Hoje não posso — avisei. — Fale com o Dominic.

— O Dominic não assina os cheques — ele respondeu.

— Resolvemos isso quando eu voltar.

— Voltar? Voltar de onde? Onde você está?

Eu não tinha uma boa resposta, então desliguei a chamada e não atendi quando ele tentou me ligar de volta.

Também não respondi a uma mensagem de Carrie querendo saber onde eu estava, se eu estava bem. Será que estava? Eu não sabia.

Conforme nos aproximamos de Ithaca, tentei pensar em um plano. Pegar um táxi para ir até o centro da cidade, encontrar um local de convivência, ouvir as conversas. Perguntar ao garçom sobre os coiotes. Ficar de olho em logotipos da chaleira-e-serpente. Não era um grande plano, e nem de longe parecia suficiente para justificar uma viagem por meio país.

Mas lá estava eu, e agora estávamos aterrissando, e era tudo que eu tinha para começar a trabalhar.

Pousamos no aeroporto regional e seguimos até o terminal. O piloto abriu a porta e desembarquei em uma tarde fria e tempestuosa.

E ali, do outro lado da pista, com um grande sorriso no rosto, estava Sebastian.

O choque da surpresa passou rápido, substituído pelo alívio de não estar sozinha. Mas, no geral, senti algo leve e faiscante no meu peito, como uma bolha dourada contendo a luz do sol. Era encanto.

— O que está fazendo aqui? — gritei ainda à porta do avião.

— Seja lá o que estiver acontecendo — ele disse —, eu não podia deixar você se divertir sozinha.

O vento carregou suas palavras, e tive que me esforçar para ouvir.

— Pode não ser tão divertido — gritei de volta.

— Então tenho certeza que um par de mãos extra vem a calhar — ele respondeu. — Tenho muita prática em dominar animais que têm o dobro do meu tamanho.

— Só conta se o animal estiver tentando vencer.

Sebastian sorriu.

— Além disso — acrescentou —, arranjei um carro. — Mostrou as chaves de um carro alugado.

Eu precisava mesmo de um carro. E a companhia também não era de se jogar fora.

Logo estávamos na estrada, seguindo em direção à cidade. Era uma estrada rural, com árvores dos dois lados, interrompidas de vez em quando por uma casa. O vento uivava ao nosso redor, tão alto e feroz que era difícil até pensar direito. Todas as janelas do carro estavam fechadas, mas o som ainda ecoava através do vidro.

— Se você quiser se explicar — Sebastian disse —, adoraria saber o que estamos fazendo aqui.

— Eu sei o que *eu* estou fazendo aqui — falei. — Ainda estou tentando entender o que você está fazendo aqui.

— Você parecia estar precisando de um pouco de ajuda — Sebastian explicou. — Além disso, fiquei curioso. Eu adoraria conhecer outro animal como o Kipling.

— Nada é como o Kipling — eu disse.

— Você sabe o que eu quis dizer.

— Você não tem, tipo, aula ou algo assim?

— E você também não tem? — ele perguntou.

Por onde começar? Havia coisas que ele provavelmente deveria saber: um unicórnio — *o* unicórnio — estava em algum lugar nas redondezas, e enquanto permanecesse ali, estaria em perigo. E havia assuntos que ele provavelmente não deveria saber: os Fell, sem dúvida, prefeririam que eu não falasse sobre eles. E havia coisas que eu queria dizer, mas não sabia como colocar em palavras.

Uma história, por exemplo, sobre uma garota que saiu para colher cogumelos, e tudo o que aconteceu por causa dela.

— Algo precisa da nossa ajuda — eu disse. — Está sozinho, é muito precioso e está em perigo, e podemos não ter muito tempo para encontrá-lo.

— Bom, isso parece urgente e nem um pouco vago — Sebastian disse com um sorriso.

— Desculpe — falei. — Você merece saber…

— Mas?

Mas deixe-me contar o que aconteceu quando meu pai contou a um sujeito chamado Horatio Prendergast que o Sturges não era o único.

— É melhor para todo mundo se eu não contar nada agora — avisei. — Talvez mais tarde. Quer dizer, se nós o encontrarmos, você vai ver. Você vai entender.

— Tenho certeza que sim — Sebastian concordou. Parecia decepcionado.

— Desculpe — eu disse. — Por favor, não me atire do carro.

Ele me olhou como se estivesse considerando a ideia por um minuto. Então riu.

— Se eu fizesse isso — comentou —, não teria com quem conversar nessa longa e solitária viagem.

Meu celular vibrou no bolso. David Ginn. Silenciei a chamada.

— Tudo bem? — Sebastian perguntou.

— Sim — respondi. — Na verdade, não. Não sei o que estou fazendo. Isso tudo é obviamente demais para mim, e fico pensando que vai desmoronar a qualquer momento. Fico pensando que, se eu fizer isso direito, se acertar aqui em Ithaca, então tudo vai ficar bem. Que isso vale a pena. Mas então lembro que eu nem sei como encontrar o que estou procurando.

Sebastian não disse nada. Seus olhos estavam presos na estrada. Mas senti que ele estava me ouvindo de verdade.

— Desculpe por qualquer coisa que acabe acontecendo — continuei. — Quer dizer, se der tudo errado. Ou se nada acontecer. Desculpe por arrastar você para isso. Não pensei que você viria. Mas estou feliz por você estar aqui, porque, se não estivesse, eu estaria dizendo as mesmas coisas, mas não haveria mais ninguém no carro e eu pareceria uma louca. E eu nem sei dirigir, então provavelmente ainda estaria na pista do aeroporto.

Sebastian assentiu.

— Então, acho que o que estou tentando dizer é obrigada — eu corrigi. — E também desculpe. De novo. Por não poder contar nada para você. Pode ser?

Sebastian assentiu, sempre olhando para a frente.

— Entendo se estiver bravo — eu disse. — Eu também estaria, provavelmente.

Silêncio.

— Por favor, não guarde mágoa. Eu sei como é ficar com raiva. Às vezes é preciso contar como estamos nos sentindo. Então, tem algo que queira dizer?

Nada, a princípio. E, então, ele limpou a garganta lentamente.

— Tem uma coisa — ele começou — que eu gostaria de dizer.

— Certo?

Ele ficou quieto e solene, como se estivesse raciocinando. Eu me preparei para o pior.

— Como é que — ele disse — vocês, estadunidenses *malucos*, conseguem dirigir neste lado da rua? Isso é absolutamente insano! Tudo é ao contrário.

Então abriu um sorriso malandro e bati em seu ombro.

— Você é um tonto — falei, mas estava sorrindo ao dizê-lo, e ele também.

— O Kipling está recebendo tratamento, sabe? — comentou depois de um segundo. — O tio Simon encontrou um veterinário para cuidar dele, para fazer tudo aquilo que você falou. É um processo delicado, inserir alguém na família. Leva tempo. Mas ele está sendo cuidado agora. Então, acho que eu também deveria agradecer a você.

Eu não gostava da ideia do Kipling tomando soro intravenoso. A imagem demorou-se de um jeito estranho na minha cabeça, como algo que eu já tinha visto antes, mas toda distorcida, ofuscante. Enxotei a imagem, tentando esquecer tudo aquilo.

— Não tem de quê — disse.

Chegamos ao centro de Ithaca dez minutos depois. Sebastian parou o carro perto de um bar e restaurante que parecia bem típico, depois deu a volta e abriu a porta do passageiro. O vento soprava. Seu rugido preencheu meus ouvidos como um coral de lamentos animais. Desci do carro, e ele fechou a porta e, de repente, completamente por acidente, ficamos muito perto um do outro.

Ficamos ali na calçada, os corpos quase se tocando, por um momento, depois outro. O vento, selvagem e imprevisível, embaralhava minha mente, bagunçando meus pensamentos. *O que estamos fazendo?*

Finalmente, Sebastian deu um passo para trás.

— Bom — disse. Mas ficou muito claro que queria dizer outra coisa.

— Sim, vamos lá — falei.

E, de repente, tínhamos uma missão de novo, o que foi um alívio. Virei os ombros na direção das lufadas de vento e segui Sebastian para dentro do restaurante.

Um garçom nos entregou cardápios e apontou para uma mesa no canto.

— Nós conferimos as identidades aqui — declarou.

Havia pessoas nas mesas ao redor e algumas outras no bar. Enquanto andávamos até a mesa, vasculhei os rostos em busca de alguma coisa suspeita. Glenn, aquele do suborno das quarenta pratas, comentou que sempre dava para perceber quando alguém estava à procura. Talvez eu conseguisse identificar os Fell pelos olhares, ou pela postura dos ombros. Quem sabe conseguisse reconhecer quem tivesse sido tocado por um unicórnio simplesmente analisando a curvatura da boca.

Mas cada rosto que vi parecia comum. Ninguém se destacou.

Quando nos sentamos, Sebastian se inclinou sobre a mesa.

— Então, o que fazemos agora? — sussurrou.

— Acho que simplesmente ficamos ouvindo — eu disse.

— E o que estamos esperando ouvir?

— Qualquer coisa estranha — falei.

Ficamos lá sentados por um momento constrangedor, ouvindo o murmúrio das conversas ao nosso redor.

— Isso não vai ajudar em nada, não é mesmo? — perguntei.

Sebastian suspirou aliviado.

— Obrigado — assumiu. — Pensei que teríamos que ficar aqui desse jeito por mais uma hora.

Senti um frio no estômago. Não tínhamos nenhum plano, nenhuma ideia do que estávamos fazendo naquele lugar. Para minha grande surpresa, desejei de verdade que Ezra estivesse conosco. Ela saberia o que fazer.

Considerei ligar para ela por um segundo, mas achei que era melhor não fazer isso. A última pessoa no mundo que eu queria que soubesse sobre o unicórnio era o Horatio.

Decidimos apenas nos concentrar na comida e depois pensar no que fazer. Pedi licença para ir ao banheiro e lavar o rosto. Enquanto fazia isso, olhei para meu reflexo no espelho. Eu estava com olheiras profundas. Minha pele estava pálida. Meu rosto estava magro. Meu cabelo estava todo ressecado e quebradiço.

Eu parecia mal-humorada de fome. E também estava com fome, mas não de comida. Era de algo que eu não conseguia descrever, mas que vinha desejando desde sempre.

O vento uivava lá fora. Abri a janela do banheiro e ouvi o vento que soprava e girava e engolia todos os sons do cotidiano da rua. Ecoava em minha cabeça enquanto retornava para a mesa.

— Esse vento está maluco — disse quando me sentei.

Sebastian me olhou parecendo confuso.

— Que vento? — perguntou.

— Você não ouviu quando entramos?

Ele sacudiu a cabeça.

Meu coração começou a acelerar no peito. Pulei da cadeira e corri para fora. Sebastian me seguiu, mas eu não estava prestando atenção nele. Parei na calçada e fiquei ouvindo o vento soprando e uivando ao meu redor.

— Você não está sentindo? — indaguei. Sebastian negou.

Ergui a mão e senti sua força, centenas de bilhões de moléculas me atingindo na pele sem parar, pressionando a palma da minha mão.

Não.

Não pressionando.

Puxando.

— Sebastian — eu disse —, entre no carro. Agora eu sei o que temos que fazer.

O vento uivava ao nosso redor, mas o ar estava imóvel. Meu cabelo não estava sendo despenteado. As roupas de Sebastian não estavam esvoaçando. Eu o sentia na pele e o ouvia em meus ouvidos, e às vezes soprava tão forte que me tirava o fôlego, mas sequer balançava os galhos das árvores.

Havia uma tempestade sobre Ithaca, mas apenas eu podia senti-la.

CAPÍTULO VINTE E UM

O CORAÇÃO DO VENTO

Talvez eles nos tenham visto na frente do restaurante. Talvez tenham me visto ali parada, os braços estendidos para apanhar a mensagem secreta escondida no vento invisível. Ou talvez tenham nos seguido desde o aeroporto.

Eram dois, um motorista e um passageiro, na van prateada atrás de nós. Notei logo depois que saímos do restaurante. Sebastian achou que eu estava sendo paranoica a princípio, mas depois de três desvios aleatórios, a van continuava atrás de nós.

— Quem são eles? — Sebastian perguntou.

— Não sei — respondi.

— O que eles querem?

— Provavelmente querem saber para onde estamos indo.

— Vou tentar despistá-los — Sebastian falou.

Ele virou de repente, depois virou outra vez e, por um momento, a van desapareceu de vista.

— Até que foi fácil — ele disse, conduzindo o carro por um labirinto de ruas residenciais até voltarmos à estrada principal.

Um minuto depois, porém, a van reapareceu atrás de nós, mantendo a mesma velocidade.

— Pare o carro — falei.

— O quê? Não! E se eles quiserem nos roubar?

— Eles não querem nos roubar — avisei. — Confie em mim. Dê a seta, e pare o carro.

Sebastian verificou o retrovisor, depois me olhou com preocupação. Mas acabou cedendo, e estacionou em uma saída de terra da estrada principal.

A van fez o mesmo. Suas rodas esmagaram as pedras, levantando uma leve nuvem de poeira. Parou alguns metros atrás de nós e ficou lá, com o motor ligado. Ninguém se moveu.

— Vou conversar com eles — falei.

— Não seja idiota — Sebastian disse. — Você não sabe quem está naquele carro, ou o que eles querem.

Debaixo dos protestos de Sebastian, eu abri a porta do carro. Quando me levantei para sair, senti sua mão no meu braço. Era gentil e quente e, por um segundo, meus pensamentos se embaralharam.

— Vou deixar o motor ligado — avisou. — Se acontecer alguma coisa, volte correndo.

Desci do carro e encarei a van. O motor rugia através de seu sorriso metálico. A luz do dia atingindo o para-brisa só me permitia enxergar o contorno do motorista e do passageiro.

E se eles realmente quiserem roubar a gente?

Andei até a janela do passageiro e esperei. Por um segundo que pareceu longo, nada aconteceu. E então a janela começou a baixar, revelando um homem com um rosto magro e assombrado e olhos sombrios que grudaram nos meus. A seu lado, no assento do motorista, uma mulher que poderia muito bem ser sua irmã nos observava.

— Por que vocês estão nos seguindo? — perguntei.

Nenhum dos dois disse nada.

— Vocês estão com os Fell? — eu disse.

Os dois se entreolharam, mas não disseram nada.

— Vocês precisam me deixar em paz — falei.

Um leve sorriso atravessou o rosto do homem, por apenas uma fração de segundo antes de sumir.

— Não vou levar vocês até lá — comuniquei.

Silêncio. Sorrisinhos. Comecei a perder a paciência.

— Parem de nos seguir! — gritei.

O homem sorriu de novo, um sorrisinho impaciente que deixou claro que ele não iria me obedecer.

— Que seja — eu disse. — Quero falar com Jane Glass.

Os dois se entreolharam.

— Liguem para ela — mandei. — Sei que ela os enviou até aqui. Vocês provavelmente são agentes de campo. Médio-conteúdo, certo? Ela é alto-conteúdo. E quero falar com ela. Agora.

O homem olhou para a irmã — neste momento eu já tinha certeza de que eram irmãos — e fez um gesto interrogativo com as mãos. Trocaram pensamentos em silêncio, praticamente uma conversa inteira em olhares e expressões faciais sutis. Então a mulher deu de ombros, colocou a mão no bolso e tirou dele um celular. Ela digitou um número, depois o entregou para mim enquanto chamava.

— Alô? — Do outro lado da linha havia uma voz familiar.

— Diga para o seu pessoal aqui parar de me seguir — pedi.

— Marjan — ela disse. — Não posso fazer isso.

— Esse aqui não pertence a vocês. Não pertence a ninguém. Não é igual aos outros.

— Nenhum deles pertence a nós.

— Esse aqui é diferente. Você disse que queria trabalhar comigo. Então trabalhe comigo. Confie em mim. Você precisa deixá-lo em paz.

Houve um longo silêncio do outro lado da linha.

— Você tem certeza? — ela perguntou por fim.

— Eu sei o que senti.

— Vou ter muitos problemas por causa disso.

— É o certo — reforcei.

Mais silêncio. Finalmente ela voltou a falar.

— Vou te passar um número de telefone — disse. — Se precisar de algo, me ligue.

O homem imediatamente me passou uma caneta pela janela e anotei o número nas costas da mão.

— Vou confiar em você, Marjan — Jane falou. — Vou tentar conseguir um pouco de espaço para você. Seja lá o que precise fazer, faça rápido. Agora devolva o celular para Molly.

Passei o telefone para dentro da van. A mulher ouviu por um momento, depois o guardou. Os irmãos me lançaram um último olhar desdenhoso.

Então, a janela se fechou e a van acelerou, jogando pedras e poeira no ar. O veículo voltou para a estrada, juntou-se aos carros de passagem e logo sumiu de vista.

O vento nos conduziu para fora da cidade até uma solitária estrada rural que serpenteava por florestas espinhosas de árvores nuas, passando por casas de fazenda antigas e outros parcos sinais de civilização. A luz do sol se esgueirava através dos galhos em brilhantes lanças que explodiam espetacularmente como fogos de artifício em meus olhos. De vez em quando, Sebastian parava o carro e eu colocava a mão para fora da janela para sentir. As lufadas de vento eram mais fortes ali, mais concentradas. Percebi que estávamos perto da fonte. Agora o vento vinha de várias direções ao mesmo tempo, nos pressionando de todos os lados, até que finalmente paramos o carro ao fim de um longo caminho de cascalho que levava até uma velha casa de fazenda.

O vento silenciou. Chegáramos ao epicentro.

A casa estava coberta com uma camada de tinta branca desgastada. Uma larga varanda apodrecia na frente. Havia um par de janelas empoeiradas no andar de cima. Teias de aranha se acumulavam debaixo dos degraus que levavam à varanda. Atrás da casa, havia um celeiro vermelho cuja grande porta do tamanho de um trator estava trancada por fora. Havia uma picape estacionada. Fiquei aliviada por não estar ali sozinha.

Nós saímos e andamos pelo caminho de cascalho. Quando nos aproximamos da casa, vi que algo se moveu por uma das janelas do andar superior. Ouvi o estalar de velhos degraus. A porta da frente se abriu.

Um homem saiu na varanda. Tinha seus quase quarenta anos, vestia uma camisa xadrez e calça jeans, com uma barba sólida, um boné de caminhoneiro e olhos verdes plácidos que pareciam nunca se demorar sobre algo. Usava botas grossas e andava mancando de leve, então o som de seus passos no chão de madeira tinha um ritmo marcado, como batidas de um coração lento.

— Vamos embora — Sebastian disse. — Não estou gostando disso.

— Espera — sussurrei.

— Saiam da minha propriedade — o homem ordenou.

Segurava uma espingarda que tirara de trás da cerca da varanda.

Minha boca secou. Eu não conseguia falar.

— Vamos, saiam — o estranho repetiu. Ergueu a espingarda.

Sebastian se colocou entre mim e o homem armado, as mãos abertas à frente.

— Não precisa usar isso, senhor — disse. — Estamos indo. — Sua voz tinha o tremor de quem tem medo, mas ele falou devagar e com cuidado.

Sebastian assentiu para mim e começou a se afastar da casa. Eu queria ir com ele, mas me sentia plantada no chão.

— E-espera — gaguejei.

— Marjan! — Sebastian rosnou.

— Que diabos vocês querem? — o homem na varanda perguntou.

Lentamente, com grande esforço, ergui as mãos.

— Não vale a pena, Marjan — Sebastian sussurrou. Ele me olhou feio, tentando me fazer andar, querendo que eu raciocinasse e me afastasse do tal sujeito empunhando uma espingarda. Mas, em vez disso, olhei-o nos olhos, e uma única palavra escapou da minha garganta.

— Unicórnio.

Ele ficou me olhando por um momento, depois baixou a espingarda. Ouvi Sebastian ofegar de surpresa.

— Quem é você? — o homem perguntou rispidamente.

— Meu nome é Marjan — eu disse. — Este é meu amigo Sebastian.

Ele cerrou os olhos para nós, desconfiado.

— Quem contou a vocês? — perguntou.

— Ninguém — falei. — Eu juro. Consigo senti-lo. Sei que ele está aqui. E não somos os únicos que o procuram.

— Do que você está falando? — A atitude defensiva e a raiva estavam dando lugar à confusão.

— É complicado — avisei. — Mas acho que ele não pertence a ninguém. Acho que ele deveria estar livre.

O homem desceu da varanda e se aproximou. Olhou para a estrada, procurando sinais de perigo.

— Não estou vendo ninguém — disse. Seus olhos se voltaram para mim, desconfiados, quase amedrontados.

— Eu só quero ajudar — acrescentei.

Agora ele me olhava como se eu fosse maluca.

— Você quer ajudar *aquela* coisa? — perguntou.

Olhou de novo para o celeiro.

— Ele está lá dentro? — perguntei. — Posso vê-lo?

A porta do celeiro estava trancada com um espesso pedaço de madeira colocado entre suportes de metal de cada lado do batente.

— Não parece muito como eu pensava — o homem disse com um sotaque carregado. — Não que eu, você sabe, tenha pensado muito a respeito antes.

Seu nome era Devin Thurston. Estava recostado em sua picape, olhando para nós. Deixara a espingarda apoiada a seu lado. Mas não a guardara, e fiquei com a impressão de que a arma não era mais por nossa causa.

Sebastian segurou um lado da barricada de madeira. Quando segurei o outro lado, um medo, bruto e primitivo, fez meu peito vibrar. Cada instinto em meu corpo me dizia para não abrir a porta do celeiro. Sebastian parecia igualmente relutante.

Com um movimento de ombros, jogamos a barricada de lado, e ela caiu com um baque no chão. Senti Devin ficar tenso atrás de mim, talvez buscando a espingarda.

A porta tinha um trinco rudimentar de madeira, que eu lentamente girei para fora do ponto em que repousava na fechadura. Sebastian empurrou a porta apenas o suficiente para abrir uma fresta. Enfiei o pescoço e olhei para a escuridão lá dentro.

O ar de dentro era espesso de poeira. Os raios estreitos de luz vinham de cima, tracejando apenas de leve o contorno das coisas. Depois de um minuto, a forma alta e retangular com um brilho forte se revelou uma pilha de feno. As sombras escuras e redondas a um canto eram tonéis de plástico — ração ou fertilizante ou pesticida. A vaga moldura de um sótão emergiu da escuridão à minha frente, e o andar superior estava cheio de objetos de tamanhos estranhos que podiam ser ferramentas agrícolas, ou velhos equipamentos de esqui, ou outra coisa. Debaixo, sombras.

Um cheiro azedo e fétido pairava no ar, o cheiro do solo argiloso da floresta e sangue e medo do cativeiro. Dentro do celeiro, havia algo muito selvagem, muito amedrontado e muito perigoso. Um velho sentimento inominado surgiu em mim, dormente por gerações e, de repente, familiar de novo. A marca de nascença em meu peito começou a coçar, depois a arder.

As vigas tremeram. Um pardal bateu as asas, mas talvez fosse um morcego. Eu me assustei. Tão rápido quanto surgira a comoção, tudo se acalmou novamente.

Uma bufada alta lançou uma nuvem de poeira cintilante no ar. Algo enorme e amarrado e coberto de pontas raivosas passou através de um raio de sol por um instante, depois desapareceu outra vez na escuridão debaixo do sótão. Um sopro baixo e retumbante, grave o bastante para sacudir os ossos, fez as tábuas de madeira tremerem. Um par de longas e musculosas pernas dianteiras se desdobraram. Cascos largos afundaram na terra. Com um impulso dado com grande esforço, o unicórnio se ergueu até ficar totalmente de pé e deu um passo hesitante para a luz.

Era mais cervo do que cavalo, com pelos marrom-acinzentados sujos de terra e poeira e feno e sangue. Era tão grande e forte quanto um alce, e se erguia sobre longas patas cheias de músculos. O chifre retorcido que brotava do meio de sua cabeça parecia um par de chifres de veado que foram trançados grosseiramente. As extremidades de suas muitas pontas tinham manchas de sangue seco.

Ele deu um passo na minha direção, e um par de cordas que o envolvia pelo pescoço se esticou. O animal forçou as cordas, que estavam amarradas ao redor das robustas vigas de madeira do celeiro. O unicórnio bufou e bateu os cascos no chão, mas não lutou e não tentou me atacar quando dei outro passo. Seu focinho estava coberto de velhas cicatrizes. O topo da cabeça, de onde saía o chifre, estava nu. Os pelos haviam sido arrancados, e a pele rosada de onde cresceriam era calejada e rígida. Seus cascos negros estavam partidos e arranhados.

Cicatrizes, centenas delas, cruzavam suas costelas e pernas. Marcas redondas de tiros. Cortes pequenos e precisos que podem ter sido onde flechas o acertaram. Cortes longos — espadas, canivetes, lanças. Marcas de mordidas. Queimaduras ondulantes. Uma parte da pele nua com uma teia de veias negras — veneno que não conseguiu se espalhar? Perto das ancas, um velho ferimento parecia indicar onde algum tipo de rede se havia encravado na pele. Um laço, talvez? Cada marca continha uma história, e quando o unicórnio se estabilizou sobre as poderosas pernas, essas marcas se moveram em um trançado hipnótico de violência e sobrevivência. Poderia passar horas olhando como se movimentava.

— Como veio parar aqui? — perguntei.

— Ele vinha rondando pela mata há um tempo — Devin disse. — Uns meses, no mínimo. Pode perguntar para qualquer caçador da área. Eles viram os rastros. Viram o que isso fez com os coiotes.

O animal piscou e cerrou os olhos. Eram olhos negros e molhados — esferas brilhantes que transbordavam desconfiança e rebeldia. O unicórnio soltou um feroz grunhido e apontou o chifre na minha direção. Dei um pulo para trás, mas foi mais um gesto do que uma tentativa real de me atacar. Dei outro passo adiante. Seus olhos se apertaram ainda mais em um olhar raivoso. Um rosnado grave retumbou de sua garganta. Debaixo dos pelos ressecados pela poeira e pela lama, um ferimento aberto em seu peito estava escurecido e reluzente, e uma pata estava machucada e ensanguentada.

— Ele está ferido — comentei.

— Meus cachorros fizeram parte do serviço, antes de essa coisa acabar com eles — Devin disse, chegando por trás. Tinha o rosto pálido de tanta raiva. — Tinha dois cachorros boiadeiros. Rex e Trig. São bons cães. Mantinham os coiotes afastados. Algumas noites atrás, ouvi os dois rosnando, depois brigando. Essa coisa furou um deles e chutou o outro na cabeça. Mas eles conseguiram machucar bem aquela perna. Furei as costelas dele com uma faça de caça, e a lâmina acabou quebrando. Acertei um tiro de espingarda que o derrubou por tempo suficiente para conseguir prendê-lo pelo pescoço. Não sei por que não matei. Eles eram bons cachorros. Nunca fizeram nada de errado.

Sua voz ficou embargada e ele se calou. Eu desviei os olhos. Ele não tinha intenção de mostrar sua tristeza. O unicórnio encarava sem remorso ou pena.

— Sinto muito pela sua perda.

— Eu adorava aqueles cachorros — falou com amargor. — Eles eram as únicas coisas que ainda faziam sentido para mim.

Devin Thurston parecia bravo o bastante para matar. Eu duvidava que mesmo o unicórnio eterno fosse sobreviver a um tiro de espingarda àquela distância. Mas por baixo da raiva e da tristeza no rosto de Devin havia uma estranha expressão de desemparo, e soube que ele não faria isso.

— Se você não se importar — eu disse, tanto para Devin quanto para o unicórnio —, gostaria de me apresentar.

Entrei na escuridão do celeiro e estendi a mão na direção do animal. Ele permaneceu parado, rebelde, destemido. Senti os pelos ásperos e ouriçados de seu focinho com a ponta dos dedos. A marca em meu peito queimava quente e verdadeira. Seu calor irradiava por todo meu corpo. Deslizei os dedos pela penugem do unicórnio, toquei sua pele e fechei os olhos.

Correndo. Sempre correndo. Todas as perseguições, a mesma perseguição.

Caminhões roncam, cavalos galopam, cães latem. Faróis de carros, holofotes, tochas. Balas, flechas, pedras.

Em busca de proteção. Em busca de escuridão. Encontrar os lugares densos, as matas, as florestas fechadas. Encontrar água. Disfarçar o cheiro. Seguir os rastros dos cervos. Seguir os rastros dos lobos. Não deixar um rastro seu. Ferimentos se curam. Cicatrizes são mais difíceis de romper. Seja implacável. Seja paciente.

Eles são pequenos, todos eles.

Eles perseguem porque seu tempo está se esgotando.

Tudo veio à tona ao mesmo tempo, uma única e interminável fuga que durava muitas eras. Quantos quilômetros o unicórnio já havia corrido? Quão exaustos estavam seus pulmões, suas pernas? Era mais antigo do que tudo. Sua memória alcançava um tempo em que não havia pessoas. E ali estava ele, ainda de pé, o coração ainda batendo. Ninguém o matara até o momento. Era lindo e perfeito, mesmo com todas as cicatrizes. Nada nunca conseguiu mudá-lo. E agora eu o entendia. Sabia o que era.

Ele era a fonte.

Cada criatura que encontrara, e as da coleção de Horatio, tinha um pedaço daquela sensação, daquela perseguição interminável. Estava em mim e, lá no fundo, em todo mundo. O unicórnio era a origem. Era a raiz. Era o pai e a mãe e o músculo que bombeava força vital em tudo. O unicórnio era a mais pura e mais forte e mais alienígena de todas as criaturas, porque havia chegado a este mundo antes de existirem humanos para sonhar com ela.

Talvez ele tenha nos dado os sonhos.

Por um momento, eu me vi do jeito que o unicórnio via a todos nós — pequenos fiapos de desejo e fome, oscilando entre a existência e a inexistência, insaciáveis. Não valia a pena sermos lembrados. Não éramos amigos, eu e o unicórnio. Ele não queria amigos. O que ele reconhecia em mim? A dor fantasma de uma velha cicatriz? O pânico de ter ficado preso uma vez, há muito tempo? Os vagos resquícios de sua própria estranha essência, de alguma forma entremeada com meu sangue?

Eu duvidava que ele fosse se lembrar de uma garota na clareira, carregando uma cesta de cogumelos debaixo do braço.

Recolhi a mão e, ao fazer isso, a raiva do unicórnio suavizou e se transformou em uma expressão de curiosidade.

Naquele instante, soube que ela existiu mesmo, aquela garota. Ela sobreviveu, e sua história — a parte que eu conhecia — era verdade. E por causa dela — e de milhares de outras pessoas, mas principalmente por causa dela —, era uma vez alguém como eu. Era uma vez este momento de agora.

— Eu vou manter você a salvo — anunciei.

CAPÍTULO VINTE E DOIS

UÍSQUE, UMA NAVALHA E COLA-TUDO

Deixamos o unicórnio no celeiro e voltamos para a casa de Devin. Nós três ficamos em silêncio. Parecia que o chão podia se abrir sob nossos pés se pisássemos muito forte. Algo maior do que nós havia acabado de acontecer.

— Aqueles ferimentos precisam ser limpos — eu disse quando chegamos na casa. — Ele precisa levar pontos.

Diante da porta, havia duas tigelas para cachorro, vazias. Devin parou e olhou para elas, depois olhou para mim, como se tentasse entender alguma coisa. Então assentiu, abriu a porta e nos deixou entrar.

Havia algumas garrafas de cerveja vazias sobre uma mesinha na sala de estar. O chão estava um pouco empoeirado. Havia uma calça jeans estendida em um sofá de couro gasto. Ele a enrolou e jogou para o alto da escada, juntou as garrafas todas de uma vez só e as levou para a cozinha.

— Não recebo muitas visitas — disse quando voltou. — Vocês querem café ou chá ou outra coisa? Não?

Ele se encostou na janela à minha frente e tirou o boné. Cachos de cabelo castanho cascatearam, e ele os tirou do rosto com um gesto usual da mão.

— Então, como vamos fazer? — perguntou. — Você tem um kit de primeiros socorros ou algo assim?

— Não — falei. — Não temos nada. Eu não sabia…

— Bom — Devin começou —, eu tenho ataduras. Tenho uísque para limpar os ferimentos. Uma faca afiada, caso tenham infeccionado. Uma navalha de barbear, um isqueiro. Provavelmente um kit de costura por aí.

— Vai ter que servir — eu disse.

Devin assentiu, depois foi até outra sala da casa e começou a vasculhar suas coisas. Assim que ele saiu, Sebastian me olhou como se eu tivesse acabado de propor atear fogo ao celeiro.

— Que era da medicina estamos prestes a praticar, exatamente? — ele perguntou. — Isso parece medieval. Não tem outro jeito?

— Estou aberta a sugestões.

— Algum tipo de feitiço ou poção ou algo assim? — Sebastian sugeriu. — Você não pode usar os seus poderes, ou seja lá o que forem?

— Rá — eu brinquei. — Não. Não é isso que eles fazem. E não é assim que funciona.

— Bom, você não pode simplesmente ir para perto daquela criatura e começar a costurar — ele disse. — E não importa o quanto ela esteja machucada, ou o quanto gosta de você. Aquele bicho vai te dar um coice, se não te furar com aquele chifre antes.

— Você não sabe o que aconteceu lá — respondi. — E não tem ideia de como aquele animal é importante. Temos que fazer de tudo para protegê-lo.

— Você vai acabar morrendo — Sebastian falou. — E a culpa vai ser minha por ter trazido você para cá. Por favor, não coloque isso na minha consciência.

— Não pedi para que viesse junto — retruquei.

O comentário saiu de um jeito mais duro do que eu pretendia. Sebastian pareceu decepcionado.

— Desculpe — falei. — Não foi o que...

— Você está certa — ele desabafou. — Estou aqui porque achei que tínhamos algo em comum. Passei a vida sem nunca encontrar alguém que entendia, e achei que você fosse essa pessoa.

— Eu entendo — assenti.

Mas talvez não fosse uma via de mão dupla. Como eu poderia explicar o unicórnio para ele? Era quase o mesmo que ter essa conversa com Carrie ou Grace.

— Isso é escolha minha — eu disse. — É o que preciso fazer. Sejam quais forem as consequências. Não estou pedindo que entenda. Mas já que está aqui, estou pedindo que me ajude.

Sebastian não falou nada, ficou apenas com uma expressão confusa e perdida no rosto.

Ouvimos os passos de Devin voltando. Ele entrou na sala carregando uma grande caixa de plástico. Dentro: uma garrafa de água destilada, toalhas, uma navalha de barbear, uma faca de caça, um frasco de uísque, um kit de costura e um tubo de cola-tudo.

— É tudo que tenho — Devin avisou. — Posso colocar uma água para ferver.

Sebastian sacudiu a cabeça.

— Alguém vai acabar se ferindo — ele disse. — Se não achar um jeito de conter e sedar o animal como qualquer médico sensato faria, alguém vai acabar se machucando feio.

— Eu tenho mais corda — Devin sugeriu. — Podemos amarrar ele ainda mais.

— Cordas se partem — Sebastian alertou. — Pense nisso, Marjan. Se você morrer, quem vai cuidar do próximo animal? Quem mais pode fazer o que só você faz, não importa o que seja?

Nisso ele tinha razão. E em todos os meus anos na clínica, nunca vi meu pai operar um animal que não estivesse sedado.

— Você tem alguma coisa capaz de acalmá-lo? — perguntei para Devin. — Qualquer coisa?

Ele ficou em silêncio por um instante. Seus olhos vagaram pela sala, evitando os meus. Esfregou a testa e respirou fundo entre dentes.

— Sim — disse, depois de um longo tempo. — Sim, tenho um pouco de morfina.

A sala ficou em silêncio enquanto todos assimilavam a nova informação.

— Certo, tá bom — aceitei. — Isso provavelmente vai funcionar.

— Ela é... hum... boa — Devin comentou. — Quer dizer, de boa qualidade, hospitalar. Muito cara, também, então... eu compro de uma enfermeira da universidade. É para minha perna. Há estilhaços de uma mina terrestre no meu joelho, nunca vai sair. Às vezes dói como o diabo. O velho Morfeu ajuda.

— Você é um soldado — Sebastian concluiu.

— Iraque e Afeganistão — Devin explicou. — Fiquei três anos lá. Ganhei algumas cicatrizes. Alguns fantasmas. A morfina ajuda nisso também. E os cachorros também, mas... — Ele deu de ombros. — Não foram os primeiros amigos que precisei enterrar. Provavelmente não serão os últimos. Enfim, vamos fazer logo isso antes que eu mude de ideia sobre usar todo o meu estoque com aquela coisa.

Nós iluminamos o celeiro com holofotes. O unicórnio nos observava no centro do espaço, as cordas tensionadas ao redor de seu pescoço. Seus olhos se apertavam raivosos sempre que Devin acendia outra luz.

Ele prefere o escuro, pensei. *É claro que prefere.*

Quando tínhamos luz suficiente para trabalhar, Devin encheu uma seringa usando um pequeno frasco marrom. Depois de um momento de hesitação, ele a entregou para mim.

— Ninguém mais vai chegar perto de uma das veias — disse.

Segurei a seringa, pensando: *Será que é suficiente? Será que é muito?* Chegamos a uma dosagem pesquisando na internet. Torci para que o unicórnio fosse parecido o bastante com um cavalo para pelo menos chegarmos em um cálculo aproximado.

Sebastian colocou a mão sobre meu ombro, segurando-me por um momento. Depois me soltou.

— Tome cuidado — pediu. — Por favor.

Assenti.

O unicórnio bateu uma das pernas machucadas e grunhiu. Eu me aproximei com passos lentos, até seu cheiro espesso infiltrar minhas narinas e eu estar perto o bastante para um único movimento me atingir ou furar. Mas o unicórnio não se mexeu e não entrou em pânico. Ele me observava com aqueles olhos negros e ardentes, as narinas abertas, o rosto silenciosamente furioso.

Deslizei os dedos pela lateral do animal, e a essência eterna ecoou deles para dentro de mim. Cerrei os dentes diante do peso de milhões de anos, de milhões de quilômetros percorridos, e tentei me concentrar na única coisa que eu precisava fazer naquele instante. Tentei voltar à sala de cirurgia da clínica, meu pai me guiando pela mão, sussurrando em meu ouvido. Passei os dedos por entre os pelos do unicórnio até encontrar o sulco entre os músculos de sua perna, onde o sangue pulsava. Com a navalha de Devin, raspei os pelos do animal, expondo uma pele escura como couro. Mais uma vez, procurei pelo pulso. E então, respirando fundo, e fazendo uma espécie de reza, enfiei a agulha.

O unicórnio ficou tenso. Imediatamente, senti os músculos se tornarem rígidos. Apertei a ampola, depois a retirei o mais rápido que pude, fugindo de um golpe sem muito ímpeto do chifre. O unicórnio protestou e bateu os cascos no chão. Logo depois, baixou a cabeça. Seu corpo começou a fraquejar. Uma perna cedeu, depois a outra. Ele se equilibrou com um ganido e uma bufada, mas então dobrou os joelhos, baixou o corpo até o chão e rolou de lado, os olhos ainda selvagens, mas suavizando.

— Ele está sentindo o efeito — Devin disse.

— Está tudo bem — sussurrei para o unicórnio. — Vai ficar tudo bem.

Seus olhos grudaram nos meus uma última vez antes de desfocarem. A cabeça repousou no chão, as pálpebras se fecharam, mas não por completo, a respiração tornou-se lenta e pesada e rítmica.

— Ele está...? — Sebastian perguntou, a milhões de quilômetros atrás de mim.

Coloquei a mão sobre o pescoço do unicórnio e senti seus pensamentos nadando em águas quentes e vazias, a batida do coração firme e insistente.

— Está dormindo — eu disse. — Vamos começar.

Meu pai começou a me deixar entrar na sala de cirurgia quando eu fiz doze anos.

Era um dos poucos lugares onde nosso relacionamento fazia sentido. Eu vestia o uniforme e a máscara como todo mundo e, a princípio, ficava nos fundos da sala, observando-o trabalhar, tentando não atrapalhar. Parecia algo que a filha de doze anos de um veterinário faria. E então, um dia, ele me chamou.

— Segure isso, Marjan — disse conforme removia um lipoma da barriga de um labrador. Eu tinha treze anos, e ele fez um gesto na direção de um fórceps que abria espaço na pele. — Coloque os dedos dentro dos buracos e segure firme. — Sua voz saiu direta e eficiente. Foi quase usual. Mas eu era a última pessoa para quem meu pai pediria ajuda, com qualquer coisa. Não havia nada de usual naquilo.

Segui as instruções. Aquele fórceps não se moveu um milímetro que fosse.

Eu costumava pensar que uma cirurgia era algo elegante e gracioso. Não é elegante. É feita de cautela e paciência. Existem partes elegantes e graciosas — é lindo assistir a um cirurgião experiente costurar uma incisão. Procedimentos de laparoscopia são repletos de momentos elegantes, precisos. Mas a pele, a gordura e os músculos são resistentes, e os ossos são duros. E às vezes é feito um buraco imperfeito, e às vezes é preciso enfiar o dedo nesses buracos. Às vezes a cirurgia se torna uma luta. Às vezes consiste em agarrar um pedaço de carne escorregadia através de outra. Às vezes é apenas questão de tentar segurar firme.

O tiro de espingarda arrancara tiras de pele do ombro do unicórnio. Aqui e ali, sulcos mais profundos levavam até respingos escuros onde o chumbinho que penetrara havia se alojado na gordura e no músculo. Umedeci a pele com toalhas embebidas em uísque. Sebastian ficou atrás de mim, com uma grande jarra de água quente.

Ninguém falava nada. Os únicos sons eram nossa respiração — minha, do Sebastian e as exalações fundas e hesitantes do unicórnio — e o pingar de água à medida que Sebastian umedecia a pele exposta. O silêncio quase parecia sagrado.

Segurei a faca de Devin junto à chama do isqueiro, deslizando a lâmina lentamente pelo fogo para esterilizá-la. Com a ponta, removi os chumbinhos que conseguia alcançar, e removi a carne que parecia estar infeccionada. Quando terminei, o ferimento estava limpo. Fechamos os pontos onde o chumbinho havia perfurado a pele com a cola, depois prendemos com fita adesiva uma bandagem sobre o ferimento inteiro. Levou talvez dez minutos, mas pareceu apenas dez segundos. Depois que coloquei a última tira de fita sobre a bandagem, tirei os olhos do ferimento e olhei para Sebastian. Sua aparência era a tradução de como eu me sentia — agitada e maravilhada. Assenti para ele, e ele assentiu de volta, e então seguimos para as mordidas dos cachorros.

As perfurações nos músculos fibrosos do unicórnio eram profundas. Quando raspei os pelos, vi os hematomas roxos feitos pela arcada canina. Usei a faca para limpar a carne morta. Um sangue escuro se acumulou lentamente nos buracos em forma de dentes enquanto cortava o tecido exposto. Depois de limpar a mordida da melhor maneira que consegui, nós a irrigamos de novo com uma mistura de água e uísque. Então, peguei o casco com a mão e espremi a cola para preencher os ferimentos. O líquido claro e viscoso se acomodou nos buracos e depressões da pele do unicórnio. Envolvemos a perna com gaze e depois a repousamos no chão com gentileza.

— Mais um — disse. Minha voz era pouco mais do que um sussurro.

O ferimento de faca abrira a pele do unicórnio como uma cortina, logo abaixo das costelas, revelando uma camada de gordura e, por baixo dela, músculo fibroso e magro. Abri o corte com toda a delicadeza que podia, para verificar até onde chegava. Estava procurando por entranhas, mas o corte simplesmente acabava bem no meio de uma fibra de músculo. Quase como se algo tivesse impedido a lâmina de continuar.

Então, notei algo estranho bem no fundo do ferimento. Um brilho opaco de metal antigo apareceu no meio das camadas de carne. Empurrei a pele para o lado para ter uma visão melhor e avistei outro pedaço de metal rígido, dessa vez mais superficial. Demorei um pouco para entender o que via. E quando me dei conta do que era, percebi que estava em toda a parte.

Eram pedaços e estilhaços de armas. Chumbinhos de todo tipo de calibre salpicavam a carne dos músculos do unicórnio. Uma pesada bala de mosquete estava encrustada em um depósito de gordura. Algo que poderia ter sido parte da lâmina de um machado de pedra estava fincado abaixo da cicatriz que seu impacto deve ter criado. Pontas de flecha de pedra obsidiana se projetavam entre as costelas do unicórnio.

É claro que a faca de Devin não tinha alcançado as entranhas do unicórnio. Nem um cutelo de carne chegaria tão fundo. Aqueles pedaços de metal não eram apenas estilhaços encrustados. Eram uma armadura — uma armadura de retalhos, feita com todas as balas, lâminas e flechas e pedras que não conseguiram matá-lo.

A ponta que ficara da faca de Devin provavelmente estaria em algum lugar ali no meio também, mais uma arma absorvida, mais um pequeno capítulo na interminável história de sobrevivência do unicórnio.

Com as mãos trêmulas, comecei a remover a carne morta.

Esvaziamos o tubo de cola fechando o corte, e, quando terminamos, o ferimento estava selado em uma bolha rígida e transparente. Não ficou bonito, nem perfeito, mas serviria. Com o tempo, o ferimento se fecharia, o pelo cresceria de novo ao redor e sobraria apenas uma cicatriz. Eu duvidava que o unicórnio fosse se importar de ficar com mais uma marca.

Recuei para admirar nosso trabalho. Os ferimentos do unicórnio estavam limpos e os curativos dariam proteção enquanto cicatrizavam. Não sabia de onde viera a força, onde encontrara a confiança para fazer aquilo. Olhando naquele instante para o unicórnio, com suas bandagens brancas e limpas, a tarefa parecia grande demais para nós. Minha respiração tremia de orgulho, e, ao mesmo tempo, meu corpo inteiro parecia fraco e exausto. Sentei-me no chão empoeirado, sobrecarregada por tudo. Sebastian se sentou ao meu lado, e percebi que ele sentia o mesmo.

— Conseguimos — ele disse, a voz suave e impressionada.

— Conseguimos — falei.

— E agora? — Devin perguntou.

— Deixe-o ir — orientei. — Na primeira tentativa, deixe-o ir.

Sebastian olhou para o unicórnio.

— Tipo, sem mais nem menos? — perguntou.

— Ele sabe se cuidar — eu disse. — Ele vem se cuidando sozinho há um longo tempo.

— Mas hoje ele precisou de um pouco de ajuda — Sebastian comentou.

— É, acho que sim — assumi. Virei-me para Devin. — Você se importa se ficarmos até ele acordar? Eu gostaria de vê-lo mais uma vez.

O homem concordou. Então se virou e saiu do celeiro, e eu e Sebastian ficamos sozinhos com o unicórnio.

— Desculpe pelo que falei — eu disse. — Eu deveria estar agradecida.

— Desculpe por ter duvidado de você — Sebastian retribuiu. — Parece que sabe mesmo o que está fazendo, afinal de contas.

— Não teria conseguido sem você, Sebastian — falei. — Simplesmente não teria acontecido.

— Bom, até que deu certo, não é mesmo? — ele concluiu.

O unicórnio bufou e se mexeu. Fiquei pensando quanto tempo passara sozinho no mundo. Fiquei pensando se ele já tinha sentido fome de qualquer coisa que não fosse vagar pelo mundo em sua vida solitária, ou se a armadura improvisada o protegia de sentimentos como este.

Eu me virei para Sebastian. Ele parecia estar esperando algo. Acho que eu também estava.

Foi então que ouvimos a motocicleta.

Eu e Sebastian nos aproximamos por trás de Devin, em tempo de ver Ezra Danzig tirando o capacete com um sorriso triunfante no rosto.

— O que está fazendo aqui? — perguntei.

— Trabalho de lobo — Ezra respondeu.

— Como sabia que eu estava aqui?

— Tinha uma pessoa vigiando você em casa para mim. Quando embarcou naquele jatinho, fiz algumas ligações e descobri o voo. Deduzi que era coincidência demais ser Ithaca, então aqui estou. — Ela nos olhou, um por um. — Parece uma bela festa. Imagino que a casa seja sua — indicou Devin com a cabeça, depois olhou para Sebastian —, mas não sei quem é você, ou o que está fazendo aqui.

— Ele também está fazendo trabalho de lobo — comentei, antes que Sebastian pudesse responder. Isso fez Ezra sorrir. Ela olhou para o celeiro.

— Então, o que temos atrás da porta número dois? — perguntou. — Algo muito especial, penso.

— Não é da sua conta — Devin interveio. — E você está invadindo minha propriedade.

— Isso é verdade — Ezra disse. — Então, deixe-me colocar em outras palavras, antes de ir embora. Digamos que eu tenha um cheque em branco para você. Que quantia escrevo em troca do que você tem aí dentro?

— Não está à venda — eu avisei.

— Ah — a mulher insinuou. — Então pertence a você, Marjan? Porque, como o seu amigo aqui falou, estamos na propriedade ele.

— Não pertence a ninguém — retruquei.

— O que significa que ninguém ainda declarou posse — Ezra concluiu. — Alguém quer? Eu posso gastar milhões. Diga o preço.

Nem eu nem Devin dissemos nada.

— É melhor assim, Marjan — Ezra disse. — Você pode sair daqui com a moralidade intacta e eu posso fazer ao... — Ela olhou para Devin. — Qual é mesmo o seu nome? Uma proposta irrecusável.

Devin segurava a espingarda em uma das mãos.

— Quem diabos é você? — perguntou.

— Ezra Danzig — ela respondeu. — E gostaria de torná-lo muito rico.

Devin não disse nada.

— Meu Deus — Sebastian comentou logo atrás. — Ele realmente está considerando.

— Todo mundo, fiquem onde estão — Devin disse. Ezra fez um gesto de boa vontade, plantou os pés no chão e deixou as mãos abertas e visíveis.

— Não está à venda — repeti.

Ezra me lançou um olhar compassivo. Depois se voltou para Devin e apontou para o celeiro.

— Está lá dentro? — Devin não respondeu nada. — Penso que você provavelmente gostaria de fazer algumas perguntas — Ezra continuou. — Mas lhe darei, digamos, vinte milhões de dólares se me deixar levar aquele animal.

— Duvido — Devin disse.

— É sério — Ezra respondeu.

Devin ficou em silêncio. Eu sentia uma ânsia no estômago. Se o unicórnio não deveria estar num celeiro, definitivamente não deveria ficar em uma jaula enterrada no subsolo.

Devin voltou-se para mim.

— Ela está falando sério?

— Esse é o preço sem verificar a mercadoria — Ezra avisou. — Se encontrá-lo doente, ferido ou algo assim lá dentro, vou precisar baixar a oferta. Mas, neste momento, a oferta é vinte.

Sebastian estava certo. Devin estava claramente considerando a oferta. Ezra deu de ombros olhando para mim.

— Você não pode fazer isso — Sebastian falou, passando por nós para confrontar Ezra. — Seja lá quem você for, não tem direito de estar aqui. — Então se virou para Devin. — E *você* não tem direito de vender algo que nunca foi seu em primeiro lugar.

Ezra riu. Devin ficou em silêncio por um momento. E então olhou feio para Sebastian.

— Não me diga o que posso ou não fazer — retrucou, com frieza na voz.

— Espera — falei, e Devin olhou para mim. — Eu sei que é uma quantia muito grande. Não sei o que eu faria se alguém me oferecesse tanto dinheiro. Mas eu conheço essa mulher. Sei para onde ela vai levá-lo. Ouça o que digo. Isso não é certo. Ele não merece acabar naquele lugar. — Então me virei para Ezra. — Ele está ferido — disse.

Ela me lançou um olhar gélido, depois começou a rir.

— Marjan, você é uma garota inteligente — ela falou. — Talvez seja um lobo, afinal de contas. Reconheceu o meu blefe. Que seja. Mesmo se estiver ferido, os vinte milhões permanecem na mesa. O que me diz, soldado?

Devin ficou em silêncio.

— Liberte-o — pedi. — Ele nasceu para viver em liberdade. Sei que não é responsabilidade sua. Não deveria ser. Mas é a minha. Não posso deixar você vendê-lo.

— E quem disse que a decisão é sua? — Devin disse, e meu coração parou.

Ficou me encarando, depois se virou para Ezra.

— Trinta — ele propôs.

Antes que Ezra pudesse responder, e antes que qualquer um pudesse impedi-lo, Sebastian correu para o celeiro e abriu a porta. Dentro, o unicórnio estava estirado no lugar, de olhos grogues e desfocados.

— Levanta! — Sebastian gritou. Ele começou a desatar os nós que o prendiam. — Levanta, seu animal estúpido! Saia daqui!

Ezra e Devin observaram atônitos. O unicórnio, ainda atordoado pela morfina, piscou e mexeu a cabeça. Mas não se levantou.

— Me ajuda, Marjan! — ele disse. — Desfaça os outros nós! Vamos soltá-lo! Ele não pode vendê-lo se o unicórnio não estiver aqui! — E então, para o unicórnio: — Acorda! Levanta logo!

Mas o unicórnio não se moveu.

— Não fica aí parada, me ajuda! — Sebastian gritou, a voz cada vez mais desesperada. — Precisamos soltá-lo!

Mas os nós não se desfaziam. Sebastian ofegava. Ele puxou a corda mais uma vez, depois deu um empurrão frustrado no unicórnio e desabou no chão do celeiro. Corri até ele. Estava de rosto vermelho e havia lágrimas em seus olhos.

— Não deixe ela levá-lo — ele disse entre dentes. — Isto não é certo.

— São apenas negócios — Ezra falou, chegando atrás de nós. — Certo ou errado, os negócios continuam.

Devin entrou no celeiro e inspecionou os nós, um por um. Ezra ficou ao nosso lado. Eu me recusava a encontrar seus olhos.

— Venha caminhar comigo, Marjan — ela sugeriu.

— De jeito nenhum — respondi.

— Você vai querer ouvir o que tenho para dizer. — A mulher olhou para Sebastian. — O seu amigo precisa de um minuto, de qualquer maneira.

Olhei para Sebastian. Seus olhos, cheios de uma raiva impotente, encontraram os meus. Vi um garoto magoado e com medo, e as enguias começaram a nadar no meu estômago. Desviei os olhos, constrangida, e me virei para seguir Ezra para fora do celeiro.

— Você deveria pedir a sua parte por ter encontrado o animal — ela sugeriu enquanto andávamos pelo caminho de cascalho.

— Não quero esse dinheiro — eu disse.

— Mas pode precisar dele — falou. — Pelo que ouvi dizer.

— O que quer dizer com isso?

Ezra deu de ombros.

— Administrar uma clínica... — comentou. — É bem caro, não é mesmo?

— Também está espionando o meu contador?

— Eu trabalho com informações — ela relembrou. — E, falando nisso, investiguei nosso amigo Vance Cogland. Aquele que, curiosamente, morreu em circunstâncias semelhantes.

Aquilo tudo era só um jogo para Ezra? Será que ela achava que eu simplesmente esqueceria do unicórnio se mencionasse o meu pai?

— E?

— Ele é um fantasma — Ezra disse. — O único registro dele no mundo é a sua ficha criminal. Identidade, certidão de nascimento, carteira de motorista... tudo falso. Nenhuma família. Nenhum parente. Nem amigos. Ele foi enterrado em uma cova sem identificação em um cemitério de indigentes. Não existe nada em seu nome. Se eu não soubesse que ele morreu, nunca acreditaria que chegou a existir.

— E daí?

— Creio que alguém se esforçou muito para apagar o rastro dele do planeta — Ezra insinuou. — E, vendo como fizeram um ótimo trabalho, imagino que esse alguém é bem poderoso.

— E, então, como ficamos? — perguntei.

— Olhe para as finanças do seu pai — Ezra disse. — Veja o que não faz sentido. Assassinatos quase sempre são pessoais. Motivados por dinheiro, ou ciúme, ou medo. Jim não era muito amedrontador e, a menos que eu esteja errada a seu respeito, não estava saindo com a namorada de ninguém. Então, siga o dinheiro.

— Você está cometendo um erro — falei. — O unicórnio... não pertence àquele lugar debaixo da terra.

— Isso não é problema meu — Ezra afirmou.

— Mas pode ser — retruquei. — Quer dizer, e se fosse realmente importante que ele ficasse solto? E se o mundo se transformasse em um inferno se ele estiver preso?

— Parece que você andou conversando com os Fell — Ezra disse. — Eu não confiaria neles. Só encarecem tudo.

— É só isso que eles fazem? — perguntei.

— É melhor eu voltar e fechar o negócio — Ezra falou. — Vou separar uma quantia para você. Só por precaução.

Ela sorriu, depois se virou e fez o caminho de volta, amassando o cascalho com os pés.

— Faça isso — sussurrei. — Tente fechar esse negócio.

Eu estava prestes a encarecer tudo.

Não sei o que Jane Glass prometeu para Devin. Ele não disse muita coisa durante a chamada. Ao fim da conversa, ele me devolveu o telefone assentindo sem dizer nada e foi mancando até a varanda. Sebastian, encostado na parede do celeiro, ficou observando com uma expressão curiosa no rosto cansado e marcado pelas lágrimas.

— Posso igualar qualquer oferta deles — Ezra informou. — Superá-la. Só diga o que quer.

Devin se apoiou na perna boa e pegou a espingarda com as duas mãos.

— Acho que minha amiga já te disse — ele respondeu. — Não está à venda.

Ezra riu alto.

— Eu estava tentando protegê-la — ela me disse. — Estava tentando te salvar de fazer uma escolha da qual pode se arrepender pelo resto da vida. Não sei por que me dei ao trabalho.

— Tenho certeza de que estava muito preocupada com os meus sentimentos — disse.

— Você deveria agradecer por alguém se importar com o que você sente.

— O que quer dizer com isso?

— Você já se perguntou por que seu pai nunca lhe contou nada sobre isso? — Ezra questionou. — Por que escondeu tudo de você? Porque eu vinha me perguntando a respeito. E acho que é porque ele não confiava em você. E quer saber? Eu não o culpo. Eu também não confiaria. Falta alguma coisa em você. Algo que você não tem, mas que deveria ter, e você é a única que não consegue enxergar.

Ninguém falou nada por um momento. Podia sentir os olhos de Devin sobre mim, julgando, enxergando exatamente o que Ezra via. E agora até Sebastian me penetrava com os olhos na direção deste lugar vazio. Todos viam, se olhassem com atenção. Por um segundo, desejei poder me observar também. Desejei poder ver onde ficava esse vazio, de qual parte faltava um pedaço. Mas, é claro, somente o fato de querer isso implicava que Ezra estava certa. Então parei de querer e fiquei olhando feio para ela.

— Bom — respondi —, acho que você é uma péssima investigadora.

Ela riu, porque é claro que eu estava errada e que ela estava certa, e acabei provando isso.

— Boa sorte, Marjan — Ezra disse. — Com tudo.

Ezra já tinha ido embora muito antes da chegada dos Fell, quinze minutos depois: a van prateada que já vira, seguida por um híbrido azul-claro. Subiram o caminho de cascalho, um depois do outro, e pararam na frente da casa. Os irmãos desceram da van e não se dirigiram a ninguém, apenas ficaram lá, olhando para mim, Devin, Sebastian e a fazenda, com movimentos oculares rápidos e famintos.

O motorista do híbrido desceu. Era o mesmo motorista que me levara até Jane Glass. Embora ele fosse um pouco assustador, senti alívio ao ver outro rosto conhecido. Ao me olhar, sua expressão se alterou por um tempo breve o suficiente apenas para me cumprimentar com a cabeça em um sinal de respeito que pareceu genuíno. Eu tinha certeza de que não era digna dele, mas respondi da melhor maneira que consegui. Então, a porta do passageiro se abriu, e Jane desceu do carro.

— Você deve ser Devin — disse, com um sorriso amigável. Ela foi diretamente até ele e lhe deu um grande e sincero abraço. — Estamos muito honrados em conhecê-lo.

Tirando ela, os Fell não pareciam particularmente honrados. Os irmãos vigiavam a estrada e o motorista de Jane ficou afastado de todos, um olhar desconfiado no rosto.

— Quem são eles? — Devin perguntou, apontando para os irmãos.

— Eles vão ajudá-lo — Jane disse, soltando Devin. — Até que a questão se resolva do jeito que nós resolvemos esse tipo de situação, eles vão ficar de olho nas coisas por aqui. — Quando ela percebeu a incerteza de Devin, baixou a voz. — Eles parecem selvagens. Mas são legais. Na maior parte do tempo, você nem vai perceber que estão aqui.

A mulher abriu um sorriso amarelo e abatido que sumiu tão rápido quanto surgiu. Acenei sem muito entusiasmo em resposta.

— Eu adoraria vê-lo — Jane disse. — Posso?

Devin olhou para mim, e eu concordei. Ele abriu a porta do celeiro. A escuridão empoeirada nos recebeu. O unicórnio se mexeu até se levantar, orgulhoso, lamentável e preso por aquelas amarras. Jane ficou de queixo caído.

— É lindo — ela sussurrou.

— Está ferido — eu disse. — Mas os ferimentos estão limpos.

— Tenho certeza que sim — Jane concordou. — Vamos providenciar o tratamento necessário. — Os dois irmãos assentiram com movimentos simples e competentes que deixaram claro que sabiam muito bem como lidar com esse tipo de coisa.

Devin fechou a porta.

— O que acontece agora? — perguntou.

— Por enquanto, continue fazendo exatamente o que fez até agora — Jane disse. — Não mude nada. Quando tudo estiver pronto, avisaremos. E então vamos tirá-lo daqui. Nesse meio-tempo, Molly e Luke estão aqui para ajudar. Você tem muita sorte. Recebeu um presente incrível. Viu algo que quase ninguém nunca viu. O seu trabalho agora, que talvez dure pelo resto da sua vida, é entender por quê.

Ela o abraçou de novo, depois se virou na direção do carro. Gesticulou para que eu a acompanhasse.

— É sempre assim? — perguntei.

— Nunca parece realmente certo até tudo terminar — ela disse. — E então termina. Você vai ver.

— O que disse para ele? — perguntei.

— Algumas pessoas têm medo da responsabilidade — ela explicou. — Procuram alguém que as livrem dela. Outras apenas querem o dinheiro. — Ela fez uma pausa. — Mas, para a maioria das pessoas, este é um momento de definição. Só desejam saber que existe uma razão por trás. Querem que isso tenha algum significado.

Voltei a olhar para Devin. Ele estava encostado na parede do celeiro.

— Ele vai ficar bem?

— Vai ficar confuso por um tempo — Jane avisou —, mas vai se achar. Ele fez o que era certo, e agora faz parte de algo maior do que si mesmo. Algumas pessoas precisam disso em suas vidas. É só um palpite, mas acho que ele é uma delas.

Ela abriu a porta do carro e entrou.

— Jane?

— Sim?

— Eu fiz a coisa certa?

Ela sorriu.

— Vejo você no leilão — ela disse.

CAPÍTULO VINTE E TRÊS

LUBBOCK

Sebastian dirigiu de volta para o aeroporto. Aqueles minutos finais — os semáforos, as placas de pare, a distância que precisávamos percorrer diminuindo cada vez mais — pareciam preciosos, um tesouro que estava se esvaindo a cada instante. Mas nenhum dos dois sabia o que dizer. Quando eu o olhava, tudo que queria era fazer o tempo voltar, retomar o momento em que estávamos apenas eu e ele e o unicórnio adormecido, e eu não tinha visto sua dor, e ele não vira o meu vazio. Aqueles poucos segundos pareciam ter ficado inacabados. Algo estava começando a acontecer. E estava ganhando vida antes da chegada de Ezra.

— Fui meio maluco, não é mesmo? — ele perguntou. — Correndo lá para dentro daquele jeito.

— Você foi corajoso — eu disse.

— Foi mais tolice do que coragem.

— Se não tivesse feito aquilo — falei —, eu não teria sido capaz de impedir Ezra.

— Você está sendo muito generosa.

Ficamos em silêncio por um instante, ambos perdidos nas coisas que haviam acabado de acontecer.

— Aquilo que ela disse a seu respeito... — Sebastian falou por fim.

— Não comece — eu o interrompi. — Você não precisa dizer nada.

Ele não protestou, e então eu soube que acreditava no que ela disse.

— E agora vai haver um leilão — Sebastian comentou.

— Foi o melhor que consegui fazer.

— Talvez o tio Simon possa dar um lance.

— Talvez — eu disse. — Não faço ideia de como funciona.

No aeroporto, conseguimos voos para nossos respectivos destinos, e quando o avião de Sebastian estava pronto para partir, ele me deu um grande e desajeitado abraço de despedida.

— Você realmente foi corajoso — eu repeti.

As palavras pareceram insignificantes. Desejei não ter falado nada. Desejei ter falado o que realmente sentia: como, por alguns momentos, o ar ao nosso redor reluzira como ouro; como se respirássemos algo inestimável e raro e caloroso em nossos peitos; e, tal como o ar, não fomos capazes de impedir que escapasse.

Em vez disso, eu lhe dei um beijo no rosto, que estava quente e macio, e por um segundo eu quis mais, e no outro segundo o querer lutou contra a vergonha e o arrependimento de ter levado aquele garoto até ali, pelo tamanho do problema que lhe causara, pelo modo estranho como as coisas acabaram. No terceiro segundo, só conseguia me sentir horrível.

Sebastian sorriu e tocou a minha mão.

— Por algum motivo — ele disse —, sinto que arruinei tudo.

— Não arruinou — respondi. E não era mentira.

A caminho de casa, chequei as mensagens que perdera ou ignorara. Outra de Grace. Outra de David. Uma ligação da clínica. E uma mensagem de Ezra:

Siga o dinheiro.

Ainda não conseguia odiar Ezra totalmente. Pelo menos era honesta sobre suas artimanhas. Pelo menos ela não pediu desculpas.

Fui para a escola no dia seguinte, o que pareceu um erro.

Grace e Carrie me fuzilaram com perguntas para as quais eu não tinha boas respostas — onde eu estava? Havia algum problema? Eu estava bem? Disse-lhes que estava doente, mas acho que elas não acreditaram. Carrie era educada demais para admitir, mas assim que ela saiu (para nadar — a equipe continuava invicta), Grace me agarrou pela manga da blusa e me olhou feio.

— Você está de sacanagem, Mar — disse. — Não sei por que está mentindo, mas não está enganando ninguém. O que está acontecendo?

Eu também não tinha uma boa resposta para aquela questão. Livrei meu braço e a encarei feio de volta, depois saí correndo.

Depois da escola, peguei um ônibus até o escritório de David Ginn. Eu o encontrei no corredor, mexendo em sua porta. Ele não me viu, então fiquei observando por um momento. Seus ombros se curvavam, cansados, e ele soltou um suspiro frustrado enquanto tentava abrir a fechadura teimosa. No minuto seguinte, ele me notou, então acenei e fingi que tinha acabado de chegar. Seu rosto ficou mais animado e seus ombros também ficaram mais leves e relaxados.

— Marjan! — exclamou. — Estava preocupado com você. Está tudo bem? — Confirmei e sorri da melhor maneira que consegui. Nada estava bem, mas eu não iria tentar explicar. Ele suspirou, aliviado. — Que bom que veio. Temos trabalho a fazer.

— Eu sei — concordei. — Na verdade, vim por outro motivo, mas também podemos conversar sobre a coisa da folha de pagamento. Queria dar uma olhada em alguns dos velhos registros do meu pai.

— A "coisa da folha de pagamento" é muito importante. — Com um ofego cômico, ele abriu a porta.

Vinte minutos mais tarde, nós havíamos cancelado a compra de alguns materiais e decidido atrasar a prestação da máquina de radiografia até que os negócios se estabilizassem. Caso se estabilizassem.

— É sempre assim? — perguntei. — Tipo, com o meu pai. Sempre foi assim com ele também?

— Sempre há escolhas difíceis a serem feitas, se é isso o que está perguntando — ele disse.

— Como meu pai conseguia fazer todas essas escolhas difíceis? — perguntei.

— Bom — David disse —, para administrar um negócio, qualquer que seja, mas principalmente um negócio pequeno, é preciso acreditar nele. É preciso acreditar nele a ponto de que as outras pessoas também passem a acreditar, mesmo se não houver nada ali. Mesmo se for apenas uma ilusão. É um pouco como se fosse mágica.

— Só isso? — indaguei. — Foi assim que Jamsheed Dastani escapou da falência? Ele *acreditava?*

David suspirou.

— Às vezes nós movíamos algumas coisas de lugar — ele disse. — Um pequeno desvio de rota. Deixávamos alguns pagamentos atrasados para conseguir pagar outros, e segurávamos as pontas. E, às vezes, nem mesmo a mágica era suficiente, e Jim colocava dinheiro do próprio bolso.

— Do próprio bolso?

— Algumas vezes — David disse.

— De onde vinha? Esse dinheiro?

— Eu nunca perguntei — David assumiu —, e ele nunca me contou.

— Eu quero ver — declarei. — Quero ver tudo que você tiver dele. Tudo que tiver da clínica, até onde conseguir chegar.

David suspirou forte, sacudindo a cabeça.

— Isso vai tomar um pouco de tempo, Marjan — ele disse. — E não sei se vai descobrir algo que já não saiba.

Meia hora depois, David e eu emergimos de seu prédio com três caixas cheias de recibos e uma pilha de livros de contabilidade.

— Hoje o dia está tranquilo — ele comentou. — Que tal se eu levá-la para casa de carro?

Colocamos as caixas no porta-malas, depois fui para o lado do passageiro.

— David — eu disse, quando já estávamos andando —, posso fazer uma pergunta?

— É claro — ele respondeu.

— Como você conseguiu se manter amigo do meu pai por tanto tempo? Acho que... acho que quando ele morreu, você era o único amigo que restava. Ele se afastou de todo mundo, menos de você.

— Ele precisava de mim — disse. — Se não fosse por mim, a clínica teria entrado em falência em seis ou sete ocasiões diferentes. Mas, além disso, eu diria que nós nos encontramos no momento exato. Às vezes, as pessoas surgem e elas são exatamente de quem precisamos.

— Mas que benefício você tirava disso? — perguntei.

David pensou um pouco.

— Além de ter um amigo? — ele sugeriu por fim. — É bom se perceber útil, saber que está fazendo diferença na vida de alguém. A maioria dos clientes esquece que eu existo onze meses por ano. Mas com o seu pai, eu sempre podia ajudar. E acho que era isso que eu tirava da nossa relação. — Ele parou, como se estivesse considerando se deveria dizer o que tinha em mente. — Sabe, em uma das últimas conversas que tive com Jim, ele disse que iria consertar as coisas.

— Como assim? — perguntei.

— Olha — David disse. — Não é da minha conta, mas sei que a relação de vocês dois não era muito boa. Imagino que estava falando sobre isso. Acho que ele nunca teve a chance…

— Não — interrompi —, nunca teve.

— Sinto muito por isso.

— David — chamei —, você sabe por que meu pai deixou o Irã?

— Ele nunca lhe contou?

— Eu nunca perguntei — respondi. — Sempre pensei que tinha vindo para cá por causa da faculdade. Mas é bem longe para ter vindo só para estudar. E acho que ele nunca voltou.

— Deve ter sido difícil — David disse —, se ajustar à vida em um lugar tão diferente. Não consigo imaginar como seria, tamanha mudança, e tão rápido.

— Ele chegou a conversar com você sobre isso?

— Ele guardava muitas coisas — David falou. — Acho que ele não queria parecer "iraniano demais", ou algo assim. E talvez tenha simplesmente trancafiado essa parte de si mesmo longe das vistas das pessoas que conheceu aqui. As pessoas fazem isso às vezes. Enfiam uma parte delas dentro de uma caixa e tentam esquecer que existe. Eu gostaria que ele tivesse compartilhado mais, com todos nós.

Hesitei antes de fazer a próxima pergunta.

— Ele chegou a falar alguma coisa sobre Ithaca? — perguntei.

David negou com a cabeça.

— Não me parece familiar.

— E quanto a… — Parei de novo. Tinha a inquietante sensação de que havia dois mundos colidindo diante dos meus olhos. — Vance Cogland? Esse nome lhe remete a algo?

De novo, um momento pensativo, seguido por uma negação.

— Acho que não. Tenho certeza de que me lembraria desse nome.

Quando chegamos à minha casa, ele estacionou na frente da garagem e nós descarregamos as caixas. Depois que estavam empilhadas diante da porta, ele fechou o porta-malas, como um gesto de encerramento, abriu os braços e me deu um abraço.

— Venha nos visitar algum dia — disse no meu ombro. — Venha jantar.

Comecei com os livros de contabilidade. Passei página por página, correndo o dedo pela coluna de créditos. Anotava a data de qualquer quantia suspeita. Encontrei vários pagamentos que deduzi serem dos Fell — simples transferências bancárias parecidas com a que recebi por ajudar o violino yokai de Kent. Não era um valor alto, mesmo no decorrer dos anos. Jane Glass estava certa. A maioria das pessoas não tinha o dinheiro necessário para sustentar velhos grifos. Depois de passar por todas as páginas, encontrei uma dúzia de pagamentos não identificados para a clínica ou classificados apenas como DINHEIRO VIVO.

Em seguida, distribuí o conteúdo das caixas no chão da sala de estar. Os papéis acabaram em três pilhas que se espalhavam em todas as direções. Preparei uma jarra de café e comecei a vasculhar os recibos, um por um. Malloryn estava trabalhando, mas Zorro me observava com atenção.

Os papéis voltavam até a data que David começara a trabalhar para o meu pai. Vinham, em sua maioria, de fornecedores típicos de uma clínica veterinária. Pedidos de medicamentos para fornecedores farmacêuticos. Recibos para clientes. Contas de luz. Recibos de combustível.

Era uma tarefa lenta e frustrante. Perdi muito tempo tentando decifrar palavras que estavam gastas demais para serem legíveis. Mas consegui conectar alguns créditos suspeitos com procedimentos perfeitamente comuns da clínica.

Depois de vasculhar uma pilha com papéis corroídos por ratos, tive vontade de desistir. Eu não parecia estar mais perto das respostas. Não sabia se dali sairia algo além de cortes de papel e mofo tóxico. Até então, seguir o dinheiro não me levara a lugar algum — principalmente porque havia tão pouco dinheiro a seguir.

Mesmo assim, guardei todos os papéis já vasculhados em um grande saco de lixo e segui para a pilha seguinte. Uma hora depois, terminei a segunda pilha e me preparei para atacar a última. Se havia algum rastro de dinheiro para seguir, começaria dali. Peguei o primeiro recibo e olhei a data, e fui atingida por uma onda de náusea.

Era uma conta hospitalar. Eram documentos do ano em que minha mãe morreu.

A conta, impressa no papel timbrado estéril do hospital, desencadeou uma enxurrada de imagens. O horrível padrão do piso da sala de espera e seu verde nauseante e seu estriado que lembrava fatias de mortadela. As fotos imensas de montanhas e florestas que forravam as paredes. O padrão de buracos no teto de gesso no quarto onde minha mãe ficara. A qualidade translúcida de sua pele.

Senti um peso em minhas entranhas, lembrando do tédio esmagador dos dias que ela passara lá. Não havia descanso ou conforto. As cadeiras eram muito duras e estreitas. Os lençóis e cobertores eram finos e ásperos demais. Todas as superfícies pareciam vagamente hostis. Sempre havia algo zumbindo, clicando ou emitindo bipes.

Ficávamos lá por horas em alguns dias. Eu fazia o dever de casa no canto do quarto, às vezes encolhida em uma cadeira, às vezes sentada sobre o agasalho naquele chão nojento, e minha mãe lia os livros que meu pai lhe trazia. Às vezes nós conversávamos, e às vezes meu pai saía para comprar comida no restaurante chinês que ficava na mesma rua do hospital e me trazia *chow mein* e rolinhos-primavera com molho agridoce para comer no saguão. E às vezes alguém vinha me levar embora — um amigo, um dos funcionários da clínica — e meu pai ficava.

Fazia anos que eu não pensava em nada daquilo. Deixara aqueles sentimentos intocados, e agora eles pareciam enormes e estranhos dentro de mim. Joguei a conta fora, enfiei bem no fundo do saco de lixo, desejando nunca ter pousado os olhos naquilo. Passei correndo pela pilha final, com uma atenção precisa e furiosa e implacável. E, no meio da busca, encontrei algo.

Um único recibo amassado do restaurante OK Diner, na Rua Cinquenta em Lubbock, no Texas. Uma xícara de café, uma porção de fritas. Marcado como feito às 3h15 da manhã, três meses depois da morte da minha mãe e um dia antes do corpo de Vance Cogland ser achado nos fundos de sua loja de penhores.

Naquela noite, pensei muito sobre o meu pai e todos os segredos que partiram com ele. O que ele quis dizer quando disse para David que queria consertar as coisas? Será que tinha algo a ver com os cinco pagamentos não declarados para a clínica, todos justo quando o negócio estava prestes a falir? Será que tinha relação com a morte de Vance Cogland? Será que ele de fato queria se reconciliar comigo, e, se sim, o que isso significava? Ou será que estava falando sobre o animal inquieto se remexendo no chão daquele celeiro em Ithaca?

Fiquei pensando no dinheiro. Será que veio de pessoas como a família Stoddard? Ou de pessoas como Horatio, ou dos Fell? Sempre pensei que ele ao menos era um médico honrado, mas quão honrado realmente era? O que havia no fim da trilha do dinheiro, e será que isso me deixaria mais perto de encontrar seu assassino?

Fiquei pensando sobre o que teria aproximado Vance Cogland do meu pai. Será que meu pai estava lá quando ele morreu? Por um breve momento, eu me perguntei se meu pai o havia matado. Não podia imaginar meu pai sendo um assassino, mas quanto mais eu via de seu mundo, mais percebia como não o conhecia.

Também pensei em Malloryn, dormindo em seu quarto, que nunca parou de acreditar que seus feitiços cairiam nas graças dos espíritos. Será que era isso que seria preciso, se eu quisesse manter a clínica funcionando? Será que eu precisaria me tornar como ela, casada com uma fé inabalável? Será que eu *conseguiria*, mesmo se realmente quisesse, me tornar alguém assim?

Pensei em Sebastian. O que eu sentia por ele se tornava cada vez mais complicado conforme o tempo passava; mais confuso. Ele tinha um coração tão grande, tão transparente, tão vulnerável. Eu partiria o coração dele — podia sentir o momento se aproximando. Eu o temia.

E pensei em minhas amigas, meus professores, os rostos que eu via todos os dias. Estava ciente das muitas coisas que não sabia sobre eles. Havia vidas inteiras por detrás, cheias de maravilhas e lutas invisíveis, e talvez monstros.

Um pensamento me ocorreu. Oito anos atrás, Jane Glass me dissera, algo acordara. Oito anos atrás, meu pai esteve em Lubbock. Será que o assassinato de Vance Cogland foi o sinal? Será que havia uma criatura na sala naquele dia, com meu pai e Cogland? E, se fosse o caso, o que isso significava?

Na fronteira nebulosa do sono, senti o eco do poder selvagem do unicórnio: um espasmo nos joelhos, meu coração se acelerando de súbito e me fazendo sentar na cama. Estava dentro mim. Sempre esteve, mas agora estava vivo. Corria em mim.

Eu me perguntei, meio sonhando, se era possível atirar uma flecha através do tempo e atingir aquele momento na clareira, quando uma garota abriu a armadilha de um caçador. Imaginei como seria a trajetória da flecha, e que outros momentos ela teria que atravessar para chegar até lá saindo daqui. Fiquei pensando por que seria eu, dentre todas as pessoas, quem atiraria essa flecha.

CAPÍTULO VINTE E QUATRO

A LOJA DE CHÁ

Na manhã seguinte, tirei uma foto do recibo de Lubbock e enviei para Ezra, junto a uma mensagem:

Ele esteve lá.

Instantes depois, o telefone tocou.

— Parece que o seu pai testemunhou um assassinato — Ezra disse. — No mínimo.

— O que quer dizer com isso? — perguntei.

— Faça as contas, Marjan.

— Meu pai não era um assassino — eu falei.

— Provavelmente não — Ezra disse. — Mas conhecia um.

— Tem mais uma coisa — falei. Contei a ela sobre os cinco depósitos em dinheiro misteriosos.

— Datas e quantias — ela pediu.

Passei todas as informações que tinha. Do outro lado da linha, silêncio.

— Ezra? — chamei. — Você ainda está aí?

— Sim — ela disse.

Embora tenha sido ela quem me seguiu, embora ela tivesse quase roubado o unicórnio de mim, eu sentia uma pontada de arrependimento, como se *eu* a tivesse traído ao ter ligado para os Fell.

— Eu… — comecei a dizer.

— Não precisa se desculpar — ela disse. — Faz parte.

— Você tem certeza?

— Não somos amigas — continuou. — Estou fazendo meu trabalho. E vou continuar, você gostando ou não.

Ela desligou.

O carro estava parado com o motor ligado quando as aulas acabaram naquela tarde. Não dava para saber desde quando estava lá. Quando me aproximei, o motorista ergueu os olhos, e reconheci o Sam.

— Oi, Marjan! — ele disse, abrindo um grande sorriso amigável.

— Hum, oi, Sam — falei. — O que se passa?

— Vim aqui te buscar.

— Para onde estamos indo? — perguntei. Rapidamente chequei o telefone. Não havia mensagens sobre gnomos com incontinência.

— Horatio quer conversar com você — Sam informou. — Ele está aqui na cidade hoje.

Grace e Carrie conversavam debaixo de uma árvore perto dali. Era capaz de sentir as duas me olhando.

Não é nada — apenas um amigo do meu pai.

— Ei, Sam? — eu disse.

— Sim? — Outro grande sorriso fácil.

— Estou encrencada?

Ele me olhou com uma expressão confusa.

— Por que você estaria encrencada? — perguntou.

Depois de considerar gritar por socorro, decidi que seria honesta sobre o que acontecera e imaginar que Horatio entenderia. Ele já tinha animais suficientes, não é mesmo? Não poderia se importar tanto assim com um a mais.

Sam desceu do carro e abriu a porta para mim, depois voltou para o assento do motorista. Grace e Carrie ficaram me olhando partir, os olhos cheios de perguntas. Acenei ao passar por elas. Eu podia sentir minha vida se tornando cada vez mais diferente da delas.

Cruzamos a Bay Bridge e entramos no centro da cidade. Sam era educado e conversava bastante, mas eu não tinha muito a dizer. Quando chegamos ao destino — um dos hotéis chiques do centro —, eu estava inquieta e um pouco enjoada.

— Ele está esperando por você no bar — Sam disse quando me deixou sair.

No meio da tarde, o público do bar daquele hotel consistia em homens e mulheres falando de negócios e trocando cartões de visita, todos usando o crachá de alguma conferência profissional. Avistei Horatio imediatamente. Ele havia reservado uma mesa em uma cabine no canto mais afastado do lugar, e bebericava em um copo alto que parecia ser água tônica. As mesas ao lado estavam vazias. Ele ergueu o queixo para mim e levantou o copo na minha direção. Depois, indicou que eu me sentasse à sua frente.

— Você falou com os Fell — ele começou. Não parecia muito preocupado que alguém pudesse nos ouvir. — As paredes aqui têm uma proteção acústica especial. As conversas não saem daqui. Tudo que se escuta é um zumbido.

Ele parou de falar para que eu pudesse escutar.

— Dizem que um ruído constante é produzido — continuou. — Mas duvido que alguém tenha verificado. Às vezes só é necessária uma boa história. — Ele parou. — Tenho certeza de que os Fell lhe disseram que mantêm o equilíbrio. Não é mesmo?

— Hum, sim…

— Isso dá um ar de nobreza ao verdadeiro propósito deles.

— E qual é esse propósito?

— Controle — Horatio disse. — Eles querem controlar os animais. Todos eles. E controlaram, por muito tempo. E agora não controlam mais, e isso os aterroriza.

— Como eles os controlam? Quer dizer, eles não *ficam* com os animais.

— Sabem onde encontrá-los. É um grande poder, se souber como usar. E eles o vêm usando por séculos. Eles chegaram a lhe contar sobre o Índice Mestre?

— O que é isso? — perguntei.

— É um número — Horatio explicou —, estimado por cerca de mil fatores diferentes. Alguns são óbvios: o PIB dessa ou daquela nação, a soma total do dinheiro em circulação, o preço das ações dessa ou daquela empresa. Outros são menos intuitivos: o nível médio de felicidade ou da saúde de um cidadão desse ou daquele país. E alguns, os mais divertidos, requerem um conhecimento aprofundado do bem-estar e do paradeiro das criaturas.

— E o que há de tão especial sobre esse Índice?

Horatio sorriu.

— Pode ser a melhor métrica já formulada sobre a condição humana. Mas não é para isso que os Fell o criaram. E não é assim que o usam. — Ele chegou mais perto e passou a falar mais baixo. — É um oráculo. Se apostar no Índice, é possível enriquecer. — Ele sorriu de novo e olhou ao redor. — Mas só funciona se você souber onde eles estão.

— Então não é verdade? O equilíbrio?

— Tem um fundo de verdade, é claro. Suficiente para servir de desculpa para muita coisa ruim.

— Como você sabe disso tudo?

Ele sorriu com orgulho.

— Como acha que os Fell analisam todos os dados que coletam?

— Você usa o seu software para espioná-los — concluí. Horatio colocou o dedo na frente dos lábios.

— É importante você saber que os Fell não são seus amigos. — Fez uma pausa. — E, apesar do que aconteceu nos últimos dias, *eu* ainda gostaria de ser.

— Não está bravo comigo?

— Eu entendo o que você fez — Horatio disse. — Tenho certeza que Ezra também.

Torci para que Ezra não tivesse tido muitos problemas por ter perdido o unicórnio.

— Ela não teve culpa — disse.

— Nós dois a subestimamos — Horatio disse. Ele sorriu de novo e ergueu o copo. — Agora, Sam vai levá-la de volta para casa. Estou contente por termos conversado.

Deixei o encontro toda arrepiada. Lá no fundo, sentia como se algo muito importante houvesse saído muito errado. E que, por algum motivo, a culpa era minha.

Com o passar dos dias, porém, aquele medo começou a desaparecer. Nada de ruim havia acontecido, e eu começava a sentir que nada de ruim aconteceria. Na verdade, chegava a parecer que coisas boas estavam começando a acontecer. Tivemos um mês decente na clínica. Zorro tomou a primeira dose de melarsomina sem reclamar. Eu me saí bem em todas as provas.

Para celebrar o começo das férias de inverno, embarquei com Carrie e Grace na Baleia Azul e subimos as colinas do Tilden Park em uma tarde gelada. Fizemos um piquenique com vista para a baía durante o pôr do sol. Na volta, o ar frígido uivava através da abertura das janelas, atingindo-nos em todas as direções até que começamos a sentir dor no rosto. Praguejamos contra o cheiro de mofo da Baleia Azul e começamos a rir.

Eu e Malloryn já tínhamos decidido que não faríamos nada especial no Natal daquele ano. Mas nenhuma bruxa que se leva a sério deixaria o solstício de inverno passar batido. Na véspera do solstício, Malloryn fez sidra quente e pães doces. Convidei Francesca Wix, que trouxe alguns caquis de seu quintal.

— Eu li que é uma tradição persa comer caqui no solstício.

— Meu pai não ligava muito para tradições — eu disse. — Mas ele gostava de caqui.

Enquanto a casa era preenchida pelos cheiros aconchegantes de cravo e pão no forno, nós três comemos e bebemos em homenagem ao fim da estação.

Malloryn acendeu velas pela casa e apagou as luzes para que sentíssemos um pouco mais da escuridão da noite mais escura do ano. Nós nos revezamos na leitura de poemas sobre o inverno — "The Shortest Day", de Susan Cooper; "To Know the Dark", de Wendell Berry; "Spellbound", de Emily Brontë. À luz das velas e ao som de nossa voz na casa silenciosa, o mundo parecia muito mais velho. As palavras deixaram a noite mais profunda, a sidra mais quente, os caquis mais doces, o ar lá fora mais frio.

Não era magia, mas era um feitiço.

Depois de cada uma ler um poema, e depois de ficarmos sentadas na companhia do silêncio ancestral que conjuramos, Francesca deu boa-noite e voltou para casa para cuidar de seus cachorros. Malloryn pediu licença para ligar para os pais. E eu subi até o andar de cima e me sentei na cama do meu pai.

Com uma xícara de sidra na mão, as palavras abafadas que Malloryn dirigia de modo gentil aos pais, a gélida memória de descer a colina com Grace e Carrie... o mundo estava começando a ficar confortável. Conseguia me sentar na escuridão com a ausência do meu pai e não me sentir totalmente consumida pela raiva.

Ainda sentia em mim o gosto do caqui, doce como mel. Será que eu me lembrava daquele sabor, no fundo dos ossos, de alguma outra vida, em algum ponto da Linhagem Hircaniana? Ou será que alguns momentos apenas se diferenciam: *Uma garota come caquis na noite mais escura do ano.*

Talvez da última vez o chá estivesse sendo preparado no samovar. Talvez uma família se encolhesse em frente à lareira. Talvez a lua estivesse subindo sobre o monte Damavand. Talvez as estrelas se refletissem nas águas do mar Cáspio.

Todos esses lugares e momentos pareciam muito distantes, mas naquele instante me sentia conectada a eles — às pessoas que os viveram, ao longo de toda a vasta Linhagem Hircaniana.

Isto é a sua cultura, Marjan.

Eu não sabia o que deveria ser. Quem foram meus ancestrais. Pareciam-me fantasmas — pessoas imaginárias sem nomes, sem rosto, em uma terra que eu nunca vi.

Mas um caqui tem o mesmo sabor em qualquer lugar.

No segundo dia do Ano-Novo, Jane Glass me ligou.

— O leilão será hoje — disse. Parecia um pouco nervosa.

— Você podia ter avisado com um pouco mais de antecedência — falei.

Jane não disse nada sobre isso, mas, por seu tom de voz, fiquei com a sensação de que ela também gostaria de mais tempo para se preparar.

O motorista de tatuagens assustadoras veio me pegar na clínica. Pensei no alerta de Horatio, mas eu queria ir até o fim. E tinha perguntas para Jane, ou para qualquer pessoa que as ouvisse. O motorista sorriu de leve ao me entregar o capuz para colocar na cabeça.

— Ainda precisamos disso? — indaguei.

Ele deu de ombros e não disse nada. Cobri minha cabeça com o capuz.

Andamos de carro por um tempo. O motorista não disse nada, e eu não estava a fim de conversar com um saco na cabeça. Finalmente o carro parou e a porta se abriu. Senti a luz do sol e ouvi sons de pássaros. Pisei sobre um chão de terra e o motorista tirou o capuz da minha cabeça.

Estávamos no fim de uma estrada estreita e solitária que contornava colinas repletas de grama seca e arbustos. À frente, em uma clareira perto de um carvalho de tronco retorcido, havia uma pequena casa temporária com paredes de vinil e janelas de vidro fosco, um trailer industrial típico de canteiros de obras. O vinil estava gasto e quebradiço. Um grande amassado havia sido reparado. Uma das janelas havia caído ou sido arrombada, e a abertura estava coberta com um pedaço de madeira compensada. Alguns carros sortidos estavam estacionados por perto de qualquer jeito. Nenhum deles se destacava, nenhum deles tinha placa. Com exceção do meu motorista, não havia ninguém por perto, e não havia nenhum som que não fosse comum da natureza.

— Ali? — perguntei. O motorista assentiu, mas não se mexeu. — Você vem junto?

Ele negou.

Dei um passo na direção do trailer, e, quando fiz isso, a porta se abriu rangendo no batente, apenas uma fresta. Ficou parada daquele jeito, uma questão em aberto pendendo de dobradiças frágeis.

— Olá? — chamei. Minha voz parecia pequena entre as colinas. A palavra pareceu afundar no gramado sussurrante. Ninguém respondeu.

Meu coração quase parou, mas mantive a calma. Seja lá o que fosse acontecer, lembrei a mim mesma, eu estava ali em busca de respostas e, de um jeito ou de outro, iria descobri-las. Respirei fundo, depois atravessei o gramado amassado pelos pneus dos carros até o trailer, abri a porta e entrei.

O interior do trailer era barato, cafona e malcuidado. No teto, havia luzes levemente verdes e um pouco fortes demais. O chão era liso, com ladrilhos de plástico e junções sujas. A paredes eram imitação de madeira.

Havia uma longa mesa no centro do trailer, e ao redor delas várias cadeiras dobráveis pretas.

De pé na cabeceira da mesa estava Jane Glass, que acenou para que eu me aproximasse. Sentado à mesa estava um homem pequeno de pele marrom-escura e olhos cerrados por trás dos óculos. A seu lado, havia uma mulher com cabelos cacheados e espessos tingidos de um tom forte de vermelho e que usava blush demais no rosto. Do outro lado, havia um homem com uma barba rala e pele oliva. Os três usavam roupas que pareciam ao mesmo tempo caras e desleixadas. Os três eram mais velhos do que o meu pai. No centro da mesa, havia uma chaleira antiga feita de ferro fosco preto. Parados junto à porta, quase bloqueando o caminho, havia dois homens grandes que me observavam com olhos frios e vazios.

— Sente-se — Jane disse.

Um dos homens grandes puxou uma cadeira, e eu me sentei. Jane Glass também se sentou, ao lado do homem barbado. Por algum motivo, parecia que todos eles estavam sentados à minha frente, como se eu tivesse chegado para uma entrevista de emprego particularmente sádica. Todos me encaravam.

— Então, aqui é a Loja de Chá — concluí.

A mulher de cabelos cacheados riu alto, uma risada fria e afiada como o fio de uma navalha.

— Eu odeio esse nome — Jane falou. — Faz muito tempo que já não existe uma loja de chá.

— Não é possível que todos vocês sejam parentes — eu disse.

— Você encara as famílias como um acidente das circunstâncias — o homem de pele escura comentou. Sua voz era grave e severa, cada sílaba esculpida com cuidado. — Um acidente guiado, talvez, por expectativas culturais ou aspirações pessoais, mas, ainda assim, um acidente. — Fez uma pausa. — A nossa família sempre foi bastante deliberada.

— A senhorita tem muita sorte de poder estar aqui — disse-me o homem de barba. Tinha um sotaque que eu não reconhecia. — Não é algo que a maioria das pessoas vai poder testemunhar.

— Jane insistiu muito — a mulher explicou com um tom condescendente. — Não aceitaria um "não" como resposta.

— Eu lhes disse que não conseguiriam o unicórnio a menos que a deixassem estar presente — Jane disse.

— Quem foi mesmo que disse que estava na hora de o comitê de leilão receber sangue novo? — o homem de barba perguntou.

— Não olhe para mim — a mulher se defendeu. — Ainda acho que ela trapaceou no teste.

— Farei o teste de novo, e vou acertar tudo de novo — Jane retrucou, com uma voz que me deixou um pouco orgulhosa de estar sentada a seu lado. — Talvez você devesse fazer o mesmo.

— De qualquer maneira, aqui estamos — o homem pequeno disse. — Podemos começar?

O homem de barba pôs a mão no bolso do velho casaco. Quando a retirou, ele segurava um envelope fino feito de couro. Um silêncio recaiu sobre a sala.

Jane deslizou a cadeira para o meu lado da mesa.

— Esses são os lances — explicou. — Os compradores dão seus lances nas salas de lance. Os agentes de campo os coletam e nós decidimos quem vence.

Ele abriu a aba do envelope. Dentro, havia vários sacos de plástico, cada um contendo uma tira de papel. Ele os removeu e os deixou sobre a mesa, na frente da chaleira. Cada pedaço de papel envolto em plástico tinha um ponto marrom-avermelhado.

— Isso é sangue, né? — eu disse.

— É claro que é — Jane concordou. — De que outra maneira teríamos certeza?

— Certeza do quê?

— Você vai ver.

O homem pequeno tirou de dentro do envelope um par de pinças prateadas. Deslizou as pinças dentro de um dos plásticos, prendeu o pedaço de papel e o puxou para fora. Jane Glass ficou em silêncio. Observava com uma atenção extasiada quando ele apanhou a tampa da chaleira com a mão livre e deixou uma fresta. Deslizou as pinças pela abertura e soltou o papel dentro do pote. Depois, tirou as pinças e fechou a tampa o mais rápido possível.

— Rubicão — disse.

Todos ficaram olhando para a chaleira. Parecia martelada a mão a partir de ferro pesado e fosco. A superfície era cheia de amassados e arranhões, e suas dimensões pareciam estranhamente incorretas. Não ficava totalmente firme sobre a mesa, e era um pouco maior do que seria prático para uma chaleira. Tinha um cabo de madeira gasta e um bico curvado.

Um som, algo como um fósforo sendo riscado, pareceu ecoar de dentro da chaleira. Ouvi Jane Glass suspirar desapontada, e o velho homem praguejou consigo mesmo. Logo depois, uma nuvem de fumaça subiu pelo bico da chaleira.

— Não vai ser esse aí — o homem velho disse.

— Seria mais fácil simplesmente aceitar o maior lance — Jane explicou. — Mais lucrativo também. Não tem ninguém acima de nós. Somos a autoridade final. A única autoridade. E as pessoas estão dispostas a pagar… — Sacudiu a cabeça, incrédula.

— De quanto era o lance? — sussurrei. — Esse que acabou de ser rejeitado?

— Quatro bilhões de dólares — falou a mulher de cabelo vermelho. Os dois homens trocaram olhares de tristeza.

— Por que foi rejeitado? — perguntei. — O que acabou de acontecer?

— Você faz perguntas demais — disse o homem de barba sem erguer os olhos para mim.

— Não, ela não faz — Jane respondeu. O velho disparou um olhar de cautela para o outro lado da mesa. — Ela é Hircaniana — Jane continuou. — Ela deveria saber. — Então se voltou para mim. — Dentro da chaleira — disse —, existe um dragão.

— Um dragão? — repeti.

Por um momento, ninguém falou nada. Uma fina e secundária nuvem de cinzas subiu da chaleira, como se para enfatizar a rejeição. Os membros mais velhos da família Fell compartilharam um olhar desconfortável. Jane se ajeitou na cadeira, totalmente inabalada.

— Tia Clara — disse —, você é quem sabe contar melhor.

A mulher de cabelos vermelhos se eriçou ao ouvir o próprio nome. Olhou para os outros, que assentiram com uma resignação relutante. Então, ela se encheu um pouco de orgulho e limpou a garganta.

CAPÍTULO VINTE E CINCO

O JOVEM QUE COMPROU UM DRAGÃO

Era uma vez, muito tempo atrás, um jovem rapaz que nasceu em tempos difíceis. Sua única família era a mãe, mas ela morreu quando ele era pequeno, e ele precisou encontrar seu caminho no mundo sozinho.

O jovem ganhava muito pouco vendendo peles de coelho no mercado da cidade. A mãe o havia ensinado como apanhar coelhos nos arredores da cidade usando uma caixa e uma vareta. A cada semana, ele levava as peles para o mercado. No máximo, conseguia colocar um pão na barriga e um parco travesseiro sob a cabeça. Passava muitos dias com fome e muitas noites dormindo encolhido no chão da rua, recostado em pedras, ou aninhado nas raízes de uma velha árvore.

Antes de morrer, a mãe do jovem havia lhe dado toda sua fortuna — cinco moedas de cobre — e lhe dissera que as usasse para melhorar de vida. Cinco moedas de cobre não era muito, mesmo naqueles dias, mas o jovem as guardou como se fosse a maior riqueza do mundo.

Passou anos tentado a gastar seu pequeno tesouro. Ele ficava olhando as fileiras de apetitosas salsichas nas vitrines dos açougues e as bandejas de guloseimas nas bancadas das padarias. Passou muitas noites no chão duro, sonhando com as salsichas e as guloseimas pelas quais cinco moedas de cobre poderiam pagar, e tremendo a cada ronco de sua barriga vazia. Mas mesmo estando há dias sem comer e as salsichas o chamarem pelo nome em sussurros açucarados e defumados por trás das vitrines, ele nunca cedeu à tentação dessas guloseimas, ou a nenhuma outra.

Em um certo dia no mercado, uma senhora idosa chegou à cidade em uma carroça de madeira puxada por dois burros velhos e maltratados. A idosa estacionou a carroça na praça e ergueu uma pequena barraca que vendia cristais e outras bugigangas cintilantes. O brilho de um espelho de prata chamou a atenção do rapaz do outro lado do quarteirão, e ele atravessou a praça para olhar as estranhas mercadorias da velha.

— Um amuleto antigo para um bonito jovem? — ela disse, oferecendo-lhe um colar de estanho com um símbolo desconhecido. — Para afastar os maus espíritos?

— Acho que não posso pagar por algo assim — disse o jovem. — E, de qualquer maneira, nunca vi nenhum espírito mau.

— Então uma bolsa — a mulher sugeriu, mostrando uma bolsa resistente de couro. — Uma bolsa sem fundo. Leve o mundo inteiro consigo, se assim desejar.

— Tenho certeza de que não posso pagar por isso — respondeu o jovem. — E, além disso, eu não teria nada para guardar aí dentro.

— Então um relógio — ela argumentou. — Se você o adiantar, ele mostrará o futuro.

— O futuro me é inútil hoje — disse o jovem. — E o sol no alto do céu é o único relógio de que preciso.

— Um cristal — ela falou, oferecendo um bloco de quartzo translúcido. — Suas faces revelam os mais profundos desejos de um homem.

— Se um homem realmente desejar muito algo, ele pedirá — respondeu o jovem.

— Quem sabe... — disse a velha senhora.

Naquele momento, o jovem avistou uma velha chaleira de ferro, pendurada em uma estaca de madeira na carroça da senhora. Era uma antiga jarra resistente com uma tampa pesada. Não havia nenhum detalhe especial, mas o jovem não conseguia tirar os olhos do objeto. A senhora seguiu seu olhar, e sem dizer palavra, apanhou a chaleira e a colocou na frente do rapaz.

— O que é isso? — perguntou o jovem.

A velha olhou para os lados, depois chegou mais perto.

— Há um dragão dentro dessa chaleira — sussurrou. — Ele é mais sábio do que a mais sábia das pessoas do reino, e trará grande prosperidade e propósito para quem o possuir.

O jovem olhou para os burros maltratados e a carroça surrada da velha e duvidou.

— Perdoe-me por dizer isso — o jovem disse —, mas a senhora não parece ter se beneficiado com a posse dessa chaleira.

A velha sorriu.

— Bem observado — falou. — Mas eu não a possuo. Apenas a carrego comigo até que encontre seu devido dono.

O jovem continuou cético.

— Parece um lugar muito pequeno para um dragão — disse.

— É um dragão muito pequeno — respondeu a velha.

— Posso vê-lo? — perguntou.

— Se abrir a chaleira mais do que uma fresta — avisou —, o dragão escapará. Mas veja… — Ela pegou a mão dele e a encostou no ferro. — Dá para senti-lo. — E, de fato, a chaleira estava quente, como se uma pequena chama queimasse lá dentro.

— Está à venda? — perguntou o rapaz. Ele tinha certeza de que não podia pagar por algo assim, tampouco sabia o que faria com um dragão dentro de uma chaleira. Mas ficou cativado por sua presença, e sabia pelos anos que passara no mercado que perguntar se algo está à venda nunca ofende.

— Poderia estar — disse a velha. — Para a pessoa certa.

— E quem — perguntou o jovem — é a pessoa certa?

Ao ouvir aquilo, a velha senhora sorriu e tirou uma longa agulha de prata de dentro das vestes.

— Isso quem decide é o dragão — disse. E, com a mão livre, agarrou o pulso do rapaz. Ela era surpreendentemente forte e, por mais que tentasse, o jovem não conseguia se desvencilhar. A velha furou a palma de sua mão com a agulha e secou o sangue com um pedaço de pergaminho. Então, soltou o rapaz e guardou a agulha.

— Por que fez isso? — exigiu saber o jovem.

A velha não respondeu. Simplesmente segurou o pergaminho enrolado entre os dedos. Ergueu a tampa da chaleira deixando apenas uma fresta, deslizou o papel embebido em sangue para dentro da escuridão, depois voltou a fechar a tampa.

Nada parecia ter acontecido. A chaleira não deu sinal de vida. Mas o jovem teve a ligeira impressão de que algo lá dentro havia se movido.

— Ora, ora — disse a velha. Então, ofereceu a chaleira para o rapaz pelo preço de cinco moedas de cobre.

O jovem hesitou.

— Certamente uma chaleira que contém um pequenino dragão deve valer muito mais do que cinco moedas de cobre.

— E vale — disse a velha. — Você pagará seu verdadeiro preço de maneiras que ainda nem consegue imaginar. Mas os meus serviços valem cinco moedas de cobre, e não aceitarei nada mais, nada menos.

— Você disse que o dragão traria prosperidade — relembrou o jovem. — Agora diz que me custará algo. Em que devo acreditar?

— Trará prosperidade, e cobrará um preço — explicou a velha. — Você encontrará um grande propósito, e será ricamente recompensado. Mas seu trabalho nunca terminará enquanto o sangue correr em suas veias.

O jovem considerou aquilo. Ele hesitou em arriscar toda sua fortuna na chaleira da senhora. Mas não temia o trabalho duro e ansiava por um propósito na vida. E havia prometido à sua mãe que usaria seu tesouro para melhorar de vida. Talvez aquela fosse sua melhor chance.

— Muito bem — disse. — Vou levá-la.

Ele entregou as cinco moedas de cobre.

— Você fez uma escolha corajosa — comentou a velha. — Qual é o seu nome, jovem rapaz?

— É Fell — ele respondeu. — Lucien Fell.

— Mestre Fell — ela disse —, o dragão é seu.

CAPÍTULO VINTE E SEIS

CUMPRINDO O DEVER

— Então é o dragão que decide? — perguntei.

— O dragão decide — Jane disse. Mas não estava olhando para mim. Estava olhando para os mais velhos do outro lado da mesa.

— Digamos que sua opinião é levada em conta — falou o homem pequeno.

— É por isso que vocês, hircanianos, são tão importantes para nós — Jane explicou. — Nada jamais pode acontecer ao dragão. Ele é a alma dos Fell. Se ele sofrer, nós sofremos. Se morrer, nós estamos liquidados.

O homem pequeno ergueu a pinça e a fechou duas vezes no ar. *Clique, clique*. Então pegou o segundo pedaço de papel e o deixou cair na chaleira.

— Recusa — anunciou.

Mais uma vez, quase que de imediato, veio o som ecoante de um fósforo sendo riscado e uma nuvem de fumaça emergiu do bico.

O homem de barba sacudiu a cabeça.

— Ele está de mal humor — disse.

— Ele não tem paciência para maus compradores. — Todos os olhos da sala se voltaram para mim. Não tinha certeza de como sabia aquilo, mas sabia. — Eu também não teria — acrescentei.

A tia Clara concordou, impressionada.

— Talvez você devesse ter sido uma Fell — comentou. — Não é tarde demais. Eu poderia te apresentar a um sobrinho.

— Não, obrigada — disse.

— Pelo menos pense a respeito — ela insistiu. — Nossas famílias, juntas. Formaríamos uma bela equipe.

— Já chega, tia Clara — Jane disse.

A mulher riu com desdém.

— A sua geração reclama demais, minha querida — falou. — Casamentos existem para serem arranjados.

— O que acontece se o dragão rejeitar todas as propostas? — perguntei.

— Então a venda não se concretiza — Jane explicou. — E continuamos buscando o comprador certo.

— O Índice — eu falei. — O que importa mesmo é o Índice.

Agora quem riu foi o homem de barba, uma risada oca e sem nenhuma alegria.

— Você parece saber muito sobre nós — disse o homem pequeno.

— O que importa mesmo é encontrar o comprador certo — Jane corrigiu.

— Ela está certa, é claro — disse o homem pequeno. — O Índice é um efeito colateral positivo de nosso bom trabalho. Não o propósito dele.

— Somos homens e mulheres honrosos — disse o de barba. Notei que ele não se dirigiu a ninguém quando falou.

O homem pequeno encarou os companheiros por um momento, depois, usou as pinças para pegar o último pedaço de papel e o deslizou sob a tampa.

— Luzente — ele disse.

Puf!

— *Tsc* — deixou escapar o homem de barba.

— Qual é a dessas palavras esquisitas? — perguntei a Jane.

— Codinomes — Jane explicou. — Os lances são anônimos, para preservar sua integridade.

— Zéfiro — disse o homem pequeno. Outro pedaço de papel. Outra nuvem de fumaça.

Um único pedaço de papel permanecia sobre a mesa. Os mais velhos se entreolharam, e o homem pequeno baixou as pinças.

— O que está fazendo? — Jane perguntou.

O homem pequeno olhou Jane com severidade. Seu bom humor e paciência haviam se esgotado. Havia uma escuridão pura e fria em seus olhos. Com um suspiro, voltou a pegar as pinças.

— Caraval — disse.

E então o fósforo sendo riscado.

E então a fumaça.

Um longo silêncio tomou conta da sala.

— O dragão não escolheu ninguém — falei. — Então agora vocês continuam procurando um comprador, certo?

Ninguém respondeu. O homem de barba se ajeitou desconfortavelmente na cadeira e se recusou a me olhar nos olhos.

— Talvez — comentou o homem pequeno — seja hora de a sua amiga nos deixar.

Jane olhou para o rosto de cada um.

— Não — ela disse. — De jeito nenhum!

— Não há necessidade de fazer uma cena — avisou tia Clara.

— A sua tia está certa — concordou o homem de barba. — Quanto menos for dito, melhor.

— Foi um prazer conhecê-la, srta. Dastani — acenou o homem pequeno. Senti alguém puxando minha cadeira para trás. Um dos homens grandes e silenciosos que ficara nas sombras.

— Não — Jane retrucou, e o homem grande congelou no lugar. — Ela fica. Quero que ouça isto. Quero que ela veja.

Ninguém falou nada. O homem de barba olhou para tia Clara, que estava do outro lado da mesa.

— Não olhe para mim — ela se defendeu. — Não fui eu que a eduquei.

— Como assim? — perguntei para Jane. — O que está acontecendo?

— O que acontece — Jane disse, entre dentes — é que eles vão ficar com o dinheiro. O dragão não decidiu, então eles vão aceitar a maior oferta.

— Espera um pouco — falei. — E se houver mais uma oferta?

Todos se voltaram para mim.

— E que oferta seria? — perguntou o homem de barba.

Encarei-o com determinação.

— A minha — eu disse.

Ele recuou, estarrecido.

— Você é Hircaniana! — bufou. — Você não pode dar um lance!

— Quem disse? — respondi.

— Ela tem tanto direito como qualquer um — Jane disse. — Eu mesma vou colher o lance.

Antes que alguém pudesse reclamar, Jane tirou uma faca pequena do bolso, pegou minha mão e fez um corte no meu dedo. Limpou o sangue com um lenço e o dobrou.

— Quanto? — exigiu saber. — Rápido! Quanto pelo unicórnio?

— Hum... — Tentei lembrar a quantia que tinha comigo. — Cinquenta pratas?

— É oficial — disse Jane, triunfal. — Marjan Dastani dá um lance de cinquenta dólares pelo unicórnio.

Então enfiou o lenço na chaleira.

— Eu não vou receber um codinome? — perguntei.

— Encheção de saco — tia Clara assumiu.

E então ficamos olhando.

A sala ficou subitamente silenciosa, tão silenciosa que consegui ouvir o lenço atingindo o fundo da chaleira. E tinha quase certeza de que, se me esforçasse, podia ouvir algo mais, algo gracioso e elegante se remexendo dentro do pote de ferro.

E então, silêncio. Nada de fósforo. Nada de fumaça.

— Temos uma vencedora — disse por fim o homem de barba. Não havia alegria em sua voz.

Outro silêncio desconfortável se seguiu.

— Ele é meu? — perguntei.

— É isso que o dragão diz — tia Clara admitiu.

— Então eu quero libertá-lo — falei. — Agora.

Ninguém respondeu.

— O dragão nem sempre está correto — disse o homem pequeno.

— Homens e mulheres honrosos — Jane repetiu.

— Quatro bilhões de dólares resolvem muitos problemas — disse o de barba, falando na direção geral de Jane. — Agora você precisa levar a srta. Dastani embora.

— Mas... eu venci — falei. — Não é mesmo? — Mas enquanto falava, podia sentir os dois homens grandes se aproximando por trás.

— Não toquem nela — Jane ordenou, batendo na mesa com a palma da mão. Levantou-se tão rápido que sua cadeira voou para trás. — Eu *sabia* que vocês fariam isso.

— Ora, Jane, minha querida — falou tia Clara. — Não é como se fosse a primeira vez.

— *Desta vez é diferente* — Jane disse.

Os mais velhos à mesa não tinham palavras diante de seu constrangimento, mas seus olhos diziam tudo. A decisão havia sido tomada e nada que fosse dito a mudaria. Eu me senti impotente e nauseada.

Com uma bufada de raiva, Jane me agarrou pelo braço e me fez levantar.

— Vamos sair daqui — rosnou.

— Os Fell estão com problemas, Marjan — Jane assumiu. — E já faz um bom tempo. O Índice. Não está mais funcionando. Nossos dados não são bons.

— Os animais desaparecidos.

— Tentamos cobrir todos os furos no sistema, mas… nós perdemos… muito — contou Jane. Ela andava de um lado para outro no gramado ao lado do carro que me trouxera até ali. O motorista estava ao volante e o motor estava ligado, mas Jane não estava pronta para ir embora.

— Eles são os piores — falou, sacudindo a cabeça. — Ninguém quer fazer o que é certo quando importa de fato. Eles são covardes. VOCÊS SÃO TODOS COVARDES!

Sua fúria foi linda e reconfortante. Com tanta raiva, as coisas podiam mudar.

— O que faremos agora? — perguntei, esperançosa e pronta para fazer o que fosse necessário.

Jane parou de andar e me olhou. De pronto, a raiva sumiu. Ela suspirou e sacudiu a cabeça.

— Nada — disse. — Não há nada que possamos fazer. Não conseguiremos mais nos aproximar do unicórnio. E assim que a venda for finalizada, será impossível saber seu destino. Então está feito. Desculpe, Marjan. Eu tentei. Tentei fazer o que era certo.

Durante mais um tempo, ficou olhando feio para o trailer.

— O pior — completou — é que acho que eles aceitariam o dinheiro mesmo se o Índice estivesse funcionando. Eles encontrariam um motivo.

Nós entramos no carro: Jane na frente, eu no banco de trás. O motorista foi pegar o capuz, mas Jane o dispensou.

— Quem se importa? — falou. — Esse lugar vai desaparecer antes mesmo de anoitecer.

Viajamos em silêncio por um tempo.

— Posso perguntar uma coisa? — eu disse. Ela olhou para trás. — Foram os Fell que mataram meu pai?

— Rá — Jane expressou. — Não. Por que acharia uma coisa dessas?

— Vance Cogland — respondi.

— O que você sabe sobre Cogland? — Jane perguntou.

— Sei que alguém o matou, do mesmo jeito que fizeram com meu pai — eu comentei. — E depois o fizeram desaparecer.

— E você acha que fomos nós?

— Acho que poderiam, se quisessem.

A expressão dela se suavizou um pouco.

— Não matamos o seu pai — disse. — Assim como não matamos Vance Cogland. — Ela fez uma pausa. — Mas o fizemos desaparecer.

— Por quê?

— Porque — Jane admitiu — Vance era um de nós.

— Ele era...

— Um Fell — continuou. — Mas não era muito bom, pelo que ouvi.

— Como assim?

— Lubbock não é exatamente uma promoção.

Vance Cogland era um médio-conteúdo — Jane o chamou de "sangue-médio" —, mas, de acordo com ela, Vance não levava as responsabilidades a sério. Estava sempre metido em encrencas, o que significava que a liderança de alto-conteúdo — as pessoas no trailer, entre outras — precisava resgatá-lo de encrencas o tempo todo. Ele era imprudente e, sobretudo, ganancioso. Ficou decidido que não era confiável como agente de campo. Então foi rebaixado a uma sala de lances em Lubbock.

— Tudo que ele precisava fazer era manter a loja funcionando — Jane disse —, mas ele começou a vender antiguidades roubadas. Chegou até a usar a nossa rede para repassar a mercadoria. Se fosse pego, poderia ter causado sérios danos à nossa operação.

— Por que vocês não o baniram?

— Porque ele era da família — ela explicou. — E pela família se faz qualquer coisa. Tenho certeza de que entende.

— Esse tal de Cogland foi o sinal que você mencionou?

— O Índice deu um salto quando ele morreu — ela contou. — Nós procuramos por todo o estado do Texas, mas nunca encontramos nem sinal de uma criatura. Elas nunca gostaram do Texas.

— Então os Fell não mataram meu pai — eu disse.

— Você não acredita em mim.

— Não sei em quem acreditar.

— Por que nós mataríamos o seu pai?

— Talvez porque ele não gostasse de como vocês usam os animais.

Ao ouvir aquilo, Jane riu alto.

— E imagino que você também não goste.

— Eu não gosto da ideia de que apenas uma família controla todas as transações — falei.

— Você mais do que ninguém deveria entender os deveres de uma única família — Jane ressaltou. — Prefere ver um mercado aberto e livre onde literalmente qualquer um com recursos pode instantaneamente adquirir uma coisa que não é apenas incrivelmente rara, mas também incrivelmente poderosa?

— Não acho que esses animais queiram ser comprados e vendidos, para início de conversa — respondi. — E tenho a sensação de que meu pai também pensava assim.

— Então você acha que nós o matamos? Por causa de uma divergência de opinião?

Ela estava certa. Não fazia sentido. Não era suficiente.

— Ithaca — eu disse. Pensei ter visto os ombros de Jane tensionarem. Um silêncio pesado preencheu o carro. Jane olhou para o motorista.

— Tradicionalmente — ela retomou —, sempre faltou um pouco de confiança entre nossas famílias. Não era diferente com o seu pai. Depois do que aconteceu hoje, eu até entendo.

— Você mostrou o chifre para ele — eu disse.

— Nós o encontramos nos arredores de Ithaca, encrustado no crânio de um pobre coiote — ela contou. — Nossos agentes de campo acharam que era importante. Então busquei seu pai e o mostrei a ele.

— E?

— E ele me expulsou do escritório — ela falou. — Disse que chamaria a polícia se eu não fosse embora. Então eu fui.

— Quando?

— Umas duas semanas antes de ele morrer.

— Ele sabia o que era — falei.

— Provavelmente — Jane respondeu.

— Então por que ele não foi? Por que não tentar ajudar o animal?

— Provavelmente porque sabia que estávamos de olho nele — Jane assumiu. — E não queria nos levar diretamente para o animal.

— Como eu acabei fazendo, você quer dizer?

— Não deveria ter sido assim — Jane disse. — A disputa entre nossas famílias. Poderia ter sido diferente. Talvez ainda possa.

Não falamos mais nada durante o resto da viagem de volta para a clínica. Observando a rodovia passando rapidamente, comecei a sentir uma triste decepção. O unicórnio havia sumido da natureza, talvez para sempre. As consequências dessa mudança pareciam enormes e incertas. Eu ainda estava longe de descobrir quem matara meu pai ou por quê. E tinha a sensação de que havia sido ludibriada.

Decidi que gostava mais dos Fell quando eles ainda me faziam pôr um capuz na cabeça.

CAPÍTULO VINTE E SETE

MAIS UM ANIMAL NA COLEÇÃO

NINGUÉM NOTARIA SE NÃO ESTIVESSE PRESTANDO ATENÇÃO.

Saiu como um pequeno anúncio em um blog de tecnologia uma semana depois — quase não podia ser considerada uma matéria —, enterrado no meio de fotos vazadas de protótipos de celulares e matérias elogiosas sobre novas start-ups. Apenas algumas poucas frases curtas relatando o fato de que Horatio Prendergast havia vendido um terço de sua empresa para um fundo estrangeiro com um nome comum e esquecível, um negócio que arrecadou perto de quatro bilhões de dólares.

Esse foi o único registro oficial da venda do unicórnio.

Ezra estava certa, no fim das contas. Os Fell deixaram tudo mais caro. Eu não sabia se deveria me sentir aliviada por saber o destino dele ou aterrorizada pela ideia de o unicórnio acabar ali.

Passei os dias seguintes sem conseguir me concentrar em nada. Sentia como se uma mudança enorme estivesse ocorrendo a nosso redor. A princípio, parecia que eu era a única que percebia. Então, um dia, cheguei da clínica e encontrei Malloryn em casa no sofá, acariciando um Zorro que choramingava em seus braços.

— Ele está surtando — ela disse. — Nunca o vi desse jeito.

Ele se contorcia nos braços dela, as pequenas patas arranhando sua pele. Passei a mão sobre seus pelos. Uma onda de pânico selvagem me atingiu.

— Nós estamos bem? — Malloryn perguntou. — Quer dizer, está tudo bem?

— Não sei — respondi.

Queria ligar para Ezra e descobrir o que ela sabia. Mas sempre que olhava para seu número de telefone, eu me sentia como um fracasso: a única coisa que eu estava tentando impedir acontecera. Os Fell estavam quatro bilhões de dólares mais ricos e o unicórnio estava sob a posse de Horatio e, por causa disso tudo, eu estava constrangida demais para ligar para ela.

Vai ficar tudo bem, disse a mim mesma. *Apenas mais um animal na coleção.* Ele o colocaria numa caixa e ficaria por isso mesmo, até seu sonho de Wyoming se tornar realidade, ou até que ele morresse. De um jeito ou de outro, o unicórnio provavelmente ficaria livre cedo ou tarde. E se existia um animal que podia esperar, era aquele. Pelo menos ninguém o caçaria enquanto estivesse no zoológico particular de Horatio.

Mas todos os dias eu acordava sentindo como se tivesse engolido algo pesado e amargo e coberto de espinhos.

O semestre da primavera havia começado, e eu e Malloryn concordamos que ela não precisava mais ser invisível na escola. Todas as manhãs, pedalávamos juntas pelas ruas residenciais. Nós nos cumprimentávamos nos corredores. Até fizemos uma matéria juntas.

— Não quero te atrapalhar em nada — ela disse. — Só quero me formar, como uma pessoa normal.

Isso até soava bem, mas eu não me sentia normal. O destino do unicórnio me assombrava. Às vezes eu achava que podia sentir sua raiva fervilhando debaixo da minha pele. Outras vezes não sentia nada, e isso me aterrorizava.

Minhas amigas me deixavam com raiva. Carrie só falava da natação e Grace passava metade do tempo com Howie. Nenhuma das duas era capaz de entender o que eu estava sentindo. Em algumas aulas, tinha que sair mais cedo, me trancar no banheiro e esperar o sinal tocar. Quando olhava no espelho, podia ver o terror em meu rosto.

Em casa, Zorro andava inquieto e choramingava e arranhava o carpete, dia e noite. Mordia ansiosamente os calcanhares de Malloryn quando ela estava por perto e se preocupava com a própria cauda quando ela não estava. Malloryn tentava dar atenção a ele, oferecendo carinho e guloseimas, mas ele se eriçava e fugia. Nada era capaz de o fazer relaxar, nem mesmo dormir. Ele chorava e gania e tinha espasmos durante os sonhos. Malloryn até o flagrou mordendo a própria cauda enquanto dormia profundamente.

Certo dia, entre as aulas, alguém bateu na cabine do banheiro onde eu estava.

— Ocupado — eu disse.

— Nós sabemos que você está aí, Marjan. — Era Carrie.

— Podemos ver os seus sapatos — avisou Grace.

Abri a porta para enfrentar a situação.

— Por onde você tem andado? — Carrie perguntou.

— Por aí — respondi. O que mais podia dizer?

— O que está acontecendo? — Grace perguntou. — Você está bem?

— Não tem nada acontecendo — eu disse. — Estou bem.

Anos de prática dizendo esta frase.

— Você está sendo uma amiga ruim — Carrie falou.

— O que você quer de mim? — perguntei. A resposta saiu mais áspera do que eu queria. Carrie ficou em silêncio por um momento.

— Eu não *quero* nada de você — disse. — Só achei que fôssemos amigas. Mas estou começando a perceber que não sei nada a seu respeito. E acho que você não quer que eu saiba de nada. Acho que nunca quis.

Quando ela saiu do banheiro empurrando Grace de lado, senti um nó no estômago. Sebastian estava certo — havia duas versões de mim, e agora aquela que sabia da existência de unicórnios capturados e raposas de nove caudas estava presa dentro daquela que não sabia. *O mundo está desmoronando, Carrie. Como posso lhe explicar?*

Grace disparou um olhar severo para mim.

— Qual é o seu problema, Marjan? — perguntou.

— Qual é o seu? — retruquei.

— Minha amiga de verdade acabou de ir correndo chorar em um banheiro diferente — ela disse. — E eu quero saber por quê.

— Tem coisas que eu não posso lhe contar, G. — respondi. — E elas não estão indo bem.

Tinha uma tola esperança de que Grace entenderia. Que reconheceria algo na minha voz, na minha expressão. Que enxergaria que eu estava protegendo e falando em nome de outra versão de mim, uma versão que não sabia como existir nesta parte da minha vida. Tinha esperança de que ela enxergaria isso e entenderia que eu não podia responder às perguntas que fazia, mas que, no fim, nós todas queríamos a mesma coisa.

Mas ela estava brava e enxergava apenas uma versão de mim. A pior versão.

— O que isso significa, Marjan? — Grace perguntou. — O que diabos tudo isso significa?

Grace era forte. Se estava prestes a chorar, não me deixaria perceber. Por mais que eu a estivesse magoando, ela lutaria pela verdade até que deixasse de importar.

Mas ela buscava algo com que pudesse lidar, uma verdade que não reinventaria todo o mundo que a rodeava. Eu simplesmente não a tinha. Então, tudo que eu podia fazer era bater de volta.

— Sem querer ofender, G. — disse —, mas não é da sua conta.

O mundo não lhe deve nada. Muito menos uma explicação.

— Tem algo de errado com você — ela falou. — Eu achava que era, tipo, tímida ou algo assim. Mas, na verdade, você simplesmente não é uma pessoa muito boa. E acho que você nem percebe isso. Eu acho que...

— Falta algo, certo? — falei. — Acredite em mim, estou ciente.

Ela ia falar algo, mas parou e sacudiu a cabeça. Eu sabia que deveria ficar triste. Eu sabia que deveria estar tentando consertar a nossa relação. Mas tudo que sentia era uma vaga sensação de corrosão na parte mais vazia dentro de mim. Eu não era como Carrie, de luto por uma pessoa que nunca realmente existiu. Talvez eu fosse um pouco como Grace, exigindo respostas como se eu as merecesse. Mas, na verdade, eu não era como ninguém, e era mesmo uma surpresa que eu não reagisse como uma pessoa normal reagiria?

Enviei uma mensagem para o Sebastian naquela noite. O convite para a chamada de vídeo veio logo depois. Fiquei aliviada. Finalmente — alguém que poderia dizer que era normal sentir o que eu estava sentindo. Mas quando o rosto dele apareceu na tela, vi que seus olhos não pareciam receptivos.

— Você disse que ele iria melhorar — ele afirmou. — Ele não está melhorando.

— Como assim? — falei, sentindo como se cada palavra fosse uma enguia.

— Kipling. — Ele pronunciou o nome em alto e bom som, como se não se importasse que o mundo inteiro ouvisse. — Eu o vi hoje.

— Ele não está melhor? — Mas eu sabia que ele não estava melhorando, não é mesmo? Se olhasse do jeito certo, saberia a verdade. Imaginei uma sala com um soro para alimentação intravenosa, um médico entrando e saindo dela, e um chão com o padrão de várias fatias de mortadela... *não, com estampa de caxemira.*

— Ele parece um fantasma — Sebastian contou. — O que você fez com ele?

— Eu não... não fiz nada — eu disse. Tudo estava começando a ficar muito confuso.

— Mas você sabe o que há de errado com ele — Sebastian disse.

— Não... — falei. *Grifos não morrem, não assim.* — Eu tentei. Eu... Talvez ele só precise de mais tempo.

— Diga a verdade, Marjan! — ele disse.

— Essa é a verdade — eu respondi. Só que não era. E eu sabia disso.

Sebastian ficou em silêncio por um longo tempo. E quando voltou a falar, as palavras saíram baixas e magoadas. Mas me atingiram como marteladas.

— Acho que não acredito em você — ele disse, depois encerrou a ligação.

Na manhã seguinte, acordei com um grito vindo do quarto de Malloryn.

Malloryn estava sentada na cama, vestida com uma camiseta grande e calças de moletom. Estava tremendo e choramingando, quase incoerente. Os cachos de cabelo despenteados caíam sobre os olhos. Quando entrei, ela apontou trêmula para o canto do quarto.

Zorro estava agachado e apoiado à parede, tremendo e encolhido. Estava sangrando. Um rastro de sangue seco atravessava o carpete indo dele até uma tira de carne arrancada e pelos de raposa.

Precisei de um momento para entender que era uma de suas caudas.

— O-o que aconteceu com ele? — Malloryn sussurrou. — O que é aquilo? O que ele fez?

Eu me sentei ao lado de Zorro e o acariciei. Choque e desespero corriam por ele — impulsos urgentes e frustrados interrompidos por espasmos de calafrio e dor. Malloryn estava horrorizada e paralisada. Ela engoliu em seco e juntou forças para falar.

— Ele está morrendo?

Os olhos de Zorro disparavam de uma para a outra, rápidos e focados. Ele estava ferido e com medo, mas bem vivo.

— Acho que não — eu disse. — Vamos limpar esse ferimento, e depois vou lhe dizer tudo que sei.

Zorro deixou as caudas se desenrolarem enquanto nós limpávamos o sangue de seus pelos. Enquanto Malloryn o segurava, eu limpei o toco com álcool e o cobri com bandagens e gaze que encontrei no banheiro. Sempre que Zorro estremecia, Malloryn lhe sussurrava algo, e isso era suficiente para ele se acalmar.

— Desde quando você sabia? — Malloryn perguntou, passando os dedos gentilmente sobre cada cauda, maravilhada, depois que eu terminei de fazer as bandagens.

— Desde a primeira noite — admiti. Não tinha energia para inventar outra mentira. Malloryn poderia me odiar ou não. — Desculpe. Imaginei que ele lhe mostraria a cauda quando quisesse que você soubesse.

— Obrigada por isso — Malloryn disse.

— Você não está brava comigo?

Ela riu. Parecia exausta e aliviada ao mesmo tempo.

— É claro que não, sua boba — comentou. — Eu já te falei, a magia é sempre muito precisa. Se as coisas ocorrerem fora de ordem, ela não funciona. Se eu soubesse o que era, talvez ele não tivesse ficado comigo. Talvez ele não tivesse me dado isto.

Ela havia feito um tipo de guirlanda com a cauda, depois a amarrou com um fio e a pendurou no pescoço como um pingente. Ela o tocou com a mão.

— Parece algo poderoso — comentou. Então, para Zorro: — O que você queria nos dizer com isso, Budgins? O que temos aqui?

Zorro latiu e ganiu, depois mergulhou o focinho no cotovelo de Malloryn.

Meu celular começou a tocar.

Pedi licença e saí do banheiro enquanto Malloryn envolvia Zorro em um abraço de gratidão. Passei pelo quarto do meu pai conforme andava pelo corredor.

Para alguém tentando consertar as coisas, pensei, *você deixou uma verdadeira bagunça para trás.*

Não reconheci o número, mas atendi mesmo assim.

— Marjan — disse uma voz baixa e furtiva. — Aqui é Hugo Batiste. Você precisa vir para cá agora. É o Horatio.

— O que tem ele? — perguntei. — Ele conseguiu o que queria. Eu não vou ajudá-lo.

— Ele não quer a sua ajuda.

— Então o que ele quer? — perguntei.

— Horatio quer matá-lo.

CAPÍTULO VINTE E OITO

ANOMALIA

A viagem até o complexo de Horatio foi um grande borrão de trens, ônibus e um motorista de aplicativo que nunca ouvira falar da Ménagerie. Sentia meu coração martelando as minhas costelas. Minha mente corria em pânico, aterrorizada e, mais do que tudo, impotente.

Horatio vai matar o unicórnio.

O dr. Batiste não tinha explicado o motivo e não havia tempo para perguntas.

— Eu não vou fazer isso — dissera ao telefone. — Se acontecer, não vai ser por minha conta. Eu não vou matar aquele animal incrível.

Quando o motorista enfim me deixou na entrada do complexo, já parecia tarde demais. Um guarda emergiu da guarita e indicou que eu parasse.

— Marjan Dastani — eu disse. — Preciso falar com Horatio.

Ele murmurou algo no rádio, depois acenou que eu entrasse.

Fui recebida na frente do prédio principal por Ava, seguida por dois homens grandes vestindo ternos pretos.

— Por aqui — ela indicou. Virou-se de volta para o prédio, e os dois homens deram um único passo na minha direção. Claramente queriam que eu a seguisse.

Ela me conduziu pelo longo corredor, além do escritório de Horatio. As pessoas com quem cruzávamos nos recebiam com sorrisos. Vi garrafas de champanhe sobre mesas e ouvi gritos de celebração vindos dos campos lá fora. Ava e nossos acompanhantes silenciosos me levaram até o elevador. Quando ele chegou, nós todos entramos e começamos a descer para debaixo da terra.

Apesar de toda a atividade na superfície, o zoológico estava estranhamente quieto. Os animais nos observavam através dos vidros com olhares desconfiados e sombrios. As fadas flutuavam paradas no ar, os corpos imóveis, exceto pelo bater das asas. De onde estava na lagoa artificial, uma criatura de olhos ferozes e casco de tartaruga nas costas acompanhou-nos com seus olhos profundamente negros. Eu me senti chegando em um funeral.

De pé diante de um grande recinto fechado, Horatio abriu um sorriso calmo e inocente. Lá dentro, o unicórnio olhava com uma determinação implacável, ainda forte e bem vivo. Suspirei de alívio.

Ava fez uma leve reverência para Horatio, depois deu um aceno de cabeça na minha direção e retornou para a escuridão com seus dois guardas.

— É um animal incrível, você não acha? A pureza, a ferocidade. — Horatio tinha a satisfação radiante de alguém que havia conquistado algo extraordinário.

A raiva do unicórnio parecia afetar a atmosfera.

— Estava planejando trazê-la até aqui — ele disse. — Depois... bom, depois de o serviço estar feito. Mas você já está aqui. Melhor assim.

— O que pretende, Horatio? — perguntei. — O que está acontecendo?

Ele se virou e começou a andar pelo corredor, olhando pensativo para suas criaturas conforme passava por elas.

— Sonhei com este momento durante minha vida toda, Marjan — começou. — Venho tentando fazer do mundo um lugar melhor. É o meu único projeto, meu único projeto verdadeiro. Primeiro, tentei com informação, mas acontece que nem todo mundo quer acreditar em dados. Tentei com dinheiro, mas o dinheiro realmente tem seus limites. E existem tantos problemas. Tanta ganância. Tanta mesquinharia e maldade. Tantas pessoas que não têm o mínimo do que precisamos para sobreviver. Comida, abrigo, remédios, amor. Por onde começar?

Ele parou para olhar um recinto pequeno onde um escaravelho dourado cuidava de uma pequena bola de fogo com seus membros diminutos.

— Quando Jim me apresentou a esse mundo — continuou —, não poderia ter adivinhado o que eu veria, e descobriria.

Tocou o vidro com a palma da mão e pareceu tirar algum conforto de seu calor. Depois, seguiu andando pelo corredor.

— Eles não são apenas animais, sabe? — disse. — Eles estão conectados a nós de maneiras que transcendem a razão. Quando eles prosperam, nós prosperamos. Quando acabam derrotados, nós caímos na escuridão. Entende o que estou dizendo?

— Não tenho certeza — eu disse.

Horatio continuou:

— Nossos sonhos, nossas esperanças, a chama de nosso coração, tudo vem deles. Existe por causa deles. E eles existem por causa disso. Os Fell perceberam essa conexão há muito tempo. Fizeram fortuna assim. Mas nunca chegaram a realmente entender. Não como eu entendo.

Estávamos no fim do corredor. Sturges, o gnomo doméstico, estava sentado na cabeceira da cama da infância de Horatio, acompanhando todos os nossos movimentos com seus olhos tristes. Horatio sorriu para sua primeira criatura, mas o gnomo não retribuiu. Horatio deu de ombros, depois se virou para olhar todo o seu zoológico particular repleto de criaturas. Abriu um largo sorriso cheio de fascínio.

— Eles não são apenas animais, Marjan — disse. Sua voz baixou até se tornar um sussurro. — São a nossa imaginação.

Devo ter parecido confusa, pois Horatio passou a rir. Depois, começou a retornar pelo corredor. O gigante com as enormes mãos de pedra batia em um pedregulho, pulverizando a rocha com sua persistência ociosa.

— Você é parecida comigo — comentou. — Sabe que falta algo. Você sempre soube. Consigo ver no seu olhar. E você sabe o que é? São eles. É aquilo que guardam consigo. Nós não somos completos sem eles. Não somos completos sem nossos sonhos, nossas esperanças, nossos medos. Você já viu algo com tanta clareza que chega a ofuscar?

Kipling entre os aparelhos hospitalares, as asas se abrindo para lutar contra a dor, desdobrando-se com um brilho inacreditável.

— Eu sei disso com a certeza que nunca tive sobre nada antes em minha vida — ele continuou. — E nem precisei dos Fell e seus novecentos anos de dados para ser capaz de enxergar. Esses animais são o nosso mais precioso tesouro. A maior glória do mundo.

Ele passou pela salamandra negra, remexendo-se em sua fogueira. Redondos olhos negros, cintilando com a luz das chamas, me olharam enquanto passávamos.

— E vou lhe contar outra coisa que os Fell não sabem — Horatio disse, chegando mais perto e baixando a voz até um sussurro conspiratório. — As contas deles não batem tão bem quanto acham.

Ele piscou. Atrás de si, a escuridão do recinto da mantícora vibrava de energia malévola.

— Venha comigo — disse.

As portas do elevador se abriram no andar térreo da mansão e Horatio me levou até uma luxuosa sala de conferência. O corredor estava silencioso e vazio, mas havia um burburinho de agitação lá fora. Ele fechou a porta quando entramos e apertou o interruptor. A intensidade das luzes diminuiu. Um projetor de teto ganhou vida e um gráfico apareceu na parede.

Duas linhas cresciam na imagem, quase paralelas até que a de baixo deu um salto, depois desabou repentinamente antes de voltar a se normalizar. No mesmo ponto, a linha de cima também subiu e caiu, mas não se alterou de um modo tão drástico quanto a linha de baixo.

Ele apontou para a linha de cima.

— Este é o Índice Mestre. — Sorriu, depois se voltou para a linha de baixo. — Aqui é a população de criaturas — ele explicou. — Como pode ver, as duas linhas se correlacionam muito bem. A conexão é inegável. — Ele apontou para os pontos em que as duas linhas se comportavam de maneiras semelhantes. Concordei. Parecia mesmo haver uma relação.

— Mas — continuou Horatio, que agora apontava para um lugar específico no Índice Mestre. Não me parecia nada de especial.

— O que tem isso aí?

— Um segredo — Horatio disse. — Um segredo, escondido no meio de muito ruído.

— Está dizendo que os Fell não sabem interpretar o gráfico?

Horatio riu alto quando ouviu aquilo. Olhou para a imagem por mais um momento e ficou pensativo.

— Eles estudam isso há novecentos anos. O segredo sempre esteve aí. Um zumbido constante. A mesma anomalia, vez após vez, até que todos se esqueceram de que está lá.

— Que anomalia? — perguntei.

— O Índice nunca baixa tanto quanto deveria — Horatio disse. — Teoricamente, se nós e as criaturas nos alimentamos de forma mútua, como acredito que seja o caso, essa redução na população — ele apontou para uma queda na linha das criaturas — deveria ter sido extrema o bastante para criar um efeito de retroalimentação negativo. Nós deveríamos ter sido dizimados. Mas não fomos. Nunca chegamos a ser. Passamos por dificuldades, é claro. Sofremos. Mas o Índice sempre parece se corrigir. Nós sempre nos recuperamos.

— E daí?

— E daí que — ele explicou pacientemente — ou nós, humanos, somos mais resilientes do que os Fell acreditam. Ou... — Ele sorriu para ver se eu adivinharia sua linha de raciocínio. Não adivinhei, então, depois de um momento, ele deu de ombros e continuou: — Ou tem algo errado com o modelo.

Fez uma pausa e seu sorriso cresceu triunfal.

— Creio que eles nunca atribuíram o valor correto ao unicórnio.

Ele inclinou a cabeça para o lado, um pedido de desculpas que teria parecido presunçoso se viesse de qualquer outra pessoa. Horatio conseguiu fazer o gesto parecer quase que respeitoso.

— Não é culpa deles — falou. — Eles nunca o tiveram em posse para poder analisá-lo direito. Fizeram o melhor possível com os dados que tinham.

— Então o unicórnio, o quê? Ele nos salvou?

— Duvido que aquele animal tenha algum interesse em nossa salvação — disse Horatio com uma leve risada. Eu não discordava. — Creio que exerce uma força elemental em todo o ecossistema. Ele é como a gravidade. Um ímã, sempre nos atraindo de volta para a segurança. Sempre nos afastando dos extremos.

— E qual é o problema? — perguntei. — Qual é o problema da gravidade?

— Sem ela — concluiu —, nós poderíamos voar.

— Voar até nos perdermos no espaço — respondi. — Enfim, como você pode ter tanta certeza de que é o unicórnio? Talvez seja uma simples questão de muita sorte para a humanidade.

Horatio me ofereceu o tipo de sorriso gentil e condescendente que apenas se dá para quem está obviamente errado.

— O mundo é frágil — Horatio disse. — Dá para ver sua fragilidade aqui nessas linhas, se olhar com atenção. Se o sistema fosse ordenado, se seguisse suas próprias regras, ele entraria em colapso. Fracassaria. E talvez um novo sistema surgisse. Um sistema mais robusto. Um povo mais forte. Ordem, a melhor fundação para se construir um mundo melhor. É isso que eu quero. É o que sempre quis. E nunca vai acontecer, não enquanto o unicórnio viver.

— Então você quer matá-lo.

— O unicórnio é a nossa maldição, Marjan — explicou. — Estamos fadados a repetir nossos erros porque, no fim das contas, nunca há consequências. As mesmas injustiças, a mesma crueldade, as mesmas atrocidades, a mesma falta de cuidado, repetidas vezes, desde os primórdios da História, e nós nunca aprendemos.

— Se somos tão horríveis, por que se dar a todo esse trabalho?

— Porque eu acredito na humanidade — Horatio argumentou. — Acredito que podemos ser melhores. Por trás de toda a crueldade e mesquinharia, nas profundezas de nosso coração, existe a semente de algo grandioso, monumental. Sei que existe, porque sinto isso aqui, entre essas criaturas. Mas o mundo nunca o viu. E culpo o unicórnio por isso.

Ele desligou o projetor e o gráfico desapareceu. Senti como se uma importante conexão com os sentidos e a razão, com a própria realidade, tivesse desaparecido com a projeção.

— O que você espera conseguir? — perguntei.

— Liberdade — Horatio disse. — Liberdade do ciclo interminável da História. Liberdade da maldição. Estamos prontos, Marjan. Estamos prontos para começar de novo.

— E quanto aos outros animais? — perguntei.

Ele deu um sorriso tranquilizador.

— Eles serão as sementes da próxima grande época da humanidade — contou. — São nosso estoque de esperança contra a escuridão que precisa vir antes. Eles vão destravar o melhor que existe em nós, Marjan. É isso que eles fazem. São capazes de nos tornar mais do que somos. E, mais do que nunca, vamos precisar de nossos sonhos, de nossa imaginação. Podemos criar um mundo novo, mais justo e bondoso, onde compartilhamos nossos recursos e cuidamos uns dos outros. Mas, primeiro, precisamos nos libertar.

Seu rosto brilhava fascinado.

— Você não pode fazer isso — eu disse. — Não pode matar o unicórnio.

— É a única maneira — Horatio insistiu. — Mais um ato terrível, e então seremos melhores. Vamos limpar o mundo de sua perversidade, de uma vez por todas. E depois de tudo, os outros viverão a céu aberto, em paz, livres do medo.

— O meu pai sabia? — perguntei. — Ele sabia o que você estava fazendo? O que você queria fazer?

— Ele não enxergava — Horatio relatou. — Era incapaz de enxergar minha visão, Marjan. Jim apenas via o sofrimento. Não queria causar dor. Não conseguia enxergar que havia algo além disso. — Fez uma pausa. — Sei que não será fácil. É um desequilíbrio que o mundo nunca experimentou. Haverá dias sombrios. Nações vão desaparecer. Haverá guerra. Haverá caos. Será terrível. Mas vamos sobreviver. Os animais, eles vão nos salvar. Este lugar será nossa arca. E depois do dilúvio, seremos um novo povo.

— Pensei que você odiava o caos.

— Às vezes, o caos é a única maneira — Horatio comentou. — É preciso encarar nossos medos, se quisermos ficar mais fortes. Nós, os que sobreviverem, seremos mais fortes, bem mais fortes. E o mundo que construiremos será melhor. Um mundo justo. Um mundo ordenado.

— E se as suas contas estiverem erradas e nada mudar?

Horatio assentiu.

— Pragmática — constatou. — Isso é bom. Eu também sou assim. As rodas do destino podem precisar de um pouco de graxa. Felizmente, temos acesso secreto ao sistema de mira de várias centenas de mísseis. — Minha feição deve ter mudado, porque Horatio sorriu, tentando me tranquilizar e quase pedindo desculpas. — Às vezes o céu precisa desabar sobre nós — ele justificou —, antes que possamos ver as estrelas.

— Você não pode fazer isso.

— O seu pai disse a mesma coisa.

Pela primeira vez, o verniz de paciência de Horatio trincou, e algo instável e sombrio se revelou em seus olhos. Havia um perigo naquele momento, como se a própria sala tivesse presas. Qualquer coisa podia acontecer, e ninguém ficaria sabendo. Ninguém nem sabia que eu estava ali.

— O seu lugar é conosco, Marjan — ele disse. — Você pertence ao novo mundo. Fique.

Ele me observava cuidadosamente. Eu morreria se dissesse a coisa errada.

— Preciso de um tempo — pedi. — Para pensar nisso tudo.

— Isso é justo — Horatio concordou. — Leve a noite inteira, se quiser. O novo mundo começa ao amanhecer.

Depois disso, ele assentiu e passou por mim na direção da porta. Quando abriu, vi a sombra larga dos seguranças de Ava, esperando lá fora. Horatio sussurrou algo para o segurança ao sair, depois se virou e me deu um sorriso tranquilizador. Eu nem precisei ouvir a porta se trancando para saber que agora era uma prisioneira.

CAPÍTULO VINTE E NOVE

UMA CANÇÃO

Havia um telefone na sala, mas que não funcionava. O meu celular também não encontrava sinal, o que era muito suspeito. Tentei as janelas. Não estavam trancadas, deslizando sobre trilhos silenciosos, e por um instante meu coração acelerou diante da ideia de escapar. Mas havia tiras de metal parafusadas nos trilhos que impediam que as janelas se abrissem por completo.

Em uma explosão de raiva e frustração, decidi quebrar o vidro, e olhei ao redor em busca de algo forte o bastante para a tarefa. Meus olhos repousaram em uma das cadeiras de rodinhas perto da mesa de conferências. Era pesada e desajeitada, e acabei precisando correr até a janela carregando aquele peso. O impacto causou um grande barulho, mas a janela, feita de um vidro espesso, nem chegou a trincar.

Um momento depois, a porta se abriu. Meu segurança estava lá, sacudindo a cabeça. Ele se aproximou e tirou a cadeira das minhas mãos sem dizer nada, depois a carregou para fora da sala e voltou a trancar a porta. Havia outras cadeiras, mas seu recado ficou claro. Se eu tentasse de novo, não teria onde me sentar. E estava começando a parecer que eu passaria um bom tempo ali.

Andei de um lado para outro da sala, tomando nota do que pudesse ser útil: uma coleção de enciclopédias antigas; um peso de papel de vidro em cujo centro estava encrustado um dente curvado de origem incerta; vários materiais de escritório.

Havia coisas que podiam ser usadas como arma: o peso de papel; um par de tesouras; uma pequena escultura abstrata de mármore negro que servia de suporte para livros. Posicionei os itens sobre a mesa e os analisei na esperança de que um plano surgisse. Mas eu não conseguia me imaginar furando ou martelando alguém. E duvidava que fosse capaz de vencer o segurança, mesmo se criasse algum elemento surpresa.

O sol desapareceu atrás de uma linha baixa de neblina. O céu se tornou rosa, depois pálido, depois escuro. Luzes se acenderam pela propriedade formando bolhas de um branco viçoso. Uma tranquila noite como qualquer outra no campus da Ménagerie.

Um pouco depois de anoitecer, alguém bateu na porta. Olhei rapidamente para meu conjunto de armas improvisadas, mas parecia inútil tentar alguma coisa.

A porta se abriu e Ezra entrou. Carregava uma bandeja com comida.

— Não estou com fome — eu disse.

— Mas vai ficar — ela respondeu.

— Então agora você está bancando a policial boazinha? — perguntei.

Ignorando a pergunta, ela se aproximou e deixou a bandeja sobre a mesa. Havia uma tigela de arroz, uma tigela de legumes e um copo de metal com água. Ao colocar a bandeja na mesa, ela notou minhas armas improvisadas e as analisou uma a uma.

Para o peso de papel, ela sacudiu a cabeça.

— Essa não — ela disse.

Para a tesoura, apertou os lábios e concluiu:

— Não.

Parou diante da estátua, pegou-a na mão e mediu seu peso.

— Talvez — comentou. — Mas não. — Ela a devolveu à mesa. — Alonzo é faixa preta de jiu-jítsu. Ele já foi da marinha. E definitivamente está esperando que você tente alguma coisa. Então, nem pense nisso.

Juntou as armas e as guardou.

— O que está fazendo aqui, Ezra? — perguntei.

Ela parou, de costas para mim.

— Eu trouxe o seu jantar — falou, depois de uma longa pausa.

— Não foi isso que eu quis dizer. O que você está fazendo *aqui?*

Ela se virou, e quando fez isso, percebi que estava inquieta. Sentou--se em uma cadeira.

— Ele é muito bom em encontrar as pessoas — disse. — Ou em fazer com que o encontrem. Aparece justo quando precisam dele. Bem quando alguém precisa que algo bom aconteça. Quando a sua investigação é interrompida porque o traficante de quem está atrás é filho de um juiz, quando você perde uma promoção pela terceira vez, quando percebe que não vai mais progredir, nem ali nem em qualquer departamento, então esse anúncio de trabalho aparece. Nada de mais... só umas vinte palavras. Mas... — Ela sacudiu a cabeça. — Ele nunca contrata ninguém dos arredores. Aposto que você não sabia disso.

Sacudi a cabeça.

— É necessário querer estar em outro lugar — ela disse. — Um lugar que não seja onde se está. Então você acaba aqui. E ele te mostra o motivo verdadeiro por trás de tudo. De repente, existe um propósito. Ele pode fazer qualquer coisa acontecer: pelo menos é assim que parece. Tudo é possível. Seja lá de onde veio, garanto que nunca sentiu algo assim antes.

Por um momento, senti pena dela. Não tinha culpa de ter caído nessa teia. Os Fell estavam certos quanto às criaturas. Elas mudam as pessoas.

— Eles sabem? — perguntei. — As famílias, todas as pessoas que moram aqui. Sabem o que ele quer fazer?

— Elas acreditam nele — Ezra disse. — Confiam nele.

— E quanto a você? Você acredita nele?

Ela ficou em silêncio por um momento.

— A maioria das pessoas daqui nunca viu os animais fora do zoológico particular dele. Não sabem como as criaturas realmente são no mundo lá fora. — Ela parou. — Eu não achava que fosse ser assim, tudo de uma vez.

— Então, basicamente, desde que não houvesse nenhuma consequência, você não se importava em fazer uma coisa que sabia ser errada?

— Eu nunca me fiz de santa — ela disse. — Não sou muito melhor ou pior do que a maioria das pessoas. Acontece que sou mais eficiente.

— Ah, é mesmo? — perguntei. — Você já encontrou o assassino do meu pai?

— Engraçado você mencionar isso — comentou. — Porque eu segui o dinheiro, e adivinha aonde ele me levou?

Olhou ao redor da sala em um gesto exagerado.

— Aqui? — perguntei.

— Cinco pagamentos em dinheiro — ela relembrou —, correspondentes à chegada de cinco animais. Um pássaro-da-chuva chinês, uma sereia-leão de Singapura, um fogo-fátuo dos pântanos do sul da Virgínia, uma serpe de uma vila nas Dolomitas e um tipo de cachorro-árvore que não sei de onde veio.

— Então, o que isso significa? — perguntei.

— É difícil afirmar — Ezra respondeu. — Mas parece que Jim estava entregando os próprios clientes.

Meu estômago embrulhou. Eu não conseguia falar. Mesmo tendo feito várias coisas erradas, eu jamais trairia a confiança de um cliente. Posso ter mentido aos Stoddard, mas nunca venderia o Kipling.

— A moralidade é um luxo — Ezra disse. — Nem todos podem bancá-la.

— E quanto a você? — perguntei. — Você parece muito confortável. É por isso que veio me trazer o jantar? Para me dizer tudo isso? Para que possa se sentir melhor consigo mesma quando o apocalipse fabricado acontecer? — Ezra não comentou nada. — Se veio até aqui para limpar a consciência — falei —, pode ir embora. Você ajudou isso a acontecer. Não é menos culpada porque começou a se sentir mal.

Ezra me olhou nos olhos.

— Você tem o direito de sentir raiva — disse. — A raiva é um motor poderoso. Pode até trazer respostas. Mas não vai consertá-la. Nunca vai.

Ela assentiu, deu a volta na mesa e foi até a porta, na qual bateu três vezes. A porta se abriu. Alonzo assentiu para ela e depois olhou para a sala, certificando-se de que tudo estava no lugar. Sem saber como reagir, eu acenei.

Ezra olhou para mim. Naquele momento, por apenas um segundo, não havia fome em seus olhos, não havia aquele calor intenso que queimava por debaixo da pele. Ela era apenas uma mulher que, acima de tudo, parecia muito cansada.

— Coma o seu arroz — disse.

A porta foi fechada e trancada depois que ela saiu, e mais uma vez fiquei sozinha na sala. Não havia muito a fazer, então, depois de alguns minutos comecei a beliscar a comida distraidamente. Comi um pouco dos legumes, tomei um gole de água. Por puro despeito, ignorei o arroz.

Fiquei olhando as pessoas lá fora percorrendo os caminhos iluminados da Ménagerie. Homens, mulheres, crianças. Todos vieram de outros lugares, cada um deles. Todos sentiam falta de algo essencial e vieram em busca disso. Faltava algo. Sempre faltava.

No fim das contas, eu estava com fome, uma fome maior do que meu orgulho ou despeito. Peguei a tigela de arroz, enfiei o garfo e senti algo rígido. Uma chave de fenda.

Desaparafusei as tiras de metal que impediam que a janela deslizasse até o fim, escancarei a abertura e pulei para fora. Ninguém percebeu. O restaurante estava fechando. As últimas pessoas que comeram já estavam voltando para os quartos. Um homem com fones de ouvido estava sentado diante de uma lareira a gás, tomando chá e programando em seu notebook.

A qualquer momento, eu tinha certeza, alguém notaria que eu havia sumido, e a calmaria da noite se transformaria em gritos e holofotes de lanternas. A qualquer momento, eu seria flagrada. Tudo que podia fazer era me esgueirar pela lateral do edifício, caminhando pelas sombras e evitando a luz.

Finalmente, encontrei uma área pouco iluminada e rastejei por ela até o pasto nos limites da propriedade. Enquanto tateava pela grama alta, meu braço ficou preso em uma ponta do arame farpado que cercava a colina onde o gado pastava. Cerrando os dentes por conta do choque da dor, segui a cerca até chegar em uma placa de granito grande o bastante para servir de esconderijo, e então me encolhi atrás dela, com frio, sangrando e aterrorizada.

Todas as perseguições, a mesma perseguição.

A última vez em que me sentira tão indefesa, eu tinha onze anos e estava tremendo em um parque desconhecido debaixo da lua fria. Como daquela vez, meus planos haviam fracassado. Como daquela vez, o resultado foi desastroso e perigoso e caótico. Como daquela vez, nada tinha melhorado, e tudo piorara.

Mas, daquela vez, eu ainda estava com raiva.

Tudo aquilo era culpa do meu pai. Ele contara a Horatio sobre as outras criaturas. Até o ajudara a colocar as mãos em algumas delas. E ele nunca me contou nada, exceto algumas histórias que não me ajudavam em nada naquele momento.

Meu sangue ferveu por conta daquela epifania: *meu pai confiava mais em Horatio Prendergast do que em mim.*

E veja aonde isso o levara. Eu agora acreditava que Horatio era mais do que capaz de cometer assassinato. E se meu pai tivesse tentado atrapalhar os planos de Horatio, porque ele vinha tentando "consertar as coisas" — seja lá o que isso significasse —, não me surpreenderia se Horatio tivesse reagido simplesmente matando o meu pai.

Mas será que eu fora muito melhor do que o meu pai? Passara os últimos meses mentindo. Andei me escondendo e vivia desaparecendo tanto quanto ele. E, no fim, fui eu que deixei o unicórnio cair nas mãos erradas.

Talvez a Linhagem Hircaniana estivesse tão corrompida e perdida quanto a dos Fell. Talvez a fonte daquilo que nos tornava especial estivesse secando. Talvez eu simplesmente não tivesse muita sorte. Não era minha culpa, ou de mais ninguém, de eu ser o último vestígio vivo de algo que um dia foi muito especial.

Eles perseguem porque seu tempo está se esgotando.

A dor no corte do braço me distraía dos meus pensamentos. Eu ainda estava ali. O unicórnio ainda estava vivo, e o mundo ainda não acabara. Eu não era o meu pai — e não precisava cometer os mesmos erros que ele.

Peguei meu celular e descobri que agora havia sinal. Respirei fundo e fiz uma ligação.

O telefone chamou uma, duas vezes. Se eu acabasse na caixa postal, bom, era isso que eu merecia. Mas não foi o caso, e, na terceira chamada, Grace atendeu.

— O que você quer? — disse. Ouvi outra voz resmungando ao fundo. Howie.

— Preciso da sua ajuda, G. — falei.

Contei a Grace do que precisava, depois lhe contei onde ela podia me encontrar. Ela ficou em silêncio a princípio, quieta o bastante para eu conseguir ouvir Howie ao fundo. Howie não era meu fã.

Felizmente, Grace ainda era.

Uma hora depois de me arrastar por gramados cheios de esterco de vaca, cheguei à beira de uma solitária estradinha de mão dupla e vi um par de faróis aparecer na escuridão, então Grace, seguida de Malloryn, desceu da Baleia Azul.

— Desculpe — disse para Grace. — E obrigada.

Ela sacudiu a cabeça.

— Ele é um garoto tonto — falou. — E você ainda é minha amiga. Falando de amigas, parece que está faltando uma.

— Isso não é um lugar para a Carrie, G. — comentei, e acho que Grace entendeu o que eu quis dizer. Eu me virei para Malloryn.

— Você trouxe a cauda dele?

Ela levou a mão dentro da camisa e tirou um anel de pelo de raposa enrolado bem forte com barbante de cânhamo.

— Vamos — eu disse.

Grace não se mexeu.

— Você precisa me explicar o que está acontecendo.

— Desculpe por ter mentido para você, Grace — eu disse. — Desculpe por ter escondido tudo isso de você. Eu não sabia como falar sobre isso, e ainda não sei. Mas estou pronta para te mostrar.

— Como assim? — ela perguntou.

Pela primeira vez em horas, senti algo que não era medo ou raiva. Acho que era confiança.

— Grace — declarei —, nós vamos salvar o mundo.

Nós três seguimos no meio do esterco e da escuridão e, no caminho, tentei explicar da melhor maneira possível o que precisávamos fazer. Grace estava cética, o que era compreensível. Mas não nos abandonou. Malloryn, é claro, não precisava ser convencida de nada.

Havia vários caminhões grandes em fila no complexo quando chegamos, um amontoado de faróis iluminando nuvens de poeira. Vi algo que parecia uma grande antena parabólica na traseira de um deles, e outro parecia cheio de comida. Nós três nos agachamos atrás da laje de granito e ficamos observando.

Apontei para a cauda de Zorro.

— Você sabe como funciona? — perguntei para Malloryn.

— Não exatamente — ela disse. — Mas acho que saberei, quando chegar a hora.

— Ainda não é a hora?

— Não — respondeu.

— Então, não é um feitiço de invisibilidade.

— Provavelmente não — falou.

Por uma fração de segundo, senti que cometera mais um erro ao trazer aquelas garotas ali e as envolver nisso tudo. Não era mais apenas a minha vida que estava em jogo. E nem tínhamos um plano para entrar no edifício.

Então eu me surpreendi quando Malloryn repentinamente saltou e começou a marchar colina abaixo de maneira decisiva e confiante.

— Vamos logo — ela chamou quando saiu da escuridão, e o que mais poderíamos fazer? Na verdade, era um alívio poder seguir uma ordem, mesmo parecendo ser absurdamente perigoso.

— O que está fazendo, Malloryn? — sussurrei.

— É assim que se faz — explicou, sem olhar para trás, sem perder o passo. — Temos que andar como se pertencêssemos ao lugar. Olhar para as pessoas como se as conhecêssemos. Sem parar por nada.

— E isso funciona? — perguntei.

— Às vezes — Malloryn disse, acenando com a cabeça para um grupo de funcionários pelos quais passamos.

Troquei olhares com Grace. Não havia muita escolha. Estávamos ambas comprometidas com o movimento iniciado por Malloryn. E sua convicção era contagiante. Após alguns passos decididos, senti minha postura melhorando. Um sorriso surgiu em meu rosto. Estávamos marchando para um futuro incerto, e eu quase podia sentir o brilho que levava no olhar.

Ao nos aproximarmos do prédio principal, Malloryn apanhou um tablet que alguém abandonara. Ela o colocou debaixo do braço e continuou andando.

— Uma coisinha a mais para ajudar na ilusão — falou.

Continuamos andando e passamos por funcionários levando caixas de comida para o porão. Ninguém nos parou. Entramos pela porta da frente da mansão de Horatio e os seguranças na entrada nos deixaram seguir. Tomei a frente então, atravessando o corredor principal, passando por outro amontoado de funcionários, um grupo de seguranças em patrulha e uma variedade de membros do fã-clube de Horatio.

Andávamos determinadas na direção do elevador que descia até o zoológico, disfarçando apenas quando chegamos perto do escritório de Horatio. Se Alonzo me visse, estaríamos perdidas. À distância, olhei na direção da sala onde estivera presa. O segurança ainda estava de guarda, parecendo com sono e entediado. Durante todo aquele tempo, ninguém havia percebido que eu não estava mais ali.

— Será que ninguém achou estranho que eu ainda não tenha pedido para usar o banheiro até agora? — sussurrei. Grace fez sinal de silêncio e nós continuamos adiante.

A sala seguinte era outra sala de reuniões. A porta estava aberta. Lá dentro, Ava ergueu os olhos do que parecia ser uma reunião importante com vários seguranças. Desviei os meus rapidamente, mas ela me viu.

— Droga — sussurrei.

Ouvi ela saindo da sala, entrando no corredor atrás de nós.

— Andem mais rápido — falei.

Estávamos avançando como soldadinhos, as pernas retas, braços balançando rápido. Nem um pouco sutil. Ava nos chamou. Como não respondemos, ela começou a gritar. Nós dobramos uma esquina, e avistei a porta do elevador à frente.

Grace pegou o tablet das mãos de Malloryn e se posicionou no meio do corredor enquanto os passos dos seguranças se aproximando ecoavam ao nosso redor.

— Corram — disse.

— O que está fazendo? — perguntei.

Grace me olhou com ferocidade.

— Estou confiando em você, Marjan — ela falou. — Confie em mim.

Corri e apertei o botão para chamar o elevador. Malloryn estava logo atrás. Eu me virei.

Do corredor, Grace me olhou e assentiu. Então, respirou fundo, agarrou o tablet com as duas mãos e começou a marchar na direção do ruído dos seguranças.

Quando dobraram a esquina, a primeira coisa que viram foi uma garota que não apenas parecia pertencer ao lugar, como também estava encarregada de uma tarefa muito importante.

— Aqui é uma área restrita! — Grace disse com uma voz autoritária. — Não deveriam estar aqui.

Por apenas um momento, não importava se você fosse um segurança profissional ou uma assistente executiva friamente eficiente. Teria certeza de que não deveria estar ali. Os melhores e mais capazes lacaios de Horatio estavam aprendendo o que eu e Carrie Finch descobrimos desde o primeiro dia do sexto ano.

Era impossível argumentar com Grace Yee.

Atrás de nós, o elevador se abriu. Enquanto os seguranças se mantinham congelados, sem saber se tinham mesmo chegado a uma área restrita, Malloryn entrou rapidamente e me puxou para dentro.

— Grace! — gritei. — Vamos!

Grace deixou o tablet cair e correu para o elevador. Então, o feitiço se rompeu. Os seguranças acordaram e começaram a correr atrás dela. Grace pulou para o elevador, e, quando entrou, eu soquei o botão para fechar a porta. Passos vinham correndo na nossa direção.

As portas se fecharam lentamente, como um padre juntando as mãos para começar uma reza. Conforme a última fresta do corredor desaparecia, vi o rosto de um segurança, espiando, tentando nos agarrar, e fracassando. As portas se fecharam, o elevador começou a descer e os sons do corredor diminuíram até silenciarem.

— Certo, *isso* foi demais — Malloryn disse.

— Obrigada — Grace agradeceu.

De repente, não tínhamos mais nada a dizer. O instante de triunfo — escapar da primeira onda de seguranças — tornou-se azedo. Não havia mais aonde ir. Estávamos no meio de um poço de elevador com apenas duas saídas.

— Vamos encontrar mais seguranças nos esperando lá embaixo, não é mesmo? — Grace perguntou.

— Provavelmente — assenti.

Afundei até o chão e apoiei a cabeça na parede. Nós nem tínhamos mais um tablet.

— Então é isso? — Grace perguntou.

— Nós tentamos — eu disse. — Chegamos muito perto. Obrigada, Grace. Obrigada por acreditar em mim. Obrigada por vir. Obrigada por… aquilo.

Ela deu de ombros.

— Foi *mesmo* demais — concordou. — Você viu a cara deles? — Ela sorriu, depois começou a rir. Eu também ri.

— Desculpe — falei quando o riso passou. — Isso é tudo culpa minha.

— Cala a boca, Mar — Grace respondeu.

Então, lentamente, Malloryn se desencostou da parede. Pegou seu colar de cauda de raposa e o olhou por um segundo. Ela fechou o punho ao redor da cauda de Zorro e a segurou com força. Um sorriso perplexo atravessou seu rosto, como se tivesse acabado de perceber algo surpreendente e incrível.

— Gente — ela disse baixinho. — Acho que formamos um coven.

Entre seus dedos, uma suave luz rosa começou a brilhar. Ela fechou os olhos e começou a sussurrar consigo mesma, como se estivesse memorizando algo. Então parou, e o brilhou sumiu. Ela abriu a mão. A cauda havia sumido.

Respirou fundo e começou a cantarolar.

Era uma canção estranha. Não era familiar, mas, por alguma razão, eu sabia exatamente como era, e não pude deixar de acompanhar. A melodia era inebriante e, assim que entrou em minha mente, fez meu corpo inteiro parecer leve e capaz de flutuar. Malloryn gesticulava como um maestro, e percebi que Grace também estava cantando.

E quando as portas se abriram, foi o que os seguranças viram. Três intrusas desarmadas, batendo os pés no chão e cantarolando como idiotas. Malloryn ergueu os braços e nossas vozes ficaram mais altas, e logo os seguranças também nos acompanhavam.

Malloryn saiu primeiro do elevador, desarmando os seguranças com movimentos simples, com alegria e saltitando ao ritmo da canção. Com um aceno, dispensou todos, exceto por um. Ficamos olhando eles se retirarem dançando e saltitando, e então Malloryn se virou para o último.

— Como soltamos o unicórnio? — cantarolou.

— Precisam ir até a sala de operações — o guarda cantarolou em resposta. — É de lá que as jaulas são controladas. — Foi uma tréplica estranha que não seguiu o ritmo e quase fez a canção desandar. Mas Malloryn recobrou a melodia depois de um momento tenso e atrapalhado.

— Mostre-nos — ela cantou, tomando o segurança pela mão.

O segurança saltou e girou alegremente, e, quando atingiu o chão outra vez, iniciou uma sequência de passos cadenciados ao passar pelos recintos, puxando Malloryn consigo. Grace e eu seguimos, também carregadas pela canção.

À medida que passávamos pelas filas de clausuras, as criaturas lá dentro se pressionavam contra o vidro para nos observar. Era difícil dizer, pois a canção me entorpecia, mas parecia que elas também se haviam juntado à dança. Pássaros flamejantes tracejavam formas luminosas nas janelas. O gigante com os punhos de pedra batia ritmicamente no chão de sua jaula. Um majestoso ruminante, branco como a neve, de três chifres curvados balançava a cabeça enorme de um lado para o outro, seus pacientes olhos marrons nos seguindo enquanto passávamos dançando por ele.

— O que é isso? — perguntei, as palavras saindo como música. — O que está acontecendo?

— Nada de perguntas estúpidas — Malloryn disse, seguindo a cadência do refrão da música. — Não vou conseguir segurar por muito mais tempo.

No corredor, ouvi gritos e chamados que se dissolviam em harmonias à medida que nos aproximávamos. Seguranças e a equipe médica dançavam ao redor, seguindo suas próprias musas perplexas. Ao longe, sirenes dispararam. Mas ali, no corredor, havia apenas música, e sua melodia era acompanhada por todos.

Todos exceto uma criatura.

A escuridão profunda do recinto da mantícora engolia toda a música, e soube assim que a vi que aquela coisa não estava interessada em dançar.

— Vamos — chamou Malloryn, seguindo o segurança que sapateava pelo corredor. Mas o poder da mantícora me deteve no lugar. A escuridão me atraía, mesmo com a dança acelerando ao meu redor. — Vamos! — Malloryn gritou de novo, tão alto que a música saiu de ritmo por um segundo. Mas eu não conseguia me mexer. Não queria me mexer. E enquanto permanecia ali de pé, a música começou a desaparecer dos meus ouvidos e ossos, e tudo que eu podia sentir era a fome pulsante dentro do recinto da mantícora.

Uma sensação horrível se agitava dentro de mim. Um vazio nauseante me remoía por dentro. Respirei fundo, e, em meu peito, o ar parecia espesso e malévolo. Minhas pernas fraquejaram. Achei que fosse desmaiar.

— Marjan — disse a voz de Malloryn, distante. — Não temos tempo!

Eu sabia, vagamente, que a canção estava se aproximando de um momento de inflexão. A música estava chegando ao fim. Mesmo assim, não conseguia me afastar da jaula da mantícora.

E então senti mãos me agarrando e me girando. Uma estrofe extra pareceu ser adicionada à canção, que continuou por mais tempo do que deveria enquanto eu era conduzida pela dança a me afastar cada vez mais da mantícora. À frente, o segurança fez uma curva para a direita. Grace me segurava pelo braço, os dedos cravados na minha pele. Malloryn segurava o outro braço e nos puxava rumo ao fim do corredor. Estava forçando a voz. Dava para perceber que estava quase sumindo. Lágrimas escorriam de seus olhos. Seu rosto estava pálido. Mas a canção continuou quando chegamos ao final do corredor, depois viramos à direita, seguindo nosso guia até um simples acesso sem identificação.

Ele assentiu, e abriu a porta. Meia dúzia de guardas se ergueram quando entramos, mas os últimos instantes da música também os apanhou, e Malloryn me soltou e os enviou dançando para o corredor, um por um, antes de fechar a passagem e trancá-la, encerrando a música abruptamente. No silêncio atordoante, Malloryn me olhou por um segundo. E então seu rosto tornou-se inerte e ela desabou no chão.

Minha cabeça martelava. Era difícil me concentrar em qualquer coisa por muito tempo. Depois de alguns instantes, porém, consegui ter alguma ideia de onde estávamos.

Era uma sala pouco iluminada cheia de botões e controles e monitores, cada qual monitorando uma área diferente do silo. Havia câmeras no corredor das criaturas. Havia câmeras na enfermaria. Em todas as telas, seguranças e criaturas começavam a acordar, afastando os efeitos da canção.

Grace estava sentada em um canto. Estava claramente exausta por causa da música, mas havia fascínio em seus olhos. Malloryn estava deitada no chão, os olhos vidrados, a respiração superficial. O som abafado de um alarme ecoava através da porta, mas ninguém parecia estar se aproximando ainda.

Fui correndo até Malloryn e a sacudi pelos ombros.

— Ei — disse. — Você está aí?

Malloryn confirmou de leve. Eu me levantei, e minha cabeça girou tão rápido que quase caí. Depois de recuperar o equilíbrio, cambaleei na direção do que parecia ser um painel de controle e tentei estabelecer correspondências entre os botões e o que eu via nas telas. Mas era impossível. Meus circuitos também estavam queimados, e eu não conseguia fazer as conexões necessárias.

Gritos e chamados vieram do corredor. Passos. Pelas câmeras, vi um pelotão de reforços entrando no corredor das criaturas, empunhando armas.

Olhei outra vez para os botões, mas eles ainda não faziam sentido.

— Qual? — perguntei em voz alta.

Grace apareceu do meu lado e cerrou os olhos analisando as telas. Os guardas estavam próximos. Podia ouvi-los chegando ao fim do corredor.

— Rápido! — falei. Grace olhou para outra tela, depois para uma fileira de botões.

— Trinta e quatro — ela disse.

— Tem certeza?

Os guardas chegaram à porta. A madeira tremeu quando algo grande foi atirado contra ela.

— Trinta e quatro — ela repetiu. Encontrei o botão numerado assim. A porta tremeu de novo. Malloryn gemeu de medo e dor.

Encostei o dedo sobre o botão, e, quando fiz isso, meus pensamentos se alinharam em uma compreensão pura e completa, um caça-níqueis ganhando a pior bolada do mundo.

Libertar o unicórnio daquele jeito não ajudaria em nada. Ele seria capturado de novo, aqui no silo. Os guardas — armados e totalmente conscientes — poderiam muito bem atirar nele. Nós fracassaríamos e logo morreríamos todos, incluindo o unicórnio.

Havia apenas uma chance, uma ação que talvez pudesse salvar o unicórnio, que poderia salvar a todos nós.

Sou uma garota em uma clareira na floresta. Sou a falcoeira de um xá. Sou Marjan Dastani, cento e cinquenta metros abaixo do solo, no zoológico particular de Horatio Prendergast. Sou a expressão viva da Linhagem Hircaniana, e existem coisas que vão se repetir infinitas vezes, não por causa do destino, ou da maldição de um unicórnio, mas porque as pessoas simplesmente não mudam.

E, às vezes, a única saída é o caos.

Eu abri todas as jaulas.

CAPÍTULO TRINTA

LIBERDADE

Por um momento, nada aconteceu. Os animais — aqueles que podíamos ver nas telas — ficaram diante da porta aberta de suas jaulas em um silêncio atordoado. Os guardas, os médicos, todos congelaram no lugar.

Um único tiro ecoou, em um ponto do corredor. Depois outro. As imagens das câmeras de segurança começaram a apagar, uma a uma. Um som se intensificou do outro lado do acesso, uma cacofonia de uivos e rugidos e rosnados que originavam uma única nota vingativa. As batidas na porta passaram de raivosas para desesperadas. Um cheiro de fumaça tomou conta do ar. Os guardas imploraram, depois gritaram — e depois os barulhos cessaram.

Mas o som dos animais permaneceu. Moviam-se em ondas estrondosas. O bater de asas; os passos ansiosos de pés pequenos e grandes; o estilhaçar de vidro; a ruptura de metal. Eles passavam por nós, e nós não nos movíamos, nem falávamos nada. Nós mal respirávamos.

Finalmente, o corredor voltou a ficar silencioso. Nenhum som de animal, nenhum som humano. Grace suspirou aliviada. Malloryn gemeu, depois sentou-se, segurando a cabeça nas mãos.

— O que aconteceu? — perguntou.

— As coisas saíram um pouco do controle — Grace disse.

— Ainda estamos vivas — falei.

— Por enquanto — Grace alertou. — Mas temos que sair daqui.

Ela abriu uma fresta da porta e olhou lá fora, depois acenou para que a seguíssemos. Ajudei Malloryn a se levantar e saímos da sala de controle juntas.

O zoológico era uma ruína de cacos de vidro, azulejos quebrados e luzes piscando penduradas no teto pelo fio exposto. Uma espessa fumaça preenchia o ar, e labaredas de fogo estalavam aqui e ali entre os destroços. Um alarme vinha de algum lugar no corredor. Não havia sinal dos guardas que ficaram batendo na porta da sala de controle.

Em minha cabeça, a canção de Malloryn ainda latejava, e as sirenes e o gosto de fumaça nos pulmões não ajudavam em nada.

— Elevador — Grace disse, tossindo entre as sílabas. Nós três atravessamos o corredor cambaleando, passando pelos recintos vazios, com Malloryn se apoiando em nós.

Enquanto nos aproximávamos do elevador, comecei a sentir que o ar se tornava mais fresco e limpo. Entendi por que quando chegamos ali. A porta havia sido aberta à força; o elevador, arrancado do poço e lançado no corredor. Estava caído de lado entre uma pilha de destroços. Olhei para o poço vazio. No topo, a porta de metal também havia sido arrancada.

— Bom, estamos ferradas — Grace constatou.

Olhamos em meio à fumaça na direção de onde viemos. O caminho estava silencioso, calmo. Mas, ao longe, eu podia ouvir ecos de sons estranhos.

— Tem que haver outra saída — falei.

— Vamos tentar o outro lado do corredor — Grace disse.

Eu me virei para Malloryn.

— Você consegue andar? — perguntei.

Ela assentiu fracamente.

— Então vamos.

Dei apenas alguns passos antes que algo me agarrasse pelo braço e me puxasse para um dos recintos.

— Me ajude — sussurrou uma voz familiar. Demorou um pouco para a fumaça clarear, mas, quando isso aconteceu, vi o rosto do dr. Batiste, ensanguentado e aterrorizado.

Coloquei o braço por debaixo de seu ombro.

— Vamos sair daqui — eu disse. — Para que lado?

Ele apontou para o fim do corredor. Naquele momento, algo se moveu na escuridão aos fundos do recinto, e nós dois tivemos um sobressalto. Fugimos dali e da criatura que permanecia lá dentro.

Alcançamos Malloryn e Grace e, juntos, atravessamos a fumaça, os destroços e as chamas até o fim do corredor. Viramos à esquerda e passamos por uma enfermaria. A sala estava toda revirada. Mesas cirúrgicas foram arrancadas do chão e deixadas de cabeça para baixo. Tubos fluorescentes se dependuravam das instalações arruinadas, piscando. Uma pia foi arrancada da parede, e a água jorrava livremente dos canos. Mas, apesar de todo o caos, a sala estava silenciosa, exceto pelos suaves bipes e cliques dos equipamentos médicos. Aqueles sons familiares me atingiram num ponto que eu raramente visitava. Parei e fiquei escutando. Irracionalmente, desejei me sentar e ficar ali, como se fossem faróis me guiando na direção de algo que eu perdera.

— Marjan! — Grace chamou. — O que está fazendo?

Ela e Malloryn já estavam na porta do outro lado. O dr. Batiste estava logo atrás. Afastei a nostalgia e me juntei a elas em uma sala grande o bastante para enfiar um trailer inteiro.

Havia sinais de luta aqui e ali. Penas brancas flutuando em uma brisa invisível. Cápsulas de balas. Armas quebradas. Uma única bota preta, vazia, desamarrada com força.

Um caminho iluminado por lâmpadas industriais instaladas entre as vigas altas serpenteava o amplo trajeto até um túnel iluminado com luzes de emergência vermelhas que subiam até se perderem de vista. Ao redor e acima de nós, a sala mergulhava em uma escuridão profunda o bastante para conter todos os monstros que poderia imaginar. E eu também não era a única a enxergá-los. Minhas amigas e o doutor haviam parado diante da entrada. Todos vasculhavam as sombras.

— Este é o galpão de entrada — o dr. Batiste disse. — O túnel leva para a superfície.

— Tem certeza de que não existe outra forma? — Malloryn perguntou, olhando apreensiva para o caminho iluminado.

— A outra saída é pelo elevador — o doutor respondeu.

Ninguém se mexeu. Ninguém queria ir na frente.

— Você não tem mais um daqueles feitiços, não é? — Grace perguntou para Malloryn. A jovem bruxa disparou um olhar exausto, mas severo.

O dr. Batiste me olhou.

— É você que tem uma conexão com eles. Você deveria ir primeiro. Eles não vão machucá-la.

— Não tem como saber se isso é verdade — eu disse.

— Você é a razão de estarmos aqui — ele argumentou. — Eu diria que você nos deve isso.

Malloryn e Grace me observaram. Ele tinha razão. Todos tinham sacrificado algo, exceto eu. Malloryn estava branca como um fantasma. Grace arriscara a própria vida. O dr. Batiste estava sangrando e provavelmente perdera o emprego. O que eu tinha perdido?

— Certo — falei.

Entrei na sala, sozinha, enquanto Malloryn, Grace e o dr. Batiste observavam sob a segurança da porta da enfermaria. Se algo saísse da escuridão, eles poderiam facilmente se proteger e fechar a passagem sem demora. Ela aguentaria pelo menos um pouco. Mas eu estaria totalmente exposta e não haveria para onde correr.

Meus passos saíam abafados pela enorme sala. O mundo foi reduzido a apenas algumas cores e texturas. O túnel à minha frente, vermelho e sinistro. O chão, cinza pálido refletindo as luzes brancas do alto. E a escuridão, que estava viva. Movia-se como água agitada, apenas de esguelha. Respirava. Fazia sons que poderiam ser reais ou imaginários.

No meio do caminho, olhei para trás. Grace, Malloryn e o dr. Batiste observavam da porta, que parecia muito longe. Era tranquilizador eu ter chegado até ali sem ter sido devorada. Ao mesmo tempo, eu me sentia como uma astronauta flutuando no espaço, na ponta do cordão umbilical, ou talvez completamente solta dele.

— Acho que não tem perigo — disse, para o vazio entre nós. Eles passaram lentamente pela porta, primeiro Malloryn, depois Grace, o dr. Batiste por último. Seguiram com passos cautelosos, como se houvesse minas terrestres debaixo do concreto.

Estavam perto o bastante para que eu visse quando suas expressões mudaram, todas de uma vez. Notei que todos os olhos grudaram em algo ao mesmo tempo, atrás e longe de mim. Eu me virei lentamente.

Uma sombra descia cambaleando com passos incertos pelo corredor na nossa direção. Ela parou na entrada do túnel, sua forma escura e imensa bloqueando o caminho. Um par de olhos negros piscou na escuridão. Duas enormes mãos emergiram das sombras, fechadas em punhos, e bateram com tanta força que faíscas voaram de seus dedos de pedra.

— É melhor corrermos em diferentes direções — Grace sugeriu, baixinho. — Para tentar confundi-lo.

— E se ele não se mexer? — disse o dr. Batiste. — Ele está bloqueando a única saída. Se nos separarmos, pode acabar nos pegando um por um. É melhor corrermos de volta para a enfermaria. Fechar a porta, fazer uma barricada, tentar encontrar algo para atacar.

— Não consigo correr — Malloryn lembrou.

Ninguém respondeu.

O gigante bateu os punhos de novo. O estalo da batida fez meus ossos tremerem. Suas feições se fecharam em uma careta de pedra, revelando uma fileira de dentes tortos e amarelos. Sua boca fez um som de rocha deslizando contra rocha.

O dr. Batiste foi o primeiro a reagir.

— Não — ele disse. — Não deste jeito. — Então deu um salto e saiu correndo de volta para a enfermaria.

Achei que o gigante fosse avançar sobre nós, mas ele não fez isso. Fez o oposto, parecendo se encolher no lugar. Na verdade, pensei até ter visto uma expressão de preocupação cruzando seu rosto.

— Garotas?

A voz do dr. Batiste veio de apenas alguns passos atrás de nós. Ele parecia perturbado. Mesmo assim, eu não queria tirar os olhos do gigante, assim como Grace e Malloryn.

— GAROTAS?

Atrás de nós, algo enorme bufou raivosamente.

Quando me virei, avistei um longo e espesso chifre de pontas negras e afiadas avançando lentamente na direção do dr. Batiste sobre pernas poderosas. Um par de olhos negros pousaram sobre mim.

— Isso é... — Malloryn disse. Sua voz saiu baixa e cheia de fascínio.

— Sim — eu falei. — É ele.

O unicórnio caminhou a passos fortes na nossa direção, acabando com toda a esperança de retornarmos até a enfermaria. Havia novos ferimentos — cortes e arranhões, uma mordida, uma orelha rasgada. E havia uma nova exaustão, como um soldado deixando o campo de batalha.

Ele poderia ter nos matado com um único golpe de seu chifre trançado. E parecia já ter matado bastante. Das pontas afiadas pingava sangue fresco.

O unicórnio fez o dr. Batiste recuar de volta para o nosso lado, e então parou. Olhou para mim outra vez, depois virou os olhos atemporais para o gigante. Soltou um rugido grave e jogou a cabeça no ar, balançando o chifre em um círculo ameaçador.

Em resposta, o gigante bateu os pés no chão, rachando o concreto do piso. E então endireitou os ombros, abriu a boca e soltou um silvo estridente.

O unicórnio avançou entre nosso grupo, obrigando-nos a ir para o lado e abrir caminho para seu corpo enorme. Baixou o chifre outra vez e deu vários passos deliberados e destemidos na direção do túnel.

Por conta disso, o gigante bateu no chão com raiva, rugindo e esmagando o concreto sob seus pés até transformá-lo em uma fina névoa. Seus pequenos olhos negros nunca deixaram os do seu oponente.

O unicórnio deu outro passo na direção do gigante, parou e arrastou o casco no chão. Baixou a cabeça e raspou a ponta do chifre no piso, produzindo fagulhas azuis. Depois soltou um grunhido teimoso e se ergueu todo orgulhoso.

Por um momento, o gigante permaneceu imóvel como pedra. Então rosnou outra vez, virou-se e recuou pelo túnel até desaparecer de vista.

O unicórnio permaneceu exatamente onde estava por mais alguns instantes, observando-o se afastar. Quando desapareceu, o unicórnio me olhou outra vez, bateu com o casco no chão de novo e seguiu na direção do túnel, cavalgando cansado e obstinado.

Ninguém falou nada. Por um tempo, ninguém se mexeu. Finalmente, nós o seguimos, atravessando a sala, subindo pelo túnel vermelho e enfim ganhando a noite lá fora quando saímos pelo buraco de portas que foram arrancadas por mãos muito maiores e estranhas do que as nossas.

A mansão de Horatio estava em chamas. Bom, parte dela — a parte perto do elevador. Colunas de fumaça subiam de várias janelas. Alarmes de incêndio disparavam como buzinas raivosas, mas parecia que ninguém estava fazendo nada para remediar a situação.

Provavelmente porque havia outras coisas com que se preocupar.

Os caminhões foram destruídos. Nos para-brisas, havia rachaduras no formato de teias de aranha causadas por impactos pesados. Um táxi fora virado de cabeça para baixo. Os trailers foram abertos à força, e seu conteúdo se espalhava por toda parte. Vi alguns guardas e funcionários vagando sem rumo, desarmados, confusos, ensanguentados. Aqui e ali, pessoas cuidavam dos feridos. Todos pareciam semiconscientes. Mas estavam se ajudando. Estavam tentando salvar uns aos outros.

O unicórnio vagava entre eles, ignorado, esquecido. Ninguém mais tinha energia para persegui-lo, para correr em seu encalço com um daqueles grandes caminhões, para tentar atirar nele. A criatura saiu andando pelo portão principal, e parecia se tornar mais poderosa a cada passo. Ele atravessou a rodovia e desapareceu na mata.

— Conseguimos — Malloryn disse. — Nós o salvamos, não é mesmo?

— Sim — eu assenti. — Nós conseguimos.

Um sorriso cansado e satisfeito se abriu no rosto de Malloryn.

— Conseguimos — repetiu.

Só que eu não me sentia satisfeita.

Falta algo.

Em algum lugar do complexo estava o homem que havia matado o meu pai. Eu precisava confrontá-lo. Precisava ouvir isso dele e precisava saber o motivo.

Comecei a andar na direção da casa.

— Ei — Grace chamou. — Aonde você está indo?

— Preciso encontrar uma pessoa — eu disse. — Vocês não precisam vir junto.

Não olhei para trás. Não esperava que alguém fosse me seguir, e estava certa. Quando cheguei à entrada principal, eu estava sozinha.

A porta da frente fora arrancada do batente. As luzes estavam apagadas. O ar tinha cheiro de fumaça e o saguão estava devastado. Havia marcas de garras no chão e nas paredes. Janelas quebradas. As criaturas passaram furiosas por ali.

Uma pessoa emergiu das sombras, cambaleando com as pernas fracas. Levei um instante para reconhecer Ava. Seu cabelo estava solto. Havia marcas em seu rosto e sangue nas roupas.

Ela veio na minha direção, os olhos fixos na porta. Quase não me notou. Quando passou por mim, eu a agarrei pelo ombro.

— Horatio — eu disse.

Ela me olhou com olhos que nadavam em confusão. Inclinou a cabeça levemente na direção do corredor, um gesto quase imperceptível. Depois, se afastou de mim e saiu mancando pela porta.

O corredor estava escuro, exceto pelo brilho âmbar de uma chama ao longe. A fumaça espessa deixava o ar quente. Ouvi algo se mexendo, depois o disparo de uma espingarda, uma vez, duas vezes. Mais agitação. Outro disparo. Em seguida, uma voz familiar praguejando quando a movimentação continuou.

A distância era uma coisa estranha naquele corredor escuro. Atrás de mim, havia o saguão iluminado pela lua. Diante de mim, dobrando uma esquina, talvez um pouco mais à frente, havia a luz do fogo. O espaço intermediário parecia interminável, pouco familiar. Passei os dedos pela parede e segui a luz e os sons. Dobrei uma esquina, e o saguão desapareceu de vista.

Foi então que percebi uma presença me acompanhando, silenciosa e firme. Sua respiração era baixa e constante. Sem as garras, seus passos no mármore eram tão gentis quanto sussurros. Eu não conseguia enxergá-la, mal podia ouvi-la, mas a conhecia por causa da sensação que sentia no estômago, uma náusea negra e irrequieta, uma terrível fome.

Mas não havia nada a fazer, a não ser continuar andando. Parecia que seguíamos para o mesmo destino.

CAPÍTULO TRINTA E UM

RENASCIDO COMO ANJOS

HORATIO ESTAVA EM SEU ESCRITÓRIO, COM UMA ESPINGARDA DEBAIXO do braço. Havia mais fumaça ali. Um calor sinistro pairava no ar. Um pássaro aterrorizado de plumagem dourada batia as asas loucamente perto do teto. Quando entrei, um passo ou dois na frente da minha companhia silenciosa, Horatio disparou outro tiro, errando o pássaro por alguns centímetros. Ele praguejou, e quando me viu à porta, virou-se e apontou o cano da espingarda em minha direção.

— Você causou tudo isso? — perguntou, a voz cheia de raiva.

— Eu... — comecei a dizer, mas a mantícora havia entrado e Horatio não estava mais olhando para mim.

Sentindo sua chance, o pássaro mergulhou na direção da porta e voou para o corredor. A mantícora passou a espreitar o perímetro da sala.

— Estou vendo que fez um amigo — Horatio disse.

Ele virou a arma na direção da mantícora. A expressão da criatura continuou impávida, vazia, denunciando absolutamente nada.

— Pensei que compartilhávamos uma visão — ele comentou, os olhos grudados no animal que circulava pela sala com passos lânguidos. — Pensei que a carregava consigo, a vontade de mudar o mundo. Mas não. Você é comum. É igual a todas as outras pessoas. Paralisada de medo. Acha que sou um monstro, mas não faz nada enquanto nós fervemos os oceanos e envenenamos a terra e o ar. Você acha que esse animal aí está com fome? As forças humanas que regem o mundo são mais famintas do que mil mantícoras. Vão devorar tudo que é belo e precioso, e não será suficiente. Nós tivemos uma chance, Marjan. Poderíamos tê-los impedido. Poderíamos ter derrubado seus castelos e construído um novo mundo. E ter renascido como anjos. Poderíamos ter mudado tudo.

A mantícora disparou a cauda em um ataque exploratório, testando os nervos de Horatio, que gritou e saltou para longe antes de disparar um tiro desesperado que atingiu o chão, arrancando farpas.

— Você matou o meu pai — falei.

Horatio riu. Carregou outro cartucho na arma e apontou a espingarda na direção da mantícora outra vez.

— É isso que você pensa? — ele disse, incrédulo. — Esse é o motivo de tudo isso?

A cauda da mantícora disparou outra vez, testando, avaliando. Ela estava brincando com ele. Horatio desviou soltando um grito agudo, depois ergueu a arma de novo.

— Você destruiu tudo por causa disso? — inquiriu.

— Eu acho que ele tentou impedi-lo, e você o matou.

— O seu pai estava tão envolvido que não conseguiria impedir nada — Horatio falou. Ele e a mantícora estavam presos em uma dança lenta e deliberada. Horatio colocou sua grande mesa entre si e a criatura, mas ela jogou a mesa de lado com um movimento poderoso da cauda. — Ele dizia que odiava ter que aceitar meu dinheiro. — Horatio me olhou por apenas um momento. — Mas sempre aceitava.

A mantícora o golpeou de novo. Ele estava atento e pulou para o lado, depois grudou os olhos sobre ela e colocou o dedo no gatilho.

— Por que eu acreditaria em você? — perguntei.

Momentaneamente distraído, ele relaxou o dedo no gatilho e fechou o rosto, irritado.

— Eu não dou a mínima para o que você acredita ou não.

A mantícora o golpeou de novo, e, daquela vez, ele ergueu a espingarda e atirou. A bala acertou a lateral do corpo da mantícora, deixando um único buraco simples que começou a sangrar depois de alguns instantes. O corpo dela enrijeceu e ela soltou um tipo de gemido, mas seu rosto não se alterou.

— Veja só — Horatio disse com um deleite sombrio. — Eu acertei.

E então a criatura saltou sobre ele.

A arma caiu no chão. A mantícora o prendeu facilmente no chão, segurando os braços de Horatio com as patas. A cauda se ergueu e a ponta pairou sobre a cabeça dele.

— Me ajude.

— Não sei se consigo — respondi.

A mantícora se curvou até ficar cara a cara com Horatio. No corredor, o som das chamas se aproximava.

— Por favor — pediu.

Sua voz saiu fraca e lacrimosa. Seus lábios tremiam e ele tentou se encolher, mas as patas da mantícora não deixaram. Os olhos da criatura brilhavam com uma fome explícita. Sua pequena boca plácida refletia a luz em uma camada de saliva.

— Por favor — ele repetiu.

A cauda da mantícora se afastou, preparando o bote. Senti o vazio se espalhando dentro de mim, expelindo horror, asco, medo. Em seu âmago, o catalisador pulsante de cada coisa horrível que eu já fizera na vida, a mais profunda verdade da minha vida.

Falta algo.

— Espere — eu disse.

E, para minha surpresa, a mantícora congelou.

Horatio começou a rir, um espasmo nervoso de gratidão que logo se tornou uma tosse áspera. A fumaça estava mais densa. O fogo estava mais perto. A mantícora ainda o prendia, ainda o observava com a mesma máscara mortuária imperturbável.

— É isso mesmo, Marjan — ele falou quando recuperou o fôlego. — Agora diga a ela para me soltar. Diga a ela para...

— Não — falei.

— Não?

— Diga-me por quê.

— Por que o quê? — ele perguntou.

— Por que você o matou?

Ele pareceu desapontado.

— Marjan — disse. — Eu não matei.

— Você está mentindo.

— Eu não matei o seu pai — Horatio repetiu. — Eu precisava dele. Precisava que continuasse vivo. Peça para ela parar.

A mantícora, entediada, faminta, começou arrastar a pata sobre o pescoço de Horatio. Um fio de saliva escorreu de sua boca.

— Eu não acredito em você.

— É a verdade — ele argumentou, agora com a voz tremendo. — Eu o teria sequestrado, se precisasse. Mas não o teria matado. Ele era muito importante. Compreendia esses animais. Assim como você. Conseguia se conectar com eles, e ninguém mais era capaz disso. Nós precisávamos de Jim. Por favor, me solte. Por favor, diga a ela para me soltar.

Foi interrompido pela tosse. A sala estava quente, tomada por um calor sufocante e furioso. Estava começando a me sentir sufocada também. Meus olhos ardiam. Eu podia ouvir o fogo. Parecia um animal gigante inspirando e expirando.

— Temos que sair daqui, Marjan — Horatio disse. — Você precisa dizer a ela para me soltar. Eu juro que não matei o seu pai.

Ele parecia patético. Parecia impotente e pequeno, e eu me senti monstruosa, observando-o se contorcer.

— Solte-o — eu mandei. A mantícora cerrou os olhos. Por um longo momento de teimosia, ela não se mexeu. Relutante, ela o soltou, uma pata por vez. Por fim, recolheu a cauda. Horatio se sentou, sacudiu os braços e respirou fundo.

— Obrigado, Marjan. — E então rapidamente pegou a espingarda e apontou na minha direção. — Eu não matei o seu pai — falou. — Mas não vou deixar você sair daqui viva de jeito nenhum.

A mantícora se moveu como um raio. A arma disparou, mas a bala passou longe e atingiu a parede com um baque. A espingarda caiu, destruída, no chão. Horatio ficou de joelhos, atordoado, encolhido. No corredor, o fogo ardia.

Horatio olhou para a mantícora e depois para mim, com uma expressão trágica e perplexa no rosto. Ainda havia, talvez, tempo para salvá-lo, colocar os braços dele sobre meu ombro e sairmos juntos pela porta.

A fumaça agora penetrava na sala na forma de nuvens espessas que corriam pelo teto. O calor estava se tornando insuportável. Minha mente gritava para que eu fugisse, buscasse ar, sobrevivesse.

— Socorro — Horatio disse, um apelo patético e débil. Eu poderia tê-lo carregado de volta à segurança. Ele me deveria a própria vida. Talvez valesse de algo. Naquele momento, porém, percebi que não me importava com o que fosse acontecer a Horatio Prendergast. Eu não me importava se a mantícora o devorasse, com ossos e tudo. Ele teria matado milhões de pessoas. Ele teria matado o unicórnio.

A boca da mantícora começou a se abrir, seu horrível sorriso mortal cortando a tela em branco de seu rosto.

Horatio gritou. Naquele momento, soube que havia dito a verdade. Ele não tinha matado o meu pai. E isso não importava.

Faltava algo.

Eu me virei e me deparei com uma pequena figura de pé na porta, imperturbável pela aproximação do fogo ou pelos horrores acontecendo às minhas costas. Era Sturges. Eu não sabia desde quando estivera ali.

A boca da mantícora se fechou, distorcendo os gritos de Horatio em um ruído que soava mais como a fúria do fogo. Fiquei aliviada por estar de costas. Tapei os olhos de Sturges. Quando o toquei, vi o garoto que Horatio fora — curioso, muito inteligente e vulnerável. Vi, no canto daquele mesmo quarto que Horatio manteve no silo, como fora maltratado na escola. Vi o quarto sendo removido. Como foi trancafiado no canto da caverna. Senti como, de repente, o mundo havia se tornado inexplicavelmente menor e mais escuro. Como anos e anos se passaram, na solidão, enquanto Horatio se tornava cada vez mais estranho do outro lado do vidro, consumido pelo sonho febril de todas aquelas criaturas que o mudavam, o distorciam. Senti seu amor se transformando em pena, em desconfiança, em desgosto. Esperança se transformando em tristeza.

Gentilmente, mas com firmeza, Sturges removeu minha mão de seus olhos. Eu passei por ele e entrei no corredor.

— É melhor irmos embora — disse para o gnomo. As palavras saíram ásperas.

Sturges me olhou, depois voltou a olhar pela porta. Sua intenção ficou clara. Eu o deixei ali e, enquanto andava, depois corria, pelo corredor, o barulho do incêndio abafou os gritos de Horatio.

Malloryn e Grace ainda me esperavam lá fora quando saí. Fiquei aliviada ao vê-las. Ao mesmo tempo, eu me sentia um monstro. Deixei que um homem morresse de forma horrível, por uma morte que eu provavelmente poderia impedir, e tudo que sentia por dentro era decepção. Estivera errada. Horatio não tinha matado o meu pai. Mas, se não tinha sido ele, e não foram os Fell, então quem tinha sido? Eu não tinha nada. Nenhuma pista. Nenhuma ideia.

Nós três ficamos lá, assistindo ao incêndio por um tempo.

— E o dr. Batiste? — perguntei.

— Foi embora — Malloryn disse. — Foi buscar o carro. Nós dissemos a ele que iríamos esperar você.

Parecia uma bondade incrível terem me esperado ali, sem saber se eu estava morta ou viva, sem saber se eu sairia do meio daquelas chamas.

— É melhor darmos o fora daqui — Grace sugeriu.

CAPÍTULO TRINTA E DOIS

DESENLACE

O telefone tocava na recepção. Seria um cliente, como sempre era. Um cliente normal, corriqueiro. Mesmo assim, fiquei ouvindo, só para ter certeza.

Na Sala de Exames Um, a dra. P. cuidava de uma calopsita com algum tipo de infecção fúngica no bico. Na última semana, havíamos recebido mais pássaros do que o normal. Eu não sabia se isso significava alguma coisa, mas a dra. P. estava feliz.

Na sala de cirurgia, as gônadas de um filhote de beagle estavam sendo removidas. Se grudasse o ouvido na parede do escritório, eu podia ouvir o som familiar da voz precisa do dr. Batiste, urgente porém calma, murmurando poucas palavras ritmicamente.

Saí do escritório, fui até a recepção, passei pela sra. Cochran e seu gato laranja, que estava começando a desenvolver algum tipo de problema renal. Abri a porta da frente e ganhei a rua. Alguns carros passaram acelerando, correndo para não parar no sinal vermelho. O céu era de um azul pálido — o tipo de céu claro em que ninguém nota se tiver outras coisas em mente.

Chequei as notícias de novo. Fazia quase uma hora desde a última vez que olhara, o que já era bastante. Nos primeiros dias, ficava conferindo de cinco em cinco minutos. E não só durante o dia. Tarde da noite também.

Não conseguia dormir direito desde aquela noite em que estive com Horatio. Quando fechava os olhos, eu via o rosto da mantícora, sua boca se abrindo. Ouvia os gritos de Horatio. Sentia o calor do incêndio que com o tempo consumiu a casa inteira. Às vezes, sentia um cheiro de fumaça nas roupas que usava, no meu cabelo, e meu estômago se revirava. Era como se tudo se repetisse, como se eu testemunhasse tudo outra vez. Meu coração acelerava no peito. Às vezes eu me flagrava jogando as mãos no ar, tentando dispersar as visões como se fossem vapor ao meu redor. Às vezes eu me repreendia por deixar meus pensamentos retornarem para àquelas imagens. Ou implorava para o meu cérebro esquecê-las. Uma vez, ao acordar de um pesadelo, pensei ter ouvido algo espreitando no quintal. Acendi a luz e, quando olhei pela janela, vi um guaxinim correndo de volta para o escuro. Não consegui voltar a dormir.

Mesmo assim, o céu não havia desabado, o que já era algo.

As notícias foram ordinariamente trágicas — incêndio em um complexo afastado mata bilionário recluso e outras pessoas. Nenhuma palavra sobre as criaturas. Elas escaparam da prisão do Horatio e simplesmente desapareceram na noite. Ficava esperando alguém bater à porta a todo momento — a polícia; a imprensa; os Fell; o próprio Horatio, voltando para se vingar. Mas ninguém apareceu, e nada foi mencionado na imprensa, com exceção de um leve aumento no número de gatos desaparecidos.

A bem da verdade, eu avisara Jane Glass e os Fell sobre o ocorrido. Não sei o que eles fizeram com a informação, mas certamente estavam mais preparados do que eu para apagar as evidências das criaturas que viviam no complexo do Horatio. E tinham pelo menos parte da culpa pelas coisas terem se desenrolado daquela maneira, então parecia justo compartilhar a bagunça com eles.

Liguei para o dr. Batiste três dias depois do incêndio na Ménagerie. Ele aceitou minha oferta. Ele precisava de dinheiro e eu precisava de alguém na clínica que entendesse a paisagem especial do meu mundo e pudesse fazer o trabalho que eu não podia. De qualquer maneira, era um excelente veterinário.

Naquela noite, quando chegamos em casa, havia dois sanduíches de falafel frios cuidadosamente embrulhados à porta. Na casa de Francesca, a luz estava acesa. Quando entramos, a luz se apagou.

Malloryn foi para a cama e dormiu por doze horas. Zorro se deitou com ela e não saiu de seu lado por nada. No dia seguinte, ela precisou implorar para não ser mandada embora por ter escapado do trabalho mais cedo para salvar o mundo. Parecia que a vida nunca seria totalmente justa com ela, então, para manter o equilíbrio, eu lhe disse que podia ficar comigo pelo tempo que quisesse.

Fui à minha primeira competição de nado duas semanas depois. Carrie era uma pessoa diferente na piscina. Ela era rápida e poderosa e, acima de tudo, calma. A equipe não conseguiu ganhar no fim das contas, mas nós fizemos as pazes depois disso. Não foi difícil. Com certos amigos, basta só estar por perto quando precisam.

Com Grace, as coisas foram mais lentas e estranhas. Tinha longas conversas com ela, estava tentando ajudá-la a processar tudo que testemunhara naquela noite. O que fizemos, o que vimos, ainda não fazia sentido para ela. Grace sabia que tudo tinha realmente acontecido, mas em partes ainda não acreditava. Certo dia, contei algumas das histórias do meu pai. Isso pareceu ajudar. Eu me senti bem recontando-as em voz alta, depois de tantos anos carregando-as na cabeça, e enfim compartilhando com outra pessoa algumas das forças que moldaram e para sempre vão moldar a minha vida. Essa era a cultura que ele me transmitiu — uma cultura de coisas que eram e não eram. Era o cenário onde minha vida havia acontecido e onde nada acontecera. E, depois disso, outra pessoa no mundo podia passar a entender tudo aquilo.

Também percebi outra coisa. Havia todo um lado da minha herança cultural que eu mal conhecia. Uma língua que eu não falava, costumes que não entendia, um país que parecia distante e muito diferente. Queria me aproximar dessas coisas. Queria que tivessem significado para mim, mesmo se eu tivesse que me esforçar para tal. Mesmo não tendo recebido essa parte da herança, como era o caso das crianças que costumava encontrar nas festas do Noruz. Então, um dia, liguei para Hamid, um dos irmãos do meu pai, e nós conversamos. Ele foi paciente e acolhedor, e mais engraçado do que eu me lembrava em nosso último encontro. Ele parecia um pouco o meu pai que existia nas minhas velhas memórias, aquelas de antes da morte da minha mãe.

— Você tem uma família aqui, Marjan — ele disse. Foi legal ouvir meu nome com uma pronúncia não muito diferente da do meu pai. — Todos adorariam conhecê-la.

— Acho que eu também gostaria de conhecê-los — respondi. Foi estranho pensar em todos aqueles rostos distantes como meus familiares, mas, pela primeira vez, pareceu reconfortante. O abismo entre nossas vidas pareceu menor. O que eu queria ainda parecia muito distante, mas o mundo parecia um pouco maior, e talvez eu mesma também tivesse crescido com ele.

Estranhamente, eu não odiava o Horatio. Sentia pena dele. Horatio havia começado algo que se tornou maior do que si próprio, maior do que sua mente conseguia lidar. Maior, provavelmente, do que qualquer mente na Terra poderia lidar. Ele simplesmente se perdeu no meio disso tudo.

Eu me perguntei se aquele poder inominado também estava me mudando. O mundo agora parecia muito mais frágil. Os carros pelos quais passava a caminho do trabalho, os rostos na escola, até o conforto do escritório do meu pai — tudo era feito do mais brilhante e delicado cristal. Um leve toque podia despedaçá-lo para sempre.

Chequei a calha da clínica em busca de meu velho gato de rua, mas ele não estava em parte alguma. Mesmo assim, despejei um pouco de ração em sua tigela, sacudi-a algumas vezes e a deixei na frente da porta. Eu sabia que, da próxima vez que verificasse, a tigela estaria vazia.

De volta à clínica, olhei ao redor para ver se havia algo em que podia ajudar. A recepção estava calma. Os pacientes nos fundos estavam recebendo cuidados. A sala de cirurgia já estava limpa e pronta para a operação seguinte. Ninguém precisava de mim. Então voltei para o escritório para fazer o dever de casa.

Fiquei lá por apenas alguns minutos antes de alguém bater à porta. Era a dra. Paulson.

— Tem um tempinho para conversar? — perguntou.

— Sim, sente-se, por favor — eu disse. Ela sorriu e se sentou à minha frente.

Trazia uma pasta fina debaixo do braço. Não parecia o arquivo de nenhum paciente. Ela olhou para a pasta, depois para mim.

— Então — começou. — Às vezes conhecemos alguém por anos e, de repente, um dia, passamos a enxergá-la de um jeito totalmente diferente.

Ela fez uma pausa, desviou os olhos. Parecia incerta, quase nervosa. Acho que nunca vira a dra. Paulson nervosa antes. Então ela me olhou diretamente nos olhos.

— Eu e o seu pai... — ela titubeou. E então não disse nada por um longo tempo. E como eu também não disse nada, ela ergueu as mãos espalmadas e disse: — Bom. É isso. Eu e Jamsheed.

Ela soltou um suspiro de alívio e toda aquela aparência de ave de rapina pareceu relaxar e derreter, e eu vi pela primeira vez alguém que estava confusa e solitária e enlutada. Fiquei ali sentada sem dizer nada, enquanto o mundo se distorcia como sempre fazia quando fatos básicos da minha vida mudavam.

— Havia sentimentos — ela disse. — Nada mais do que isso. Mas eram... sentimentos fortes.

— Eu não fazia ideia — respondi, e pareceu um comentário estúpido, mas também era absolutamente verdadeiro.

— Ele não queria contar. Não estava pronto. Ele me disse que tinha que fazer algo primeiro. Disse que precisava consertar as coisas com você. Então eu esperei. Eu estava esperando... — Ela parou de falar.

Minha mente começou a repassar todas as vezes que vira meu pai e a dra. P. juntos, em busca de todas as pistas que eu tinha deixado passar. Eu me senti como uma criancinha, jovem demais para entender os eventos ao meu redor. Eu queria exigir respostas, mas parecia não existir mais respostas a serem exigidas. A dra. P., com seu jeito direto de sempre, já tinha me dito tudo que eu precisava saber.

— Quanto tempo...? — perguntei, porque precisava perguntar alguma coisa.

— Depende de quando começar a contar — ela respondeu. — Alguns meses, acho.

— Por quê? — indaguei. — Quer dizer, por que ele? Por que agora?

— Ele era um bom homem — ela disse. — Estava magoado, e era uma pessoa fechada, mas era uma boa pessoa. E acho que ele queria ser feliz.

— Por que não me contou antes? — eu perguntei.

— Achei que você não queria saber.

— E por que contar agora?

A dra. P. respirou fundo de novo, e a ave de rapina retornou.

— Porque eu quero comprar a clínica — falou —, e quero que confie em mim.

Pôs a pasta sobre a mesa e a deslizou para mim. Eu abri e olhei os poucos papéis que havia lá dentro.

— É muito justo — ela disse. — Eu mostrei a oferta para o seu contador, e ele concorda.

— Você mostrou isso para o David? — perguntei.

— Pedi que ele não dissesse nada — a dra. Paulson explicou. — Eu queria lhe contar primeiro.

Olhei para o número. Voltei a olhar. Era uma quantia mais do que justa.

— Por quê? — questionei.

— Porque quero que você diga sim — ela disse.

— Mas por quê? Por que este lugar?

Ela sorriu consigo.

— Nós tínhamos pássaros quando eu era menina. Periquitos e galinhas. Eu cuidava deles. Sempre quis ser veterinária. Sempre quis a minha própria clínica, desde quando era pequena. Mas não ganhava o suficiente quando terminei a faculdade. Meus pais eram professores. Não tínhamos muito dinheiro. Trabalhei como plantonista por um tempo, em alguns lugares diferentes. E então Jim me contratou. Achei que fosse passar alguns anos aqui, tempo suficiente para ajeitar minhas finanças. Mas então meu pai adoeceu, e, quando isso acabou, minha mãe adoeceu. Nunca houve o momento certo.

— E você realmente quer ficar com este lugar.

— Tudo que preciso está aqui.

— E você quer fazer esta oferta. Esta oferta que está aqui.

— O empréstimo já foi aprovado. A papelada está aí dentro.

Passei a vista nas páginas.

— Preciso pensar um pouco — falei.

— Vou cuidar muito bem daqui — ela disse. — Eu prometo.

— Eu sei que vai — respondi.

Então, delicada e precisa, ela se levantou para sair.

— Dra. P. — chamei. Ela parou junto à porta. — Ele nunca consertou as coisas, seja lá o que isso signifique. Caso esteja se perguntando. Mas acho que ele estava tentando.

Ela não disse nada. Quando saiu, o silêncio em que me deixou era tão estranho e surreal quanto qualquer uma das criaturas de Horatio.

Meu pai e a dra. Paulson. Eu repetia essas palavras sem parar, e parecia impossível que fizessem sentido. Por que ele não me contou? Por que não consertou as coisas? De repente, fiquei com raiva.

Fiquei com raiva de Ellen Paulson por não ser quem eu pensava que fosse. Ela não era apenas a dra. P., atendendo pacientes na Sala de Exames Dois, e esse fato perturbava algo delicado e seguro. Ela queria coisas, assim como eu. Estava cansada e magoada e frustrada, assim como eu. Carregara seus segredos, sua tristeza e seus desejos durante todos aqueles meses, sem revelar nada — uma garça espreitando no mato. Agora que me contara, eu não sabia mais como encará-la. Eu não sabia quem ela era.

Fiquei com raiva do meu pai, por tudo. Por não fazer o que queria fazer, por esperar tempo demais. Por nunca me contar nada. Por fazer com que me sentisse quebrada por dentro. Por acabar morrendo, provavelmente por algo estúpido.

Fiquei com raiva de mim mesma, por não enxergar o que estava acontecendo bem à minha frente. Por não perceber a verdade bem debaixo do meu nariz, porque não estava prestando atenção o bastante.

E fiquei com raiva por não ser suficiente, por não ter idade suficiente ou ser boa o suficiente para administrar bem a clínica. Fiquei com raiva por ter que escolher, e pelo fato de que perderia algo de qualquer maneira. Se continuasse com a clínica, a dra. P. acabaria se afastando — talvez não imediatamente, mas logo. De um jeito ou de outro, daria um jeito de ter sua própria clínica. Se eu aceitasse a oferta, eu perderia a única constante que ainda restava na minha vida.

Mas a pior e mais ínfima indignação era saber que ela estava certa em comprar a clínica de mim. Eu não pertencia ao lugar. Era o meu passado.

Eu não merecia estar ali, e a dra. Paulson merecia.

A oferta era boa. Eu não precisava de David Ginn para saber disso. Mas fui me encontrar com ele mesmo assim. Já era final de tarde, e ele estava fechando o escritório. Mas me recebeu bem e puxou a cadeira para mim.

— Desde quando você sabe? — perguntei.

— Algumas semanas — David disse. — É muita coisa para levar em conta, eu sei.

— Você acha que meu pai aceitaria uma oferta dessas?

David riu e sacudiu a cabeça com tristeza.

— Isso era a vida dele — falou. — Talvez se achasse que estava pronto para se aposentar... Honestamente, porém, acho que ele nunca ia se aposentar, Marjan.

— Então eu estaria vendendo o seu legado — concluí.

— É um jeito de encarar — ele respondeu. David juntou as mãos. — Mas talvez eu possa lhe oferecer outro ponto de vista. Nesses últimos meses, tudo que você fez foi honrar esse legado.

Não pude evitar sorrir um pouco ao ouvir aquilo. David não fazia ideia de tudo que eu fizera nos últimos meses. De qualquer maneira, tomou meu sorriso como um incentivo e assentiu, empático.

— Você encarou o desafio, e não precisava ter feito isso. Podia ter vendido tudo e seguido em frente, mas não fez isso. Administrou a clínica e a manteve em funcionamento. Superou todos os desafios que se apresentaram. E acho que, se pudesse vê-la agora, Jim ficaria realmente orgulhoso.

David estava certo. Acho que meu pai ficaria orgulhoso. Ele poderia ter feito tudo diferente, mas, no fim, teríamos salvado o mundo. Pais adoram esse tipo de coisa.

— Obrigada, David — agradeci. — Isso significa muito para mim.

Ele se levantou e abriu os braços para um abraço, envolvendo-me com força quando me aproximei. Achei que ele também estava chorando um pouco.

Depois de um momento, ele me soltou. Seus olhos, levemente marejados, se acenderam com a fagulha de uma ideia. Juntou as mãos, pousou o queixo sobre os punhos e ergueu uma sobrancelha inquisitiva.

— Ei, o que vai fazer amanhã à noite? — perguntou. — Você tem planos? Você podia jantar com a gente. Podia ser uma celebração. O legado do seu pai, o seu futuro. Liz e as crianças adorariam te ver. O que acha?

Seus olhos brilhavam repletos de carinho e tristeza e esperança.

— É claro — concordei.

CAPÍTULO TRINTA E TRÊS

JANTAR

A CASA DA FAMÍLIA GINN ERA MENOR DO QUE AS CASAS AO REDOR E UM pouco mais surrada. Havia uma figueira no jardim com frutas escuras penduradas sob as largas folhas. Pelas janelas, dava para ver as luzes acesas, um brilho muito acolhedor. Através dos galhos da árvore, eu podia ver a sala de jantar. Elizabeth estava sentada à mesa. Eu não a via desde o velório.

Passei pela figueira e deixei minha bicicleta junto à pequena escada que levava até a porta da frente. Quantas vezes eu já tinha subido aqueles degraus, com meu saco de dormir debaixo do braço, o carro do meu pai estacionado na calçada? Meu pai muito bem podia estar de pé ao meu lado, esperando para me entregar com um aperto de mão aos cuidados da família Ginn por uma ou duas noites. Eu podia ter nove anos, ainda acreditando que aquilo era normal.

Por um momento, parecia que tudo isso já tinha acontecido, como se eu estivesse caminhando para o meu passado. A sensação foi tão convincente que me flagrei regredindo para uma versão anterior de mim mesma, uma que não sabia nada sobre criaturas escondidas ou segredos de família. Era tentador fazer de conta, por uma noite, de que o meu mundo era normal — tão normal quanto possível, de qualquer maneira.

Mas eu não era mais aquela garota de nove anos de idade. Eu nem era mais a mesma pessoa que fora logo depois que meu pai morreu. Sentia-me mais forte. Tinha a visão aguçada. Meu mundo não era normal, e nunca seria. Havia segredos por toda parte. Havia sonhos e pesadelos, invisíveis, atrás de cada porta, por trás de cada rosto. E alguns deles, os mais estranhos de todos, podem um dia precisar da minha ajuda. Agora eu tinha um dever, de estar atenta, de ver o mundo com clareza, de tentar entender o máximo possível.

A porta se abriu. David estava à entrada, com um sorriso no rosto.

— Crianças! — ele chamou. — A Marjan chegou!

Ouvi uma movimentação nas escadas enquanto ele me recebia. Ramsey e Cole desceram em um furacão de joelhos e cotovelos e cabelos loiros. Já fazia uns dois anos que eu não os via.

— Oito e seis, certo? — perguntei.

— Nove e sete, você acredita? — David disse.

Eles estavam mais altos, detentores de energia e espírito mais distintos — Ramsey, pensativo, quase taciturno; Cole, selvagem, bagunceiro e exuberante. Agora eram mais parecidos com as pessoas em que futuramente se tornariam. Mas ainda eram crianças, e provaram isso quando ambos vieram correndo até mim, Cole tomando minha mão e Ramsey me agarrando pela perna.

— Você sempre foi a babá preferida deles — David relembrou. — Entre.

O interior estava limpo, iluminado e acolhedor. Havia flores em um vaso sobre a mesa. David pegou meu casaco e o pendurou.

— Sente-se, sente-se — falou enquanto nos conduzia para o sofá na sala de estar, aquele em que eu costumava dormir. — Vou trazer algo para você beber.

— Já estou indo — avisou a voz de Elizabeth da cozinha.

Havia fotos acima da lareira: do casamento de David e Elizabeth; Elizabeth, exausta na cama do hospital, embalando Ramsey recém-nascido; David embalando Cole quando bebê, Ramsey sentado no colo de Elizabeth. Os irmãos em um dia ensolarado, escalando pedras na beira de um lago. Ao lado das fotos, havia algumas bugigangas: uma concha do mar; um modelo de um Porsche; uma garrafa de bronze ornamentada fechada com uma rolha. Tudo exatamente como eu me lembrava.

David retornou com dois copos de água e uma tigela de nozes.

Ramsey e Cole se acomodaram em um canto, onde jogavam um jogo de cartas com ilustrações coloridas e regras incompreensíveis.

— Você parece diferente, Marjan — David disse. — Parece mais confiante. Alguém pronta para o mundo.

— Não sei se isso é verdade — respondi. — Mas acho que estou pronta para o passo seguinte.

— E qual seria?

— É difícil explicar — falei.

Estava tudo mapeado em minha mente. Eu manteria a tradição da família — tinha que fazer isso, sem dúvida. Mas não podia fazer do jeito do meu pai. Simplesmente não era possível.

Não haveria mais uma clínica veterinária. Seríamos algo mais solto, mais flexível. Eu pediria ajuda para o dr. Batiste. Chegaríamos a um acordo com a dra. P. para alugar a sala de cirurgia se fosse preciso. Malloryn seria uma prestadora de serviços — nunca se sabe quando uma bruxa pode vir a calhar. Poderia até ligar para Ezra. Ela tinha habilidades que poderiam ajudar.

Se os números batessem com o que eu havia estimado, a oferta da dra. Paulson seria suficiente para cobrir um ano de despesas. Seria um ano caótico, mas o caos não me assustava — eu crescera em meio ao caos. Graças ao meu pai, eu diria.

E, claro, eu precisava me formar.

Nós nos acomodamos, e fiquei observando os garotos imersos em seu jogo de cartas, ignorando qualquer outra coisa no mundo. Naquele momento, Elizabeth saiu da cozinha com um avental verde, as mangas enroladas até os cotovelos, o cabelo loiro puxado para trás em um rabo de cavalo muito prático.

— Já está quase na hora do jantar — disse. Então, se dirigiu aos garotos: — Terminem o jogo e vão se limpar.

Os garotos não fizeram nenhuma menção de que iam encerrar a partida, e, depois de um momento, Elizabeth atravessou a sala e tirou as cartas deles.

— Depois do jantar — respondeu em meio a protestos. Então, ela se virou para mim e sorriu. — Ouvi falar muito das suas aventuras.

— Você… hum… ouviu? — falei.

— Acho ótimo o que você está fazendo — ela comentou.

— Você acha? — Fiquei tentando imaginar o que ela achava que eu vinha fazendo. Por um longo e atordoante momento, fiquei imaginando o que ela sabia.

— A clínica era muito importante para o seu pai — ela disse. — Ele ficaria muito orgulhoso de você por continuar cuidando de lá.

Cole se enfiou entre nós, lindamente ignorando nossa conversa, e me mostrou as cartas que tinha. Havia um dragão cuspindo fogo em uma e um castelo com um brilho sinistro na janela em outra.

— Parece uma mão muito boa — comentei. Ele concordou, satisfeito, e foi embora.

— Fiz cordeiro assado — Elizabeth falou, voltando para a cozinha. — Espero que goste.

Com aquela deixa, um cheiro maravilhoso veio da cozinha — alho e ervas e o rico aroma de cordeiro. Senti um puxão. Olhei para baixo, e vi Ramsey me olhando com seus grandes olhos castanhos, iguais aos de seu pai. Ele acenou para mim.

— Oi, Marjan — ele disse.

— Oi, Ramsey — respondi. — Em que ano da escola você está agora?

Ramsey mostrou três dedos. Ele sorriu, mostrando a banguela.

— Mas está fazendo matemática do quarto ano — David comentou. — Garoto esperto. Não é mesmo, filhão?

Ramsey deu de ombros, repentinamente tímido, depois saiu correndo para lavar as mãos para o jantar.

— Eles cresceram tanto — comentei.

— Eram bebês faz pouco tempo — David disse. — Nem parece real. — Ele se levantou da poltrona, pegou seu copo de água e me levou até a sala de jantar.

Nós nos sentamos à mesa, David na cabeceira, Ramsey e Cole cada um de um lado da mesa, de frente um para o outro. O cordeiro assado estava amarrado e descansando no molho dentro de uma travessa branca. Havia purê de batata em uma tigela funda e uma caçarola com couve salpicada com alho torrado. Havia macarrão com queijo para as crianças e pão de alho em uma cesta de vime.

David apanhou a faca e começou a cortar a carne.

Uma fatia de cordeiro foi colocada no meu prato, junto com uma porção de purê de batata. Elizabeth serviu o macarrão para as crianças, e elas começaram a comer com alegria.

— É o prato favorito do Cole — ela explicou, e Ramsey acrescentou orgulhosamente:

— O meu é pizza.

O cordeiro estava rosado e macio e molhado, assado com perfeição. O purê estava espesso e saboroso. A couve brilhava no meu prato.

— Então — Elizabeth disse —, *bon appétit.*

Cortei o cordeiro. Por apenas um segundo, a lâmina parou e a carne pareceu dura como couro velho. Um momento depois, a carne cedeu e a faca a cortou como se fosse manteiga. Uma coluna de vapor com aroma de alecrim subiu do corte. O cheiro me fez salivar.

Mas quando levei o garfo até os lábios, o aroma inebriante deu lugar a um cheiro muito diferente: mofado, fétido, sujo.

O cheiro desapareceu imediatamente, mas meu estômago já tinha se revirado. Baixei o garfo fazendo um barulhão. Todos olharam para mim.

— Está tudo bem? — David perguntou.

— Desculpe — eu disse.

David e Elizabeth trocaram um olhar preocupado e constrangido.

— Tem algo errado... com a comida? — Elizabeth disse com uma voz fraca e hesitante.

— Não — falei. — Tenho certeza de que está ótima.

Forcei um sorriso, limpei a garganta algumas vezes e tentei controlar o estômago respirando fundo. Olhei para o prato. A comida ainda parecia maravilhosa, melhor do que qualquer coisa que eu comera em semanas. Quase parecia boa o bastante para esquecer o cheiro, mas não exatamente.

Afastei o prato e me levantei.

— Eu só preciso de um pouco de ar — anunciei. Saí rapidamente da sala de jantar, voltei para a sala de estar e fiquei ali, respirando fundo.

David veio atrás de mim um momento depois, trazendo um copo de água.

— Você está bem? — David perguntou.

— Vou ficar bem, tenho certeza — disse. Eu me sentia mesmo melhor depois de me afastar da comida. Mais alguns minutos e talvez a sensação passasse por completo.

Podia sentir a presença de David ali de pé. De esguelha, sua sombra parecia muito pesada. Estava muito constrangida, e muito confusa, para olhá-lo nos olhos. Procurei algo em que me concentrar, e meus olhos encontraram a velha garrafa de metal sobre a lareira.

— Está querendo voltar atrás? — ele perguntou, parecendo muito distante. — Tudo bem, se estiver. Você ainda não assinou nada.

— Não estou querendo voltar atrás — eu disse.

— Sei que é um momento assustador — David insistiu. — Tudo está mudando. Tenho certeza de que tudo parece muito incerto. É difícil saber se está tomando a decisão certa.

— E estou? — perguntei, ainda sem olhar para ele.

É isso mesmo que está me incomodando?

— Você meio que precisa se forçar a acreditar que está — ele falou. — Esse é o desafio. Acreditar, até que se torne realidade.

— Igual a administrar um negócio — eu disse.

O cheiro — de lixo. De coisas mortas. Será que era dúvida? Ou algo além disso? Parecia tão...

— Igual a tudo — ele comentou. — Crença, ilusão, realidade. Nós criamos nosso mundo, Marjan. É como mágica, e fazemos isso todos os dias.

— É isso que fazemos? — perguntei.

Algo me veio à mente, uma ideia arisca, uma pergunta que sumiu na escuridão antes que eu pudesse fazê-la.

— Talvez você precise de um tempo sozinha — David sugeriu.

Ouvi David começar a voltar para a sala de jantar. Fiquei olhando para a garrafa e tentei atrair aquele pensamento de volta à minha mente, trazê-lo à tona. Mas tudo que consegui ouvir foram as palavras de David, ecoando até mim.

Crença, ilusão, realidade.

Fazemos isso todos os dias.

Falta algo.

— David? — chamei.

Eu o ouvi parando. Meu coração martelava no peito.

— Como você conheceu o meu pai? — perguntei.

Ele ficou em silêncio por um segundo.

— Como assim?

— Quer dizer, a primeira vez em que se encontraram. Como aconteceu? Ele o procurou? Você ligou do nada para ele? Quer dizer, como foi?

De novo, um longo silêncio, enquanto o mundo começava a desabar sobre mim. Eu sabia o que significava aquele tipo de silêncio. Esse é o espaço onde a mentira acontece.

— Eu acho... — ele titubeou. — Acho que fomos apresentados.

— Quem os apresentou? — perguntei, com a voz mais calma possível.

— Eu não... — Uma pausa. — Acho que não me lembro. — E, então, logo acrescentou: — Venha, vamos voltar para a mesa. Tem uma torta no forno. Torta de maçã. Era uma surpresa para você, mas...

— Uma distração — falei.

— Como é?

— Vance Cogland — eu disse. — Lubbock, Texas.

Outro longo e impenetrável silêncio.

— Marjan, que perguntas são essas?

Eu me virei para encará-lo e vi o medo em seus olhos.

— O que falta, David? — questionei. — Diga-me.

— Do que você está falando? — Sua voz saiu aguda, como se estivesse encurralado. Estendeu a mão na minha direção e eu dei um passo para trás.

— Quem foi? — eu disse.

— Quem foi o quê? — David perguntou. Ele deu outro passo na minha direção e eu recuei ainda mais.

Elizabeth agora estava à porta.

— Que diabos está acontecendo? — exclamou.

— Tem algo de errado com ela — David disse.

— Conte a ela — falei. — Conte a verdade. Conte-lhe sobre Vance Cogland. — Ele continuou avançando e eu continuei recuando. — Fique longe — disse.

— Devo chamar a polícia? — Elizabeth perguntou. Tinha um celular à mão.

— Não — ele disse, agora com as duas mãos estendidas, conciliatório, razoável.

— Quem matou Vance Cogland?

A expressão no rosto de Elizabeth era de horror. Vi Ramsey olhando pela porta. Eu me sentia quase selvagem. Mas agora não importava. Já tinha chegado até ali. Precisava ir até o fim.

— Quem matou o meu pai?

— David? — Era a voz de Elizabeth, pequena e aterrorizada. — Do que ela está falando?

— Não é nada, Liz — David respondeu, sem nunca deixar de me olhar. — Ela apenas está passando por um momento difícil.

— Papai? — Ramsey chamou.

— Fique aí, filhão — ele disse. — Fique com seu irmão aí também. A Marjan...

— Não! — interrompi. — Não até que você responda às minhas perguntas.

— Sente-se, então podemos conversar.

— Foi você, David? Lá em Lubbock?

— Acalme-se, Marjan — pediu. — Você não sabe o que está dizendo.

A sala parecia quente demais — um calor seco e escaldante que cheirava a canela e cravo queimados. Nós dançávamos pela sala, ele avançando, eu recuando.

— Você fez isso — eu disse. — Foi você.

— Não — David negou. Recuei até entrar na sala de jantar. Ramsey se encolheu em um canto. Cole ainda estava sentado na cadeira. Estava chorando.

— Foi você — repeti. — Você matou os dois.

— Não! — David gritou. — Não! Não! Não!

Eu não conseguia colocar os olhos sobre ele. Ele era uma mancha. Tudo era uma mancha — um borrão distorcido de cor e luz. Meu coração martelava no peito. Eu tinha certeza de que a sala estava esquentando. Eu me sentia queimando.

— Você matou Vance e matou o meu pai.

— Fique longe daqui! — David rugiu. — Fique longe desta casa, fique longe da minha família.

A comida servida havia sumido dos pratos. Em seu lugar, pedaços de papelão, borracha industrial, papel amassado. Água suja. Lixo. Os cheiros do jantar desapareceram e, em seu lugar, havia o odor mofado de anos de negligência, o cheiro de lixo apodrecido. A tinta das paredes começou a descascar. Rachava e craquelava diante dos meus olhos. Lâmpadas explodiram no soquete, lançando uma chuva de fagulhas no ar.

— Eu só quero saber por quê — disse. — Por que você matou o meu pai?

Mas ele não estava mais me escutando. Ele virou a mesa de lado, que voou no ar e se espatifou contra a parede. Elizabeth gritou. Cole e Ramsey choravam agora.

David Ginn olhou para mim.

— O que você fez? — perguntou. Ele encarou as próprias mãos, sentiu o próprio rosto. — O que você fez?

— David? — chamou Elizabeth, só que sua voz saiu muito mais fraca. O choro das crianças também enfraqueceu. Tentei encontrá-los, mas já não estavam mais lá. Em seus lugares, eu vi mais lixo. Um velho esfregão caído no chão onde antes esteve Elizabeth. Uma velha corrente enferrujada substituiu Ramsey. Seu irmão, Cole, não era mais do que uma pilha de jornais velhos. Haviam sumido, todos. Eles nunca existiram.

Eu me senti enjoada.

— O que você fez? — David disse. Ele estava onde antes ficava a cabeceira da mesa, os braços caídos ao lado do corpo, soluçando em um desgosto impotente enquanto seu mundo se desintegrava a seu redor.

A sala finalmente tomou sua verdadeira forma. Escura, lacrada com tábuas, lar de aranhas e ratos. Não era um lugar adequado para uma família, e nenhuma família vivia ali há muitos anos. David estava do outro lado do cômodo, a raiva e a tristeza que sentia queimavam silenciosamente por detrás dos olhos.

Não dissemos nada por um longo tempo. Entre soluços, ele ofegava alto. Balançava a cabeça lentamente, sem acreditar. Parecia vinte anos mais velho. Eu me perguntei quanto ele realmente entendia de tudo aquilo.

— Isso não é tudo... — murmurou consigo mesmo. — Não é toda a verdade.

— Você não é humano, David — sussurrei. — Pode sentir isso, não é mesmo?

Ele me lançou um olhar vazio e perdido.

— Algumas coisas... — ele disse.

— Eu sei — falei. — Sei o que está sentindo.

Suas sobrancelhas se curvaram em um V raivoso. Seus olhos grudaram nos meus, deixando escapar um brilho sombrio de ódio. O ar ao meu redor ficou mais espesso. Começou a vibrar e zumbir. Ele deu um passo na minha direção, e uma onda de ar quente quase me derrubou.

— Você fez isso — ele acusou. — Isso é culpa sua.

— Não — eu respondi. — David, não. Você não precisa...

Mas minha garganta estava seca. Eu estava respirando o calor. O ar se agitava ao redor de David Ginn, que se aproximava de mim. Cambaleei para trás, mas não havia para onde ir.

— Eu sou um monstro — falou David Ginn —, e isso é culpa sua. — Sua voz vinha de toda parte. Vinha das paredes, do piso. Perdi o equilíbrio e tropecei, e então eu estava de costas no chão, com David Ginn de pé em cima de mim.

— Por favor — pedi. — Eu quero ajudar.

Ele sacudiu a cabeça.

— Você não pode ajudar.

Então ele estendeu os braços, me agarrou pelo pescoço com ambas as mãos e começou a apertar. Lutei, mas ele era mais forte. Tinha dedos de aço. Um som latejante preencheu minha mente. Minha visão ficou turva, e tudo começou a ficar cada vez mais distante.

Eu tinha oito anos, estava deitada em minha cama e olhava para as estrelas no teto. Meu pai contava uma história. A última que me contou.

CAPÍTULO TRINTA E QUATRO

A LÂMPADA DO HOMEM DA NOITE

Era uma vez, ou não era talvez.

Em uma noite estrelada, em uma rua quieta de uma das grandes cidades de outrora, um homem muito pobre encontrou uma lâmpada a óleo, de bronze, abandonada por um viajante. Estava surrada e amassada, mas era de boa qualidade. Era decorada com gravuras ornamentadas, e os detalhes e floreios haviam sido executados com o refinamento exímio de um mestre artesão. Certamente poderia ser vendida por um bom preço no bazar, se o homem encontrasse um comerciante justo.

O homem levou a lâmpada para sua cabana perto do rio. Ele era um homem da noite, e ganhava seu pouco dinheiro esvaziando os penicos dos ricos em um grande tanque, e carregando os dejetos para as fossas negras para serem queimados. Sua cabana ficava perto das fossas, e embora a fumaça das fogueiras costumasse entrar em seu pequeno quarto, também entrava a umidade do rio, e o quarto permanecia frio na maioria das noites. Mas essa era sua vida, e já havia se acostumado a ela.

Ele apanhou alguns trapos e começou a polir a lâmpada. Assim que terminou, uma coluna de fogo azul brotou de seu bico, disparou até o teto e então pairou diante dos olhos do homem. O calor do redemoinho giratório distorcia o ar. As chamas cheiravam a canela e cravo queimados, mas não havia fumaça. Bem no meio das chamas, flutuava uma pequena figura pálida de pernas cruzadas e olhos brilhantes e afiados como diamantes.

— Eu sei o que você é — disse o homem. — Não quero te fazer nenhum mal.

— E não me causaste nenhum — respondeu o jinn, pois um jinn é o que ele era. — Um feiticeiro vingativo aprisionou-me aqui por duzentos e quarenta anos. Tu me libertaste.

O homem, conhecedor dos horrores das prisões, relaxou.

— Eu gostaria que o seu primeiro contato com a liberdade fosse em um lugar mais próspero — comentou. — Sou apenas um pobre homem da noite, e esta cabana é tudo que tenho. Mas tudo que vê aqui é seu.

O jinn se curvou em reverência, e as chamas se curvaram junto.

— Uma oferta digna de reis — disse o jinn. — Mas sou eu quem te deves. Três desejos podes me pedir, e três desejos concederei, se ao meu alcance estiverem.

— E qual é o seu alcance? — perguntou o homem.

— O fogo e o vento me pertencem — explicou o jinn. — Segredos não existem para mim, pois, uma vez falados, o vento os carrega, e o vento nunca esquece. E nenhuma obra dos homens está a salvo de mim, pois o fogo derreterá até mesmo a pedra.

— Já tive um filho — lembrou o homem. — Ele era jovem, e morreu de varíola. Pode trazê-lo de volta para mim?

— O tempo não pertence a mim — avisou o jinn. — Sinto por teu filho, e por ti, mas não posso desfazer aquilo que o tempo fez.

— Já tive uma esposa — falou. — Eu a amava. Mas quando o garoto morreu, ela se afastou de mim. Pode trazê-la de volta?

— Se ela vive — disse o jinn —, posso trazê-la de volta para ti. E se ela sofre, talvez possa reunir seu sofrimento e retirá-lo dela, pois o sofrimento é o rastro do vento e do fogo. Mas não posso fazê-la amar-te.

— Então não sei ao certo o que pedir — falou o homem.

— Alguns pedem por ouro — disse o jinn.

— Ouro não me traria felicidade — disse o homem.

— Alguns pedem por haréns — contou o jinn. — Diga-se a verdade, porém: seus haréns são fantasmas feitos de fogo, e seus deleites são ilusões desenhadas em chamas sutis.

— Não sofro de ilusões — assumiu o homem. — E sou velho demais para haréns.

— Um reino eu poderia lhe trazer — disse o jinn.

— Não sou nenhum rei — respondeu o homem.

— Vitalidade — propôs o jinn. — Um sopro de fogo nas veias, e um homem anda por dias sem dormir, e vive centenas de anos antes de envelhecer.

— É no sono que vejo meu filho — contou o homem. — E não tenho desejo de viver mais cem anos.

— Ainda assim — disse o jinn —, tenho uma dívida contigo. Três desejos podes pedir, e três desejos concederei.

O homem pensou um pouco.

— Se o vento lhe pertence — começou —, talvez possa soprar a fumaça das fossas negras para longe da minha casa.

— Assim seja — assentiu o jinn. Imediatamente, um vento soprou do rio, e a fumaça que saía das fossas negras dissipou-se em todas as direções para longe da casa do homem.

O homem pensou mais.

— Se o fogo lhe pertence — continuou —, talvez possa deixar um pouco aqui, para aquecer este humilde lar.

— Assim seja — disse o jinn. Ele estendeu a mão e deixou uma pequena língua de fogo sobre o chão no centro da cabana. Imediatamente, um calor radiante preencheu a pequena sala, e o homem sentiu um agradável calor nos ossos.

— Mais um pedido podes fazer — lembrou o jinn.

O homem pensou.

— Deve ser agora? — perguntou.

O jinn suspirou.

— Não — respondeu. — Mas meu povo não me receberá de volta até eu ter cumprido minhas obrigações contigo. Até lá, devo andar entre os da sua espécie.

Ao dizer aquilo, ele saiu de dentro das chamas e, quando o fez, tornou-se humano, de porte miúdo, olhos brilhantes e aguçados, um leve toque de fogo atrás das maçãs do rosto.

— Desculpe — disse o homem. — Temo que o aprisionei outra vez.

— Tu tens três desejos, em seu próprio tempo — avisou o jinn.

— É uma imposição — disse o homem.

— Foram oferecidos livremente — explicou o jinn. — Desaparecerei neste homem diante de ti, e talvez sonharei com fogo e vento, mas nada saberei de mim, até que me chames pelo nome.

— Que seja — disse o homem. — Diga-me o seu nome, então.

— Direi apenas uma vez, e então esquecerei — avisou o jinn. — Assim é a natureza desses assuntos. Será apenas teu, até que o digas em voz alta. Estás pronto?

— Estou — respondeu o homem.

CAPÍTULO TRINTA E CINCO

ALGO QUE FALTAVA

Ouvi a história apenas uma vez, naquela noite há muito tempo quando meu pai a sussurrou para mim, inalando cada sílaba para que elas não escapassem, para não serem carregadas pelo vento. Todas passaram por meus ouvidos e caíram em um cofre impenetrável de memória, onde permaneceram, intocadas e esperando. E mesmo saindo fraco e sufocado, o nome do jinn, ao ser pronunciado, soou verdadeiro. David me soltou e recuou. A raiva sumiu, em seu lugar apareceu uma expressão plácida, curiosa.

— O seu pai salvou a minha vida — ele lembrou, a voz silenciosa, contemplativa. — E eu salvei a dele.

Eu me sentei, ainda tossindo e cuspindo. O ar na sala estava calmo e tão sensível quanto um machucado. David Ginn sorriu tristemente.

— Você o matou — corrigi.

— Sim — ele disse — e não. — Ele me ofereceu a mão. Sem saber o que fazer, aceitei a oferta e ele me ajudou a levantar. Então a abriu, revelando ali um pequeno fogo que queimava. Ele deixou a pequena chama no ar entre nós, e agora a sala se iluminava com um estranho brilho acolhedor. — É verdade que David Ginn matou o seu pai — ele explicou. — Mas você não está mais falando com David Ginn. Se eu estivesse lá, não teria permitido a morte de Jim.

Ele não parecia diferente em nada. Mais calmo, talvez. Mais leve. Mas, por algum motivo, eu sabia que estava dizendo a verdade. Ele não era mais David Ginn. Parecia David Ginn, mas era algo completamente diferente.

— Eu não entendo — falei.

— Você entende o suficiente — disse o jinn. — Você falou o meu nome.

Seus olhos se iluminaram com o estranho brilho da chama flutuante. Tossi. Minha garganta ainda ardia.

— Por quê? — inquiri. — Por que você o matou?

— Como eu disse — respondeu o jinn —, de um jeito muito real, eu não sou o assassino dele. Mas creio que posso responder à sua pergunta. E creio que você merece ouvir minha resposta. Entretanto, existem outras coisas que preciso explicar primeiro.

— Vance Cogland — sugeri.

— Sim. Tudo começou com ele.

— Qualquer família grande o bastante, e rica o bastante, uma hora produz alguém como Vance Cogland — David disse. — É uma infeliz certeza estatística e da natureza humana. Eu apenas o conheci brevemente, mas o vento me contou tudo o que precisava saber a seu respeito.

Cogland era um valentão de quinta categoria — preguiçoso, maldoso, covarde e não muito esperto. Ele se acreditava intocável e no direito de fazer tudo que quisesse. Repetidas vezes, sua família o tirou da cadeia, comprou o silêncio das testemunhas de seus muitos crimes, contratou advogados caros. Em todos os anos em que viveu como um cretino vagabundo, Vance Cogland nunca passou mais do que uma noite na cadeia.

Durante o dia, trabalhava para os Fell e ficava em Nova Orleans. O porto era uma importante entrada para transferências internacionais. Vance conseguiu ingressar no sindicato local e se tornou um porteiro para animais, dinheiro e negócios entrando e saindo do país. Por um tempo, foi útil para os Fell. Mas havia brigas demais, pagamentos demais, e, em certo momento, Vance foi transferido para o interior do país, rumo a um lugar onde era virtualmente garantido que não se meteria mais em encrencas: Lubbock, Texas.

A mudança teve o efeito pretendido. Vance foi praticamente demitido dos Fell. Houve, porém, uma consequência não intencional: Vance ficou entediado.

Usou o dinheiro que recebia da família para estabelecer um comércio de antiguidades roubadas. Ele conhecia contrabandistas e ladrões suficientes de seus dias em Nova Orleans para ter um fluxo estável de mercadorias a serem vendidas. E dos anos que passara trabalhando com os Fell, ele conhecia muitas pessoas ricas de índole dúbia dispostas a comprar antiguidades roubadas. Por um tempo, prosperou nas sombras de Lubbock, e não se envolveu com os negócios da família.

Mas quando uma velha senhora trouxe uma garrafa antiga — uma herança de família que sua avó trouxera do Iraque Otomano — os mundos de Vance colidiram. Aquela mulher esperava receber um preço justo por sua garrafa. Adivinhando o que a garrafa continha, Vance fez uma oferta nada justa. Ela recusou, espertamente, e ele a seguiu até sua casa, bateu nela com uma chave de roda e roubou a garrafa.

De posse de um objeto tão poderoso, um verdadeiro Fell teria recrutado todos os recursos de sua família imediatamente. Mas Vance não tinha a disciplina nem era honroso o suficiente para colocar as obrigações de sua família acima de sua própria ganância e desejos. Naquela noite, nos fundos da loja de penhores, ele tentou atrair o jinn para fora.

— Só podemos imaginar — disse o jinn — que seus desejos seriam os mais sórdidos, enfadonhos e previsíveis.

Mais tarde naquela noite, meu pai recebeu uma ligação urgente e, na manhã seguinte, estava em um avião com destino a Dallas, enquanto eu me encontrava diante da casa de Sarah Colton-Wong (minha melhor amiga no segundo ano) com uma mala para passar a noite. Isso tudo ocorreu três meses depois da morte da minha mãe.

O que Vance Cogland não sabia sobre os recipientes que aprisionavam jinns é que eles não são fáceis de abrir. Os feitiços e magias que selam um jinn não se desfazem num toque de mágica apenas ao polir a garrafa ou a lâmpada. São necessários movimentos complicados e precisos, realizados na ordem correta. É possível, é claro, acertar aleatoriamente com uma sequência de toques, carícias, palavras ou gestos. Mas é preciso ter sorte. Também é possível desvendar a sequência através de tentativa e erro. Mas é preciso ter paciência. Vance Cogland não tinha nenhuma das duas.

Vance prendeu a garrafa em um torno de mesa, girou a rolha com uma chave de boca e tentou arrancar a criatura, primeiro com um cabide, depois com um alicate de pontas finas. Conseguiu tirar o jinn da garrafa pela metade, mas ele entalou e lá permaneceu pelo resto do dia, metade dentro, metade fora. E foi essa a situação com que meu pai se encontrou quando chegou na loja de Vance: um jinn meio livre sentindo uma dor inimaginável, e um idiota em pânico que apenas queria a criatura para realizar seus desejos.

Meu pai mandou Vance para outra sala e começou a trabalhar. As ações de Vance corromperam irremediavelmente a magia que permitiria a saída fácil do jinn. Então, meu pai não teve escolha a não ser terminar o que Vance havia começado, com o máximo de cuidado possível. Ele usou vaselina para lubrificar a boca da garrafa, e segurou a mão do jinn enquanto saía lentamente, centímetro por centímetro, da garrafa, parando sempre que a dor era demais.

— O processo foi árduo — David relembrou. — Cada centímetro trazia novas dores esmagadoras. Mas Jim foi bondoso e paciente. A cada pequeno progresso, ele parava para que eu recobrasse o fôlego.

Finalmente, com um grande estalo e uma pequena chama sem fumaça, o jinn deslizou para fora da garrafa e caiu sobre o piso da loja de penhores. Assim que atingiu o chão, Vance Cogland estava lá, empunhando uma espingarda.

— Agora, saia daqui — Vance disse para o meu pai. — Esse aí é meu.

E o jinn, vivo no mundo pela primeira vez em centenas de anos, deparou-se com uma escolha a fazer. Para quem ele devia sua liberdade? O homem que tentou arrancá-lo da garrafa, ou aquele que havia sido capaz de libertá-lo com compaixão?

Então foi assim que meu pai recebeu três desejos.

— O primeiro desejo — David começou — quase nem chegou a ser um desejo. Foi uma necessidade de sobrevivência. Vance Cogland queria obter os meus favores e não estava disposto a aceitar menos que isso. Ele apontou a arma para o seu pai, e Jim pediu que eu o protegesse.

— Então você matou Vance Cogland — eu disse.

— O mundo dificilmente se tornaria pior sem ele — David disse.

— E quais foram os outros dois desejos?

David ficou em silêncio por um tempo. Baixou a cabeça nas sombras, e, por apenas um segundo, seu contorno pareceu recuperar a velha aparência. Então ergueu a cabeça, e uma estranha luz se refletiu em seus olhos, e, mais uma vez, mostrava-se outra pessoa.

— O segundo desejo — falou —, era para você.

— Para mim?

— Sim — David disse. — Seu pai me pediu para levar a sua tristeza embora.

Sua voz saiu seca, sem emoção, a voz de alguém lendo uma receita de bolo.

— Minha... tristeza?

— A sua mãe havia morrido — David contou. — Alguns meses antes.

— Sim, eu entendo isso — falei. — Minha *tristeza?* Ele lhe disse para levar embora *a minha tristeza?*

— Creio que era coisa demais para lidar — David disse. — A sua tristeza, e a dele próprio.

— Então você simplesmente... — Tentei encontrar palavras melhores, mas não consegui — ... a levou embora? Toda ela?

— Fiz aquilo que me foi pedido — David disse.

Eu tinha centenas de perguntas incrédulas, mas nenhuma importava, pois sabia que David estava me dizendo a verdade. Eu não fiquei de luto por meu pai porque não havia restado nenhum dentro de mim. E meu luto por minha mãe foi interrompido, e depois apagado, e tudo que sobrou foram memórias fragmentadas que pareciam pertencer a outra pessoa. Tinha que ser verdade. Era só o que fazia sentido, a única coisa que explicava como eu era.

— C-como? — gaguejei, por fim. — Quer dizer, como se tira a tristeza de alguém?

— Você estava dormindo — David explicou. — Eu a encontrei num sonho. Você estava acorrentada pela tristeza, como se fosse uma âncora, e eu a libertei.

— Esse é um jeito curioso de dizer que estragou minha vida inteira — eu disse.

David deu de ombros. Não ofereceu nenhuma explicação. Talvez não houvesse nenhuma. Eu me senti muito pequena, como uma minúscula peça de xadrez, sendo levantada no ar e movida pelo tabuleiro por mãos gigantes e sem emoção. Meus próprios sentimentos não me pertenciam. Foram moldados e distorcidos enquanto eu dormia. E, durante todos esses anos, meu pai sabia disso, e não me disse nada.

Enquanto permanecia ali, perdida e impotente e fervendo de raiva, um pensamento me ocorreu.

— Então — disse com uma voz pequena e frágil —, eu *estava* triste?

— Você estava o mais triste possível — David disse. — Você chorava dia e noite. Ficou doente de tanto chorar. Ah, sim, você estava triste, Marjan. Você a amava muito. Sentia sua falta com todo o coração.

— Então, o que aconteceu com tudo aquilo? Simplesmente... desapareceu?

— Você era uma criança que perdeu a mãe — David explicou. — A sua tristeza era uma montanha. Mesmo se eu quisesse, levaria uma vida inteira para que fosse levada toda pelo vento. Não, ela não desapareceu. Nunca esteve muito longe.

Em cada momento do dia, todos os dias desde que minha mãe morreu, eu sentia um vazio dentro de mim. Toda noite eu ouvia a voz em minha cabeça dizendo que *Falta algo*. Quando fugi de casa, quando eu explodia de raiva, era porque estava procurando por aquele fragmento essencial, ausente, do meu coração. Eu nunca, em toda minha vida, teria adivinhado que havia sido tirado de mim por um jinn, agindo para concretizar o desejo do meu próprio pai.

Eu não sabia se deveria gritar ou rir.

— E quanto ao terceiro desejo? — perguntei. — Que vida ele estragou com o último?

— Seu pai nunca o usou — disse o jinn. — Jim o manteve como reserva, e, por ter feito isso, eu não pude retornar para os palácios no céu onde vivia. Eu tinha uma dívida com um humano, então permaneci assim até o momento que essa dívida fosse paga.

— Não estou entendendo — falei. — Você matou o meu pai. Por que o matou, se precisava que ele fizesse mais um desejo?

— Eu não o matei — David repetiu. — David Ginn o matou.

— E não é a mesma coisa? — perguntei.

— De jeito nenhum — David disse. — Sou um espírito do vento e do fogo. Eu caminho sobre as nuvens e danço pelos sonhos. David Ginn é, ou foi, um contador que amava sua família mais do que qualquer coisa no mundo, e teria feito qualquer coisa para mantê-los a salvo.

— Mas ele era você — questionei. — E você era ele.

— David era humano, completamente — falou o jinn. — Ele não sabia o que ele era.

— Então por que ele matou o meu pai? — perguntei. — Eles eram amigos.

— Um dia, o seu pai convidou David para a sua casa — David explicou. — Ele estava preocupado. Preocupado com você. Tinha medo de que tivesse cometido um erro. Estava com medo de perder você. Estava com medo de que já a tivesse perdido. David ouviu, como qualquer bom amigo ouviria. Ele ofereceu o melhor conselho de que era capaz, que não era lá muito bom. E então o seu pai começou a dizer coisas estranhas.

— Estranhas?

— Ele começou a se desculpar — disse o jinn. — A princípio, ele se desculpou por sobrecarregar David com seus problemas, mas então começou a se desculpar por algo que aconteceria em breve. Ele agradeceu a David por ser um bom amigo. Disse que tudo acabaria rápido e que David não sentiria nada. Disse para ele não se preocupar com Liz ou Cole ou Ramsey. Disse que falaria uma palavra, um nome, e que as coisas se tornariam muito estranhas depois disso, e que ele sentia muito por tudo aquilo.

"Não sei se David soube, naquele momento, o que ele realmente era", o jinn continuou. "Mas sabia que se não impedisse o seu pai imediatamente, algo terrível aconteceria. Ele não se importava com o que ia acontecer com ele. Ele nunca se considerou especial. Mas, para ele, os filhos eram mais preciosos do que a própria vida. Então, quando esse terrível presságio o atingiu, ele vasculhou fundo dentro de si e encontrou um poder que não sabia possuir. Conjurou o vento e o fogo, e assim seu pai morreu antes que pudesse dizer o meu nome".

O jinn baixou a cabeça e ficou em silêncio.

— Ele sabia? — perguntei. — Quer dizer, você, David, sabia o que ele fez?

— Por um momento — disse o jinn. — Mas ele me acordou ao acessar o meu poder. Eu o fiz esquecer. Era a única maneira de mantê-lo a salvo. A culpa e a confusão o teriam destruído.

— E agora eu o destruí, certo?

— Ele nunca foi real — explicou o jinn. — Você destruiu uma ilusão.

— Eu fui babá daquelas crianças — falei.

— Sim — concordou o jinn. — E elas eram fantasmas. Todos acreditavam serem humanos, é claro. Mas eram fragmentos da imaginação de David. E ele, um fragmento da minha.

Olhei ao redor para a casa fria e morta. Estava tão escuro quanto uma tumba, exceto pela chama no ar.

— O que devo fazer agora? — perguntei, mais para mim mesma.

— Eu diria — sugeriu o jinn — que você poderia fazer o seu desejo final.

— Meu desejo final? — perguntei.

— Eu lhe disse que o seu pai nunca o usou.

— Então, o quê? Ele passa de uma geração para a outra? É assim que os desejos funcionam?

— Ele deixou para você tudo que possuía — David avisou. — O desejo agora lhe pertence.

Olhei ao redor, para o velho esfregão, para os jornais jogados no chão, para a corrente caída em uma pilha sem vida. Eles eram reais, apenas alguns momentos atrás. Tudo aquilo era real.

— Pode trazê-los de volta? — indaguei.

— Eu poderia — David disse. — Mas não lhes faria nenhum bem. Eles viveriam por sua causa. Mas não seriam reais. A vida deles existiria apenas nos momentos em que cruzassem com a sua.

Apanhei a corrente, depois a soltei. Fez um barulho surdo ao atingir o chão. Não havia vida ali, tampouco desejo de viver. Aqueles garotos com seus olhos brilhantes e cabelos loiros não existiam mais. Não havia nenhum vestígio deles. Mesmo assim, não senti tristeza.

— Alguém vai sentir a falta deles? — perguntei.

— Se alguém lembrar deles, será apenas como se os conhecessem num passado distante — contou o jinn.

— E quanto a mim? — perguntei. — Eu vou me lembrar deles?

— Você gostaria de se lembrar?

— Esse é o meu terceiro desejo?

— É uma cortesia — ofereceu o jinn. — O desejo ainda é seu.

— Então, sim — falei. — Acho que gostaria de me lembrar deles.

O jinn assentiu.

— Você não precisa declarar o seu desejo agora — disse o jinn. — É seu para fazer o que quiser com ele.

— Ótimo — falei. — Acho que eu gostaria de um tempo.

— Quando estiver pronta — avisou o jinn —, diga o meu nome. Estarei ouvindo.

Eu não sabia o que mais dizer. Tudo em minha vida era um mal-entendido, um erro. E, por causa disso, meu pai havia morrido e eu não conseguia me sentir triste. Deixei o jinn onde estava e comecei tatear no escuro na direção da porta. Enquanto atravessava a sala de estar, vi que a velha garrafa ainda estava sobre a lareira mofada, sem ser afetada pela transformação que ocorrera na casa. Fiquei olhando para ela por um momento, e estava prestes a seguir até a saída quando algo no chão chamou a minha atenção.

Eram as duas cartas que Cole havia me mostrado. O dragão e o castelo sombrio. As duas estavam viradas para cima, um pouco surradas, mas intactas. Eu as peguei, depois olhei de novo para o jinn. Será que fora um erro, aqueles dois apetrechos perdidos da fantasia da família Ginn? Será que eram mesmo reais?

O jinn me observava no meio da escuridão da sala de jantar, uma sombra entre as sombras, e não me ofereceu resposta.

CAPÍTULO TRINTA E SEIS

ÚLTIMOS DESEJOS

Assinei os papéis com a dra. Paulson uma semana depois. Negociamos uma quantia justa pelo aluguel da sala de cirurgia e protocolos rigorosos para nosso próprio uso da sala. Foi atordoante não poder contar com os conselhos de David durante todo o processo, mas eu consegui o acordo que queria, e a dra. P. também parecia satisfeita. O dr. Batiste aceitou de imediato me ajudar quando eu precisasse dele.

Malloryn também ficou feliz em se juntar a nós.

— Parece que você está cada vez mais confiante — ela disse.

— Aprendi com a melhor — respondi.

Eu e Malloryn tínhamos aula de anatomia juntas e não escondi o fato de que éramos amigas. Logo ela começou a almoçar comigo, Carrie e Grace. Carrie ficou um pouco desconfiada no início. Mas, embora tivéssemos combinado de nunca discutir o que acontecera na Ménagerie em público, ficou claro que eu, Malloryn e Grace tínhamos uma conexão, e Carrie acabou relaxando. Éramos um grupo estranho, e Malloryn nos deixou ainda mais estranhas, mas eu não me importava.

Agora ela conversava com os pais, no mínimo uma vez por semana. Eles queriam que ela voltasse para casa, mas ela disse não, educadamente, mas com firmeza.

— Eles me amam — ela me disse um dia. — Eu sei disso. Eu também os amo. Mas eles ainda estão com medo. E até que entendam que não precisam ter medo, é melhor que as coisas fiquem assim. — Por um momento, pareceu se sentir derrotada. Então o brilho voltou a seus olhos. — Talvez eles mudem. Espero que sim.

Fiquei pensando se havia um feitiço para isso.

Hesitei antes de ligar para Ezra. Parte de mim não queria ter nada a ver com ela. Mas Ezra conhecia o lado sombrio deste mundo, e nós precisaríamos desse conhecimento. Quando enfim liguei, me ocorreu que eu não sabia se ela diria sim. Eu não podia pagar a quantia que Horatio pagava. Tudo que eu tinha a oferecer era o ocasional segredo que precisava ser encontrado. Mas, no fim, isso foi suficiente.

Fechei o negócio com a dra. P. na minha sala. Foi silencioso e aplicado, como estudar em uma biblioteca, cada uma de nós lendo cuidadosamente as palavras que concordaríamos em usar antes de assinar os papéis enquanto um tabelião ficava observando de canto com seu carimbo de aprovação empunhado. Depois de assinado, nós nos abraçamos enquanto o tabelião finalizava o contrato, e então todos foram embora, mas eu fiquei.

A sala parecia menor e mais velha do que quando acabara de assumir os negócios. Ao mesmo tempo, parecia mais vazia e menos familiar, embora eu não tivesse mudado nada. Eu me sentei na cadeira do meu pai e coloquei os pés sobre a mesa pela última vez.

Falta algo, murmurou uma voz dentro em minha mente. Tive que sorrir de leve. Pelo menos eu sabia o que era.

Eu me perguntei se o meu pai aprovaria como eu estava lidando com as coisas, mas não importava. Não era problema dele manter todos aqueles animais vivos e saudáveis. Era meu, e eu precisava fazer aquilo do meu jeito.

Eu sentia que entendia um pouco as criaturas — no mínimo mais que os Fell. *Horatio também as entendia*, pensei. De um jeito diferente — quiçá melhor do que eu. Talvez elas *fossem* mesmo nossa imaginação. Talvez nossas maiores esperanças e nossos medos mais sombrios fossem fortes o bastante para se manifestarem fisicamente. Talvez a mantícora somasse todos os pesadelos, e Kipling, o grifo, fosse a encarnação de nossos instintos mais nobres. Eu não tinha certeza. Não fingia saber por que existiam, ou como era possível. Talvez não precisasse saber.

Mas tinha certeza de uma coisa. Foi Horatio que a dissera. As criaturas tomavam lugar nas vidas das pessoas. Quando chegavam, traziam consigo complexidade e mudança; acima de tudo, porém, traziam o peso de sua presença. Apareciam para pessoas que tinham espaço para elas. Malloryn e sua solidão, Kent Hayashi e seu talento atormentado, até mesmo Horatio e sua busca terrivelmente equivocada: todos pediram — imploraram — para que os seres preenchessem suas vidas.

Esses animais tinham um talento especial para encontrar os espaços onde se encaixavam. Havia tantos lugares vazios em tantas vidas. Eu também os tinha. E talvez esses espaços fossem como ímãs. Talvez fossem como faróis — não para qualquer animal, mas para apenas um. E talvez cada animal fosse em si um espírito faminto, procurando exatamente o espaço em que se encaixar, exatamente o espaço a que pertencia.

Imaginei o mundo repleto de caminhos em que humanos e criaturas se cruzavam, tentando se encontrar. Perseguindo a sensação de algo que não estava lá, encontrando-se sozinhos em lugares onde a língua não era familiar, onde os costumes não faziam sentido. Cruzando rodovias no escuro, escondendo-se nas florestas mais profundas, ou nos mais silenciosos desertos, ou nos solitários telhados de grandes edifícios. E então finalmente se encontrando diante de uma porta acolhedora em algum lugar, os pelos cheios de lama, os corações feridos e magoados, pela primeira vez entendendo a razão de ambos terem chegado tão longe.

Talvez o dia em que você recebeu um desses animais em sua vida, o dia em que aceitou suas dádivas e seus desafios, o dia em que decidiu carregar esse fardo, foi o dia em que finalmente entendeu a forma da coisa que estava faltando.

Jane Glass me ligou alguns dias depois da venda da clínica. Era a primeira vez que falava com ela desde aquela noite na propriedade de Horatio. A noite em que ajudei a salvar o mundo.

— Preciso me encontrar com você — ela disse.

Nós nos encontramos em um banco ao lado de um parque para cachorros — o tipo de banco velho que o torna um pouco mais invisível assim que se senta nele. Talvez algum feiticeiro sem-teto tivesse lançado um feitiço nele. Agora eu acreditava na existência de pessoas assim — pessoas como Malloryn, que podiam acertar perfeitamente uma ou duas vezes na vida, mas que deixavam um longo rastro de fracassos interessantes pelo caminho. Eu cheguei primeiro, então me sentei e fiquei observando a alegria de um golden retriever brincando com um bull terrier.

Jane se sentou ao meu lado alguns minutos depois, colocando uma grande bolsa de lona entre nós. A bolsa produziu um som pesado e oco quando atingiu o banco.

— Abra — disse.

Dentro estava a chaleira.

— Jane — sussurrei.

— Tive que fazer isso — assumiu. — Eu acho... acho que não deveríamos continuar fazendo isso.

— Como...

— Não foi difícil — explicou. — Quer dizer, não foi muito difícil. Não sei se você ouviu a respeito, mas agora existem cerca de cento e cinquenta animais soltos por aí. É uma boa distração.

— Quando eles descobrirem...

— Ah, vão ficar furiosos — Jane disse. — Mas, depois de hoje, não vão poder fazer muito a respeito. Enfim, achei que você gostaria de estar presente. Para ver.

Sem dizer mais nada, ela colocou a mão sobre a tampa da chaleira e a abriu, revelando um buraco irregular. Dentro, havia uma profunda escuridão de ferro que cheirava a cinzas e fumaça. Por um momento, nada aconteceu.

Depois de alguns segundos, algo se movimentou no fundo da chaleira. Um diminuto dragão prateado emergiu da escuridão batendo suas asas de beija-flor. Pairou diante de nós, um delicado brilho de mercúrio sob o sol da tarde. Seus grandes olhos curiosos nos observaram por um momento.

— Aí está você — Jane disse. — Esperei tanto tempo para te conhecer.

O dragão flutuou diante do rosto dela.

— Está livre agora — avisou. — Espero que nossas ações contigo tenham sido corretas na maior parte do tempo.

O dragão não disse nada. Ele flutuou no lugar por mais um instante. Depois, desapareceu no céu como um relâmpago prateado. Jane observou o dragão sumindo com uma satisfação melancólica no rosto.

— Pensei que você, mais do que ninguém, apreciaria isso — Jane falou. — Honestamente, foi você que me inspirou. Se conseguiu libertar todos aqueles animais, então... — Ela parou e riu consigo mesma. — Nada vai chegar nem aos pés do que você fez.

— E como as pessoas vão me encontrar agora? — perguntei.

— Eles vão te achar — Jane disse. — Da mesma maneira que sempre conseguiram nos achar, quando precisavam de nós. Talvez eu possa ajudá-la com isso.

— A sua ajuda seria bem-vinda — respondi. — Você conhece esse mundo melhor do que todos nós.

— Nós quem?

— Algumas pessoas — falei. — Amigos.

— Somos amigas agora, Marjan? — Jane disse.

— Eu diria que sim — concordei.

— Então, sim — Jane disse. — Eu aceito. Jacob também aceita.

— Quem é Jacob?

Jane assentiu na direção da rua. Um carro preto familiar estava estacionado ali. O motorista, encostado na porta do passageiro, ofereceu uma saudação preguiçosa em nossa direção.

— Podemos confiar nele? — perguntei.

— Não somos todos ruins — Jane comentou.

— Vamos começar em algumas semanas — avisei. — Preciso fazer uma coisa antes.

O voo até Londres foi longo e desconfortável. O dr. Batiste e eu tivemos que ficar nos fundos do avião porque eram os únicos lugares disponíveis com o tempo e o dinheiro que eu tinha. Mas não era com o meu conforto que eu estava preocupada.

Simon Stoddard não pareceu surpreso por receber minha ligação, e nem um pouco surpreso pelo que eu tinha a dizer. As penas de Kipling estavam caindo aos montes. Suas garras estalavam e rachavam quando ele andava, os músculos tremendo a cada passo. Sua vista estava enfraquecida. Simon escutou o que eu tinha a dizer, minha confissão, com calma, até preocupação, depois convidou a mim e ao dr. Batiste para uma visita à mansão.

Viajando pelas estradas rurais até a propriedade, eu sentia uma leveza. A verdade, como eu a entendia, não me assustava mais. Ela pertencia a outras pessoas agora. Os outros lidariam com ela como quisessem, e eu estaria lá para ajudá-los a tomar a decisão certa.

Mas a leveza era equilibrada por um medo que eu carregava assim que embarquei no avião. Em algum ponto, eu teria que encarar Sebastian. Eu não queria perdê-lo. Mas eu não merecia sua amizade, e parecia egoísta da minha parte pensar que os meus sentimentos tinham alguma importância. Eu o usei quando precisei dele e, intencionalmente ou não, eu o enganei de uma maneira terrível. Eu não gostaria de alguém assim em minha vida. Principalmente em um momento como aquele.

Na mansão, o dr. Batiste e eu fomos recebidos por uma pequena delegação dos Stoddard, alguns implorando pela vida de Kipling, outros implorando para terminá-la. Sebastian não estava entre eles, o que foi um alívio. Ouvimos o que todos tinham a dizer. Então eu lhes disse o que sabia e deixei o dr. Batiste falar por si próprio. Apesar da descompensação horária causada pelo fuso horário e da estranheza daquela reunião, ele foi muito bem. Juntos, nós dois conseguimos convencer quase todos eles a aceitarem um plano para terminar a vida de Kipling.

O dr. Batiste assumiu pelos dois dias seguintes. Com a ajuda de Simon, ele adquiriu as substâncias químicas de que precisava. Com a minha, preparou o local da injeção — uma veia proeminente na pata dianteira esquerda de Kipling. Nós raspamos penas e pelos e marcamos o ponto com uma caneta. Durante todo o tempo, Kipling nos olhava com um desinteresse combalido.

A mansão começou a se encher de membros dos Stoddard de todas as idades. Eles conversavam pelos corredores e andavam pela propriedade. Eles se sentavam à beira do lago negro, sozinhos ou em pequenos grupos. E um por um entravam na sala que havia se tornado o ninho de Kipling para prestar suas últimas homenagens.

Sempre que um carro aparecia na entrada, eu procurava por Sebastian. Sentia uma mistura de decepção e alívio sempre que não era ele. Fiquei pensando que ele não fosse aparecer. Parte de mim torcia para que não tivesse que encará-lo. Outra parte queria muito conversar com ele, sentir o conforto de não estar totalmente sozinha.

Quando ele apareceu, mal me cumprimentou. Passou diretamente por mim no saguão, dirigindo-me apenas um frio aceno da cabeça. Senti o estômago embrulhado pelo resto do dia.

Na próxima vez que o vi, na mesma sala de estar onde nos vimos pela primeira vez, ele me deu outro aceno que foi ao mesmo tempo raivoso e impotente, depois desviou os olhos. Não queria fazer nenhum esforço para conversar comigo. Se eu tinha algo a lhe dizer, teria que conquistar sua atenção.

Atravessei uma sala cheia de membros dos Stoddard até chegar junto dele, ignorando as pessoas me olhando. Ele apenas me olhou de novo quando me posicionei diretamente a seu lado. Quando me encarou, percebi que seus olhos estavam vermelhos de tanto chorar.

— Oi — cumprimentei.

— Oi — ele respondeu.

— Podemos conversar? — perguntei. — Em algum lugar longe daqui?

Nós saímos da mansão por uma porta lateral e atravessamos o gramado, depois entramos na floresta, sem falar. Uma garoa fina havia começado a cair. A floresta cheirava a argila e musgo. Minhas botas afundavam na terra úmida conforme eu andava. Pássaros cantavam nas árvores. A chuva atingia as folhas. Andamos até não conseguirmos mais ver a mansão, então parei.

— Sebastian — eu disse. — Desculpe.

Ele também parou, alguns passos à minha frente. Por alguns segundos, ficou parado ali, de costas para mim.

— Você me deu esperanças — desabafou por fim.

— Eu estava confusa — falei. — Depois fiquei com medo.

Ele se virou para mim, com lágrimas nos olhos.

— O que você quer que eu diga? — perguntou. — Você quer que eu te perdoe?

— Eu não conseguiria salvá-lo — expliquei. — Mesmo naquele momento. Tudo que eu poderia fazer era acelerar o que estamos fazendo hoje. Desculpe por não ter feito isso.

Ele sacudiu a cabeça.

— Você está com raiva — falei. — Você tem o direito de estar com raiva.

— Não sei o que estou sentindo — respondeu. — Sim, estou com raiva. Não sei de quem, ou do quê, estou com raiva. De tudo, acho. Estou mais é triste. — Fez uma pausa. — Não tem mais nada que você possa fazer? — perguntou. — Algum tipo de... não sei, magia?

— Magia é... outra coisa — eu disse. — Posso ter um pouco em mim, mas não é isso que eu faço.

— Você não pode encontrar alguém que...

Ele interrompeu o pensamento, depois praguejou. Assentiu, os olhos perdidos olhando para o nada. Colocou as mãos no bolso e se sentou em uma árvore caída.

— Então é isso — falou. — Um grifo. Morto.

Eu poderia ter dito muitas coisas tranquilizadoras sobre o Kipling — como teve uma boa vida, como pôde ver muitas gerações dos Stoddard, como recebeu tanto amor em seu tempo. Mas talvez a tristeza fosse como a raiva. Temos o direito de senti-la na medida que precisamos. E, como a raiva, a tristeza não quer ser interrompida. Ela quer ser vista.

buracos no teto de gesso, luz do sol e um silêncio estranho

Eu me sentei a seu lado. Tomei sua mão entre as minhas. Eu já não sabia o que éramos um para o outro. Mas sabia que ele precisava de conforto. E eu não iria decepcioná-lo de novo.

— Aqui era a floresta dele — Sebastian disse. — Quero que as pessoas se lembrem disso.

— Então diga a elas — falei. — Diga para todo mundo.

Na noite que antecedeu o último dia de Kipling, eu, Simon e o dr. Batiste nos sentamos em uma pequena sala afastada para revisar os detalhes uma última vez. A injeção já tinha sido preparada. Não sabíamos quanto seria necessário, então, por segurança, o dr. Batiste havia calculado uma quantia capaz de matar dez cavalos.

— Ele me puxou para fora do lago quando eu tinha cinco anos — Simon lembrou. — Eu tinha caído. Poderia ter me afogado. Acho que, ao longo dos anos, ele salvou uma dúzia de crianças da família Stoddard naquele lago.

— E ninguém pensou em cercar o lago? — o dr. Batiste perguntou.

— Nunca precisamos de uma antes — Simon disse. — Acho que não demos o devido valor a ele de muitas maneiras. Ele sempre esteve presente.

— Sinto muito por deixá-lo sofrendo — falei. — Eu queria pedir desculpas a todos vocês.

Simon abriu um sorriso triste.

— Acho que não conseguiríamos deixá-lo ir assim tão de repente — falou. — Mesmo agora, parece impossível. Como é possível fazer uma coisa dessas?

No saguão principal, uma pequena reunião dos familiares estava junto de Kipling ao lado da lareira acesa. Uma mãe instruía o filho pequeno a acariciar gentilmente sua testa, ao longo do desenho das penas. Fiquei olhando para eles por um momento e senti a presença quente e amarga do luto. Pela primeira vez, eu podia sentir exatamente o vazio dentro de mim, a parte oca no centro do meu coração onde deveria haver tristeza.

— Ele é de todos nós — disse alguém ao meu lado, um mordomo que trouxe chocolate quente para as crianças. Ele parou à porta, o chocolate fumegando na bandeja, lágrimas se acumulando nos olhos. — Ou nós somos todos dele. Vamos sentir muito a falta dele.

A manhã estava agradável e fria. Uma leve camada de gelo cintilava na ponta das folhas de grama e o sol baixo tingia o gelo em tons de laranja. Tomei banho, me vesti e encontrei Simon e o dr. Batiste no fim da escadaria. A família já tinha se levantado e se vestido de luto.

Juntos, nós convencemos Kipling a se erguer do chão. O grifo se levantou, as pernas tremendo sob seu peso, as asas se estendendo e se dobrando para encontrar o equilíbrio.

Simon gentilmente conduziu Kipling para o corredor principal. O animal foi levado por uma porta nos fundos rumo ao gramado lá fora. A princípio, ele andava dando pequenos passos hesitantes, parando de vez em quando para descansar. A cada vez que parava, o tremor de seus músculos era tão claro que fiquei com medo de ele nem chegar ao local preparado.

Mas, quando ganhou o ar livre, pareceu recobrar um pouco as energias. Simon o conduzia, e ele pareceu entender para onde estávamos indo.

Logo era o próprio Kipling quem liderava o caminho, e Simon andava a seu lado, a mão tocando o ombro montanhoso da criatura.

Aloysius Stoddard estava enterrado em um morro pouco íngreme debaixo de um carvalho. Uma velha pedra de granito com o topo em forma de cunha marcava sua sepultura. Ao lado do túmulo de Aloysius, havia sido colocado um pesado tecido branco no chão, e Kipling naturalmente se deitou ali. A família se reuniu ao redor, pousando as mãos sobre ele, acariciando-lhe cabeça e asas. Kipling os olhava com grandes olhos cansados. Estalou o bico levemente, depois deitou a cabeça no chão.

Havia lágrimas por toda parte. Alguém, um jardineiro, eu acho, começou a cantar "Danny Boy". O dr. Batiste e eu ficamos a uma distância respeitável, observando Simon e esperando pelo momento certo de nos aproximarmos para começar.

A canção terminou, e Simon olhou para mim. Era o único sinal que podia nos dar. Nós nos aproximamos, e as pessoas abriram caminho. O dr. Batiste se ajoelhou ao lado de Kipling, deixou sua bolsa de lado e a abriu. Kipling observava com olhos silenciosos, sem piscar, enquanto o dr. Batiste tirava a seringa.

Suspirando para me acalmar, pousei a mão sobre a lateral de Kipling. Seu cansaço fluiu por mim. A saudade e a resignação vieram depois. Ele olhou para o céu, e senti seu coração bater de alegria.

— Logo — sussurrei em seu ouvido.

Olhei para o dr. Batiste e assenti. Eu estava pronta. Ele também.

— Você vai sentir isso por apenas um segundo — eu disse. O grifo estalou o bico. Eu me virei para as pessoas. — Vai ser bem rápido — falei. — Dez ou vinte segundos, e então estará feito.

Soluços, sussurros de despedida, choro suave de tristeza. Parando por apenas um momento para observar a maravilha que era Kipling uma última vez, eu o toquei no ombro. De repente, eu o senti passando por mim outra vez.

Ainda mais forte do que antes, fui atingida pela tristeza, como se as pessoas ao redor estivessem refletindo-a sobre ele, amplificando-a, até se transformar em ondas desconexas e violentas. Permiti que varressem cada parte de mim. Foi feroz e incandescente. Algo quente e doce fazia meus olhos e meu peito arderem, assim como lugares em que nem sabia ser possível sentir calor ou doçura. Era radiante e puro e honesto, e por um único momento extraordinário, consegui manter em meu coração tudo e todos que eu perdera ou deixara escapar e, naquele momento, eu me senti inteira e completa.

A dor chegou logo em seguida, e o momento se despedaçou. Um muro de agonia atingiu cada parte de mim ao mesmo tempo. Havia relâmpagos e trovões em seus ossos, a sufocante ausência de fome em suas entranhas, o arranhão escaldante da respiração em seus pulmões. Fechei os olhos e cerrei os dentes. Era quase insuportável, mas era a resposta de que eu precisava. Ele estava pronto. Por conta da dor, tive que me esforçar para fazer minha mão parar de tremer.

Então, o dr. Batiste deslizou a agulha para a veia e apertou o êmbolo.

Kipling relaxou quase que de imediato. As asas desabaram no chão, uma delas quase formando um A. Seus olhos suavizaram, depois se esvaziaram. Ele respirou três vezes, cada suspiro mais alto e lento do que o anterior. Então ficou imóvel.

Senti o último resquício dele partindo, uma chama se reduzindo até se tornar brasa, depois se apagando na escuridão fria.

Deixei o dr. Batiste entre os Stoddard e caminhei sozinha pelo gramado do morro, seguindo a suave curva da terra até terminar na beira do lago negro. Mesmo de perto, sob os raios de um fraco e distante sol, a água tinha a cor e a opacidade de pedra obsidiana.

Algo dilacerante me atravessara. Um cometa havia passado por minhas entranhas, queimando nas profundezas, revelando por apenas um momento quão fundas realmente eram. Em seu rastro, deixara aqueles espaços vazios clamando, famintos por luz, por amor. Olhei para a água de profundidade imensurável e fiquei me perguntando se chegava a dois metros ou dois quilômetros.

— A família agradece os seus serviços — disse uma voz atrás de mim. Eu me virei e me deparei com Simon. Ele me estendia um envelope. Depois de um momento de hesitação, eu o aceitei. Ele assentiu, depois se pôs a meu lado na beira do lago.

O zumbido de maquinário agitou o ar. Uma escavadeira amarela ergueu o corpo de Kipling e o baixou para uma cova aberta ao lado da sepultura de Aloysius. Um noturno de Chopin vinha da mansão, e a família começou a descer o morro na direção da casa, onde havia canapés e sanduíches à espera.

— Eles logo vão precisar de mim — Simon avisou.

— Sabe — falei —, você é muito bom no que faz.

— E o que seria isso? — Simon perguntou.

— Cuidar da sua família — respondi.

— Obrigado — ele disse. — Você também é. De um jeito ou de outro, nossos talentos são aquilo que molda nossas vidas, srta. Dastani.

Ele abriu um sorriso pensativo. Depois, olhou de volta para a casa.

— Seu motorista estará na frente da casa em dez minutos — ele disse. — Leve o tempo que precisar. A sua viagem de volta já está custeada. Somos muitos gratos.

E ao dizer aquilo, ele se virou e subiu o morro, e fiquei sozinha de novo.

Eu sabia qual seria o meu último desejo, e parecia o momento certo para pedi-lo. Passei pelo lago e adentrei na floresta. A atmosfera de escuridão era gentil e fria. Entre as árvores baixas e frondosas, quase era capaz de me imaginar encontrando um unicórnio, preso na armadilha de um caçador.

Andei até não conseguir mais ouvir os sons da mansão. Em uma pequena clareira, sob os raios pálidos de sol, sussurrei o nome do jinn. O ar pareceu se comprimir, como se estivesse subitamente prestando mais atenção.

— Eu quero de volta — eu disse. — Você pode me ouvir? Esse é o desejo.

Por um momento, nada aconteceu. Por um momento, eu me sentia como a pessoa que tinha sido desde os sete anos de idade. Eu a senti — senti a mim mesma — por completo, incluindo as partes que faltavam. Ela era tudo que eu conhecia, tudo que eu me lembrava de ser, e estava prestes a chegar ao fim. Tudo que eu podia fazer naquele momento era respirar, sentir o mundo me adentrar e escapar de mim, e esperar.

Um som na floresta me distraiu. Um graveto se partindo. Ergui os olhos e vi um gato, sujo e cansado, as costelas visíveis na pelagem sarnenta, se aproximando de mim vindo do mato. Conforme vinha, reconheci o velho gato selvagem da clínica. Agora sem medo, ele chegou perto de mim e me acariciou na perna com seu focinho.

Nunca esteve muito longe, David tinha dito.

— Desculpe — eu disse para o gato, e para o meu pai, e para todos que eu magoei.

Estendi o braço e passei os dedos de leve por seu pelo, sentindo as pontas ásperas. O gato arqueou as costas. Talvez ele tenha sentido a transformação no espaço que separava a ponta dos meus dedos de sua pele. Talvez ele simplesmente não estivesse acostumado a ser tocado.

Com toda a gentileza possível, enfiei os dedos no meio dos pelos sujos até sentir sua pele contra a minha. Abri a mão para deixar a palma se espalhar sobre a curva do pescoço do velho gato, e o doce calor natural do sangue em suas veias irradiou para dentro de mim. Senti a luz deixando o corpo dele, passando para a palma da minha mão e se espalhando até me preencher por completo. Ouvi o canto dos pássaros matinais, pardais acordando nas árvores. Vi o rosto da minha mãe sorrindo para mim, mais claro do que qualquer foto, tão real como se eu tivesse voltado a ter seis anos. O mundo pareceu acolhedor e doce, e não pude conter um sorriso. Nosso sorriso secreto.

E então tudo se despedaçou, e o sorriso dela sumiu em um caleidoscópio de azulejos de mortadela, sondas intravenosas, máquinas contando seu tempo, até não sobrar quase nada, até nós a levarmos para o quarto extra que nunca usamos para nada, onde só havia sua cama. E então, um dia, quando o céu visível da janela estava tão claro que me causava dor, naquela cama, naquele quarto, a dor acabou e, por um momento, o universo ficou tão silencioso que eu quase podia ouvir o som de sua partida.

Minha respiração ficou presa entre as costelas. Um espasmo atravessou minha coluna. Minhas pernas fraquejaram, e eu estava soluçando na grama.

Não ouvi Sebastian, não sei como ele me encontrou. Mas ele estava lá. Não disse nada, e eu também não. Não precisávamos.

Um instante depois, ele estendeu a mão para mim. E depois de outro instante, eu a aceitei, e ele me ajudou a levantar. Em algum lugar, um carro buzinou uma vez. Em algum lugar, o dr. Batiste queria saber onde eu estava.

Eu e Sebastian ficamos ali na clareira, de mãos dadas, ambos diferentes de como éramos há um dia, há uma hora. Estávamos de coração partido, escancarando o amor que havia lá dentro, sensível e pleno. Estávamos de luto. O futuro chegava rápido.

Podia esperar mais um minuto.

AGRADECIMENTOS

Este livro não existiria sem o apoio, a orientação e a paciência de um número surpreendentemente grande de pessoas imensamente talentosas e maravilhosas. Foi um privilégio poder trabalhar com todas elas, e é um grande privilégio poder agradecê-las aqui.

Minha incrível agente literária, Katelyn Detweiler, sempre foi uma fonte inesgotável de inspiração e incentivo. Sua paciência e seu cuidado a cada versão (e foram muitas!); suas pérolas de criatividade delicadas que abriram enormes possibilidades para personagens, cenas e tramas; e seu apoio inabalável por toda a longa jornada deste livro são uma verdadeira dádiva. E o apoio que este livro recebeu de todos da Jill Grinberg Literary Management, incluindo Denise Page, Sam Farkas e Sophia Seidner, mas não se limitando a eles, foi fonte de força e humildade. Todo escritor deveria ter a sorte de ter anjos como esses a seu lado.

Por ter me apresentado a Katelyn, entre muitas outras boas ações, devo também agradecer ao meu agente de cinema e TV, Matthew Snyder, da Creative Artists. Os conselhos que recebi de Matthew ao longo dos anos sempre foram sábios, serenos e diretos, e minha gratidão a ele é inesgotável.

Este livro encontrou um lar incrível na Simon & Schuster Books for Young Readers, e o entusiasmo e hospitalidade demonstrados por todos que lá encontrei me impressionaram. Em primeiro lugar, minha maravilhosa editora, Kendra Levin, que abraçou esta história de todo o coração e depois a desafiou a ser mais profunda, mais afiada, mais calorosa e mais estranha do que eu poderia ter esperado. Trabalhar com ela foi uma emoção e uma honra, e o livro é exponencialmente melhor por sua causa.

Há muitas outras pessoas na Simon & Schuster que merecem agradecimentos — algumas com quem tive o prazer de trabalhar diretamente, e outras que ainda não conheci diretamente, mas cujo trabalho foi fundamental para tornar este livro realidade. Tenho uma grande dívida de gratidão pela liderança e visão de Jonathan Karp, Jon Anderson e Justin

Chanda. Também sou imensamente grato a Krista Vossen e ao departamento de arte por transformar um documento do Word mal formatado em um objeto bonito. Também devo agradecimentos à minha revisora de olhos muito atentos, Bara MacNeill, cuja diligência e minúcia fizeram cada cena brilhar, e a Amanda Ramirez e a Beza Wondie por sua assistência inestimável no processo editorial e além dele. Toda a equipe de marketing da Simon & Schuster Children impulsionou este livro, e eu não poderia estar mais agradecido. Por levar este livro para o Reino Unido, para a Austrália e outros leitores de língua inglesa, sou grato a Rachel Denwood, Katie Lawrence e a todos mais na equipe da Simon & Schuster UK. E graças a Stephanie Voros e sua equipe de direitos estrangeiros, esta história terá vida em muitos outros idiomas, um fato que continua a me surpreender. E, por último, obrigado a Jenica Nasworthy por realizar o trabalho incrivelmente importante de garantir que tudo ocorresse bem nos bastidores e que este manuscrito se tornasse de fato um livro.

Meus parceiros da Imagine Entertainment sempre foram inspiradores, tanto pelas ideias como pelo entusiasmo conforme esta história se desenvolvia. Agradeço especialmente a Bryce Dallas Howard, a Laeta Kalogridis, a Karen Lunder, a Jon Swartz e a todos os demais da Imagine.

Justin Wilkes foi o primeiro defensor desta história, e continua sendo um grande defensor quase uma década depois. Foi uma grande honra trabalhar em algo tão pessoal por tanto tempo, na companhia de um grande amigo. Obrigado, Cap.

Também gostaria de dar o crédito a vários amigos e companheiros de jornada que leram e apoiaram esta história ao longo do caminho. Matt Dellinger e Laura Hohnhold viram o potencial na série de contos vagamente conectados que com o tempo se tornaram este livro. Scott Westerfeld compartilhou sua sabedoria sobre negociações de direitos de filmes e televisão. E Andrew Fitzgerald e Robin Sloan, a equipe de roteiristas da Moon Yeti, deram-me várias rodadas de feedback valioso nas primeiras versões, além de encorajamento como um todo e um espírito de criatividade incrível.

Meus pais, Mike e Paula, trabalharam arduamente todos os dias de minha infância e sempre me incentivaram — às vezes pagando caro por isso — a seguir minhas paixões. Eles também me incentivaram a entender minha ascendência iraniana. É por causa deles que pude escrever este livro. Obrigado, pessoal.

Sedighe Kermani, minha avó, minha *Mamanbozorg*, me deu o presente de "*Yeki bood, yeki nabood*" quando eu era muito jovem, além de muitos outros presentes. Até hoje, quando vejo essas palavras, eu a ouço pronunciá-las.

Minhas filhas, Tilden e Sibley, foram muito pacientes com o papai enquanto ele se preocupava com novas versões e revisões, e, neste meio tempo, de alguma forma, passaram de bebês a crianças maravilhosas, criativas e curiosas. É incrível o quanto eu as amo.

Por último, obrigado, Jane. Você não sabia no que estava se metendo quando me disse para escrever a história da clínica veterinária para animais imaginários. Você permitiu que esta história tomasse espaço em nossas vidas por um longo tempo — espaço que você criou sendo uma profissional brilhante e incrível — sem nenhuma garantia de sucesso. Você me salvou de muitas ideias ruins e, de alguma forma, nunca desistiu de mim. É a melhor mãe que nossas filhas poderiam ter e a melhor pessoa com quem poderia esperar passar a vida toda. Equipe Fox para sempre!